原韻譯

陳耀南 〜 著

唐詩新賞

中華書局

目錄

十五載前，拙撰《唐詩新賞》既就，為「唐人何不賞唐詩」轆轆五首蕪句以代自序，翌年出版。今改「何不」為「宜更」，又勉為原韻新譯；因聲入情，冀更體作者初心。周止菴選宋四家詞，謂「東真寬平，支先細膩，魚歌纏綿，蕭尤感慨」；王驥德說選韻，王易言構律，亦謂「各具聲響」；然則詩理宜同。譯者眾矣，罕存原韻；豈憚其自討苦吃耶？諒者知者，幸垂教焉。二零二零年西俗情人節日於南洲。

　　　　　　　　　　　一

　　唐人宜更賞唐詩，湖海風雲有妙思；
　　每喜趣來循韻誦，興觀羣怨各相宜。

　　　　　　　　　　　二

　　唐人宜更賞唐詩，色麗音和造語奇；

欲學中文佳礎在，古今賢母教兒時。

三

才命相妨楚客悲，唐人宜更賞唐詩；
君王專制萬邪出，天寶開元變可思。

四

天性世情若一式，共鳴恍似曾相識；
唐人宜更賞唐詩，鑒古明今有法則。

五

杜陵憂國謫仙馳，子厚難為摩詰辭；
文化欲窺三教異，唐人宜更賞唐詩。

六

善存原韻契心思，上入去平調異姿；
感慨蕭尤麻馬縱，唐人宜更賞唐詩。

七

達詁為難況譯之？力存原韻更艱疲！
初心共會憑聲入，唐人宜更賞唐詩。

唐詩概論

一、唐詩的承先啟後

人類既有語言，以吟歎來達意抒情，配合舞蹈以頌神交鬼，就是歌詠。遠古未有文字，經驗與感情的傳遞，只憑口耳。語句協韻，引起聽覺快感，聲入心通，容易記憶。所以，歌謠便是文學的最早形式。

最早的歌謠不可考。傳世而可信者也不多。最可靠的最先結集，還是孔子時代的詩歌教本——《三百篇》，後來被尊為《詩經》；而「三百首」也從此成了一個既高雅、又實際的韻文選本的常數了。

太古歌謠亦如兒歌，有兩、三字之句。《詩經》則以成熟的四言為主，間中也有五個字或者以上一句的。體裁有「風」（各地民歌）「雅」（標準語詩歌）「頌」（宗廟詩歌）；作法有「賦」（直陳）「比」（譬喻）「興」（觸發），合稱為「六義」，是歷代詩人的典範。到文化廣及長江流域，就有《楚辭》的興起。

「楚辭」就是晚周江淮洞庭沅湘一帶，「書楚語、作楚聲、紀楚地、名楚物」的南方詩歌。又因代表作《離騷》而簡稱為《騷》，骨幹是五言，加上了連繫、轉折、感歎的虛字（之、乎、者、也……之類，特別是「兮」字。）感情表達，比三百篇更纏綿奔放，神話想像，也遠較《詩經》豐富靈奇；巧妙地描繪明山秀水的觀賞感動，曲折地鋪陳貶客逐臣的苦悶哀怨，於是《詩》《騷》並稱，同為「百代韻文之祖」。

　　《楚辭》許多鋪張形容；鋪張形容也正是戰國游說之風的特色。兩者都發展了文學，形成了多對偶、多押韻、亦詩亦文的「賦」體——就是由《三百篇》的一種作法，擴拓成一類文體，開始者是下半生居於楚地的荀子。短命的秦朝之後，爭天下者項羽、劉邦，都是南人，南文文學進入漢朝，與《楚辭》一體相接的《漢賦》就成為主流了。

　　辭賦之外，詩在漢代也有發展，四言詩被尊為典雅正體，而五言流麗多變，更為時尚。後來稱為《古詩十九首》的，多是逐臣棄婦之作，死生新故之感，誠樸自然，清新流麗，被視為當代五言的冠冕。漢武帝時又設立「樂府」機構，收集整理各地詩歌，又有專職文士撰寫新詞，配合了流播中原的西域胡樂，句式長短參差，反映了多方面的生活，稱為「樂府詩」，從魏晉南北朝到隋唐，都有依舊題而寫的新作。

　　建安時代，漢朝將終，社會禮教崩離，士人思想混亂而解放，少所顧忌地抒發強烈的哀樂，顯揚個人的才性，於是進入文學（尤其是五言詩）的盛世。後人美稱之為「建安風骨」。跟着，逍遙放曠的道家思想形成新的人生態度，兩漢儒經不再獨主時人的心靈，所以「玄言詩」也流行一陣子。不過，填滿概念詞語的韻句，究竟質木無文；「老」「莊」歸依自然的道理，又使人更懂得解脫塵網、怡情風月，於

是，山水田園之詩繼興。要描色摹聲，模山範水，就要「儷采百字之偶，爭價一句之奇；情必極貌以寫物，辭必窮力以追新」（《文心雕龍‧明詩》）大講修辭煉字工夫；另一方面，佛教入華，因亂世而日盛，因玄學的引導而佔領了許多心靈。由於翻譯佛經名辭，發現了漢語四聲平、仄（上去入）相對之理，再加上因普遍重視歷史經驗而喜用典故以暗示譬況，種種技巧用於辭章，就有駢體之文和格律之詩，發達於齊梁時代。再一方面：纏綿委婉的七言，比五言又更多變化，作品漸多。到隋、唐軍事政治以北統南、而學術文藝以南化北，就成為耀采古今的唐詩了。

唐朝之前，句數、平仄、對偶都自由的五、七言詩，已經流行，所以稱為「古體」；而新近成熟的律詩絕句，則稱為「近體」。後者和樂府詩比較，同是關係音樂，而又語句整齊，在歌唱時少不免要配合樂句而增加「泛聲」，泛聲變成實字，就等於採用樂府詩的長短句法，而變成新興的「詞」了。詞的押韻較寬，但句的平仄、長短，以至對偶，都依固定譜式，稱為「詞牌」（如〈憶江南〉、〈菩薩蠻〉之類）。詞由詩衍生，所以又稱「詩餘」；可以歌唱，所以稱為「曲子」，歸入於廣義的「樂府」。中唐詩人往往有作，晚唐、五代越加流行，到兩宋而全盛，從此詩詞並流，成為文人遣興寄情的最愛。

詞由中唐的民間情調，變成南宋的典雅高華；於是市井的俗謠俚曲，又隨新興都市而另外湧現，為新一代文人創作所吸收、加工。廣大的華北，從契丹（遼）、女真（金）、到蒙古（元），北鄙殺伐之音、狠戾淒緊之聲，隨干戈鐵蹄而俱入，語音、詞彙、聲律、歌曲，都隨之大變。蒙元統治，尤其狹隘、封閉、暴虐；傳統科舉，又廢而不行者數十年，於是抑沉下僚或不屑仕進者，或嘲風弄月、流連光景，或諷罵黑暗、放任頹廢，於是改靜為動，易斂為放，含蓄深微變而為顯豁舒曠，詞又衍變為活潑自由之曲，所以有人又稱之為「詞餘」，或

者更廣義的「樂府」。當時戲劇發展流行，無論漢胡，都所嗜好，於是合「散曲」「小令」而為「套數」，再加科（動作）白（講說）而成「雜劇」，南方長篇者稱為「傳奇」，這就屬於歌劇範圍了。不論書齋獨吟或者劇場公演，詞曲的典範與營養來源，也還是承先啟後的唐詩。

詞曲分流，傳統的詩仍然繼續發展。宋代哲思發達，許多文體都散文化，宋詩也走上「尚理」的新路，希望與唐詩分庭。元、明兩代，正統文學衰微，至清而許多傳統文製再盛，包括了唐宋各體的詩，好像是準備進入一個「三千年未有之大變」的新時代前，一次最後的總展示。

清末民初以來，中國文化新局真是前所未見。歐風美雨，帶來了語體的、不押韻的、散文化的新詩。五四不久，白話散文就迅速登上主流的、實用的地位，但新詩要普遍為人所喜見樂聞，還須繼續努力，不要說「取代」詩詞了。有些人曾經高唱以「橫的移植」代替「縱的繼承」，問題是文化泥土的改變必須非常長期的日積月累。才高氣盛、會傳統、現代、歐西三種營養而成新詩佳作者當然大有其人；繼續用古典體裁以驅遣新詞，帶入新風、表現新世者，仍然舉目皆是，真可謂源遠流長、萬古不廢。千載以前，唐詩成功的典範，是否給現代詩人，不管用的是文言、是白話，一個最重要的啟示呢？

二、唐詩的時代背景與政治大事

中國向來重史，詩人更多詠說前代，借古喻今，觀下頁唐以前之朝代分合表，可知其所承繼。

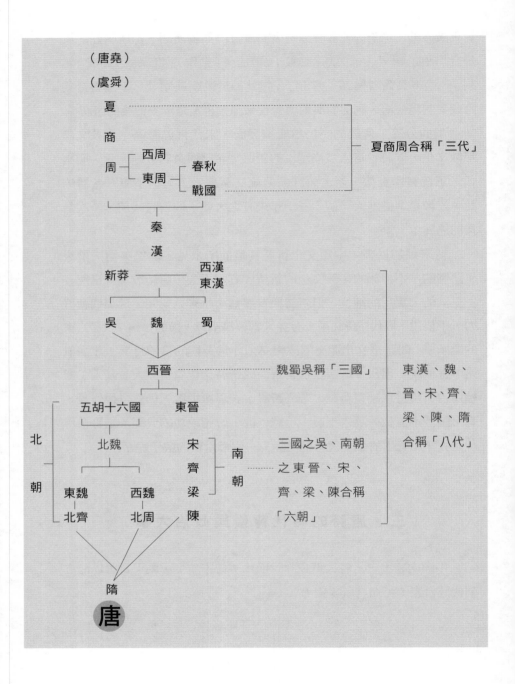

	唐帝	年號	大事	
618	高祖	武德	621（武德四年四月）敕諸州考選人才，隨物入貢中央，翌年（622）冬，敕付尚書省考選入官，是為隋創科舉制正式確立推行之始。 626（武德九年六月）玄武門之變：太子建成、齊王元吉謀害秦王世民，反失機先而被殺，世民為太子，主國事（八月）受高祖禪位。	初
627	太宗	貞觀	630（貞觀四年三月）李靖破突厥，四夷君長上太宗尊號為「天可汗」。日本始派「遣唐使」。	唐
650	高宗	永徽（及其他十三年號）	貞觀之治 666（乾封元年正月）登泰山築壇祭天（「封」），下丘陵闢基祭地（「禪」），武后皆參與奠獻，祀孔子為「太師」，（二月）謁老子廟，尊之為「太上玄元皇帝」。	
684	中宗 睿宗	嗣聖 文明		
684	則天后（周帝）	光宅（及其他十七年號）	690 武后稱帝，改國號曰「周」。	
705	中宗	神龍	705 張柬之等乘武則天病重，逼其讓位，中宗復辟。	
		景龍	韋后與安樂公主亂政，平於相王之子李隆基及太平公主。相王即位為睿宗，以隆基為太子。	
710	少帝（溫王重茂）	唐隆		
710	睿宗	景雲		盛
		太極	712 睿宗禪位太子，尊為太上皇。	
		延和		
712	玄宗	先天	713 太平公主奪權，敗死，高力士有功，宦官從此盛。	唐
		開元	開元之治	
		天寶	742 755（天寶十四載十一月）安史之亂始	

〔接上表〕

	唐帝	年號	大事	
756	肅宗	至德	756（天寶十五載，至德元年）玄宗奔蜀，太子即位靈武。馬嵬驛諸楊伏誅。	中唐
		乾元	758 760	
		上元	762	
763		寶應	763 安史之亂結束	
	代宗	廣德	765 吐蕃大侵	
		永泰	766	
780		大曆		
	德宗	建中	784	
		興元	785	
805		貞元		
	順宗	永貞	805（貞元二十一年，永貞元年）王叔文集團佐順宗謀新政，帝病，兵權又在宦官，乃敗，或死或貶，宦官擁太子奪權，為憲宗（順宗為太上皇，旋死）。	晚唐
805	憲宗	元和	817（元和十二年）平淮西藩鎮 820 帝常服金丹，忽暴崩，蓋死宦官手。	
821	穆宗	長慶	牛李朋黨之爭起	
825	敬宗	寶曆	826（寶曆二年十一月）帝醉嬉，宦官殺之，立皇弟為君。	
827	文宗	大和	835 謀誅宦官事敗，大臣族誅（甘露之變）。 836	
		開成	840 文宗病危，宦官矯詔立皇太弟，並使殺太子奪位為武宗。	

〔接上表〕

	唐帝	年號	大事	
841	武宗	會昌	─845（會昌五年）帝惡僧尼耗蠹天下，又信道士趙歸真，乃大毀寺焚經，勒令還俗。	晚
847	宣宗	大中	846　帝久病，屢以五行改名，不癒，宦官擁立皇太叔（憲宗子）務反會昌之政，敕復廢寺。	唐
860	懿宗	咸通	吐蕃，回鶻亂弱，而南詔繼興，為西南邊患。 王仙芝、黃巢先後領導民變。	
874	僖宗	乾符（及其他四年號）	沙陀族李克用起，擾唐。 ─880（廣明元年十二月）黃巢破兩京，大殺高官宗室，即帝位號大齊，僖宗奔蜀，次年，赦李克用，使鬥黃巢。 ─882（中和二年）黃巢勢衰，其臣朱溫降唐，賜名全忠。 ─884（中和四年六月）黃巢敗死。	
889	昭宗	龍紀（及其他六年號）	軍閥混戰，李（克用）朱（全忠）爭雄。 ─903（天復三年）君相得朱之助，大誅宦官。朱封梁王，先後殺宰相、昭宗及諸子。	
905	昭宣帝（哀帝）	天祐	907（天祐四年二月）群臣勸帝遜位於梁王（四月），唐亡，朱改名晃，即位號梁，是為後梁太祖。	
907				

三、唐朝的科舉與官制

「學優登仕，攝職從政」，是自唐至清知識分子主要的人生之路。讀儒家的經籍、作倫理的文章，參政府的考試，很難，但總有人中舉。一旦及第，可作朝廷命官，最亨通者終登臺閣，運氣一般者猶主州縣。從此分享政權，豐裕生活，所謂「黃金屋、顏如玉」都接踵而來。其間的榮枯得失，所致的喜怒哀樂，一一表現在他們的文學作品。唐代的詩人，唐人的詩篇，也就是如此。「為責任，做詩以自課；為情緒，做詩以自遣」，聞一多在《唐詩雜論》的兩句，實在精警。

自私的人性與所得的教訓構成了歷史。上古政府的權位，只留給統治者自己的親屬與功臣。春秋戰國，學術文化因貴族政治崩壞而流入民間。民間人才因游說諸侯而布衣卿相。不過這是各隨機遇，談不上制度。秦任法吏，暴興而速亡，兩漢就用地方察舉，而輔以徵辟。耳目所限，人情所圍，自然流為既得利益者壟斷的魏晉南北朝門第制度：「上品無寒門，下品無世族」，取才的狹隘封閉，滯窒了國家自己的生機，於是亂亡相繼。統一南北的隋朝雖短，這方面的覺悟與改變卻是影響長遠，繼承者唐朝，開國四年，就正式推行科舉取士，歷宋元明清，到二十世紀之初才廢除。

科舉後來的大病，在於「科」太狹而「舉」不當：只考四書，只作門面話，只看書法；明清兩代更作成僵化的八股文章，變成「所學非所用，所用非所學」，把全國精英化為廢物；至於最初創制，那公平、公開、公正的精神，所謂「展公道而振孤寒」，卻是遠過前代。唐朝門閥勢力的減弱，人才的鼎盛，詩學的發達，科舉是一個非常重要的因素。

考生來源有二：各級學校的「生徒」和各地自動報考而獲得選拔上京應試的「鄉貢」。此外，皇帝亦可隨時舉行「制科」。所考科目，有「明法」、「明算」、「明字」以及要求極高、初唐以後便廢的「秀才」

等科。武后時，還創立了「武舉」。後來大功臣郭子儀，就是武狀元出身。不過士人所趨，惟「明經」與「進士」，尤其後者。自玄宗天寶年間，開始特重賦、詩（一般省試作五言排律、六韻十二句，參看 3204），再加帖一大經（即以《禮經》或《左傳》某頁），掩兩端而留一行，並遮帖三字，考應試者記誦能力，又試時務策三至五條，於是文才、經學、見識，皆在考核之中，遠較只重記憶之「明經」為難，亦更為可貴。有「三十老明經、五十少進士」（三十歲才考中明經，已算太老；五十歲考中進士，還算年輕）之諺。新科進士，政府盛宴慶祝於曲江並在慈恩寺雁塔下題名留念，王公貴人，也趁此機會選婿。想做官的，再要考一個吏部主辦的「選試」，在「身」（儀表）、「言」（口才）、「書」（字體）、「判」（模擬審案判詞寫作）四項及格，便可獲選任官，否則便要先到地方節度使處當幕僚了。到後來，人浮於事，就連考中的也不一定即獲中央政府委聘了。

富貴功名，揚名立業，從來都是人群奮鬥的目標，全國各地優秀青年，就在「科舉」這條社會階梯上不斷努力，所以，應試的詩篇，雖然大多情淺（甚至偽）意庸；詩藝的琢磨，卻是千錘百煉，試前邀人鑑賞的「行卷」，更加力求精彩；鍛煉了詩文藝術，也增加了遊歷識見，當然，也飽嘗世態炎涼、人力與命運矛盾的種種苦楚。唐朝中葉，傳統世家門第和貧寒進士兩條路途出身的權利衝突，劇化而成經歷幾朝數十年的朋黨之爭，宦海風濤，險惡萬狀，許多都寫在他們的詩篇上面了。

值得深思的是：好幾位大家，都曾經（或者始終）考不上進士，又或者不想考、不敢考。王維早達，卻又一早便半官半隱。柳宗元早達，不久便痛苦一生。公認成就最高的兩位大詩人李白、杜甫，都並非進士。進士而且真的德藝均優了，卻又屈沉下僚、困頓終生者，比比皆是，是「文章憎命達」？是舊日政治太容易導向黑暗、痛苦？抑或詩人根本不宜從政，以詩擢士，本來就並不妥當？

（一）唐代官職

特級榮譽高官，無實職，不常設： 三師——太師、太傅、太保

　　　　　　　　　　　　　　　三公——太尉、司徒、司空

台省：政務中樞——三省六部見下表。

唐代中央政府三省六部表

	北　省		南　省					
三省	中書省	門下省	尚書省					
別名	西臺、紫微省、鳳閣	東臺、黃門省	中臺、文昌臺					
職責	制令決策	審議覆判	頒佈執行					
首長	中書令	侍中	左僕射			右僕射		
次長	中書侍郎	門下侍郎	左丞			右丞		
各級佐吏	中書舍人 右散騎常侍 通事舍人	左散騎常侍 諫議大夫 給事中 起居郎	吏 戶 禮	部 各 四 司	尚書 侍郎 郎中 員外郎 主事	部 各 四 司	兵 刑 工
	右補闕 右拾遺 集賢殿學士 集賢殿直學士 侍讀學士 史館修撰	左補闕 左拾遺 弘文館學士 弘文館直學士						

三省首長皆是宰相，首席者稱「執政事筆」。

翰林院本宮中專門技藝機構，後亦為皇帝制詔，設學士若干，首席稱為「內相」，秘書省掌圖書冊籍檔案。

御史台掌監察彈劾檢舉。

國子監掌各級官員子孫教育（國子學、太學、四門學）及下級官吏與庶民子孫技術教育（律學、書學、算學）。

（二）地方行政

州（府）、縣二級制（安史亂後，最上加「道」一級）。

京兆、河南、太原為三京，設「府」，以牧、尹為首長。

州長官：刺史上佐：別駕、長史、司馬。

判司：司功、司倉、司戶、司兵、司田、司法、司士等各曹參軍事。

縣長官：縣令

佐官：縣丞、縣尉、主簿、司功、司會……等各「佐」。

道，本為監察區，唐初分全國為十道，開元時分為十五道，邊防地區設節度使，後亦及於內地，漸集軍、政、財、監察權於一身，形成晚唐五代之割據。

四、唐詩與中國思想

詩是一種文化表現，哲學與宗教是文化的核心，因此，作詩者真、善、美的理念，自然表現於其他的篇章。

中國文化成型於周代，春秋戰國是學術思想的興盛時期。貴族政治崩壞，王官所守流入民間，有志匡世的才士乘時而起，於是九流並興，其中儒、道、墨、法、陰陽等家影響後世最大。墨家早衰，但仗義精神繼續貫注於個人游俠與幫會。秦用法家強化政權，剪滅六國，其統一王朝壽命雖短，「憑勢、用術、行法」的統治原則，一直為歷代君王所用，結合了講社會和諧、倫理秩序的儒家和講宇宙秩序的陰陽家，構成忠君貴官，尊卑判然的主流思想。

與「共同規範」並存而相反相成的，是「個別差異」。講「逍遙觀賞」的老莊精神，二千多年來都與「周情孔思、開物成務」的儒家之學，互相補足，而又特別成就中國藝術，正因為藝術必基於個人才性的顯揚、與萬物自然的欣賞。東漢以後，又加上由天竺經西域傳來，變成中國最大宗教的佛法。

　　全盛於隋唐的佛教，講萬法唯識、六道輪迴、三學修持、一心明性。捨離解脫的主張，比道家更令人「放下、自在」；而因果報應之說，又深入人心地幫助儒家教忠勸孝。此外，混合多種民間信仰、吸收陰陽五行和佛教學說、標舉老莊為教主，講修煉長生以吸引大眾特別是君王的道教，又與李唐王室互相利用，成為普遍信仰。儒家入世以淑世，道家超世而玩世，佛家出世以拯世，於是，既分立、競爭而又融和、混合的儒道釋三教，就成為唐代和此後的中國主體思想。而表現在詩人與詩篇之中，杜甫的戀君愛民、關懷社會；李白的癡想神仙、夢為王佐；王維的淡漠世情、靜觀自適，分別是唐詩作者之中，三教思想最傑出的代表。

五 、 唐 詩 的 興 盛 原 因

　　唐朝，整體來說，是國史的盛世，因此後世華裔又有「唐人」之稱。唐人尚文，向來又以詩為最精，所以，唐詩可說是中國文學的瑰寶。

　　中國詩以唐為黃金時期。清康熙四十五年（1706）所輯《全唐詩》九百卷，在印刷術尚未發展、書籍更較後世難得易失的三百年間，竟有二千三百餘家，四萬八千九百餘首，數倍於漢魏六朝八百載之成績。以體裁言：則五七言古近體，無所不有；以格調言：則《文心雕龍》所謂典雅、遠奧、精約、顯附、繁縟、壯麗、新奇、輕靡八體，

　　　　　　　　　　　　　　　　　　　　　　　原韻譯唐詩新賞

無美不備。以作者言：士子以外，帝王將相、后妃倡優，以至僧道樵牧、村夫野叟，皆有詩篇傳世，真所謂「一代之文學」了！

唐詩興盛原因：

（一）尚文之傳統

自戰國縱橫舌辯，影響辭賦誇飾之風，所謂「楚艷漢侈」，到建安時期，世積亂離、情思解放，曹丕《典論論文》，至以文章為「經國之大業、不朽之盛事」。駢偶、用典、聲律等種種藝巧，與時俱進，至齊梁而蔚為大觀。昭明太子以「沉思」「翰藻」為原則編成《文選》，以古來詩、賦及其他各類佳作，懸為典範，也就成為唐人所承繼的豐盛遺產。唐承隋後，政治是以北統南，文學上則是六朝華采的熱烈愛好者，朝野上下，大體皆然，否則也不必有隋李諤之上書，痛論齊梁之弊了。

（二）政治之影響

唐開國數年，即行科舉；不久更以進士為貴，以詩賦為試，帝皇亦往往接見詩人，給以榮寵，間中甚至躬與唱和，甚至如駱賓王、上官婉兒之例，身雖獲罪，作品仍受帝王愛重，詔傳其集，命大臣作序，虛榮實利都在，於是習之者眾，既專且勤。

（三）社交之利器

唐代士人皆習詩，官吏清貴者皆由詩出身，於是詩成了最高雅的溝通媒介。即如春秋時代諸侯大夫間，「酬酢以為賓榮，吐納而成身

文」（《文心雕龍 · 明詩》，筵席之間，以詩表示禮敬；「賦詩言志」與「聞弦歌而知雅意」，成為「身份」與「文化」的象徵。舉凡堂陛唱和、友朋贈答、投謁名流以延聲譽、席上賦詠以表才情，以至驛亭、旅館、妓院、酒肆，皆有書壁掛板，供人題詠；遷客勞人，亦可借以自解寂寥，真所謂「嘉會寄詩以親，離群託詩以怨」，「使窮賤易安、幽居靡悶」（〈詩品序〉）了。

（四）意境之擴展

魏晉南北朝數百年間，天下大亂，漢胡各族，由衝突而混融，交通發達，文化交流，氣質遂新，又三教並行，意境深廣，此其一。

唐以前之文士，多出貴游子弟，才學雖高，見識每窄。科舉既行，起於布衣之詩人遂多，游學游宦，經歷四方，加以盛唐威聲遠播，域外見聞，一新耳目，邊塞詩篇之盛，歷代所無。安史之亂，舉國騷然，其後內外交困，生民多艱，詩人身歷其境，自多感慨，此其二。

隋唐以北統南，尚武任俠，蔚成風氣。《文心 · 明詩》謂建安文士，「慷慨以任氣，磊落以使才」，乃成一代之盛，唐人有之，而為時更久。又君主專制之中，仍較開放自由，朝廷以至宮禁之事，諷詠尺度，反比後世之宋元明清為寬，此其三。

（五）詩體之成熟

中國詩歌，以體裁言：四言典雅，《詩經》為範；五言樸厚，漢魏為宗。七言之紓緩婉轉，律絕之偶巧音諧，則萌芽六朝，至唐而完備。又有樂府舊制新題之長短多變。以風格論：貴風骨，則稱美建安；尚曠達，則步武魏晉；矜練麗，則歸宗六代；研聲律，則功繼齊梁，總之，

詩人各就所安，以吟詠情性，集上古之大成，開後世之詞曲。

六、唐詩的發展

《文心雕龍・時序》說得好：「歌謠文理，與世推移，風動於上，而波震於下。」唐詩發展大勢，仍以明高棅《唐詩品彙》「初、盛、中、晚」的「四分說」，最受認同。

（一）初唐（玄宗前九十餘年）

太宗以文治武功，奠定唐朝二百八十年的基業。他對以庾信為代表的南朝文采的愛慕，也是齊梁到初唐的重要橋樑。眾多文學侍從、宮廷詩人中，虞世南之後，上官儀和孫女婉兒，昌明了聲律對偶之學，高宗武后時期，活躍着李嶠、蘇味道、崔融、杜審言「文章四友」。最後一位也最出眾，不單因為他後來有位「詩聖」的孫子。他們都善於新興的律體，接力而成績輝煌的是宋之問、沈佺期，別樹一幟的是清新的王績、樸素的王梵志。活躍在宮廷之外，抑沉下僚，因此也寫出了更多實際生活體驗，而又能承繼六代之長的，是王勃、楊炯、盧照鄰，駱賓王，所謂「初唐四傑」——其實這時距離開國，已好幾十年了！這個時期最特立獨行的詩人是陳子昂，力排齊梁之徒重形式，恢復漢魏之個性。顯豁，以風骨之健，代替脂粉之香，後來韓愈說：「國朝盛文章，子昂始高蹈」（〈薦士〉），元好問〈論詩絕句〉：「沈宋橫馳翰墨場，風流初不廢齊梁；論功若準平吳例，合著黃金鑄子昂。」寫得就更生動了。

（二）盛唐（開元天寶前後五十年間）

這時國力達於頂峰，經濟繁榮，藝術發達。陰暗之處都暫時顯得不重要了，到處是燦爛的陽光，詩人以宏放的氣魄、奇絕的才調，有時又帶一點叛逆的精神，熱愛自由，發揮個性，去關心世務，追求功業。五七言古近各體，都已齊備，而眾多名手大家亦應運而出。

最能突出那個時代、最能代表儒農文化與沙草游牧生活接觸的，是邊塞詩（和同時產生的「閨怨」之作）。使高適出眾的，不只是他有一般詩人所缺乏的條理與幹才，還有詩的成就。岑參有特別的節奏，而王之渙、李頎、王翰等，都有不朽之作。至於王昌齡，最擅長七絕，唐人除李白外，真是罕有能與他抗手。

與進取、開拓相對的是恬適幽隱，在山水田園的懷抱。孟浩然、儲光羲、裴迪、綦毋潛等，都是前代陶（潛）謝（靈運）的傳人，而精於音律，又是南派水墨畫家之祖的王維，早慧、早達而又早隱，躲到他輞川別業的小天地，放下、自在於佛教世界了。

放不下世界，又想談笑而做王佐、又想逍遙而作仙人的是李白。神秘的月、迷醉的酒、狂放的他，三結合在想像超奇、天才卓絕的詩篇，世人稱他，他也自以為是：謫仙。

從上古到盛唐，浪漫主義詩歌的最高峰是李白，小他十一歲、憐他如弟兄的杜甫，則是現實主義的泰山，讓無數後人仰止攀援，「齊魯青未了」地綿延百代。真心地關愛社會，精心地完成詩律，使他榮膺「詩聖」的尊號而無愧。

（三）中唐（從「安史之亂」結束到「甘露之變」約七十餘年）

大創傷之後是喘息休憩，大動亂之後是檢討、重建。

　　　　　　　　　　　　　　　　原韻譯唐詩新賞

從盛唐走向中唐的著名詩人，有精擅五律、號稱「長城」的劉長卿，吟詠田園閒適的韋應物。稍後湧現一批作家，都長於五律，都多應制酬和之作，即所謂「大曆十才子」，而錢起清淡，最近王維。李益七絕可追王（昌齡）、李（白）。盧綸、司空曙、李端等，也各有佳篇。他們的作品，大抵音律和諧、詞藻清麗、意態高雅、情思淡逸，多寫宴會離別，游宦貶謫隱居……不大觸及最上層和廣大下層社會的黑暗面，或者也以為唐室真的可以中興，期待着他們少年時代的開元盛世再臨吧。

　　另一批作者比較正視現實，同情百姓疾苦。孔孟的遺教、詩聖的典範，始終號召着人心，張（籍）王（建）樂府的出現，下開元（稹）白（居易）的新樂府，是社會的寫照、百姓的呼聲。上升到哲教思想層次、呼籲外抗夷狄、內排佛老的是韓愈。韓愈並尊李杜，而氣質、志業，當然更近杜甫。下開理學、衛道弘儒的他，以卓絕古今的古體散文，表達周情孔思，餘力為詩，也開創了「以文為詩」的新路。遣詞不避生新，造句時涉怪僻，而庸濫軟熟之病，一洗而去。在政途上，雖也飽經憂患，至少晚景顯達，在著名詩人中算是少數，再加上他的勇毅擔當，聚集在他四周的文士也不少，他很敬愛年長的孟郊、曾經出家的賈島、病弱的李賀，他們寒瘦、陰冷，各具其美，不過，相形之下，元好問〈論詩絕句〉所謂「江山萬古潮陽筆」，自然「合在元龍百尺樓」了。

　　韓愈另兩位朋友是柳宗元、劉禹錫，政見不同，不過無礙知己。柳子英年勇銳，永貞政變一斥不復，嘗試學王、孟之遁隱而終於做不到，所以痛苦。

　　痛苦而長命得多的是劉禹錫，才識卓越，仿民歌而寫竹枝詞，下開宋詞。晚年與白居易唱酬。白樂天早年與元稹，有極多長律唱和，二人又與李紳並肩寫作「新樂府」，刻劃時事，貫徹他「文章合為時而著，歌詩合為事而作」的信仰，表現了強烈的諷諭精神。不過元和

十年（815），江州一貶，此後就收斂鋒芒，以佛教自安了。他最著名的〈琵琶行〉是千百年來家絃戶誦的、失意文人與貶謫官員的長篇代表作；而前此的〈長恨歌〉，更是當時與後世雅俗共賞的名篇，冶多種市民興趣題材於一爐，與文言傳奇小說、佛教變文俗曲，是同一時代的社會產品。

（四）晚唐（「甘露之變」以後六十多年）

靠「儒心」而來的「仁勇」，經過現實的摧殘，很少人不疲軟於逍遙的「道心」、幻想的「仙心」、和寂滅的「佛心」，只有韓愈是例外。為韓愈〈平淮西碑〉被拉倒而作詩以鳴不平的李商隱，可能也察覺到這點。不過，他的名句：「夕陽無限好，只是近黃昏」，真的是所處時代的寫照。

稍前於他的杜牧，文武兼資，志切匡世，不過也是慣見地懷才不遇，無路請纓，只得一度寄情山水與聲色，眼看着王朝與社會，一天天爛下去，一方面力避元白以來淺俗之風，一方面力抗當時回向六朝穠麗之習，杜牧的詩，是卓爾不群的。

同樣坎坷，而更成為牛李朋黨之爭犧牲品的，是與杜牧有「小李杜」之稱的李商隱。這位多情而多才的詩人，有太多不便明說出來的戀情（戀女也好，戀君也好），於是寫出大量色麗音和、典密而僻的七律，隱晦而不澀，朦朧而極美，於是成為唐詩殿軍，從宋初「西崑體」以後，都有許多人受他影響。

寫艷詩而與李齊名的是溫庭筠，不過格調之高、境界之深又不如李。他的成就更在歌樓妓院為中心的、新興的詞上面。與他並列為「花間詞人之首」的韋莊，也是詩人，有長篇敘事詩〈秦婦吟〉，可說是李唐一代的亡國哀音了。

七、唐詩與世風

「文變染乎世情」（《文心雕龍》語），詩人的心靈，經常敏感觸動於社會變化。魏晉南北朝幾百年的分裂、動亂，結束於唐。從高祖到玄宗，宮廷鬥爭不免刀光血影，社會大體卻是河清海晏。太宗雄武，被四裔列邦尊為「天可汗」，納諫尊賢，成就了國史上最輝煌的「貞觀之治」。高宗武后繼之，到玄宗前期，又有「開元之治」。形之詩歌，也有發揚蹈厲之勝，邊塞諸作，尤為一代盛觀。可惜，「權力導致腐敗」，沒有任期，沒有制約的絕對權力，更必然導致徹底腐敗，玄宗一朝，就提供了最好的例子。天寶以後，怠倦驕逸，奸相、宦官弄權，於是政治日壞；好大喜功，以胡制胡，於是尾大不掉。安史亂起，幾乎亡國！此後，回紇（回鶻）恃功而跋扈，吐蕃逞強而侵侮；到唐、胡俱疲，南詔又乘時而起，東北更有契丹（遼）之繼興。安史雖平，餘孽仍據河北，胡風大扇。淮西武人，扼兩京與東南之間漕運咽喉，更成心腹之患。各地藩鎮，又勾結朝中朋黨、宦官，以及科舉失意之士，共謀反側。世易時移，即使太宗復生，恐怕也無能為力了。

中國自古以農立國，唐承北朝均田制而行租、庸、調，耕者有其田，治者有其用，本是意良法美。不過，承平稍久，人口滋生，耕地就變為不足，生產方法、泥土質素又無所改善，那個「合久必分，治極則亂」的，似乎宿命的現象又再到來。另一方面，上層社會的奢靡，不因大亂而收斂，軍費、政費，居高不下，佛道流行，寄生農工而逃避稅役者日多，而唐室所能管治的疆域與人民卻大減，中唐以改行「兩稅法」，也只收效一時，而對根本問題的解決並無幫助，這一切，熱血的詩人雖然不是超時代的政治經濟社會專家，同樣提不出有效的辦法。不過，他們痛在心裏、寫在詩裏，也是人民的喉舌、時代的呼聲了。

「人窮則呼天」，經過漢魏以來幾百年的黑暗昏亂，講來生福報、捨離世累的佛教，講煉丹長生、多神崇拜的道教，都興旺發展，而全盛於唐朝。佛教談「心」說「識」，道教所假借的道家老莊逍遙之理，對士人又別具吸引之力，於是不論上智下愚，都靠這兩家信仰，在儒家倫理之外，獲得鼓勵與慰安。唐王室又把老子引為國姓，與道教互相利用。一切文化的核心，都是宗教與哲學，以決定何者為真、善、美。傳統中國，是儒家的入世淑世，道家的超世玩世，佛家的出世拯世，互相抗衡而又彼此補足，掌握了基本的文化精神，以賞析唐詩，那體會就可以深刻了。

八、唐詩另類作者── 婦女

稱她們為「另類」，不是歧視：是反映她們長期遭受歧視的實況。

女性佔人類一半，又有較豐富而纖細靈敏的感情，平均較好的語文天賦，但是，有史以來以文為治的中國，在現代以前，從未給婦女以平等教育權（即使只限於文學教育）與參政權（甚至議政權），五代兩宋以至明清，更有越演越烈的纏足惡俗。這是無可辯解的、由自私人性而產生的社會罪過。說甚麼「眾生平等」、「有教無類」，說甚麼「己所不欲勿施於人」、「身體髮膚受之父母不敢毀傷，孝之始也」，都變成白講。

比起現代，當然遠遠不如；比起以後的宋、元、明、清，唐代的婦女出頭得稍為容易。武、韋、太平、安樂、上官婉兒……這些在政治上掀起過或大或小風波的女性，她們的是非成敗不在此論說了。單說詩人，也有幾位。這些被稱為「掃眉子才」、「不櫛進士」都是：

一、非常聰慧，所以在懸殊的教育條件、絕沒有科名富貴的鼓勵

之下，仍然能夠讀書識字，寫出可觀的詩。

二、美麗而又開放任性，有些是當時「交際花」或女道士（女冠），所以有色彩紛披的愛情生活，給她們以寫作的靈感與內容，也往往帶來悲慘的人生結局與後人的惋惜與懷思。

三、詩篇的題材、格局，都比較狹窄。她們的生活圈子本就如此；思想和文字的深度也有一定限制，這是當時的社會對她們不公，使她們成不了李白、杜甫，不要說韓愈了。

九、唐詩的體裁格律

作為中國語言代表的漢語，有三大特質：

單音綴（mono-syllabic，一個音綴一個語素 morpheme）。

孤立（isolating，每個詞不受他詞制約）。

有聲調（tonal，每個音綴有起伏升降狀態，即「平」與「仄」——即是「側」、「不平」，包括「上」、「去」，和現代北方話消失，卻仍在閩、粵等方言保存的「入」），因此，表諸書面，可以一字一義，句句整齊。從一字構一句開始，稱為「一言」、「二言」……幼兒和太古歌謠，往往是兩三個字一句，或者合兩個簡單句為一個複合句（如《三字經》式），稍經濃縮，便成四字一句（「四言」），《詩經》所收，便絕大部分是四言詩，後世的成語、頌讚語句，取其典雅凝練，也絕多此體。

五言比四言雖多一字，句式變化與訊息含量卻增加不知多少倍，所以漢魏六朝詩，以五言為主流。後來再加兩字，變化更多，訊息更富，又別有委婉紓緩的情韻，到了唐朝，七言詩就完全成熟，句式的變化既多，含蘊意義可以無窮，而人類一口氣的語句長度有限，七言

大概是漢語常用句的極限了。

由於上述三個特質，中文又可以構成整齊的對偶句——每對句子，字數相同，結構相同，句中同一位置的字詞，卻可以音調相反、意義相對。因此而有「對聯」、「駢文」、「律詩」這幾種中文特有的文藝形式。

駢文句數，每句字數，都不必齊一，所以每每四或六字一句（或四四、四六、六四、六六複句）以相對。詩則句數必雙，每句字數均等。故此反以單數的「五」「七」言為主，這個比較現象，實在有趣。

唐代士子人人必讀的《昭明文選》，蕭統〈序〉中有句很重要：「踵其事而增華，變其本而加厲，物既有之，文亦宜然」，《文心雕龍·通變》也說：「黃唐淳而質，虞夏質而辨，商周麗而雅，楚漢侈而艷，魏晉淺而綺，宋初訛而新」，因為翻譯佛經的影響，聲律之學大為發達，助成齊梁詩文的色麗音和。到了唐人，摒棄南朝宮體陳腐、狹窄的內容，襲取聲律、對偶、用典的技巧，於是在詩來說，就有「絕句」與「律詩」的成熟，合稱為「近體」，以與漢魏已有的「古體」相對。常用的唐詩體裁，有如下表：

體裁	古體		近體					
			絕 詩		律 詩			
規格	五古	七古	五絕	七絕	五律	七律	排律（長律）	
							五排	七排
每行字數	五	七＊	五	七	五	七	五	七
每首句數	不 限		四		八		十或以上	
文字對偶	自 由		自 由		除首聯、尾聯外，中間各聯，均兩兩對偶			
句中平仄	不 限		有規定，末字及一般二、四、六等位置尤嚴					
押韻	可押平或仄韻		一般皆押平聲					
	鄰近韻部時可通轉		只押一部之韻，不可通轉					
	可一韻到底，亦可分段節轉韻		一韻到底					
	可隔句、亦可句句押韻		首句或押或不押，其餘偶句押韻					

＊七古一篇之中，常可雜以三、四、五、九甚至十一字之句。

〔說明〕

　　一、一般律詩，一二句首聯，三四句領聯，五六句頸聯，七八句尾聯。排律則如杜甫〈寄李十二白二十韻〉（2805），甚至有百韻（二百句）者。聲調方面，平仄在句中二、四、六位置及句末之五、七位置必相對。文字方面，領、頸聯亦各自成對。

　　二、沈祖棻《唐人七絕詩淺釋》指出：絕句得名，由於聯句。南北朝時，盛行五言聯句，每人各作四句，蟬聯而下，若無續作，則稱為「絕」。唐代律體成熟，影響絕句，其平仄格調，就如律詩半首，故時人又稱「小律詩」。明人又有「絕句由律詩截成」之誤說，至於猶存律化以前較自由之形式者，稱為「拗絕」、「古絕」。

　　三、沈氏又引施子愉在《東方雜誌》四十卷八號〈唐代科舉制度與五言詩的關係〉一文，就《全唐詩》存詩一卷以上之詩人作品統計，製成一表：

時期 數目 體裁	初唐	盛唐	中唐	晚唐
五言古詩	663	1795	2447	561
七言古詩	58	521	1006	193
五言律詩	823	1651	3233	3864
七言律詩	72	300	1848	3683
五言排律	188	329	807	610
七言排律		8	36	26
五言絕句	172	279	1015	674
七言絕句	77	472	2930	3591

由此可見，唐詩以五七言律詩及七絕最多，當代考試用五律，影響七律亦發達，樂府歌詞則多七絕，故所作體裁，遠超他體。七絕之增加最多最速，因為既與古體之自由相差不遠，又有律體和諧之美，對偶與否亦可隨意，較之五絕，又多迴旋動盪的變化，所以作者甚多，而且普遍入樂，後來興起於中唐之「詞」，如〈楊柳枝〉、〈竹枝〉、〈浪淘沙〉等，形式上仍是七絕，所以王士禛〈唐人萬首絕句選序〉說：

> ……開元天寶以來，宮掖所傳、梨園弟子所歌、旗亭所唱、邊將所進，率當時名士所為絕句……唐三百年以絕句擅場，即唐三百年之樂府也。

唐詩的押韻

　　宇宙大謎之一，就是人類語言分歧：同一語系、語族、同一方言，還有許多聲、韻、調的差異，這是無可奈何的事。要在大帝國佳詩共賞（甚至普考），就非有一套共用的押韻系統不可。在隋統一南北不久，學者陸法言就因一次朋友的聚談、討論、鼓勵，於是沉潛研究多年，參考前代的韻書，於文帝末的仁壽年間，成了「斟酌古今、會通南北」的《切韻》，到了唐高宗時，孫愐又承之而有《唐韻》，這些唐人詩賦寫作根據的工具書，後來都失傳了。現存的是宋代根據前書而重修的《廣韻》，以及稍後併簡韻部而成的《平水韻》和清初敕撰的《佩文韻府》，歷來作詩者都以此為憑依，據此也大體可知唐人詩篇的押韻實況。每個韻部，字多（寬韻）而又與音近的他部通用，寫作就比較裕如，倘若字少（窄韻）而又無可通轉，那就艱困了。

詩 韻 表

	平聲	上聲	去聲	入聲
上平聲	一東 ⌉ 二冬 ⌋ 三江	一董 ⌉ 二腫 ⌋ 三講	一送 ⌉ 二宋 ⌋ 三絳	一屋 ⌉ 二沃 ⌋ 三覺 ⋯作古體詩可通押
	四支 ⌉ 五微 ⌋ 六魚 七虞 八齊 九佳 ⌉ 十灰 ⌋	四紙 ⌉ 五尾 ⌋ 六語 七麌 八薺 九蟹 ⌉ 十賄 ⌋	四寘 ⌉ 五未 ⌋ 六御 七遇 八霽 九泰 十卦 ⌉ 十一隊 ⌋	
下平聲	十一真 ⌉ 十二文 ⌋ 十三元 十四寒 ⌉ 十五刪 ⌋ 一先	十一軫 ⌉ 十二吻 ⌋ 十三阮 十四旱 ⌉ 十五潸 ⌋ 十六銑	十二震 ⌉ 十三問 ⌋ 十四願 十五翰 十六諫 ⌉ 十七霰 ⌋	四質 ⌉ 五物 ⌋ 六月 七曷 ⌉ 八黠 ⌋ 九屑
	二蕭 ⌉ 三肴 ⌋ 四豪 五歌 六麻 七陽 八庚 ⌉ 九青 ⌋ 十蒸 十一尤 十二侵 十三覃 十四鹽 十五咸	十七篠 ⌉ 十八巧 ⌋ 十九皓 二十哿 二十一馬 二十二養 二十三梗 ⌉ 二十四迴 ⌋ 二十五有 二十六寢 ⌉ 二十七感 ⌋ 二十八儉 二十九豏	十八嘯 ⌉ 十九效 ⌋ 二十號 二十一箇 二十二禡 二十三漾 二十四敬 ⌉ 二十五徑 ⌋ 二十六宥 二十七沁 ⌉ 二十八勘 ⌋ 二十九艷 三十陷	十藥 十一陌 ⌉ 十二錫 ⌋ 十三職 十四緝 十五合 十六葉 十七洽

01

（622？－684？）

駱賓王

　　「遐邇一體，率賓歸王」（《千字文》，意謂：遠近民族，團結一體，統統順服在明君的領導下）這個理想，實現在大唐太宗高宗武后的時代，也表現在初唐四傑之一的他的名字之上。

　　他還是婺州義烏（在今浙江）的幼童，已經能詩。七歲時所作那首：「鵝！鵝！鵝！曲項向天歌；白毛浮綠水，紅掌撥清波。」無論意象，對偶，聲調，都顯見是位早熟的文學天才。

　　在傳統中國，才人出路主要是由文入政，政治造成了他一生的榮辱喜悲。他曾經浮沉宦海，也幾次從軍邊塞。武后光宅元年（684），雖任臨海縣丞不久的他，任徐（李）敬業記室，草〈討武曌檄〉，氣勢文采，不只感動千百年來的駢文讀者，以之為與王勃〈滕王閣序〉並列的四傑雙璧，也立即感動了當時那位要改唐為周的女皇帝，嘻然冷讀，至「一抔之土未乾，六尺之孤何託」那關乎丈夫、兒子、直擊心坎之句，就瞿然驚歎：如此文才，竟不能收為自己之用！可惜文章改不了政局。迅速兵敗之後，駱賓王便不知所蹤。或謂投水，或言被

殺，更有說是亡命為僧，變成了後來在杭州靈隱寺的老和尚以「樓觀滄海日，門對浙江潮」的佳句，震驚也幫助了著名詩人宋之問。

吃政治的苦頭，其實也並不等到生命（至少是事業生命）的最後。當初的對頭人又是武則天。高宗儀鳳三年（678）冬，他上書言事，得罪掌握最高權力的皇后（還未是女皇），有人便告他貪污，於是下獄。調露元年（679）秋，寫了著名的〈在獄詠蟬〉。

0101　在獄詠蟬（五律）

篇前有篇不長不短的序，可說是整首詩的詳細駢文版：

余禁所禁垣西，是法廳事也，有古槐數株焉。雖生意可知，同殷仲文之古樹 [1]，而聽訟斯在，即周召伯之甘棠 [2]。每至夕照低陰，秋蟬疎引，發聲幽息，有切嘗聞。豈人心異於曩時，將蟲響悲於前聽。嗟乎！聲以動容，德以象賢。故潔其身也，稟君子達人之高行，蛻其皮也，有仙都羽化之靈姿。候時而來，順陰陽多之數，應節為變，審藏用之機。有目斯開，不以道昏而昧其視，有翼自薄，不以俗厚而易其真。吟喬樹之微風，韻姿天縱，飲高秋之墜露，清畏人知。僕失路艱虞，遭時徽纆 [3]。不哀傷而自怨，未搖落而先衰。聞蟪蛄之流聲 [4]，悟平反之已奏，見螳螂之抱影，怯危機之未安。感而綴詩、貽諸知己。庶情沿物應，哀弱羽之飄零，道寄人知，憫餘聲之寂寞。非謂文墨，取代幽憂云爾。

譯文

我被囚的牢房西邊牆外，就是審案的大廳。有幾棵古槐，雖然它們的生機情況，像殷仲文慨歎的枯樹，但聽訟就在此處，又使它有如召公斷案於其下的甘棠。每到夕陽斜照，樹陰低下，秋蟬拖長了清長幽遠的歎息，比平時所聽的更加淒切，難道是因為心情不同，所以蟬聲聽來有異嗎？

唉！它的聲音，使人動容；它的性格，可以代表賢者。所以，它的身軀潔淨，是稟賦了通達君子的高尚情操。它按時蛻皮，有羽化登仙的美態；它等待季候而出現，是順應了陰陽規律；它適應節令而變化，是明白退隱和出身的時機；它有眼睛，而且睜大，不因為時代黑暗便閉目不看；它有翼而薄，不因為流行厚臉皮而改變了自己的原則；在高樹上乘風吟唱，音韻自然；它飲下秋高氣爽的露水，清得不想為凡俗所知——我艱險地找不到康莊的路，以至失去自由，不哀傷，不埋怨自己。不過，還沒有垮下來，身體卻是衰殘了：聽聞了哀怨的螻蛄寒蟬之聲，知道上訴冤屈的奏章已經呈遞；見到螳螂躍躍要捕捉寒蟬，我又驚覺還未過去的是自己的危機。感慨寫成了這詩，送給關心我的好朋友，希望真情喚起了共鳴，人們會哀憐我像小蟬般的身世；生命的歷程讓人明白，同情我寂寞的、劫餘的呼聲。不是舞文弄墨，是排遣、替代抑鬱與憂傷而已！

註釋

[1] 東晉名士殷仲文風流儒雅，曾因事業失意，撫庭槐而歎息它生機衰竭。見《晉書 · 本傳》，庾信〈枯樹賦〉，《世說新語 · 黜免》。

[2] 西周召伯聽訟於甘棠之下，愛民而公平，百姓感念，《詩經 · 召南 · 甘棠》篇即詠此。

[3] 遭時徽纆：時，通「是」，這個。徽，三股，纆，兩股，皆囚繩之名，意即「遇上這場牢獄之災」。

[4] 螻蛄：寒蟬一種。

西陸蟬聲唱[1]，南冠客思深[2]。

不堪玄鬢影[3]，來對白頭吟[4]。

露重飛難進，風多響易沉。

無人信高潔[5]，誰為表予心。

（平——侵）

譯文

　　太陽走上了西陸，垂死的寒蟬秋唱；楚國戴上了南冠，落泊的異鄉人客思更深；

　　在這時候，最不堪是古愧樹上，蟬翼的玄鬢之影，來對着我，自覺衰老的被遺棄的白頭之吟！

　　秋深了，負着重重露水的小蟬，（即使要探望我，也）飛不進牢獄，

　　風多了，微弱的鳴叫聲音容易變得微弱、低沉，

　　誰同情呢？誰相信高潔呢？

　　（小小的蟬啊！除了你）還有誰替我表白淒苦孤零的心！

註釋

[1] 西陸：太陽運行於黃道，在秋天時的軌跡。

[2] 南冠：春秋晉（北）楚（南）爭雄，楚將鍾儀被擄，囚於軍隊倉庫，猶帶南地之冠。晉君見而問起，給予樂器，即奏楚曲。這故事後人常用，作為「南人被囚」、「囚徒思鄉」的代表。思，去聲，音「試」。客思：鄉愁。

[3] 婦人兩鬢梳成薄薄蟬翼之狀，謂之「蟬鬢」（《古今註》謂魏文帝宮人莫瓊樹創始）此處用髮型之名，回表蟬翼。玄：黑得淡而神秘。

[4] 〈白頭吟〉是樂府古曲之名，屢有作者，都寫被謗而憂傷白頭之苦，又有「司馬相如欲納妾，卓文君作〈白頭吟〉以先自決絕，結果相如悔改」的故事。此處巧用之，以與「玄鬢影」相對。

[5] 蟬身光潔，高棲樹巔。

評說

　　詠蟬，亦即寫己，屈囚異鄉，鳴冤無路，可謂悲深慨遠。至於對偶工巧，聲韻悠揚，更是勝處。

0102　於易水送人 [1]（五絕）

此地別燕丹 [2]，壯髮上衝冠。
昔時人已沒，今日水猶寒 [3]。

（平——寒）

譯文

在這裏（易水）（荊軻）永別燕丹，

（充滿激情的送行者，連）狀態奮銳的頭髮也上衝冕冠；

昔年的人，早已逝沒，

到了今日，凜然肅然之氣，仍然表現在易水之寒！

註釋

[1] 易水：今北京西南、保定之北。
[2] 戰國晚期，秦逼燕，燕太子丹遣荊軻刺秦王，出發時，太子及賓客知其事者，皆白衣冠（以示敬，此殷人之禮，自遼東傳入韓國）送於易水，高漸離擊筑，荊軻和而歌：「風蕭蕭兮，易水寒，壯士一去兮不復還。」士皆瞋目，髮上指冠。軻乃就車而去不回顧。至咸陽，獻地圖與秦王，圖窮而出其中匕首以刺，失敗。時公元前227年，秦即攻燕，破薊，次年，燕遷遼東，殺太子丹乞和。又四年（前222），滅燕，統一天下。
[3] 陶潛〈詠荊軻〉：「其人雖已沒，千載有餘情。」

評說

屬對自然，意氣慷慨悲壯蒼涼，齊梁靡弱詩風，為之一洗。

02

(645?—708)

杜審言

　　字必簡：簡要的言語，意味着精確、謹慎。不過，他傳世的大言：「我的文章，當得屈原、宋玉做衙差；我的書法，要王羲之認我為老大。」他臨死對宋之問、武平一的遺言：「被命運這小傢伙折磨，沒辦法！不過，我生在世上，把你們壓得好久了！如今要去，唯一擔心就是沒有接班人！」——這些話，多狂妄！多誇誕！

　　見於正史和《唐才子傳》等記載，不知道是否絕對真實；不過，宋之問寫的祭文，武平一的薦表，還是十分推崇他。另一位當世大詩人陳子昂，以戰爭做比喻說：「建安七子的徐、陳、應、劉，逼近不到他的陣營；南朝的何遜、王融、沈約、謝朓，也望到他的旗幟便跌倒（〈送吉州杜司戶審言序〉），可能不免是誇張。不過，所謂『文章四友』之中，他與稍晚的宋之問、沈佺期齊名，奠定近體之基，以句律極嚴、無一失黏」見稱（宋陳振孫《直齋書錄解題》），自然影響了傲稱「吾祖詩冠古」（〈贈蜀僧閭丘師兄〉）的孫兒詩聖杜甫，這就大大地超出了李嶠、崔融、蘇味道這其餘三人了。

原韻譯唐詩新賞

他們這一家，祖籍京兆，屬襄陽支派，而定居河南鞏縣，是晉代征南名將，《左傳》專家杜預之後。祖宗是誰，不由選擇；政治上接近哪個陣營，卻有自主的空間。杜審言高宗時中進士，前期多任地方小官，邊塞生涯，確有過人之處，到後來黨於武則天所寵二張（易之、昌宗），作品也就不如前的可觀了。

0201 和晉陵陸丞〈早春遊望〉（五律）

> 獨有宦遊人，偏驚物候新。
> 雲霞出海曙，梅柳渡江春。
> 淑氣催黃鳥，晴光轉綠蘋。
> 忽聞歌古調，歸思欲霑巾。

（平——真）

譯文

惟獨是仕宦離家，四方浪迹的人，偏偏容易驚詫景物氣候的又一次更新；

看：雲影彩霞，表現為湧出大海的朝曙，

梅謝柳開，渡江傳來的訊息就是「早春」！

溫和的氣候邀催了歌唱的黃鳥，

晴朗的陽光綠化了水裏的浮蘋，

忽然聽到了您古雅的歌調，

勾起我思鄉情結，淚水幾乎沾濕了羅巾！

評說

　　氣候景物，隨時序而更新，安居鄉里者容易視為當然，辭家就業者，就會觸景生情了。「獨有」、「偏驚」、「忽聞」等語，就表現這種心境，中間四句，都是江南早春景色，「古調」，稱譽對方原作。（「思」，去聲。）

0202　贈蘇綰書記（七絕）

> 知君書記本翩翩 [1]，為許從戎赴朔邊 [2]。
> 紅粉樓中應計日 [3]，燕支山下莫經年 [4]。
>
> （平——先）

譯文

　　知道你文才極好，（如曹丕《典論‧論文》所說的）「書記翩翩」，

　　為什麼 —— 或者就為了「從戎」的偉願、許諾吧 —— 遠赴朔北遠邊，

　　美麗的嫂夫人在家中應當（一定極想念你）計算着歸回的時日。

　　（而您，破敵立功到了）燕支山下，不要耽留到整年！

註釋

[1] 曹丕〈與吳質書〉稱讚為曹操掌管文翰的阮瑀「（元瑜）書記翩翩，致足樂也」。即文筆靈巧，勝任愉快之意。

[2] 為許：為何也。首句即答案，參贊軍國大業，文士之榮。

[3] 借閨人盼望，祝其早歸。

[4] 漢破匈奴，越燕支山千餘里，其山產紅藍花，液汁可作脂油美容，即是胭脂。此句有
    調侃意，勸對方勿戀他鄉美色而忘家中妻子。

評說

輕靈自然，高手筆下的初唐七絕風格。

03

（650 — 676）

王　勃

　　年甫十四，便已登第授官；年未三十，便已橫死海上。留下的藝術作品，單是一篇〈滕王閣序〉駢文，一首〈送杜少府之任蜀州〉五律，便已傳誦千古。這便是「初唐四傑」之首，絳州龍門（在今山西）的王勃。

　　勃然興發的，確是他的聲譽與才華；不過，少年特達，輕狂任性，帶來的後果，就與他的別字「子安」相反。當時王室子弟盛行鬥雞，作為沛王修撰的他，遊戲地寫了篇宣戰檄文，聲討周王（或作「英王」）之雞，怎知大犯忌諱──骨肉相殘的「玄武門之變」（626）血跡猶新，暴怒的唐高宗便以挑撥仇恨之罪，把十九歲的他，斥逐出京。

　　客居蜀中三年之後，補得虢州參軍，便因才高氣盛，為人嫉忌；他自己又藏匿犯罪官奴，跟著恐怕事泄，又把這人殺了滅口！這個死罪，雖然遇赦免了，不過，一生的功名事業，就此劃上句號。父親也受累而遠貶交趾（就是現在的廣西越南之間）。

帶着愧悔與親情，王勃跋涉前往探望老父，歸途中渡海溺水，不幸驚悸而死。有《王子安集》傳世。

初唐文風，承襲了六朝綺艷，題材囿於宮廷，重點放在聲律、詞藻，狹隘而缺乏生氣。王勃與楊炯、盧照鄰、駱賓王等幾位青年英銳作家，在繼承與創新方面成績卓越，當世已享大名也帶來不少謗議，所以杜甫〈戲為六絕句〉就有提到。

四傑以王勃為首。所作色麗聲諧，典故對偶，都雅練精工，最可貴的，是流暢自然，宏闊高遠，有盛世的氣象。

0301　杜少府之任蜀州（五律）

題解

送一位姓杜的朋友到四川上任新職。當時尊稱地方行政長官（「明府」）的副手（尉，掌司法）為「少府」。之，往。

> 城闕輔三秦 [1]，風煙望五津 [2]。
> 與君離別意，同是宦遊人 [3]。
> 海內存知己，天涯若比鄰 [4]。
> 無為在歧路 [5]，兒女共沾巾。

（平——真）

譯文

長安城闕，（此刻，在這裏，）輔翼於關中故地的三秦，

遙思遠望（你要到那裏，）風煙彌漫是西蜀五津。

與你特別深厚的離情別意，

就因為彼此同是為了一官半職而四方遊宦的人。

（可以安慰的是：）四海之內，人間彼此有對方這樣一位知己，

縱使天涯海角之遠，大家心靈相通相近，就似相比相依的近鄰，

何必呢？何須呢？即使就要分袂臨歧，

我們也不必像未經歷練的小兒小女一樣，哭哭啼啼涕泣沾巾！

註釋

[1] 闕：音義同「缺」。宮城門前兩邊樓台，中間的缺口便是通道，城闕，指這一組建築，引申為「都市」之意。三秦：項羽滅秦，分秦至咸陽附近關中之地為三，封降將鎮之，號曰「三秦」，以監視南邊被封在蜀的劉邦。

[2] 施蟄存《唐詩百話》引唐太宗〈感舊賦〉云：「地不改其城闕，時無異其風煙。」風煙即風景也，其後李白亦云：「陽春召我以煙景。」五津：長江在蜀的五個重要渡口：白華、萬里、江首、涉頭、江南。此處用與「三秦」對偶。律詩一般對偶在三四（頷聯）五六（頸聯）兩組句子。作者當然也可一起便對。

[3] 宦遊：古代耕讀社會，四方青年才俊，離鄉交結名士，上京應考，此後政府遣派，或自尋發展，任職、遊歷各處。

[4] 天涯：古人以為天圓地方，大地四周為海（故說「四海之內），海的盡頭與天相接處，謂之「天涯」（或者「海角」），意思是極遠之處。比：本意是二人相並，讀去聲。

[5] 歧路：古人送別，到道路歧開之處，便告分手。

評說

好朋友而要分開，從來都苦；特別在古時，資訊交通，有很大限制，所以，離別的悲哀悵惘，就成為多才善感者最常描寫的題材了。且看王勃工怎樣下筆：

看！壯偉的長安城闕，夾輔在險要的三秦；長風煙霧裏，遙望千百里外的四川五津。我們大家，來自五湖四海，交遊結伴在這裏，圖謀事業在這裏，如今，杜兄你要離開了，彼此一班好朋友，是怎樣難過呢！

不過，想通了，就不難過。不必難過。知己四散，即是海內四方都有知己。知己遠去天涯，即是天涯也有心靈相通的知己，彼此就仍然如在隔壁。所以，我們又何必像那些感情脆弱的小男人小女子一般，在分手的岔路上，哭哭啼啼呢！

「我們來這裏，送你到四川」（一二兩句，起），「捨不得你離開啊」（三四兩句，承），「不過，其實我們精神上還是永遠在一起」（五六兩句，轉），「所以，大家不要難過吧」（七八兩句，合）──就是這種常見之情、常有的話，王勃卻鋪陳得如此華美動人。青春的躍動，新時代的感染，使他的矯健的筆力，抒發高華的旨趣。感情真摯而氣度宏遠，意象融渾。頸聯（「海內……」兩句），尤其警策。晚清胡本淵《唐詩近體》：「前四句言宦遊中作別，後四句翻出達見，語意迥不猶人（翻出通達的見解，立意遠遠與常人不同）。灑脫超詣，初唐風格。」說得一點不錯。大概當時王勃正在年輕，又未被逐，杜君也非貶官吧。

題解

滕王，唐高祖第廿二子元嬰，任洪州（南昌）都督時建閣，乃以為名。高宗上元三年（676），王勃往交趾省父，經此，閻姓都督適以重陽休暇，大宴賓客於此，各人詠詩助興。初本屬意其婿作序，依禮巡讓，至王勃而竟不推辭，遂成駢文名篇。此首即其自作（參看香港中文大學出版社拙著《古文今讀續編》）。

> 滕王高閣臨江渚，佩玉鳴鸞罷歌舞 [1]。
> 畫棟朝飛南浦雲，珠簾暮捲西山雨 [2]。
>
> （上──語麌）
>
> 閒雲潭影日悠悠，物換星移幾度秋。
> 閣中帝子今何在？檻外長江空自流 [3]。
>
> （平──尤）

譯文

滕王殿閣，高高臨在江渚，

佩玉鳴鸞的聲音，彷彿仍然在耳，一次又一次喜樂歌舞，又罷了歌舞。

（在這裏，富麗堂皇；看出去，明山秀水）

早上畫棟對着南浦的雲，黃昏珠簾，捲來西山之雨。

雲，悠閒地飄浮，影子投在池潭，太陽也輝耀悠悠，

事物改變，星宿轉移，不知又度過了幾個春秋！

原韻譯唐詩新賞

不知道，閣中的皇帝之子，如今何在？

只看到：檻外的長江，空自奔流！

[1] 暗示滕王顯榮已成過去，按《舊唐書》，元嬰驕縱逸遊，屢犯憲章，其時被貶，數年後（684 年，中宗嗣聖，睿宗文明，武后光宅）方卒。王勃作〈序〉及詩時，閣成不久，閻都督又方盛會宴客，勃雖心情抑鬱，亦當不作過分消極之語，且年未而立，亦不致哀頹（作後不久即亡，乃遭意外）罷歌舞，是一曲之終，並非從此音沉響絕。

[2] 樓閣富麗，山川壯偉。

[3] 吳楚材《古文觀止》此句註：「傷其物是而人非也。」「傷」字改為「感」，分量比較恰當，上句註：「傷今思古。」更欠妥了，理由見 [1]。

評說

七律成立前夕的七古佳篇。

（656 － 713）

宋之問

　　想考試上進，唯有把聰明用於作格律謹嚴的詩。一心富貴顯達，於是攀附權要，詩是他取媚上級的工具之一。最後，一個政治波濤，卒之沒頂。真是一個悲劇人物。詩歌藝術方面，歸納和實踐聲律對偶技巧，著有勞績，幫助了後人，作品較之當世齊名的沈佺期更縝密、更繁富，可是蘅塘退士所選，比沈氏更少：只有一首，作者便是宋之問。

　　宋之問，一名少連，字延清，山西汾州（一説河南弘農）人。與沈佺期同年出生，同年登第（675），同作文學侍從之官，也都諂事武則天的男寵張易之。因此被貶、復起，又因受賄而流放，最後被皇帝賜死。

題解

　　武則天當政時，宋之問頗得寵倖，到神龍元年（705），中宗復位，他因所趨附的張易之敗，便隨而貶斥瀧州，途經粵北大庾嶺，嶺上多生梅花，又稱「梅嶺」。因為山高而分隔氣候，所以南北兩側花開異時，又有北雁南飛至此回頭的傳說。驛，快馬傳運的站。

陽月南飛雁，傳聞至此回。
我行殊未已，何日復歸來？
江靜潮初落，林昏瘴不開。
明朝望鄉處，應見隴頭梅。

（平——灰）

譯文

十月南飛的鴻雁，

傳聞到了這大庾嶺，就隨天氣轉暖而北回，

我貶謫之行卻到今還沒有停止，

不知道什麼時候，才有希望歸來！

江面一片平靜，湖水剛剛退落，

山林一片昏暗，瘴氣沒曾散開。

等待明天吧：明天早上再遠望故鄉之處，

應該見到開放在隴頭的紅梅！

評說

　　前半寫人不如雁，頸聯（五、六兩句）寫實，也不排除是比喻政潮低退，自己在密林濃霧中找尋出路的艱困危險。末句的盼望，也可語意雙關。

05

（656？—715？）

沈佺期

　　「沈宋橫馳翰墨場，風流原不廢齊梁」（元遺山〈論詩絕句〉），沈佺期、宋之問的人品情操，當然遠遜於杜甫、韓愈；多辭華而少風骨，新格律而舊內涵，他們詩作的整體文學評價，也不及同時代的陳子昂與初唐四傑。不過，齊梁的聲律偶對藝術，經他們承先啟後，乃有近體詩體格的定型，而讓杜、韓以至晚唐、兩宋各大家成其偉業。就此說來，沈宋的業績，也是不可磨滅的。

　　沈佺期，字雲卿，河南相州內黃人，高宗上元二年（675）進士。英年早達，諂事武則天寵倖之張易之等，也隨權貴之失勢而流放，後來遇赦復官，以一個「政治邊緣人、文學內行人」終其身。

題解

　　《昭明文選》卷廿九有「雜詩」若干首，王粲之作題下註云；「雜者，不拘流例，遇物即言。」沈佺期這首，寫的是當世常有的題材：征人閨怨。

　　　　聞道黃龍戍^[1]，頻年不解兵；

　　　　可憐閨裏月，長在漢家營！

　　　　少婦今春意，良人昨夜情；

　　　　誰能將旗鼓^[2]，一為取龍城？

（平——庚）

譯文

　　聽說那最接近胡邦心臟的「黃龍」的邊防要戍，

　　長年累月不得解除重兵；

　　可憐戰士們守活寡的妻子深閨裏，痴痴凝望的月，

　　月光長遠地照着（時刻都在生離死別之間掙扎的、）漢家的兵營！

　　少婦今春的意，

　　正是良人昨夜的離情。

　　期待着、盼望着；有誰能帶領着戰旗、軍鼓，

　　一舉攻下那（匈奴祭天所在的）龍城！

[1] 戍：守衛。黃龍：即末句之「龍城」，在今遼寧朝陽，西南鄰於河北，唐時與契丹接
　　境，為軍事要地。金昌緒言「不得到遼西」（7201），岳飛言「直搗黃龍」，即此處。
[2] 將：帶領。

評說

　　頷、頸兩聯描寫夫妻兩地相思，對仗工練而刻劃精巧。從前的、
本來如今也應有的、閨房共賞之月，如今天各一方；征人營中，正也
與家中怨婦同樣（古人想像是「同時」）仰望。大地春回，而夫君不
在；正如丈夫在營裏妻子悲於枕冷衾寒，而家中苦無消息，所以尾聯
就把戰後重聚的希望，寄託於領導得人、及早勝利了。

`0502` 獨不見（七律）

題解

　　本是樂府雜曲歌辭舊題，多寫孤獨思念而不見之苦，所以又題
「古意」。

　　　　盧家少婦鬱金香 [1]，海燕雙棲玳瑁梁。
　　　　九月寒砧催木葉 [2]，十年征戍憶遼陽 [3]。
　　　　白狼河北音書斷 [4]，丹鳳城南秋夜長 [5]。
　　　　誰為含愁獨不見，更教明月照流黃 [6]。

　　　　　　　　　　　　　　　　　　　　（平——陽）

譯文

（美麗高貴的）盧家少婦，（孤獨地居住豪華房舍，塗飾着）鬱金香；

（不孤獨而同樣居於華宅的，是）相依相棲的海燕在玳瑁屋梁。

九月，秋風起了，搗衣砧聲，催落了枯黃的木葉，

十年了，丈夫東北征戍，思婦女閨中苦憶遼陽。

白狼河北的戰地，音書斷絕；

丹鳳（京都）城南的秋夜，（孤寂，並且）悠長！

為誰含愁，相思偏又不能相見？

明月更在這時候，照着空閨的帷帳，亮麗流黃！

註釋

[1] 意指一個富有人家的美麗少婦。香，又作「堂」。梁武帝蕭衍〈河中之歌〉：

> 河中之水向東流，洛陽女兒名莫愁。
> 莫愁十三能織綺，十四採桑東陌頭。
> 十五嫁為盧家婦，十六生兒未阿侯。
> 盧家蘭室桂為梁，中有鬱金蘇合香……

鬱金香，其花大而香美，和於泥中以塗壁，則一室芬芳而溫暖，故富家用於裝飾，謂之「鬱金堂」。

[2] 九月秋深天涼，木葉搖落，家家趕製寒衣，所以搗衣石砧聲音不斷。

[3] [4] 白狼河即今遼寧大淩河，由錦州入遼東灣。中國上古邊患在西北與北方，隋唐以來，東北外族漸強，契丹（遼）（和以後的金、清）在此興起，華北與遼東之間常有戰事。

[5] 丹鳳城：帝都的代名詞。春秋秦穆公之女弄玉，嫁夫蕭史，善吹簫引鳳，降於京城咸陽，即後世長安。北建宮廷，南為住宅佳區，鄰接樂遊原等勝處。

[6] 流黃：黃紫相間的絲織帷帳，《古詩十九首》之一：

> 明月何皎皎，照我羅床幃；
> 憂愁不能寐，攬衣起徘徊……

所以更顯寂寞、空虛。

評說

　　此詩結構完整，呼應有法，對仗工整，聲律諧美，可說是唐人七律最早的成功作品。

06

（伯玉 659 — 700，或
661 — 702）

陳子昂

　　隋唐以北統南，文學風氣卻是以南統北，太宗雄武，卻喜徐庾詞藻，「國朝盛文章，子昂始高蹈」，韓愈是説，陳子昂要以漢魏風骨，拔高於晉宋。「沈宋橫馳翰墨場，風流原不廢齊梁；論功若準平吳例，合著黃金鑄子昂」。元好問是説：齊梁重視詞藻，聲律、用典、對偶等的藝術風氣，以沈佺期，宋之問等作為橋樑，繼續盛於初唐，導致近體律絕的成功，並非不足稱道；不過，論到力戡南朝綺靡衰頹之弊，子昂的豐功偉業，就很足稱道了。

　　四川多奇士。出身梓州射洪富家的他，任俠尚氣，少年好賭，不過偶然在鄉校一聽琅琅書聲，自大立即變為自卑，又轉化而成自強，奮發讀書，成為有學之士。

　　二十出頭，他的膽色才氣，加上未脱的賭徒性格，震動了京師長安。他以天價買琴，又碎琴於眾人之前而出示己作，真令人懷疑他預看了現代廣告市場學的經典。三年後，他考中進士，又就高宗靈柩入

　　　　　　　　　　　　　　　　原韻譯唐詩新賞

京以及其他時政問題，恰如其名地昂然上書陳奏，感動了愛才的武則天，加以召見。不過，到底他的意見太尖銳了，又不是近親，沒有真正重用。

萬歲通天元年（696），武氏之侄攸宜領兵征契丹，屢次失利，他以隨軍參謀身份，一再直諫，觸怒了那個剛愎而庸愚的外戚貴臣，於是投閒置散，極度苦悶。後來解職歸鄉，居父喪時，縣令段簡貪暴，更可能是迎合外戚武三思，對他詐誣勒索，送獄折磨至死。

才財兩豪，仗氣一生的陳子昂，為了事業功名，周旋於奸兇權貴之間，不免橫死，實在可歎！伏因可能就在從軍河北幽州征契丹的武氏之幕。當時他憂鬱悲憤，發洩無從，於是登上了著名的薊北樓，仰視長天，俯察大地，懷古悲今，於是寫成了二十二字而向稱絕唱的〈登幽州臺歌〉。

0601　登幽州臺歌（七古）

題解

幽州臺，即薊北樓（在今北京西南），就是燕昭王元年（前 311）築之以號召英才來歸的黃金臺。

戰國初期，燕常受齊侵辱，昭王為雪恥圖強，問計於郭隗，郭隗舉述故事：以千金而買駿馬骸骨者，活生生的千里馬一定紛紛而至。倘若天下都知他尊禮自己，比自己優秀的人才一定也群集於燕（又是高明的市場廣告推銷策略），昭王聽信了，就築了用以登壇拜將的臺，置千金於其上。不久，四方賢俊果然聚集於燕，其中最傑出的是後來諸葛亮也極之傾慕的樂毅，組成五國聯軍，攻齊取七十餘城，僅

餘莒與即墨。

　　燕昭王死，嗣君惠王疑忌樂毅，使人代之。齊田單以奇計驕敵，用火牛攻燕，盡復七十餘城。燕惠王大悔而再求隱居趙國的樂毅，樂毅答以文學史上有名的收於《昭明文選》的〈報燕惠王書〉，這是後話了。

　　這些故事，陳子昂太熟悉了。熟悉又怎樣呢？惠王忌才，反勝為敗的悲劇鬧劇，不斷重演；昭王與樂毅，賢君良相，際會風雲，卻千年難以再睹，所以，他悲歎……

　　　前不見古人，後不見來者，
　　　念天地之悠悠，獨愴然而涕下。

（上——馬）

譯文

回顧從前，看不見古人，
展望未來，未見到來者，
想到空虛而無可把握、無盡而無限的天地悠悠，
孤獨的我，只有悲從中來，涕淚愴然交下！

評說

陳子昂另有《薊丘覽古》（贈盧藏用）七首，如〈燕昭王〉：

南登碣石坂，遙望黃金臺，
丘陵盡喬木，昭王安在哉？

霸圖恨已矣，驅馬復歸來。

又如〈樂生〉：

> 王道已淪昧，戰國競貪兵。
> 樂生何感激，仗義下齊城。
> 雄圖竟中天，遺歎寄阿衡！

陳子昂的感慨是：奇才的樂毅，為什麼而感奮激動，大展謀略，攻下齊國七十餘城？這位出將入相的百軍事天才，為什麼又不能完成偉業？上古成湯賞識重用伊尹（阿衡），弔民伐罪，建立商朝，伊尹還可教導後主，維持王業，反而燕昭王一死，樂毅就頓失知己，為不肖的燕惠王所忌，以致功敗垂成。成敗利鈍，一切都在乎人，更在乎際遇，與命運之神相比，人又算得什麼呢！這便是他的感慨，他的悲哀！

與兩首五古比較，〈登幽州臺歌〉更顯得噴薄悲涼，字字從肺腑迸出。君臣知己，合作不疑，一個以傾國之師相付，一個以生命事業為報，這種相逢相得，古人曾有而今我不見；將來或有而我不能見，才與位的矛盾，力與命的爭持，從古如斯，千載不息。人生有限，人力有窮，無可奈何，無從着力，這種「無根」的、「失重」的陳子昂的悲哀，真使讀詩的人，迴腸蕩氣。

07

王 灣

　　初唐盛唐之間，四傑、陳子昂等已逝，李、杜、王、孟、高、岑等大家未起，有位詩人，正史無載，而一首五律，特別是其中兩對佳聯，當時被名公激賞，後世為文家傳誦，他就是王灣。

　　王灣是玄宗初年進士，《唐才子傳》稱他「往來吳楚間，多有著述」。

0701 次北固山下（五律）

題解

　　次，行進途中暫時停止。北固山，在今江蘇鎮江東北，三面下臨長江，形勢壯美。後來南宋大詞人辛棄疾亦有名篇〈永遇樂——京口北固亭懷古〉。《河嶽英靈集》錄此詩，題作〈江南意〉，語句稍異。

客路青山外，行舟綠水前。
潮平兩岸闊，風正一帆懸。
海日生殘夜，江春入舊年。
鄉書何處達？歸雁洛陽邊。

（平——先）

譯文

循着旅人常走的路，在青山之外，
坐着舟船，泛着綠波向前。
江面平平，湖水滿滿，兩岸開得濶濶，
風向正正，舟上那面大帆直直地懸。
晚夜將完，紅日漸漸升起，
新春到，儘管時曆還在舊年。
寄信回家，那裏才能抵達？
拜託歸雁，帶到洛陽那邊！

評說

眼前，是這座青青的山，山外，有他鄉遊子還要走的路。此際，船正航行在綠綠的江水之前。潮水滿漲，兩岸顯得這樣寬闊（作「兩岸失」，那就太闊了）！船帆吹得飽滿正直，可見風向正好。夜色還未全過，朝日已經從水面升起了。新年還未到，江南天氣就已經開始暖和，春天的腳步，真好像和日曆的方向相對着走，走進了舊的一年最後的冬天裏呀！

最後一句，顯示洛陽是詩人的故鄉。另一位詩人，定居在洛陽的

王 灣

名相張說，深深欣賞「海日生殘夜，江春入舊年」這聯極佳之句，親手題於政事堂，向大家展示了藝術的標準。一代文宗，如此愛重，難怪唐末鄭谷自題詩集說：「何如海日生殘夜，一句能令萬古傳」，而元辛文房《唐才子傳》也說：「詩人以來，罕有此作！」

8

（季真 659 — 744）

賀知章

十八歲，猶如昨日，他，又八十六歲了！

「人生七十古來稀」，他的後輩朋友杜甫說得對。可能因為他從小身體健康、性情開朗、喜歡交朋結友，所以高壽。

老杜稱賀知章為飲中八仙之首。醉了，就一覺大睡；睡醒了，又同樣意氣風發，有時騎馬真像坐船般搖搖晃晃的「眼花落井水底眠」，他寫得真生動呀。他其實一點也不糊塗、不懶惰。酒儘管喝，儘管說地談天，實在自有分寸。

武則天時代，他三十七歲中了進士。不算早，也絕不遲。到今五十多年，這也是他離開家鄉的日子了。

上天對他實在好。他文章好、書法好、人緣好、運氣好，他教過國立大學，也教過國家儲君，他更交到許多好朋友──包括名氣最大的中國詩人：李白、杜甫。

一認識李白，就稱賞他是「謫仙」，甚至解下他所佩戴的金龜，換酒同樂。這段天寶初年的因緣，李白幾年後失意南遊，經過他的會

稽田居時，還有淚下沾巾的追憶。還有李白早兩年那兩首〈送賀賓客歸越〉的詩。

　　畢竟是八十多歲了。他常說自己近來病得昏昏昧昧，不能再做官了。其實他不是「酒醉三分醒」，而是心中實在太清醒，所以常帶三分醉──官場五十年了，有什麼世故人情看不透呢！最高元首是英明勤奮的，懂得尊賢任能，所以有輝煌的「開元之治」，如今，他大概早看出他躊躇滿志，開始驕逸倦怠了；奸佞之徒、口蜜腹劍的人物，開始得寵當道了，他自己確也太老了，何必呢？於是請求歸隱，理由冠冕：「做道士」。

　　朝廷奉老子為本家。入道，實在又清高，又光彩。皇上安排了盛大的歡送儀式，還親自作了詩呢！一班文學之臣也都有詩，包括李白那一首律詩、一首絕句。

　　許多詩，都不在人們記憶中了，只有他那兩首〈回鄉偶書〉，實在清暢、曠達、雋永、親切，特別是第一首。

0801　回鄉偶書（七絕）

少小離家老大回，鄉音無改鬢毛衰，
兒童相見不相識，笑問客從何處來？

（平──灰）

譯文

年紀輕輕，（我就）離開家鄉，老了，才得歸回；
家鄉腔調改不了，兩鬢白白像麻簀；

小孩子們見了我，互相都不認識，

（七嘴八舌地）他們笑着問：我這陌生公公，從何處來？

評說

　　天寶三載（744）春天的作品，給千百年來無數年老的、不論什麼季節還鄉的人，帶來了心裏永遠的春天——二十世紀八十年代以來，台灣海峽兩邊，分開了幾十年的中華兒女，在故鄉重新相見，這首詩二十八個字，每個字都是他們心頭的話、眼中的淚！

09

（660？—720？）

張若虛

　　揚州人，有文名，與賀知章善，號「吳中四士」，《全唐詩》僅存詩二首。

0901　**春江花月夜**[1]**（七古）**

春江潮水連海平，海上明月共潮生。
灩灩隨波千萬里，何處春江無月明[2]。

（平——庚）

江流宛轉繞芳甸[3]，月照花林皆如霰。
空裏流霜不覺飛，汀上白沙看不見[4]。

（去——霰）

江天一色無纖塵，皎皎空中孤月輪。
江畔何人初見月？江月何年初照人[5]？

（平——真）

人生代代無窮已，江月年年只相似。
不知江月待何人，但見長江送流水[6]。

（上——紙）

白雲一片去悠悠，青楓浦上不勝愁[7]。
誰家今夜扁舟子？何處相思明月樓[8]？

（平——尤）

可憐樓上月徘徊，應照離人妝鏡台。
玉戶簾中卷不去，搗衣砧上拂還來[9]。

（平——灰）

此時相望不相聞，願逐月華流照君。
鴻雁長飛光不渡，魚龍潛躍水成文[10]。

（平——文）

昨夜閒潭夢落花，可憐春半不還家。
江水流春去欲盡，江潭落月復西斜[11]。

（平——麻）

斜月沉沉藏海霧，碣石瀟湘無限路。
不知乘月幾人歸，落月搖情滿江樹[12]。

（去——遇）

譯文

（一）春江月夜，未有生命之前

　　春天，江水潮漲，與流出的大海相連相平，海上明月，共潮水而生。

　　灧灧映照在水面上，隨波浪流到千里萬里，沒有一處春江沒有月明。

（二）已有花

江流彎彎曲曲，繞過芳草的郊甸，月色灑在花林，都像撒上了雪霰；

像空中懸浮的霜，不覺它飛；小洲汀上的白沙，被普照於月光，也看而不見！

（三）有人類

江與天澄明一體，純淨無塵；空中皎皎潔潔明月一輪，

江畔誰人最先初見到月？江上的月，那一年最初照到了人？

（四）人類有無奈的生死

人生世世代代無窮無已，江上的月，歲歲年年都只相似，

不知道江月等待的是誰人，只見到長江（無窮無盡地）催送流水！

（五）人生有無奈的聚散

白雲一片，（隨着思念之情而）遠去悠悠，青楓浦口（都勾起人間別離而）不勝悲愁，

誰家今夜是飄流不定的扁舟上的游子？何處是相思的怨婦，獨居在明月窺窗照戶的高樓？

（六）月照離人

可憐的樓上思婦，對月徘徊；明月也照着無心打扮的她，對着孤寂的妝鏡台，

玉戶捲簾，月光不去；搗衣砧上，月光拂後還來。

（七）江月追隨所照之人

這時怨婦與離人相思，遙遙相望、而不能相聞，

心願是追逐跟隨月亮的光華，流照郎君。鴻雁長飛，帶不動月光到思者之處，

魚潛龍躍，帶不動思婦和音訊，也空自使江面成紋！

（八）春江花月夜五者皆變

在夢中，昨夜落花悠閒地落在池潭的，是春光已經過半，游子還未還家，

隨着長逝的江水，春天漸漸去盡，（相思者的青春和盼望，也繼續消逝）；江潭映着落月，又一次慢慢西斜！

（九）一切無奈悵惘

斜月沉沉，漸漸藏埋於海霧；東北的碣石，西南的瀟湘，中間無限遙遠的道路，

不知道有幾人能乘着月色回歸，無可安頓的離別之情，只有隨着下沉的落月之光，灑滿了江邊之樹！

註釋
———
[1]《樂府 · 清商曲 · 吳聲歌》舊題。
[2] 第一段。扣「春」、「江」、「月」、「夜」皆非生物。
[3] 甸：郊野。
[4] 第二段。扣「花」，有生之物。
[5] 第三段。在春江花月夜中，有靈有知之人。
[6] 第四段。人生有終始。無奈。
[7] 青楓浦：在今湖南瀏陽，泛指荒野水邊。
[8] 第五段。人生有聚散。無奈。
[9] 第六段。月照離人。
[10] 第七段。江月追隨所思之人。
[11] 第八段。春江花月夜，無一不變。
[12] 第九段。一切無奈、悵惘。

評說

　　激情而嚴肅的聞一多，在《唐詩雜論》中稱此篇為「詩中的詩，頂峰上的頂峰」；如果真的這樣，不要說外國的名詩（例如《舊約‧詩篇》的某幾首），單就中國來說，就不知置李、杜的傳誦之作於何地了。

　　他又說這是「宮體詩的自贖」，其實，作為「樂府歌辭」，「春江花月夜」最初雖出陳後主等，但經稍後的庾信、楊素、隋煬帝等人繼作改造，早已並非綺羅香澤之辭。張氏此首，更不能稱為宮體，所以程千帆、劉逸生等為文力辯這種誤解了。

　　當然不失為初、盛唐之間的七古上佳之作。像小夜曲，像夢幻的詠歎，獨奏的哀絃，低訴宇宙的無窮，世界的變幻，人生的無奈。可說是王羲之《蘭亭詩序》的同調，雖則是一文一詩，又可說是蘇軾〈前赤壁賦〉的先聲，雖然是一春一秋。並且，右軍、東坡，同時都是大書法家，而張若虛的字，極少人見過。

　　張若虛其他的詩，也並不為後人所見了，這也是另一種無奈。有人稱他「孤篇橫絕，竟為大家」──其實不必給以太重的「大家」冠冕；且看此詩，七言四句一節轉韻以合成長篇，緊扣題目五字，文字則間用排偶，聲韻則參差平仄，南朝民歌之體，齊梁聲律之巧，結合的詠歎宇宙，刻劃人生，僅此一篇，張若虛已自有千古。

10

（? — 739）

崔　曙

　　名一作「署」。少孤賤，居河南苦讀，奔走東西二京間，開元二十六年（738）中進士，試題為〈明堂火珠詩〉，崔詩甚為人賞。為河內尉，次年即逝。《河嶽英靈集》稱其「言詞款要，情興悲涼；送別、登樓，俱堪淚下」云。

1001　九日登望仙臺呈劉明府（七律）

題解

　　九日，即重陽。漢初承戰國及秦多年禍亂，朝野渴望休養生息，老子無為而治理念深入人心，漢文帝尤其崇尚，於是有善講《老子》的河上公，極受尊崇，甚至以其離開為升天，帝遂築「望仙臺」於長安洛陽兩京之間的黃河邊，以望祭之。

明府，時人對縣令的尊稱。作者邀約縣令劉君共飲。

漢文皇帝有高臺，此日登臨曙色開。
三晉雲山皆北向[1]，二陵風雨自東來[2]。
關門令尹誰能識[3]，河上仙翁去不回。
且欲近尋彭澤宰[4]，陶然共醉菊花杯。

（平——灰）

譯文

漢文皇帝建立了這座望仙高臺，

這天登臨，正好曙色朗開！

連驛趙魏三晉之地的雲山，都朝向帝京，稱臣北向；

古來險要的殽山二陵，風風雨雨，都自東而來。

當年函谷的關令尹喜（據說也已得道成仙）誰能認識？

（善講老子，得文帝尊信的）河上仙翁，早已一去不回！

現在很想不如就近訪尋像淵明居士一般的高人（即是劉明府您）

趁着重陽佳節，共醉菊花之杯！

註釋

[1] 三晉：春秋與戰國兩時期之間，晉國為內部趙（今山西之北部）魏（山西中，南以至河南一部分）韓（河南）三家所分，合稱「三晉」。

[2] 二陵：函谷關東端殽（亦作崤）山有二陵（今三門峽市東），魯僖公三十三年（前627），秦軍在襲鄭滅滑而回途中，被晉截擊於此，全軍覆沒，是春秋著名一役，詳見《左傳》。望仙臺在何處？據《一統志》，在陝西鄠縣（今簡化為「戶縣」，在西安西南）之西，據《太平寰宇記》，在陝州陝縣（今河南陝縣）西南。接近三晉、二陵，似非前者。但陝縣在二陵之東，後者亦未能合。一說此句或作「自西來」。

[3] 《史記‧老子傳》，老子見周衰，離去，至關，關令尹喜邀其著書。（一說「關令」官職，「尹喜」人名；一說「關」之「令尹」為官職，「喜」則或名或動。本詩句意，

則屬後者。但「令尹」為楚官名，位等諸侯之卿，非守地方一關者。或詩人亦隨意用典，並無深究。道家之籍有《關尹子》。)

[4] 大詩人陶潛為彭澤令，飲酒賞菊之詩甚有名，劉氏亦縣令，當亦能詩，此處禮貌性借指，亦切時令。

評說

　　一首全面扣題的典範作品：九日（此日登臨、菊花杯）、望仙臺（由來：首、五、六句，形勢：三、四句）、劉明府（七句）。

11

王　翰

　　文采與心志並高、才氣與傲氣俱盛，當時與他交往很易難堪，後世讀他的詩卻很意爽，這便是王翰。字子羽——他真的是健筆凌雲，可見於他最著名的下面這首傳世之作。只可惜他平生的作品大都散佚了。

　　他是山西并州晉陽人，睿宗景雲初年（710—711）登第。生卒無法確考。從少財才兩備，縱酒不羈，往往以王侯自比，為名相張說所禮重。張氏罷相，他也隨而貶官，死於道中。

1101　涼州詞（七絕）

　　　　葡萄美酒夜光杯[1]，欲飲琵琶馬上催[2]。
　　　　醉臥沙場君莫笑，古來征戰幾人回！

　　　　　　　　　　　　　　　　　　　（平——灰）

譯文

葡萄美酒，斟在（這裏特產的）夜光之杯，

正要痛飲，響起了琵琶的聲音、上馬的聲音，（我們被催飲、我們被動催聽、我們被催——）

飲罷！醉罷！醉了，臥在沙場，永遠臥睡在沙場——

您，不要見笑：

自古以來（南征北戰，東征西戰，

打仗，打仗，打仗）

——有幾個人，能夠歸回？

註釋

[1] 葡萄釀酒，白玉含微量放射性物質而為夜光之杯，皆涼州（西域）特產。
[2] 唐人盛彈琵琶，亦本西域胡樂之器。

評說

世事無常，邊疆戰場上人的生與死更是無常。面對無常，人實在無力、無奈。於是無比的苦悶，於是要逃避於酒、麻醉於酒。可惜，酒興未盡，無可抗拒的如山軍令又已宣來，又要上戰場了！

既然當初是糊糊塗塗地來，既然眼下就橫豎送死，就讓我快快樂樂、渾渾沌沌地死，做一個醉鬼吧！

人所共感的苦悶、無奈，透過化深沉悲哀為豪邁明快的藝術語言，構成古今共賞的文學名篇——這首唐代邊塞詩的傑作。

12

（伯高 675－750）

張　旭

　　他的藝術天才，真如旭日高懸：好酒狂放。杜甫有詩，歌詠他為「飲中八仙」之一，草書稱聖，人號「張顛」。不過他的〈桃花谿〉七絕，倒也在迷離恍惚的意象中，問得清醒。

1201　桃花谿（七絕）

　　隱隱飛橋隔野煙，石磯西畔問漁船。
　　桃花盡日隨流水，洞在清溪何處邊？

（平——先）

譯文

隱隱現現，有座飛橋隔着郊野的雲煙，

在石磯西邊我詢問那漁船。

桃花整日漂流隨着溪水，

好像當年別有洞天的那個桃源勝跡，

在清溪的哪一邊？

評說

　　且讓他和〈桃花源記〉的陶潛、〈桃源行〉的王維，在古典文學英靈苑囿的清溪飛橋或者水邊石磯之上，談個痛快吧。

（子壽 678 — 740）

張九齡

粵籍丞相第一人，也是以詩抒寫賢人失志的一位著名作者。

一切因為唐玄宗一朝的政治。這位「至道大聖大明孝皇帝」（唐明皇），由開元的「英明」而天寶的「不明」，確是表現「權力中毒」、「功成驕怠」等人性弱點，以及中國文化特別是儒學對君權制衡的無知無力，君主專制終身權位的害人害己，領袖由優秀變為腐敗，國家由興隆變為衰亂……等等，這位讀唐詩最多碰到的君皇，提供了最典型的例子。

在由盛而衰的過渡中，張九齡是見證人、參與者。

他出生於韶州曲江——當年的新開發區，邊緣地帶——一個平民之家，「荒陬孤生」，「孤鴻海上來」，沒有「池潢」可以憑藉（也不想攀附），就憑着自己人格與文格的風骨華采，當時遠比魏晉南北朝門第制度公平公開的科舉途徑，從邊陲直奮鬥到了中央，直至為相（開元廿一年，733）。

原韻譯唐詩新賞

正直敢言的股肱，最後難免失歡於元首，因為君王終於厭倦不能指揮如意。他的前任韓休，也是忠耿之臣，左右就趁皇帝因照鏡瘦損而不樂的時候進讒：「何不罷了韓休，他把主上都累瘦了！」以「口蜜腹劍」著名，善於交結宦官、妃嬪家人的李林甫，因此深悉皇帝的好惡與動靜，就以奏對稱旨乘機上位，也在次年拜相。他告誡同僚說：

「如今主上神武英明，大家照着主上指示做，就夠忙的了，還多嘴做什麼？你們看：宮殿外邊的儀仗馬，吃得好好，扮得美美，一胡亂嘶叫，就趕走不用，到時後悔也來不及了！」

再加上殘餘門第勢力和新興進士集團的權益衝突──後來越演越烈，直至唐亡的「朋黨之爭」──張九齡就在各種惡勢力交攻之下，罷相貶官，下放荊州長史，時為開元廿四年（736）十一月。大半年前（四月），皇上已經拒絕了他「處死安祿山」的提議。如果（可惜歷史不能講如果）不是唐玄宗一年之內起碼做這兩個糊塗決定──護安、罷張，以至信李、後來寵楊……唐史的走向，玄宗的評價，都可能改寫。

改變了人生之路。張九齡於是寫了〈感遇〉五古十二首。

1301　感遇（五古）　其一

蘭葉春葳蕤[1]，桂華秋皎潔。
欣欣此生意，自爾為佳節。
誰知林棲者[2]，聞風坐相悅。
草木有本心，何求美人折[3]。

（入──屑）

譯文

蘭草在春季茂盛，桂花在秋天皎潔，

這樣季候不同，蓬勃的生機一樣，分別自成春秋佳節。

誰知棲息山林的人，聞到芬芳風華，安然歡欣喜悅。

其實草木自有它的內在本質，並不是為了希求美人攀折！

1302　感遇（五古）　其二

江南有丹橘，經冬猶綠林。

豈伊地氣暖，自有歲寒心。

可以薦嘉客，奈何阻重深[4]。

運命惟所遇，循環不可尋[5]。

徒言樹桃李，此木豈無陰[6]。

（平——侵）

譯文

江南有丹橘樹，經歷寒冬仍然常綠成林，

豈因為它處境的地氣溫暖？更重要的是它自身有耐寒的本心！

它的佳果可以奉獻貴客，只可惜阻隔着山重水深！

（物也好，人也好，都）只看命運、際遇；至於吉凶禍福是不是起伏循環？根本原因就難以找尋！

人們就只說種桃樹李，難道這些丹橘樹，不也佳果纍纍，綠葉成陰？

[1] 葳蕤：花繁葉茂。音「威鋭」（陽平）。
[2] 林棲者：隱士。
[3] 個體生命自有本身目的與尊嚴，香草美人相得益彰，但香草並非為美人而生、而活。即使無人欣賞，香草仍不改其香。此即九齡之襟懷。
[4] 丹橘耐寒，可以供客，可惜重山深水阻不能連。此即九齡之處境。
[5] 禍福倚伏的命運，循環之跡皆不可追尋（只有自求心之所安）。
[6] 古人說「桃李不言，下自成蹊」，因為夏得休息，秋得果食，所以大樹成蔭，人人走到下面，其實丹橘有更多勝處。

　　這兩首以卉比人，自見襟抱，更見他的心事的，是後一首：

1303　感遇（五古）　其三

> 孤鴻海上來，池潢不敢顧；
> 側見雙翠鳥，巢在三珠樹。
> 矯矯珍木巔，得無金丸懼？
> 美服患人指，高明逼神惡！
> 今我遊冥冥，弋者何所慕？

（去──遇）

譯文

孤獨的大雁，從浩瀚蒼茫的大海飛來，

恐怕招忌、惹煩，小池淺水，都不敢回顧。

斜斜望見雙棲翠鳥，結巢在三珠寶樹，

洋洋得意在珍貴的樹木頂端，難道沒有被金丸彈射的恐懼？

服飾華美，不免被人指指點點，出眾，輝煌，就催惹奇怪的大力

量把自己憎惡！

　　現在，我這孤雁，盡量飛向質樸自然的高處，射獵的人，又何所思慕？

評說

　　像失群的孤雁，從浩瀚蒼茫的大海飛來，渺小、淒寂、疲累、飢渴。莊子之徒早就描述過：鴟梟盤踞着腐鼠，鵷雛鸞鳳從南海飛往北海，掠過上空，鴟梟就仰首怒視，大聲警嚇。所以，孤雁不願回望小池，不想留戀淺水，以免惹了人家，污了自己。

　　人家可不必如此自苦，斜眼看去，便有雙棲的翠鳥，結了舒適的巢，高高地在黃帝所遺玄珠結成的寶樹不是很安樂，很可羨麼？

　　且莫洋洋得意吧：美眷、貴居不怕飛射過來的彈丸麼！華麗的服飾，恐怕被人指指點點；出眾、堂皇就等於催惹神靈憎惡自己！

　　我，孤雁，漂泊、勞苦，卻也自在自由。高高地翱翔在蒼冥，「自有歲寒心」，「何求美人折」，無忮無待，射獵的人，又能想望到我嗎？

1304 **望月懷遠（五律）**

海上生明月 [1]，天涯共此時 [2]。
情人怨遙夜，竟夕起相思。
滅燭憐光滿 [3]，披衣覺露滋 [4]。
不堪盈手贈 [5]，還寢夢佳期 [6]。

（平——支）

譯文

遼闊的江海之上，生出了明月，

天涯海角，共享這美景良時。

有情人不免埋怨這漫長遙遠之夜，

（不能聚首同樂，而只是—）

整個晚上停不了彼此的相思！

乾脆想滅了蠟燭吧：這溶溶月色，真太可愛美滿，

披上衣裳吧；室外耽久了，露水已經濕滋滋！

捧着月光滿手，可惜不能搬動移送給您，

只好回房就寢，希望可以在夢中總遇見到您的佳期！

註釋

[1] 江面寬闊者亦曰「海」。
[2] 古人以為天圓地方，乃有「雄雞一唱天下白」、「千里共嬋娟」之類美麗想法。
[3] 熄滅蠟燭，使所有光輝由月而來，更覺可賞可愛。
[4] 夜已深沉。
[5] 「堪」字極好。不只月光盈手而又手移即瀉，不能執拾，又輕而且薄太甚，不足以表
    情愛之既厚且重。
[6] 不如返回寢室，希冀作夢而可以相會，《古詩・明月何皎皎》：「引領還入房，淚下沾
    裳衣。」

評說

　　望明月而千里相思，古今常有之情。作者獨造之句，一起氣象開
闊，下半情深款款。或說是關心朝政，戀念君王，這就上繼屈子〈離
騷〉，下開東坡居士〈水調歌頭〉（中秋）之作了。

14

（685 ─ 762）

唐玄宗

　　李隆基。有太宗武后等為之先導，他的王業「基」礎，實在「隆」厚。他的前期政績，所謂「開元之治」，也不愧「明皇」的諡號。非常崇尚道教的他，作為姓李而追尊老子為祖的大唐天子族長一員，廟號為「玄宗」，也是大有「道」理。當代詩人，已經常用漢武帝來暗示這位雄主。唐朝由盛而衰，他是關鍵人物；展現了名言「絕對權力必然導至徹底腐敗」的典型樣板。有關他的正史、野史資料，散見在本書許多位詩人的生平與作品之中，如果彙集和組織起來，就變成另一本書了！

　　開元十三年（725）冬，在泰山行封禪大禮，以統治成績祭告天地之後，訪幸孔子故居，寫詩一首。

夫子何為者？棲棲一代中 [1]。
地猶鄹氏邑 [2]，宅即魯王宮 [3]。
歎鳳嗟身否 [4]，傷麟怨道窮 [5]。
今看兩楹奠，應與夢時同 [6]。

（平——東）

譯文

我們的至聖先師啊！您為了什麼呢？為什麼奔波勞碌，在您一生之中？

現在這地方，仍然是鄹氏的故邑，

現在這故宅，即是後來建立的魯王之宮。

先師曾經借風悲歎身遭的厄逆，

先師曾經為麒麟這仁獸被無知捕殺而傷心，傷心所信所守似乎已經末路途窮，

現在（有希望了），看到大堂兩柱之間的恭誠祭奠，

應當與先師您晚年之夢相同！

註釋

[1] 棲棲：奔波忙碌。志士仁人的勞身焦思，他人常不理解，甚至嘲笑。《論語 · 微子》篇多載當時隱士，疑譏孔子之言；《憲問》篇更有微生畝老氣橫秋地説：「丘何為是棲棲者與？無乃為佞乎？」（你忙什麼？為了搏上位嗎？）作者藉此為問作為發端，凸顯孔子「知其不可而為之」、「知命守義」的儒學精神。

[2] 鄹，即「鄒」，孔子故里。

[3] 漢景帝子魯共（恭）王，壞孔子故宅以擴建宮室（結果發現壁中所藏古文經典）。

[4] 《論語 · 子罕》篇載孔子以「鳳鳥不至」歎時不我與；《微子》篇記楚狂接輿高唱「鳳

兮！鳳兮！何德之衰！」以諷勸孔子不要從政。否，音「鄙」。「泰」之反，阨逆之意。

[5] 魯哀公十四年（前481），西狩獲麟，孔子感傷吉祥之獸不得其時而出，反為人傷，正如賢人之生不逢時，於是修訂《春秋》至此絕筆。

[6] 孔子晚年對子貢講自己的死亡預感：當世沒有真智慧的王者能用自己，而竟夢見夜坐兩條楹柱之間，接受人的祭拜（《禮記 · 檀弓下》）。其後也果然如此，這時唐玄宗也親臨祭奠，可見人貴有夢，夢是並非不能實現的。

評說
——

　　一首對場合、對象、自己身份、社會共同理念，都很合適的詩。一代雄主，確是英明天縱，多藝多才，只是「君主終身專制」的傳統害了他，他最後也害了曾經造福的社會。

15

（季凌 688 — 742）

王之渙

　　豐才飽學，像層積的冰凌，不斷渙溶為滔滔汩汩的藝術源泉，潤澤沾溉了當時和後世。王之渙，字季凌，真是極恰當的名、字。

　　由近年發現墓誌銘知道：他生於武后登基五載，卒於玄宗開元之治剛剛結束，本家并州（山西太原）的他，一生五十五年的歲月，就正當盛唐之世。發揚蹈厲的精神，充沛地表現在他的人格與風格。

　　尚意氣、好豪俠是他的性格。起初做過主簿——就是替長官主理書冊文事之職，因為被人誣謗，就拂衣去職，家居十五年，足跡遍大河南北，寫有不少從軍、出塞的詩篇，被人傳誦，播於樂章——那個著名的「旗亭畫壁」故事：

　　有一次，他與才名相並的大詩人王昌齡、高適，一同到街市酒樓（「旗亭」）消遣，碰巧有伶官藝伎十多人會宴。三個人就約定比賽一下，看這班歌手唱誰的作品最多。

　　第一位開腔了：「寒雨連江夜入吳……」，王昌齡就引手畫壁：「我一首」。跟着的唱：「開篋淚霑臆……」高適也畫壁一下。再一

位：「奉帚平明金殿開……」王昌齡兩開紀錄了，王之渙就滿有自信地指着那位應該最出眾的藝伎說：「如果她唱的不是我的作品，我一生不敢再和你們爭！」

到那位「當家花旦」唱了：「黃河遠上白雲間……」

王之渙當堂興奮地揶揄兩人說：「耕田佬！我會錯嗎？」於是三人喧嘩大笑，都喝得醉倒。

這個故事，最先見於當代薛用弱的傳奇小說《集異記》，原文都作「王渙之」，明胡應麟在《少室山房筆叢‧莊嶽委談》中提出三點，認為不可信，大前提是《唐才子傳》說高適「五十始學為詩」，老成之人，不會有此決賭之事，而且他與二王都沒有交往，近人傅璇琮《唐代詩人叢考》則說胡氏三點均不能成立。因為高適寫名作〈燕歌行〉時，還不到四十，《舊唐書》說他「年五十始留意篇什」，只是說他主要的興趣轉移，並非到那時才開始寫作，他與王之渙其實有詩唱酬。反而故事中王昌齡那首「寒雨連江……」的詩，寫作於江南，次年之渙便卒於河北，期間不可能有三人聚飲之事，所以，三位詩人「旗亭畫壁」，不是沒可能，只是所唱的不一定是那幾首詩。

1501　涼州詞（七絕）

題解

涼州，或作凉州，就是甘肅武威、張掖、酒泉、敦煌一帶，夾在匈奴、突厥、回紇、吐蕃之間，從長安西出所謂絲綢之路，循着這條河西走廊而行一出玉門關便是西域諸國了。既是交通孔道，也是漢唐的邊塞要地。大西北的風光，前線的生活，異族的文化，羈旅久戍的

情懷，交織成許多作家的涼州詞曲。本詩又題作「出塞」。

黃河遠上白雲間 [1]，一片孤城萬仞山 [2]。
羌笛何須怨楊柳 [3]，春風不度玉門關 [4]！

（平——刪）

譯文

黃河遠遠地伸上了白雲之間，
高天廣地之際，渺小的、無助的孤城，背靠着連綿的萬仞高山。
何必要胡人的羌笛奏吹哀怨的樂曲《楊柳》？
（凡有感覺的人都感覺了；）
氣候的、文化的春風，從來就度越不了華夷交界的玉門關！

註釋

[1] 計有功《唐詩紀事》，此句作「黃沙直上白雲間」，不少人認為：末句所云玉門關，距離黃河頗遠，當地常有狂風捲起黃沙，接天滾地，撲面罩首而來，所以應作「黃沙……」為合。不過，讀詩應當了解地理大勢，作詩卻有想像、組織以求興會超妙的藝術自由，王昌齡一首名作〈從軍行〉七首之四：

青海長雲暗雪山，孤城遙望玉門關。
黃沙百戰穿金甲，不破樓蘭終不還！

「樓蘭」在漢時已改名鄯善，唐代更不存在，而青海如果實指青海湖，更與玉門關相距甚遠，又怎能「遙望」呢？所以，贊成作「黃河……」者則說：「黃河」可能泛指沙漠地帶的流水，如附近之疏勒河之類，也可以是海市蜃樓。李白名句：「黃河之水天上來」，河水源自崑崙高山，回頭視之，似從雲間瀉落，經京師、故園、而奔流入海；境界，聲調均美，即使未必近在眼前，也可想像虛寫；何況，「黃河」可能是實寫，「玉門關」不必就是次句的「孤城」，而是想像虛擬，作為「絕遠邊關」的象徵呢！〈涼州詞〉本樂府曲調，不必實寫涼州，涼州亦非「一片孤城」而在「萬仞山旁」，詩人畫家取景均不必實指一地。

[2] 仞：八尺。

[3] 羌：西北邊疆民族，古為「五胡」之一。楊柳：樂府歌辭鼓角橫吹曲有南朝陳王瑳：〈折楊柳〉歌：「塞外無春色，上林柳已黃」又：「上馬不捉鞭，反折楊柳枝；蹀座吹長笛，愁殺行客兒」，折柳又表送別之意。

[4] 玉門關：甘肅敦煌西一百五十里陽關之西北，漢唐時代西北邊塞最遠的關口。《後漢書・班超傳》：「但願生入玉門關」；唐李頎〈古從軍行〉詩末節：「聞道玉門猶被遮，應將性命逐輕車。年年戰骨埋荒外，空見葡萄入漢家！」可見「玉門關」的象徵意義。晚清左宗棠既定回疆，沿天山南路廣植唐時所無之楊柳，同鄉好友楊昌濬有詩云：「上相籌邊未肯還，湖湘子弟遍天山，新栽楊柳三千里，引得春風渡玉關。」

評說

遠眺，滾滾的黃河（黃沙），高高在白雲之間；近看，一片孤薄的城牆，隔開了文明與蠻貊、戎狄與中華。在遠近之間，是層層疊疊的高山。群山阻隔，阻隔着夢魂常到、而遙不可及的家。

家鄉啊！江南的家鄉，關中的故園，此際都是楊柳依依，當年親友家人，也都折柳贈別。人世的溫馨、文化的生機，就在這青青的楊柳。

可是如今，關山萬里，溫暖而滿帶生機的春日之風，已經到不了玉門關，也不再有青青的楊柳，而只有「楊柳」這個名字，在聽來只是哀怨的、羌笛吹出的調子。

又何必哀怨呢？一切都是命定。連春風的來去，都不見得真正自由，何況蟻民、小卒？好大喜功的雄主，為了開邊，盡使「邊庭流血成海水」（杜甫〈兵車行〉）；為了得到異域之珍——例如汗血寶馬，便遮隔了玉門，不許厭戰的軍人退入。（《漢書・李廣傳》、李頎〈古從軍行〉1706）征人啊！命定不能早歸（甚至：生歸）故里了，大家都認命罷……

題解

鸛，音灌，似鶴而身灰翼黑，頭頂不丹。山西永濟縣城西南，黃河之中高地，有三層樓，常棲鸛雀，故名。前望中條山，俯瞰大黃河，如暢當（或說暢諸）詩云：「迴臨飛鳥上，高出世塵間；天勢圍平野，河流入斷山。」壯美開闊，唐人喜登臨作詩，而王之渙此首最為傳誦（有說是武后時御史朱佐日作）。

> 白日依山盡，黃河入海流；
> 欲窮千里目，更上一層樓。

（平──尤）

譯文

曾經燦爛光輝的白日，
緩緩地依着漸漸更暗更暗的山，下墜、下墜、墜盡；
長流不息的黃河，
向着東海，奔流，奔流……
想要窮盡遠極千里的眼目，
就得層樓更上，更上層樓。

評說

太陽，生熱發光了一整天，現在依傍着高山，慢慢沉下去，要歇

息了。洶湧澎湃的黃河，還是不捨晝夜，奔流到遠方的大海。眼下這些山河，以至月亮太陽，究竟從何而來？宇宙萬象，有什麼意義？黃河歸宿在東海，太陽依止在西山，人生呢？歸宿在哪裏？

短短的詩，不能盡講，也不必明講。讓知音者隨着當日詩人心靈的腳蹤，更上層樓，登得更高，望得更遠。

全首四句，兩兩對偶；最末一個「樓」字，剛好點題。不過，這一切藝術意匠，都在一片空闊遠中，自然渾成，好似全不費力。

16

(689 — 740)

孟浩然

　　他有一個能跟姓氏相應，並且帶着聖人正義之教的好名字。勉勵人要養浩然之氣的孟子，在列國並立的時候，可以面折廷爭，布衣而傲王侯；秦漢以後，天下一統，皇帝至尊，經濟上的供求關係，人情上的趨吉避凶，士大夫要維持浩然之氣，就要有為而亦有所不為了，「欲徇五斗祿，其如七不堪」（〈京還寄張維〉），他不能如某些「高人」一般同時苟活於污濁的官場，於是，「仕」與「隱」的抉擇，「廟堂」與「山林」的矛盾，所產生的種種苦悶，就形之於他的詩篇。

　　他是湖北漢水上游襄陽人，青少年時代，「鄉曲無知己，朝端乏親故」（〈田園作〉），隱居讀書到差不多四十歲（開元十六年，728），才到長安應試，可惜落第。見諸正史及私人筆記，有關他獲見唐玄宗，誤引「不才明主棄」的牢騷語句，於是惹惱君王、失去機會；以及樂於薦賢的韓朝宗約了他，他又竟與友人飲酒而沒有去，這類故事，如果可信，也只證明性格與命運，真的有時互為因果了。總之，他就「拂衣從此，高步躡華嵩」（〈京還留別新豐諸友〉），浪跡

江湖去了。

開元二十五年（737），張九齡罷相，貶荊州長史，與他唱和來往一番。三年後在襄陽，背疽，與來訪的王昌齡飲酒食鮮，病發而死。

重歸自然始終是孟浩然的真正樂趣。他的詩也以田園山水見長，與王維齊名，聞一多引述蘇軾惜他「韻高而才短」，李白在孟浩然的晚年詠唱：

> 吾愛孟夫子，風流天下聞；
> 紅顏棄軒冕，白首臥松雲。
> 醉月頻中聖，迷花不事君。
> 高山安可仰，徒此揖清芬！

始終熱心為「王佐」的李白，對他大概相當欣賞、有點羨慕，但又不以為然吧。勞思光先生說：「白首臥松雲」固是事實，「紅顏棄軒冕」則並非本意，我們如果先存「不仕為高」的觀念於胸中，則反是自己的成見了。

1601　秋登蘭山寄張五（五古）

題解

襄陽西北有萬山，一名蔓山、蘭山。張五，論者謂是張諲。唐人稱友朋，每以對方兄弟中排行附於姓下，如衛八、范十、元二、元九；又或並連其名，如李十二白、杜二甫之類。

北山白雲裏，隱者自怡悅[1]。
相望試登高[2]，心隨雁飛滅。
愁因薄暮起，興是清秋發[3]。
時見歸村人，沙行渡頭歇。
天邊樹若薺[4]，江畔洲如月[5]。
何當載酒來，共醉重陽節。

（平——屑、月）

譯文

北面的山，白雲中間，隱居的人自得其樂，神怡心悅。

想互相眺望，嘗試登高，心念隨着飛雁踪迹，向遠方消滅。

愁緒，因黃昏而引起；遊興，趁清秋而引發。

時常見到歸回村落的人，走過沙灘，在渡頭歇歇。

遠望天邊的樹，平平矮矮像野菜的薺，

江畔的船，像一彎新月，什麼時候我們帶了酒來，

共同謀一醉，賀這重陽佳節！

註釋

[1] 晉陶弘景〈答詔問山中何所有〉：「山中何所有？嶺上多白雲。只可自怡悅，不堪持贈君。」

[2] 重陽登山，思念對方。

[3] 江淹〈恨賦〉：「薄暮心動」，黃昏，更易情緒低降。秋天草木搖落、涼風肅殺，文士每易興感，《楚辭‧九辯》首節，是著名的「悲秋」，晉潘岳有〈秋興賦〉（此詩之後，杜甫又有〈秋興〉八首），歷代詩人因秋起興者不計其數。

[4] 高處遠望，樹木矮平如野菜。

[5] 沙洲彎在澄江如練之中，如新月在晴空。洲，一作「舟」。薛道衡〈敬酬楊僕射山齋獨坐〉：「遙原樹若薺，遠樹舟如葉。」

評說

    善於化用前人秀句，點染成景，與所懷之友作重陽之約，以遣興解愁。

1602 夜歸鹿門歌 [1] （七古）

        山寺鐘鳴晝已昏，魚梁渡頭爭渡喧 [2]，
        人隨沙岸向江村，余亦乘舟歸鹿門。

                        （平——元）

        鹿門月照開煙樹，忽到龐公棲隱處。
        岩扉松徑長寂寥，唯有幽人自來去 [3]。

                        （去——御）

譯文

    山寺響起鐘聲，白晝已變黃昏，魚梁渡口擾攘聲喧。

    人們隨着沙岸走向江村，我也乘船返到鹿門。

    鹿門月光照開了烟霧籠罩的樹，忽然到了漢末龐德公隱居採藥之處。

    山洞的門扉，松樹的小徑，長期寂靜，

    只有我這幽隱的人，自來自去。

註釋

[1] 鹿門山，在襄陽附近，舊傳漢末隱士龐德公採藥隱居於此。

[2] 魚梁:水中洲名,《水經注》謂龐德公所居。

[3] 清幽隱遁之人,指龐德公與自己一類逸士。

評說

自然恬淡,文字稍斂,即成五言。

1603 歲暮歸南山(五律)

題解

開元十六年(728),孟浩然中年應試,落第而歸,抑鬱失意可
知,於是還鄉。襄陽峴山,對兩京而言,都可謂「南山」;而時人亦
以隱於長安之終南山為高。

北闕休上書 [1],南山歸敝廬。
不才明主棄,多病故人疏 [2]。
白髮催年老,青陽逼歲除 [3]。
永懷愁不寐,松月夜窗虛。

(平——魚)

譯文

不要再朝向北面宮闕向聖君上書;

不如回歸南山隱居破敝的草廬。

是自己不才,難免被英明的主上所棄;

是自己多病，故舊親朋也就遠疏！

頭髮越多白了，催促人覺得衰老。

春天的陽光和溫暖逼近了，舊歲就自然去除，

這些長遠愁懷，使人難以入寐，

松陰月影投在夜窗之上，更覺寂寞、空虛！

註釋

[1] 漢未央宮南向，而奏事拜謁者多在北面門樓。秦漢以來，君主威權遠過晚周，一般臣
民只能書面陳奏（「上書」），不易謁見（「面聖」）。

[2] 委婉自咎，不敢責人，傳統說法，是「溫柔敦厚」的「詩教」。《新唐書》記他得王維
引薦見玄宗，答詔而引此詩，皇帝聽出了這兩句不怨而實怨的弦外之音，大為不悅。
他一生僅有的一次大機會，就此斷送云云。《舊唐書》不載這個傳說。

[3] 古人以陰陽五行天人相應解釋宇宙，東方青色，與春天相配。

評說

　　一年又盡，年更老，位仍卑，那苦悶牢騷，自然真實之至。人
間帝王，就是臣民司命，此所以可悲，這也是許多古典詩文的題材
所自。

1604　留別王維（五律）

寂寂竟何待？朝朝空自歸。

欲尋芳草去，惜與故人違 [1]。

當路誰相假 [2]？知音世所稀！

只應守寂寞，還掩故園扉。

（平──微）

寂寂寞寞，究竟等待什麼呢？

朝朝出發，擾擾攘攘，都是空空虛虛的獨自回歸！

想要浪迹天涯，找尋芳草，

可惜就要與故舊朋友相別相違！

當路的達官貴人，誰會給我借助、借助？

知音相賞，從來是世上珍稀！

看來我只好安安份份地保守寂寞，

回去掩閉舊舍的柴扉！

註釋

[1] 欲隱，可惜者又與故人相別。

[2] 據要津，當路途（居高位）者，不肯藉助。

評說

失意坦率之作。與上一首是同時詠寫的姊妹篇。

1605 秦中寄遠上人（五律）

題解

孟浩然在開元十六年（728）長安應試的秋天，寫給法號有「遠」字的僧人朋友。「上人」，佛家對內有德智，外有勝行，在人之上者的尊稱。此詩一作崔國輔作。

一丘常欲臥 [1]，三徑苦無資 [2]。
北土非吾願 [3]，東林懷我師 [4]。
黃金燃桂盡 [5]，壯志逐年衰。
日夕涼風至，聞蟬但益悲 [6]。

（平——支）

譯文

一處歸隱的山莊——自己經常的夢想；

一個小園，讓我松菊為侶——可惜沒有財資！

北上京都，徵逐富貴——不是我的素願；

東林研經學佛——時常懷念我師！

這裏京都一帶，米珠薪桂，儲蓄將要耗盡，

隨着年紀漸老，壯志越來越衰。

早晚涼風吹到，寒蟬淒切，那就人生的秋冬又近，心情更悲！

註釋

[1] 常想高臥山丘（歸隱）。

[2] 苦於沒有資財維持一個起碼的家園。王莽時，蔣詡歸隱，家中只闢三條小路，與知己來往。陶潛說：「聊欲弦歌以為三徑之資。」（想教書，換點生活費）〈歸去來辭〉也有「三徑就荒」之句。

[3] 唐代政治中心在黃河流域，句意是本來不想上京應試，參與政治。

[4] 晉高僧慧遠創東林寺於廬山，提倡淨土宗念「南無阿彌陀佛」以得救離苦之法，後來風行全國。此處借用，因「遠上人」法號有一字同於慧遠，「東林」又與「北土」相對。

[5] 京都生活費用，每每遠較他地昂貴（所謂「米珠薪桂」），很快就「床頭金盡」。

[6] 秋至蟬鳴，失意的遊子更想身體退隱熟悉親切的故鄉，心靈回向捨離解脫的佛教。

入世與出世，物質生活與精神自由，事業企圖與藝術情懷，種種常見的矛盾、苦悶，交織成這首誠懇的、傾訴心事的詩。（「聞蟬」參看 0101、6401）。

1606　宿桐廬江寄廣陵舊遊（五律）

題解

孟浩然「風塵厭洛京」，於是「山水尋吳越」（〈自洛之越〉），以浪遊山水解應試失敗之悶。在錢塘江、西湖的上游、富春江、風景區、桐廬、建德一帶，寄詩中途旅經揚州時的舊朋友。

> 山暝聽猿愁，滄江急夜流；
> 風鳴兩岸葉，月照一孤舟。
> 建德非吾土，淮揚憶舊遊。
> 還將兩行淚，遙寄海西頭。

（平——尤）

譯文

黃昏，深山聽着猿猴啼叫，更引發了憂愁，
晚上，滄江之水，急速奔流！

風，吹響了兩岸的樹葉，

月，映照着孤獨的小舟。

建德並非我的故土，

淮揚，那裏懷念的是一班舊游。

還是要將兩行思親憶友的眼淚，

遠遠寄到大海的西頭！

評說

前景後情，淺暢親切。「雖信美而非吾土兮，曾何足以少留」（王粲〈登樓賦〉），所以薄暮聽猿而惟聞愁聲，寄詩海西而兩行淚下（唐人稱江面寬闊者亦曰海）。

1607　與諸子登峴山作 [1]（五律）

人事有代謝 [2]，往來成古今。

江山留勝蹟，我輩復登臨 [3]。

水落魚梁淺 [4]，天寒夢澤深 [5]。

羊公碑尚在 [6]，讀罷淚沾襟。

（平——侵）

譯文

人事有新陳代謝，彼往此來，就構成歷史的古今。

在江山自然景物上存留了名勝古迹，

讓我們一次又一次有機會遇「山」則登，見「水」即臨。

流水，枯落了，魚梁洲就淺露，天氣寒冷了，雲夢澤就更懍然淵深。

昔日西晉名將羊祜登山而感慨生命與古今的著名碑石尚在，

再一讀罷，不禁涕淚沾襟！

註釋

[1] 峴：音「演」，山，在襄陽東南，又名峴首山。

[2] 代謝：交替。

[3] 登山臨水，即「遊覽」。

[4] 魚梁：沙洲名。

[5] 夢澤：雲夢澤，即洞庭湖。

[6] 晉羊祜鎮襄陽，常登峴山，與同遊者慨歎此山與宇宙並生，而歷代登山者不計其數，皆湮沒無聞，使人悲傷。自己如死後有知，魂魄仍然來此云云。祜死後，百姓立碑於山，永紀此語。讀之者皆墮淚。

評說

宇宙無窮，山川也似乎無盡，只是人與飛潛動植眾物，都不免有生有死。死後有知無知，又難以把握。人生，有太多無奈，有太多不捨。羊祜、孟浩然，以至古今中外無數人特別是有志有才而多情善感的人，更當肅殺之時，見蕭瑟之景，於是墮下了難拭之淚。寫來語言淺切，意態平淡，而感慨深遠，這正是孟詩的長處。

1608 望洞庭湖贈張丞相（五律）

開元二十一年（733）張九齡為相，四年後貶荊州，孟浩然曾經寫了這首詩給他。

八月湖水平[1]，涵虛混太清[2]。
氣蒸雲夢澤[3]，波撼岳陽城[4]。
欲濟無舟楫[5]，端居恥聖明[6]。
坐觀垂釣者，徒有羨魚情[7]。

（平──庚）

譯文

八月，洞庭湖水漲滿，幾乎與大地齊平，

水、陸、天空，蒼茫浩瀚是渾然一體的偉大虛清！

蒼茫水氣，不斷蒸發在這雲夢澤，

波濤洶湧，似乎搖撼了岳陽城！

（我區區一介士子）想濟渡太湖，沒有舟楫，（想澤世佑民，沒有權位）

獨善其身，安安份份罷，又羞愧於無所貢獻於邦國，辜負了時世的聖明！

袖手旁觀那有工具、有技能的垂釣者，

就難免徒然、茫然，而且慚愧；只有臨淵羨魚的心情！

註釋

[1] 夏季多雨，到八月江水大灌洞庭湖，滿到幾乎同平時的岸相平，遠望水天相接。
[2] 水與天，整個空間，渾然一體。
[3] 雲夢澤是古代大湖，後世的洞庭亦在其中，陽光蒸發，水氣上騰，浩瀚空濛一片。
[4] 岳陽：洞庭湖東北入長江處，西南風起，汪洋澎湃，似乎不斷推撼那湖邊的城郭。這兩句與杜甫〈登岳陽樓〉的「吳楚東南坼，乾坤日夜浮」向被推為洞庭名句。
[5] 江湖闊遠，欲渡無舟；正如濟世有志有才，奈何沒有政治力量可以憑藉。
[6] 想要靜靜隱居，但在聖明之世，不出來做事是士人之恥。孔子說：「邦有道，貧且賤焉，恥也。」（《論語‧泰伯》）。傳統士人以此為出處去就的信條準則。有聖明之君領導國邦，而不出仕以致既貧且賤，是士大夫之恥。

自古有言：「臨淵羨魚，不如退而結網。」（《漢書・董仲舒傳》）看到張丞相等賢達
　　之士，大展拳腳，自己只能空羨慕罷了。

評說

　　照末句引申，當然是希望對方汲引提拔。舊日讀書人，不仕進無
以濟世，而丞相之職，正在「登明選公」（韓愈〈進學解〉），廣攬人
才，即使孟浩然此詩志在干謁求仕，也沒有什麼不妥（就如今人寫求
職信填申請表），如果張氏已不在位而二人共遊，問題就更不存在；
又何況他說得不失當時士人的禮分呢！至於前半氣勢之雄，造語之
精，真的不愧「浩然」之句。

1609　過故人莊（五律）

> 故人具雞黍，邀我至田家。
> 綠樹村邊合，青山郭外斜。
> 開軒面場圃，把酒話桑麻。
> 待到重陽日，還來就菊花。

（平——麻）

譯文

老朋友準備了雞飯，邀我到田野的家。
村邊的綠樹已經還生抱合，
遠處青山向着城郭之外橫斜。
打開軒窗，面對打穀的地場、種菜的園圃，
賓主把酒閒話，漫談些農事桑麻。

且待重陽節日，再來這裏，
我們親近親近菊花！

評說

眼前之景，口頭之語，淵明之趣，農家之樂。同寫田園山水，王
摩詰是向慕捨離的世外高人，孟浩然是不捨眾生的鄰家故友。

1610　宿建德江（五絕）

移舟泊煙渚，日暮客愁新。
野曠天低樹，江清月近人。

（平──真）

譯文

移動小舟，泊近了迷茫的洲渚，
黃昏了，旅人的愁緒又再生新。
（遠眺：）原野空曠，天空還低於樹（──迷茫、寂寞）
（近觀：）江水澄澈，月影還接近人（──不致完全孤單！）

評說

先敘地、時、心情，後繪景物。天闊地平，遠樹若薺而猶遮千
里之目；江清水澈，皓月如鏡而來親孤客之身。三四兩句對偶既工且
美，而似毫不費力，一片空靈恬靜。

春眠不覺曉，處處聞啼鳥。
夜來風雨聲，花落知多少。

（上──篠）

譯文

春夜酣眠，不覺已經破曉，
處處聞到聲音是啼鳴的鳥。
昨夜整晚傳來的是風聲雨聲，
花飄花落，知有多少？

評說

　　首以「不覺」寫春睡之酣，可見其心之擺脫塵務；次以「啼鳥」處處可聞，以證春到人間早非一日；三句一轉，忽憶半夜偶醒所聞風雨之聲，於是繫念落花多少，未知如何，似關心可愛的春花，因為花謝，雖屬自然，因風雨而落，就屬可惜，但又實感無力無奈：因為到底已落，而且風雨雖人亦不免，何況於花？至於是否立即起床檢視？抑或容後方看？又或想過便罷？一切留待讀者推想。

　　近體多押平韻，但正如柳宗元〈江雪〉之押入韻以表「絕、滅」冬景，這首則押上聲，讀之彷如啼鳥，這也是藝術巧妙之處。

　　兒童讀唐詩，這首與李白〈靜夜思〉通常最先上口，最易明白。到他們長大，恐怕會覺得：作者名氣的大小，與個別作品的優劣比較，常常不是同一回事。

17

（690 — 754？）

李 頎

　　當時，後世，都很有詩名，奇怪是字號、生卒，都少記載。是哪處人呢？「趙郡」是時人看重的「郡望」；「東川」或説是四川三台的祖籍，或説是河南穎水的一條支流：因為「穎陽」就是屢見於他詩中的家居。沒有爭議（而且更值得費神研究）的，是他實至名歸的藝術地位。

　　像絕大多數當世青年才俊一樣，他早年出入兩京（長安、洛陽），結交名流，希冀用世。失意之後，閉戶讀書十載。開元廿三年（735）及第。做了一會朝廷小官、地方副首長（河南新鄉縣尉）之類。大概一方面是唐朝進入天寶時期而政治漸見腐敗，一方面是他自己性情疏簡、厭薄世務，兼且久不調遷吧，於是憤而歸隱，修道求仙煉丹，直至去世。

　　李頎善詩，七言尤其精能，與當世名家王維、高適、王昌齡等都有酬唱，是李杜之前一位盛唐大詩人。

　　　　　　　　　　　　　　　　　　　　　　原韻譯唐詩新賞

1701 古意（七古）

題解

摹擬漢魏南北朝前期五言詩的語言風格，寫的是當代邊塞生活。

男兒事長征，少小幽燕客[1]。
賭勝馬蹄下，由來輕七尺[2]。
殺人莫敢前，鬚如蝟毛磔[3]。

（入——陌）

黃雲隴底白雲飛[4]，未得報恩不得歸！

（平——微）

遼東小婦年十五，慣彈琵琶解歌舞。
今為羌笛出塞聲，使我三軍淚如雨！

（上——麌）

譯文

（初志）男兒漢，就得建功立業萬里長征，自少就是幽燕豪客！

常常較量輸贏在馬蹄競逐之下，由來看輕那生命安危、形軀七尺！

悍勇地殺人，使對敵者不敢向前，（男性激素表現在）鬚鬚像刺蝟毛般剛磔！

（久羈）戰地上，黃塵滾滾；仰望天空，（飄向故鄉的）白雲飛飛。

（悠遊天地，時間凝固，戰爭膠着，功績未成……）

皇恩未報，不得回歸！

李 頎

（歸憶）遼東少婦年華十五，慣彈琵琶，善能歌舞；

此刻表演羌笛出塞的音聲，使我三軍（憶苦思甜）淚下如雨！

註釋

[1] 幽州、燕國，即河北以至遼東等地，自古民風強悍，多慷慨悲歌之士。唐時除西北、北方邊患外，東北出燕一帶民族生存競爭亦烈，當地青年從軍者多。
[2] 七尺：成年男子普通高度（古尺較今為短），此指「肉體生命」。
[3] 鬍鬚濃密而尖豎，像猬（亦作「蝟」）身毛刺的張開，足見獷悍。
[4] 此句每有異解，或說塞外煙塵如黃雲，匹馬飛馳如白雲。或說「黃雲隴」為地名。武后時名相狄仁傑登太行山，南望白雲歸處，憶念親故，所以「白雲飛」即身在塞外而心憶故鄉云。

評說

前半刻劃健兒勇武，全用五言；後半寫軍中聞見歌舞而憶家中妻室。兩段都用仄韻，中間插入兩句七言平韻，聲音是變調，畫面是切割，承上轉下，以表「順本性、圖功業、報君恩」（如高適〈燕歌行〉所謂「男兒本自重橫行，天子非常賜顏色」）與「思故鄉、悲久戍、念家人」（詠此者多不勝數）之間的矛盾與苦悶，足見藝術之巧。

1702　送陳章甫（七古）

題解

陳章甫本江陵人，排行十六，居洛陽近金谷園故址和開善寺（李頎、高適等都有詩記載共同在此遊宴之樂），個性剛直，所以雖有科名，仕宦並不得意，他也就離職歸隱，李頎作詩贈別。

四月南風大麥黃，棗花未落桐葉長。
青山朝別暮還見，嘶馬出門思舊鄉。

（平——陽）

陳侯立身何坦蕩^[1]，虯鬚虎眉仍大顙^[2]。
腹中貯書一萬卷，不肯低頭在草莽^[3]。

（上——養）

東門酤酒飲我曹^[4]，心輕萬事如鴻毛。
醉臥不知白日暮，有時空望孤雲高。

（平——豪）

長河浪頭連天黑，津吏停舟渡不得^[5]。
鄭國遊人未及家^[6]，洛陽行子空歎息^[7]！

（入——職）

聞道故林相識多^[8]，罷官昨日今如何？

（平——歌）

譯文

四月（初夏），新起的南風吹得大麥變黃，

棗花未落，桐葉變長。

清早與青山辭別，黃昏還與青山相見，騎着嘶叫的馬出門，思念着舊鄉。

我們的陳侯，立身處世何其磊落坦蕩，正如他豪邁的儀表：虯鬚、虎眉、大顙！

飽讀詩書，胸羅萬卷，不肯辱沒自己，低頭在草莽！

此刻，東門置酒，與我們飲別，萬事都看得輕如鴻毛！

飲醉臥倒，也不知白日已暮；有時悵然仰望，白雲孤高！

這時，長長的大河，浪頭湧起，連天昏黑。

津渡的吏員停了船，擺渡不得。

你這位去鄭國的游人不能回家；我這個來洛陽的游子空自歎息！

聞道您家鄉故舊相識很多，昨天罷官了，今天人情如何？

註釋

[1] 陳侯：對章甫的尊稱。坦蕩：《論語‧述而》：「君子坦蕩蕩，小人長戚戚。」——有
    修養者豁達開朗，相反者愁愁困困，封鎖自己。
[2] 鬍鬚蜷曲、眉毛粗濃、額頭寬廣。
[3] 草莽：草野、民間。吏部放榜，陳章甫制科及第，但戶部報無戶籍，遂遭放罷，陳氏
    上書引經論，抗爭得直，於是破例錄用，天下傳為美談。
[4] 酤：買。飲我曹：請我們喝酒。
[5] 津吏：碼頭職員。
[6] 鄭國：春秋時代，河、洛、潁、濟四條河流之間為鄭國。陳章甫客居此地多年，故說
    「鄭國遊人」。
[7] 洛陽行子：在洛陽作客的人，指作者等送別陳章甫者。
[8] 故林：舊居、家鄉。

評說

　　除末尾同韻兩句外，全詩四句一節押韻平仄相間，先寫送別時地
情態，次敘陳氏狀貌性格，跟着刻劃他的豪邁瀟灑，「有時空望孤雲
高」一句，活現了鷙鷹被囚、帳望空中同類飛翔的那種英雄失路的神
態。離別之時，正逢風浪，連現實的河津，也和世途（特別是陳章甫
的功名之路）一樣多有波折，以致居者行者，都兩無着落。最後以炎
涼世態反問作結。

　　送行而不見傷感，失意而達觀世事，描劃陳氏之雄猛豪邁，而愛
才惜別之情，洋溢字裏行間。

題解

　　李頎奉使淮河地區，得友人餞別，並有彈琴；乃以樂府舊題，譜寫新詩。

　　　主人有酒歡今夕，請奏鳴琴廣陵客[1]。

　　　　　　　　　　　　　　　　　　（入——陌）

　　　月照城頭烏半飛，霜淒萬木風入衣。
　　　銅爐華燭燭增輝，初彈淥水後楚妃[2]。
　　　一聲已動物皆靜，四座無言聲欲稀。

　　　　　　　　　　　　　　　　　　（平——微）

　　　清淮奉使千餘里，敢告雲山從此始！

　　　　　　　　　　　　　　　　　　（上——紙）

譯文

　　主人家供應美酒，我們共歡今夕，應邀彈琴的是我們的廣陵人客。

　　這時，明月照在城頭，烏鴉在或上或飛。

　　寒霜落在眾樹之上，冷風吹透裳衣。

　　銅爐放出香暖之氣，華燭增加光輝，

　　彈奏的初是《淥水》，後是《楚妃》。

　　琴聲一動，萬物都似乎一變而為平靜，

　　四座聽了，都投入、靜寂，星光漸稀。

　　此去奉使清淮，千有餘里；告別雲山，從此開始！

[1] 廣陵客：稱譽座中彈琴者。廣陵，江都（揚州）古名。晉名士嵇康曾遇異人，授以琴曲，名《廣陵散》。其後臨刑，復奏此曲，並歎：「廣陵散於今絕矣。」
[2] 淥水、楚妃：皆古琴曲名。

評說

　　首尾各兩句，都收仄韻，作為「序說」與「收結」；中間六句押平韻，無一「琴」字，而字字都聞琴音，前三句妙於形容，後兩句言聽者陶醉，可以說是白居易〈琵琶行〉的先導。

1704 聽董大彈胡笳兼寄語弄房給事（七古）

題解

　　董大，當世著名琴師董庭蘭。高適有〈別董大〉（2703）詩：「莫愁前路無知己，天下無人不識君。」房給事，房琯，攝代門下省給事中於天寶五載（746），詩當作於此時。

　　詩題頗有異文，「弄」字移上「胡笳」之下，則是琴曲別名。綜觀全詩，包括有人勉強解作、有開玩笑意味的收結兩句在內，全篇無一語有戲弄之意。

　　施蟄存《唐詩百話》謂此詩乃薦董於房，稱其兼「語」（琵琶）「弄」（胡笳）之聲，故《河嶽英靈》、《唐詩記事》等，原題皆作〈聽董大彈胡笳聲兼語弄寄房給事〉，後人不明，乃亂加刪改云。

蔡女昔造胡笳聲，一彈一十有八拍。
胡人落淚沾邊草，漢使斷腸對歸客[1]。
古戍蒼蒼烽火寒[2]，大荒陰沉飛雪白。
先拂商絃後角羽[3]，四郊秋葉驚摵摵[4]。

（入——陌）

董夫子、通神明，深松竊聽來妖精。
言遲更速皆應手，將往復旋如有情。
空山百鳥散還合，萬里浮雲陰且晴。
嘶酸雛雁失群夜，斷絕胡兒戀母聲[5]。
川為靜其波，鳥亦罷其鳴。
烏珠部落家鄉遠[6]，邏娑沙塵哀怨生[7]。

（平——庚）

幽音變調忽飄灑，長風吹林雨墮瓦。
迸泉颯颯飛木末[8]，野鹿呦呦走堂下[9]。

（上——馬）

長安城連東掖垣[10]，鳳凰池對青瑣門[11]。

（平——元）

高才脫略名與利，日夕望君抱琴至。

（去——寘）

譯文

蔡文姬當年創造胡笳樂聲，彈唱起來一十八拍，
胡人聽了，落淚沾濕邊疆的草；漢使聽了，斷腸對着歸客！
樂聲使蒼蒼的古舊戍城烽火顯得寒涼，廣大荒原飛雪陰沉慘白！
先拂商絃後撥角羽，四郊的秋葉都被驚起而又灑落，聲音摵摵！

董夫子琴技通神明，深山松林來竊聽的有妖精！

音樂的語言有遲有速都得心應手，韻律的往去旋來都像有情！

像空山百鳥，散而還合，像浮雲萬里，既陰且晴。

悲嘶酸楚，像雛雁失群之夜；哭聲斷絕，像胡兒戀母之聲！

像河川靜止了浪波，像雀鳥止歇了啼鳴！

像烏孫公主思念家鄉遙遠，像文成公主在拉薩的哀怨滋生！

幽怨的變調忽然飄灑，長風吹林，雨墮於屋瓦，

又像迸出的泉水，颯颯飛上林梢木末，又像呦呦的野鹿走過堂下。

長安城連着門下省的東掖垣，鳳凰池對着青瑣門，

（國家的政治中心在這裏，董庭蘭琴藝的知音也在這裏）

（房琯給事中）治國高才，脫略了世俗的名利，日夕盼望董夫子您抱琴而至！

註釋

[1] 東漢末，大儒蔡邕之女名琰字文姬，博學多才，又善音律，初嫁衛仲道，夫亡無子，歸寧於家。胡人入寇，虜歸配南匈奴左賢王。在胡十二年，生二子。曹操素與蔡邕交好，於是以金璧贖回，而重嫁於董祀。兩子則不能隨歸。文姬感傷亂離，思念骨肉，《後漢書・董祀妻傳》説她「追懷悲憤，作詩二章」，記錄了「其辭曰」的五言詩一首（「漢季失權柄……」），又「其二章曰」的騷（楚辭）體詩一首（「嗟薄祜兮遭世患……）都稱為〈悲憤詩〉，但沒有提及後人盛稱的〈胡笳十八拍〉（「我生之初尚無為……」）。十八拍共十八段，每段八至十二句，亦是騷體。學者多疑是後人擬託。王運熙則説上述騷體〈悲憤詩〉共三十八句，除兩處是三句一拍外，其餘兩句一拍，即是李頎這首詩所提到蔡琰所造的十八拍（見《樂府詩述論》）。次句「十有八拍」，有讀又。

[2] 舊日戍守的邊城、烽火台早已荒廢冷落。

[3] 古樂以宮、商、角、徵、羽為五音（音階），分配於琴之七絃。

[4] 摵摵：落葉之聲。

[5] 〈悲憤詩〉與疑為後人偽託的〈胡笳十八拍〉，都有刻劃文姬與胡地所生兩子骨肉分離之慘。

[6] 烏珠：或作「烏孫」，皆胡人族姓名稱。

[7] 邏娑：吐蕃地名，有説即今西藏首府拉薩。

[8] 迸泉：噴泉。

[9]《詩經‧小雅‧鹿鳴》有「呦呦鹿鳴」一句。

[10] 房琯為門下省給事中，省署在大明宮宣政殿之東。掖垣：禁宮東西城牆如左右扶持之兩臂。

[11] 鳳凰池：指「西掖垣」之中書省。青瑣：刻作連環紋而以青塗之，是禁宮的門飾。全句寓示「接近最高權力中心」，以作收結兩句對比。

評說

　　蔡文姬〈胡笳十八拍〉，其事其辭，都一向感人，本詩所寫，則重在其「聲」。發端八句一韻，就以此營造氣氛，這是引導的首段。跟着標出主角，一大段平韻，以「繪形」來「繪聲」；然後「幽音變調」，四句轉用仄韻。以上是作為主體的次段。最後四句，兩兩成韻，先平後仄，敍官位之盛，寫賞琴之切，收結得餘音不絕，耐人尋味。

1705　聽安萬善吹觱篥歌（七古）

題解

　　安萬善，涼州胡裔樂師。觱（音「必」）篥（又作「栗」），「剪削乾蘆插寒竹，九孔漏聲五音足」（白居易〈小童薛陽陶吹觱篥歌〉），也是簫笛類樂器。

　　　南山截竹為觱篥，此樂本自龜茲出 [1]。

　　　　　　　　　　　　　　　　（入——質）

流轉漢地曲轉奇，涼州胡人為我吹[2]。
傍鄰聞者多歎息，遠客思鄉皆淚垂。

（平——支）

世人解聽不解賞，長颰風中自來往。

（上——養）

枯桑老柏寒颼颼[3]，九雛鳴鳳亂啾啾[4]。
龍吟虎嘯一時發，萬籟百泉相與秋[5]。

（平——尤）

忽然更作漁陽摻[6]，黃雲蕭條白日黯。

（上——嗛）

變調如聞楊柳春[7]，上林繁花照眼新[8]。

（平——真）

歲夜高堂列明燭，美酒一杯聲一曲。

（入——沃）

譯文

截下南山竹子作為觱篥，這種樂器本從龜茲傳出。
流傳在漢人地區曲調變為新奇，涼州胡人（安萬善）為我奏吹，
傍鄰聽眾許多感動歎息，遠客更勾起思鄉之情而不禁淚垂！
不過，世人只懂聆聽，未能深入欣賞，美妙的旋律只在長颰風
中，自來自往！
像枯桑老柏在寒風中颼颼，像鳳凰許多雛鳥在巢中鳴叫啾啾，
像龍吟虎嘯一時並發，像萬籟百泉交響共鳴匯成整個意象之秋！
忽然又變為擊鼓的漁陽摻，就像燕北戰塵瀰漫，白日昏暗。
（又變成獻捷還京園遊盛會）楊柳迎春，上林的繁花照眼，既麗

且新！

　　除夕裏，高堂明燭讓我們大家同進美酒，共賞佳曲！

註釋

[1] 龜茲：：西域古國名，今庫車一帶，音「鳩慈」。

[2] 涼州胡人：此指安萬善。

[3] 颼飀：像寒風之聲。

[4] 漢樂府《清商曲辭‧瑟調曲‧隴西行》：「鳳凰鳴啾啾，一母將九雛。」母鳥帶着九頭小鳥，這群大小鳳凰的鳴叫，也夠熱鬧了！此處用之，以與上句對比。

[5] 籟：像竹管之類，凡中空而有聲音產生（以至自然界一切能發聲）的東西。相與秋：匯聚成秋的協奏曲。

[6] 漁陽：古郡名，在今北京一帶。摻，音「杉」，亦作「參撾」，一種擊鼓藝術；以三撾鼓為一個樂節，所以稱為「參」或「摻」。可能就近與朝鮮半島鼓藝，有歷史交流關係。庾信詩：「聲煩廣陵散，杵急漁陽摻。」（〈夜聽搗衣〉）可見是槌杵擊撾很密。《後漢書》和《三國演義》，都有名士禰衡善擊「漁陽摻撾」，以傲視曹操的故事。

[7] 楊柳：古曲《折楊柳》。

[8] 上林：秦漢著名的園林宮殿，司馬相如有〈上林賦〉。

評說

　　這首詩，十八句，分為七段，每段一韻，平仄相間，而且以「短促急收藏」的入聲起，以入收。通首就像急管抑揚與撾鼓頓挫相間，以自然音響、以形象、以音樂傳說，分別描寫聲音。安萬善是胡人奏胡樂於漢地漢人，人多「解聽」而「不解賞」，李頎自己也是人人知其高才、而真能賞識重用者無有，彼此都只能「長颼風中自來往」。後來白居易名作〈琵琶行〉，所謂「同是天涯淪落人，相逢何必曾相識」，刻劃的人世情緣與無奈，也是類似。

李　頎

題解

　　漢樂府有〈從軍行〉，此詩為擬古，描述的也是當代從軍的艱苦與無奈。

> 白日登山望烽火，黃昏飲馬傍交河 [1]。
> 行人刁斗風沙黯 [2]，公主琵琶幽怨多 [3]。
>
> （平——歌）
>
> 野營萬里無城郭，雨雪紛紛連大漠 [4]。
> 胡雁哀鳴夜夜飛，胡兒眼淚雙雙落。
>
> （入——落）
>
> 聞道玉門猶被遮 [5]，應將性命逐輕車 [6]。
> 年年戰骨埋荒外，空見葡萄入漢家 [7]。
>
> （平——麻）

譯文

　　白日登上高山，瞭望戰場烽火，黃昏讓馬匹飲水，傍着交河。

　　巡邏的兵卒刁斗森嚴，風沙昏暗，（為和親政策而遠嫁，老死胡邦的）

　　公主們，琵琶寄託的幽怨，許多許多！

　　建在荒野的軍營，周圍萬千里沒有城郭，雨雪紛紛連着大漠；

　　胡地的雁，夜夜哀鳴着飛；胡兒（敗亡傷逝）的眼淚，兩行兩行

地流落！

聽說玉門關仍然（在戰爭狀態，有出無入）被（我們漢邦重兵所）遮，

我們只得衝前死拼，追着輕騎快車！

纍纍的戰死白骨，年年埋在荒郊野外，

死者都看不見了——看不見胡地的特產葡萄，送入漢家！

註釋

[1] 飲馬：讓馬飲水。飲，去聲。交河：漢代車師國故城在今吐魯番西，河水分流繞城下，故稱「交河」。此處借指邊塞上某處河流。

[2] 刁斗：軍中攜帶容量一斗的銅器，日間炊爨，晚上用作更鑼。

[3] 漢武帝時，元封六年（前105）遣江都王之女劉細君以公主名份嫁西域烏孫國王以和親，使人彈琵琶於馬上以解公主沿途之悶，並熟悉胡樂。後來元帝竟寧元年（33），「昭君和番」之事更為人所傳誦，料想必然的「馬上琵琶」形象，也就與王嬙出塞不可分了。

[4]《詩經 · 小雅 · 采薇》：「昔我往矣，楊柳依依；今我來思，雨雪霏霏。」「雨」讀去聲如「遇」，像雨般落下。

[5]《史記 · 大宛列傳》載：漢武帝使寵妃之兄李廣利率兵攻大宛（在今伊朗阿富汗以北、塔什干一帶），以索其貳師城之良馬，故號「貳師將軍」。但沿途小國皆抵制不肯給食，攻之不下，往來兩年，退至敦煌，士卒生存者只有十一二。請求罷兵回國。武帝大怒，派人遮（封鎖）玉門關，入者處斬。

[6] 輕車：用以追擊的經快戰車，意謂拚命隨主將進攻。

[7] 葡萄：《漢書 · 西域傳下 · 大宛國》作「蒲桃」，大宛土產，可釀酒。漢武帝既以重兵逼大宛屈服獻馬，漢使又採葡萄、苜蓿歸國，於是離宮館旁（外國使節集中處），這些植物種得一望無際，以炫耀國威。

評說

所謂「漢唐盛世」，提起來可以振奮近代飽受列強侵侮的華人國族自豪之心；不過，專制暴君的過惡，特別是漢武帝，唐明皇等窮兵黷武的罪孽，歷史就假借詩人的名篇，加以揭示。

軍人實在辛苦。邊塞，除了兵凶戰危之外，又是如此荒涼、寒

冷。白天，要爬上山頂，眺望烽火台的警報。狼煙一起，便要準備廝殺拼命。黃昏，要帶馬到河邊飲水。似刀的寒風，時時挾着亂箭似的沙暴，遮天蔽日，連刁斗都灰暗了。

更柝刁斗，在無眠的寒夜裏聲聲蒼涼；蒼涼幽怨的還是帶着胡人色彩的琵琶，彈奏了那些政治婚姻犧牲品——那些出塞公主們的心聲。

營帳紮在郊外，曠闊荒涼，極目天邊也看不到一座孤城。落起雪來，天空、沙漠，就都盡是迷迷茫茫，人在其中，也變了不過是沙粒、水點。夜夜哀鳴的，是掠過胡天的雁群；雙雙淚落的，是同樣有母親生的、和漢族兵士彼此又實在沒有個人仇怨的、胡人的孩子。

有什麼辦法呢？當兵的，都身不由己。皇帝要我們不勝無歸，我們就只有隨着將軍、元帥，跑着去尋死！

一年又一年，一批又一批。是暴露散落在荒野的白骨，也是移植到漢京的葡萄。

——為主上佔有異域奇珍而賣命的人哪！看見嗎？值得嗎？

1707　送魏萬之京（七律）

題解

魏萬，又名炎，改名顥，山東博平人。曾修道於王屋山，欽慕李白而數千里訪尋以相交。對當時隱居洛陽的李頎來說，則是晚輩。要到長安了，李頎就寫詩送他。之，往。

朝聞遊子唱離歌，昨夜微霜初渡河。

鴻雁不堪愁裏聽，雲山況是客中過！

關城曙色催寒近，御苑砧聲向晚多。

莫是長安行樂處，空令歲月易蹉跎！

（平——歌）

註：詩中「過、令」皆平聲。

譯文

早上聽到將為游子的您唱起離歌，

昨夜微霜初降，你渡過黃河。

鴻雁啼鳴，聯想起音訊與別情，不堪在愁悶之時聞聽；

（異於故鄉、又似飛向故鄉的）朵朵白雲，形貌都恍如故鄉戀岳的座座青山，何況，都是客中經過！

關城的破曙景色，催促了寒冷逼近，

御苑搗衣的砧聲，傍晚特別增多。

（最後，容我囑咐囑咐：）不要把長安只當做行樂之處，

白白令到日子白過，歲月蹉跎！

評說

一首寫來流暢自然得毫不費力的詩，誠摯地勉勵一位青年朋友：

來送你離開了，（首聯）

你恐怕也捨不得辭別大家吧？（頷聯）

京城生活，你要適應了，（頸聯）

李　頎

在花花世界裏，你不要忘記上進呀！（尾聯）

　　一起倒裝，發唱警拔，正是李頎能藝。然後鋪寫別離情景。雁猶可以自由來往，趨暖避寒，人就往往有更多牽掛、考慮，因此也更多惆悵，特別是有家而歸未得的遊子過客，就青山白雲，也無心欣賞了。自洛赴京，經過函谷、潼關，越往西走，秋色就越濃，早晨的涼意也就越甚了。到了京城，你當然見到皇家的花園，也會聽到更多黃昏的砧聲：家家都在準備洗衣濯布，趕製冬裝呢！

　　人，總要為未來準備啊！長安，好玩是好玩，不過也別讓寶貴光陰白白溜掉啊！

18

（季通、孝通 692？—755？）

綦毋潛

　　綦（音「其」）毋是複姓（「毋」亦作「母」），字孝通或季通，因為他排行三，期許潛修德業而能人生通達。王維有首安慰他落第的詩，不過稍後還是考上了開元十四年（726）的進士，十多年後的天寶之初，又棄官歸隱江東故鄉（荊南或處州），王維又有詩送他。與李頎、張九齡、韋應物、儲光羲等，都有交往。

1801 **春泛若耶溪** [1]（五古）

> 幽意無斷絕，此去隨所偶[2]。
> 晚風吹行舟，花路入溪口。
> 際夜轉西壑[3]，隔山望南斗[4]。
> 潭煙飛溶溶，林月低向後。
> 生事且瀰漫[5]，願為持竿叟[6]。

（上——韻）

譯文

清幽情意，從來沒有斷絕；這次泛舟出遊，順其自然，看所遇所偶。

晚風吹着泛行為的小舟，沿着兩岸花卉的航道，進入溪口。

接近夜晚了，轉入西邊洞壑，隔着山丘，仰望南斗。

池潭升起煙氣，一片溶溶，樹林、月亮，低低的移向船後。

生活種種瑣事，總是瑣碎、麻煩，真想一切放下，圖個自在，只做個釣魚的老叟！

註釋

[1] 若耶溪：浙江會稽東二十八里。傳為西施浣紗處。
[2] 偶：遇合。幽居之意未嘗斷絕，此去隨所遇而安。
[3] 際：靠着邊。壑：山溝。傍晚轉往西山溝。
[4] 南斗：星宿名，在南天，下對越地。
[5] 生事：人生世俗之事。瀰漫：茫無把握，姑且馬虎吧。
[6] 釣翁，暗用東漢初嚴光辭光武帝而隱居富春江垂釣事。

評說

一個性格本來就不大入世的人，政治上的現實不大「通」，就「潛」回山林自然的懷抱，響應好朋友王維〈青谿〉詩末句的呼召：「請留盤石上，垂釣將已矣！」

19
裴 迪

關中人。在王維《輞川集》隱居終南山的兩人酬唱中，可見他們的心靈對話，風格亦近似。後來入蜀，又與杜甫相善。

1901　送崔九 [1]（五絕）

歸山深淺去 [2]，須盡丘壑美。
莫學武陵人，暫遊桃源裏 [3]。

（上——紙）

譯文

深也好、淺也好，你說，（並且做到了）歸隱，歸隱到山林去！
要緊的是：要盡量、盡情，欣賞山丘林壑之美；

不要像那（闖入仙境的）武陵漁人。

（那麼幸運，又）那麼短暫遊歷在（人間罕見的）桃花源裏！

註釋

[1] 崔興宗，王維內弟，排行九。（與杜甫〈江南逢李龜年〉（2854）之崔九異。）

[2] 無論深入山林，抑或仍近市朝，歸隱就是歸隱，去就是去，不要進退游移，稍穩又仕，正如武陵人之短暫逗留桃源，結果永難再次問津。

[3] 陶潛〈桃花源記〉武陵漁人故事，王維亦有改篇而成七古，見〈桃源行〉（2304）。

評說

與劉長卿〈送上人〉（2905）並觀，可見貌作歸隱，以退為進，實藉以提高仕進名望的風氣之盛，時人譏之曰「終南捷徑」。

20

(少伯 694?—756?)

王昌齡

「旗亭畫壁」的故事，即使可信，也不足以判分三大詩人高下。牡丹玫瑰，本來就不必強分優劣。真的要分，也很難有共識與定論。即如最後高唱王之渙名作的歌伶，真的是藝術最佳、品味最上嗎？她一定認為那首詩是她的最愛嗎？恐怕都不見得。不過，以當場選唱的詩歌，質量並計，居於榜首的無疑是王昌齡──時稱為「詩家夫子」，有人甚至縮了一點頭而其實更加伸張：「詩天子」！

「天子」當然尊崇得過分。當代可以仰為「夫子」的也不只一個；但是，以七言絕句而論，王昌齡傳誦名作的質與量，確足令詩仙瞠目、杜陵點首！

王氏七絕，最擅以精煉含蓄之筆，寫深宮幽怨與塞外風光，表現豐富感情與深刻思想。在世之時，殷璠《河嶽英靈集》所選，就以他為第一。奇怪的是：傳流後世有關他的記載出奇地少，只知他字少伯，究竟是京兆、長安、太原抑或江寧人？舊史也搞不清楚。與許多大詩人都有交情，而又不幸仍然脫不了「才高招妒、任性惹禍」的

王昌齡

文人老路，始達而終躓。開元十五年（727）中進士，後來又中宏辭科。做過汜水尉、校書郎，被議為「不護細行」──「在不太嚴重的事情上不大檢點」：一個常見的、含蓄而不具體、但殺傷力可以極大、而又無可辯解的罪名。貶謫龍標（今湖南黔陽，湘西苗、侗與漢人雜居之境），最後世亂還鄉，半路被刺史閭（一作闆）丘曉所殺，當然是悲劇，也是詩壇的重大損失。

2001 塞下曲（五古）

飲馬度秋水，水寒風似刀 [1]。
平沙日未沒，黯黯見臨洮 [2]。
昔日長城戰，咸言意氣高。
黃塵足今古，白骨亂蓬蒿！

（平──豪）

譯文

帶着要飲水的馬，到秋天的河邊，水寒冷，風，砭肌入骨，吹過來真似利刀！

遠望一片平沙，似乎留戀大地的太陽，還未沉沒，黯黯見到遙遙的臨洮。

昔日長城一戰，大家都還常常談起，意氣仍然很高，（不過），眼前所見，千古常在的。

不是功業，不是勳名，是黃沙漠漠，是黃塵瀰漫，模糊了遠近，今古纍纍白骨，無人收葬，散亂蓬蒿！

註釋

[1] 陳琳〈飲馬長城窟〉：「飲馬長城窟，水寒傷馬骨。」馬尚如此，人何以堪！飲，去聲。
[2] 臨洮：今西安西北四百公里，蘭州東南一百公里，地臨黃河支流洮水，唐時突厥在
　　北，吐蕃在西，遙衛長安咸陽京城，是秦漢以來軍事要地，長城築此。

評說

　　從古到今，人類戰爭不絕，為資源的佔有，為生存空間的拓擴，為領袖權勢與國族威榮的實現。在近世熱武器時代，是科技先進者對落後者的侵侮；在古代冷武器之世，是遊牧民族對定居農耕者的攻擾。當然：農耕者有時也會以攻為守、防患於未然。碰到好大喜功者在位，更會「武皇開邊意未已」，而不顧「邊庭流血成海水」。有國家之愛者固然深知自衛的重要，固然歌頌「我武維揚」；有人類之愛者，更希望文教廣被，「守在四夷」，或想慕「龍城飛將」之鎮遠止爭，更多是刻劃戰場的恐怖慘苦，如本篇便是其中一首傑作。

　　玄宗開元二年（714），吐蕃攻臨洮，薛訥領兵在此大破之，殺敵逾萬，洮水為之不流，玄宗慶捷之後，並命瘞掩雙方骸骨。或以為本詩即詠此事——且看他怎樣寫：

　　一開首就是抗戰名曲《黃河大合唱》的盛唐版。馬在飲水，人在眺望，在咆哮的河邊。深秋了，寒冷的是水，更是風，颳過來，像打仗殺人的利刀。平平的沙漠，好遠好大啊，簡直延伸到天邊。天邊的太陽還未落下，在迷茫中，在昏暗中，隱隱見到這塞上孤城：臨洮。

　　噢，臨洮。長城的腳下，從古以來的戰場。進攻者、防守者，無數將卒戰死的地方。不只一兩次殺聲震天，不只一個人鬥志昂揚，為了國族的榮耀與安全，為了個人的功勳與生命，殺！殺！殺！

　　如今，一切都又消失了。消失在不斷隨風揚起而又散落的黃塵之中，沒有消失的，是殘零的白骨，雜亂在斷草蓬蒿！

王昌齡

秦時明月漢時關，萬里長征人未還。
但使龍城飛將在 [1]，不教胡馬渡陰山 [2]！

（平——刪）

譯文

依舊是秦時的明月，依然是漢代的邊關；
依然是萬里長征的戰士，思親，念家，總未能還！
盼望，盼望，只盼望漢朝飛將軍李廣那樣的人物，如今又在。
聲威遠震，讓胡人兵馬不能，也不敢，渡過陰山！

註釋

[1] 龍城：有兩解。其一：匈奴祭天地鬼神之處（見《漢書‧匈奴傳》），意指漢將聲威
及於對方心腹靈魂，故可不戰而屈人之兵。其二：盧龍城，即今河北喜峰口一帶，漢
時為右北平郡，李廣所鎮，聲威遠播匈奴（近人沈祖棻謂宋刊本王安石《唐百家詩
選》即作「盧城」），所以跟着用「飛將」一詞。此外，亦有引沈佺期〈雜詩〉（0501）
五律，以詩末之「誰能將旗鼓，一為取龍城」解詩首之「聞道黃龍戍，頻年不解兵」，
遼西之地（即金昌緒〈春怨〉（7001）所謂「遼西」、岳飛壯語「直搗黃龍」之地）。
此解更合情理。本詩上言秦、漢，中舉李廣，結語又説「陰山」，以北方強鄰為説，
亦以指當代新興東北強鄰胡族。參看高適〈燕歌行〉（2701）註。飛將：西漢文、景、
武之間，李廣屢擊匈奴，大小七十餘戰，用兵神奇，迅捷有功，敵人畏而遠避，號曰
「飛將軍」。
[2] 陰山：今內蒙古中部，昔日漢與匈奴接境處，匈奴常越此以侵擾劫掠。

評說

　　孤清清的明月，照着孤零零的邊關。邊關是漢代的，也是當代
的；明月是秦朝的，也是每一個王朝的，更加是自古以來的。明月，

高懸天上，永遠寄繫着、交通着天涯兩地的相思，永遠觀照着人間的悲歡離合。邊關，矗立在荒原，默默無語。原野，本來可以不必這樣荒涼，可是，誰放牧呢？誰耕種呢？泥土早已吸收了太多血水，蔓草經常糾纏着枯骨。這一切，都見證了無數次人類的互相殺戮，主權與疆域的爭奪、易手。城關，是幫兇，也是受害者。無數的城關，旋築旋毀；無數的生靈，或死或傷。如今，明月依然，邊關尚在，可是，秦呢？漢呢？鼎盛的王朝、強大的帝國都往哪裏去了？

仍然存在的，是人間不已的戰爭，無盡的苦難。萬萬千千無辜、無助、無奈的人，拋家別子，奔波萬里，來到這裏，明月之下，邊關之前，送死！

暴骨戰場的沙礫。客死異地的荒原。想起也心寒，卻又如此容易、頻繁、實在！有什麼辦法呢？命運，誰知如何安排？將帥司令，誰知他怎樣指揮？生死存亡，根本不在自己的手。

越下層的軍士，越容易枉死。幾時再有李廣那樣的飛將軍呢？勝利，多了；戰爭，少了；枉死，更少了……

本身是詩人的明代李攀龍，以本詩為唐人絕句的壓卷。一開首，橫空盤硬，雄渾蒼涼；以極廣的空間、極闊的時間，交織起無數征人的血淚、百姓的辛酸。第三句有力一轉，逼出精警絕倫借古諷今的末句，惋惜中滿有盼望，唱出了無數千萬人的心聲。悲壯渾成，難怪《升菴詩話》推為「神品」！

題解

　　此組詩共五首，這裏所選是第三，擬託西漢成帝時班婕妤在長信宮中某一個秋日，無聊寂寞的情事心境。班氏美而能文，居宮中姬妾之一的「婕妤」之位，後來趙飛燕、合德姊妹得寵而善妒，班婕妤恐怕被害，就自動要求服侍太后於長信宮，以託庇護而度餘生。以漢喻唐，是當代詩人慣技，本詩被推為宮怨的代表作。

> 奉帚平明金殿開，暫將團扇共徘徊 [1]。
> 玉顏不及寒鴉色，猶帶昭陽日影來 [2]。

（平——灰）

譯文

天又亮了，金殿的門又開了，又拿起掃帚工作了。
熱了，累了，孤獨地，暫且拿起團扇搖動，共步徘徊。
自問容貌不差——又有什麼用呢？還不及那寒鴉的顏色，
還能帶同光輝、尊貴的太陽的影子，到這裏來！

註釋

[1] 暫：一作「且」。團扇：古樂府歌辭有〈怨歌行〉一首，舊傳是班婕妤所作：

> 新裂齊紈素，皎潔如霜雪。裁為合歡扇，
> 團團似明月。出入君懷袖，動搖微風發。
> 常恐秋節至，涼飆奪炎熱。棄捐篋笥中，
> 恩情中道絕！

這是成語「秋扇見捐」的出典。扇狀雖圓，而人間多缺，癡心者與負心人不再團聚。涼秋一到，團扇便遭放棄；正如君主目標轉移，熱情過去，本來就像籠中鳥的許多妃嬪甚至皇后，便成棄物。這是舊時代女性的悲哀、君王的罪惡。

[2] 昭陽：趙飛燕姊妹得寵時所居宮殿，借其名以表有若太陽的君主。

評說

　　無奈的一天，又開始了。不再被寵為美女兼才女的她，如今只是一名平凡的宮中使女，拿着掃帚，做着例行的工作，清潔那清晨開啟的宮殿。

　　雖然天氣變涼了，操勞還是弄得身子發熱，歇歇吧！暫且拿起人家都放在一邊的團扇，搧搧風吧。唉，一片寧靜，一片寂寞。

　　忽然，那烏黑的、啼叫得粗厲難聽的鴉，從那邊飛來──是昭陽殿那邊吧？地上還拖帶着太陽照着的影子。

　　誰說牠醜陋？誰說牠難聽？至少牠帶得了太陽的光輝。她，不是雪膚花貌嗎？不是鶯聲燕語嗎？何嘗享得一點光明、一絲溫暖？

　　──沈祖棻指出，孟遲的〈長信宮〉與本詩相當類似：

> 君恩已盡欲何歸？猶有殘香在舞衣；
> 自恨身輕不如燕，春來還繞御簾飛！

　　同樣說人不如物，不過，烏鴉與玉顏對比更強烈，日影比御簾更璀璨，團扇較之舞衣，又更有「涼而見捐」、「物圓人不圓」的象徵意義，所以悲怨更深、構思更巧。

昨夜風開露井桃[1]，未央前殿月輪高[2]；
平陽歌舞新承寵[3]，簾外春寒賜錦袍。

（平——豪）

譯文

昨夜，春風吹開了承露井邊的櫻桃，

未央宮前殿，一輪明月掛得高高。

又一位平陽宮來的幸運兒，能歌善舞，承受了君王的愛寵，

（室內的溫馨恩澤，不用說了），簾外稍稍春寒，主上立即賜她
錦袍！

註釋

[1] 露井：無井亭覆蓋、露天的井。
[2] 未央：漢朝宮殿建築群，周圍二十八里，高祖時蕭何負責興築，備極壯麗。未央，即
福樂無盡之意，前殿倚龍首山而建，東西五十丈，深三十五丈，高三十五丈。
[3] 漢武帝姊平陽公主，有歌姬衛子夫，甚美而善舞，帝見而寵之，生子，遂奪陳皇后
位，弟衛青為大將軍。

評說

　　王昌齡最精七絕，善於選出生活片斷和適切景物，描寫哀怨難言
之情，特別是有才美而失寵、不遇者，且看：

　　一夜春風，井邊，等待人來飲水的地方，那株桃樹的花，開了。
未央宮的前殿，一輪明月，還是高高地觀照着人間。又一個夢實現

了。又一位能歌善舞的美人，成了皇上的新寵。簾裏，滿是溫馨；簾外，恐怕還有薄薄的寒涼吧？一襲錦袍，便已連忙賞賜給她了。

那遠遠佇立的舊愛，不也是曾經受憐之香，被愛的玉嗎？另一個「昨夜」，她也不是「新承寵」嗎？她，不在詩中，正在詩中。

有人說：詠的是西漢，也是盛唐；寫的是宮中美人，也是朝中才士──包括了自己。──可能是的，但又何必一定呢？

2005 閨怨（七絕）

閨中少婦不知愁，春日凝妝上翠樓；
忽見陌頭楊柳色，悔教夫婿覓封侯！

（平──尤）

譯文

她安居在深閨。她青春美麗。她從來不知道什麼是憂愁；

春天到了，悉心裝扮好了，她登上（與她相配相稱的）玉閣瓊樓；

不經意地，忽然看到阡陌上楊柳已經轉上了翠綠顏色。

（啊！春天又到了，另一種寂寞又來了，夫婿呢？夫婿呢？）

真後悔啊！當初竟讓他──（什麼「男兒志在四方」；什麼「丈夫功業為重」──遠遠地離開我，長久地離開我）去覓取拜相封侯！

王昌齡

評說

一位大概長得很好、也嫁得很好的少婦，此際裝扮得很好，心情看來也沒有什麼不好吧？登上了華美的高樓。

翠綠的樓。「青樓」，後來才因為模仿而成了妓院的別稱，原先可是富貴人家阿，一片碧青，正與周圍的樹色草光，相諧相應。

草色青青，不經意地瀏覽。楊柳也青青啊！垂楊依依，折柳為別，依依不捨的是當時的情景，到現在，唉，還是這個心態。特別是，春天，又到了；春光易逝，蒲柳易衰，女孩子的青春美貌，不也是容易過去嗎？可是，他呢？陪伴我、愛護我的夫婿呢？悉心裝扮，又為了誰呢？

曾經以他的威武為榮，曾經以他的功名為傲；甚至自己也曾勉勵他：事業為先，兒女私情，我們不是廝守終生嗎？日子長哪，不那麼要緊。

原來竟是這麼要緊。寂寞、無聊；無盡無窮的盼望，太多可能是無謂的聯想，可是，卻又如此無奈。

易變的情緒，又變化了；潛在心底的愁，又泛起了。

盛唐，一個發揚蹈厲的時代。一個「男兒事長征」、「天子非常賜顏色」的時代。不過，協助「武皇開邊」原是高風險的事業。「春閨夢裏人」變成了「無定河邊骨」，是萬千軍人付出的高代價。換過是文職吧，或者宦遊求遇，或者貶調四方，政海浮沉，總也是會難別易。世事啊！為什麼總不能兩全？

感時恨別，是詩詞的常境，這卻以「不知愁」開始，然後第三句有力一轉，逼出人生那種矛盾與無奈。閨情之作，這首即使不是毫無異議唯一的第一，至少也是最佳作品之一吧。

　　　　　　　　　　　　　　　　　　　　　　原韻譯唐詩新賞

芙蓉樓送辛漸（七絕）

題解

芙蓉樓，在潤州丹陽（今江蘇鎮江），原名西北樓，下臨長江。辛漸，友人，準備由吳入楚以至洛陽。此詩大概作於開元末年（741），作者為江寧（今南京）丞。

> 寒雨連江夜入吳，平明送客楚山孤；
> 洛陽親友如相問，一片冰心在玉壺[1]。

（平——虞）

譯文

寒雨漫江，夜間進入了東吳，（江與雨渾然一體）
一清早便送你離別，連楚地的山都顯得獨孤！
你此去洛陽，那邊的親友如果關心詢問，
（請你就說：他仍然是那個性格、那個樣子：）
就像一片冰瑩的心，安放在玲瓏高潔的玉壺！

註釋

[1] 鮑照〈代白頭吟〉：「清如玉壺冰」，表示清明純潔，冷傲而其實溫潤的人品風格。

評說

昨晚，寒冷的雨，不斷地下着、下着，像離別的淚，不斷投落在

江水，化成為江水，吳地的江水，滔滔遠去的江水。

　　我們飲過了餞別的酒，我們講不完惜別的話，這個清晨，你真要走了。

　　走了，你會孤獨，我更孤獨，像遠處，那堅定不移而又孤獨的，楚地的山。

　　此去，到了洛陽，如果有人問起我王昌齡，那麼，就請你這樣回答吧：

　　「他嗎？還是好好的，還是那個樣子，像個玉般瑩潔的壺，貯放着一個孤獨的、冰冷的心。」

21
劉眘虛

　　眘即「慎」字。字全乙。玄宗開元時進士,前人稱他「性高古,脫略勢利,嘯傲風塵」,「交遊多山僧道侶」,「善為方外之言」(《唐才子傳》),於是也「流落不偶」,結果「不永天年」(《唐詩紀事》)。

2101　闕題 [1]（五律）

　　　　道由白雲盡 [2],春與青谿長 [3],
　　　　時有落花至,遠隨流水香。
　　　　閒門向山路 [4],深柳讀書堂 [5];
　　　　幽映每白日,清輝照衣裳 [6]。

　　　　　　　　　　　　　　　　　（平——陽）

譯文

白雲隔止了山路，

青溪和春天一樣：屈折而又悠長，

不時有落花從遠處漂到，流水還帶着餘香！

清閒的門向着山路，

柳陰深處是讀書的廳堂，

每每有陽光灑落，清亮地映照着衣裳！

註釋

[1] 闕：即「缺」。題目，失去。
[2] 山路直到白雲深盡之處。
[3] 溪水悠長，一路繁花茂草，滿有春天氣息。
[4] 人跡罕至。
[5] 書室深藏柳樹叢中。
[6] 樹隙日光，映照衣裳，清幽寧謐之至。

評說

　　應是春日入山探訪隱者之作，寫來閒適自得，深秀清幽，如淡墨山水，有出塵之致。七、八句為拗體，讀之更增古樸之感。

22

(699 — 746?)

祖　詠

　　洛陽人，少年時與王維為詩友。後來王維〈贈祖三詠〉中有句云：「結交二十載，不得一日展；貧病子既深，契濶余不淺。」開元十二年（724）進仕，仕途失意，即歸隱洛陽西南百里。《詩經‧周南‧汝墳》所寫，汝水大堤一帶，以漁樵吟詠而終。

　　殷璠評選盛唐詩人頗有見地的《河嶽英靈集》說祖詠的作品「剪刻省淨，用思尤苦，氣維不高，調頗凌俗，是稱為才子也」，《唐才子傳》就同情他「流落不偶，極可傷也」——當然，青年時期的這位才子，也是壯志凌雲的。

題解

　　今日北京，古代是燕國之都，又稱薊城，北向內蒙熱河丘陵，南控黃淮平原，西臨渤海，東鄰山陝高地，形勢險要。正北軍都山口要隘，後稱「居庸關」者，唐時即名「薊門」，祖詠早年遊此而作。

　　　燕臺一去客心驚[1]，笳鼓喧喧漢將營。
　　　萬里寒光生積雪，三邊曙色動危旌[2]。
　　　沙場烽火侵胡月[3]，海畔雲山擁薊城。
　　　少小雖非投筆吏[4]，論功還欲請長纓[5]。

　　　　　　　　　　　　　　　　　　（平——庚）

譯文

　　他鄉之客，一去到燕臺，不由不意 心驚：（燕昭王才名天下士的黃金臺，受知而聯五國以破齊的樂毅，鄰山臨海的薊門險要，乘時則興失機則亡的歷史教訓……）

　　當下，是號角、戰鼓喧喧的漢將之營。

　　萬里冰封，寒光遍野，

　　向來外患所自的西北、正北、東北三邊，晨光又破曙了，一天的警備與奮鬥又隨着抬展迎風的軍旗起！

　　沙場烽火，蔽遮了胡天的明月，

　　海畔的雲山，擁簇着薊城，

　　年輕的我，雖然不是從書吏而投筆，從戎的班超定遠，

要建功立業，還想學少年終軍一樣，爭取機會虜縛敵酋！

因此向君王奏稟：請領長纓！

註釋

[1] 燕臺：戰國初，燕昭王謀自強，築黃金臺以招天下賢士，後遂得樂毅。去：一作「望」。要塞軍威壯盛（如下句所寫），賢臣良將，與明君之遇合，有無昔日（燕昭王的）景況？此祖詠所以心驚。

[2] 三邊：涼州在西北，并州在北，幽州在東北，此三邊為中國自古外患頻仍之地。危：高。

[3] 烽火：又稱「夕烽」、「平安火」，戍守者每日黃昏在城樓放火煙一炬，如此城城相接，以報平安。侵：一作「連」，烽火隨月而同升，其煙亦侵明月之色。

[4] 東漢班超，初以抄寫工作養母，勞苦無前途，於是投筆從戎，最後出使西域成就偉業。

[5] 長纓：囚縛強敵之繩帶，漢武帝時，少年終軍，自請受長纓以羈南越王而致之闕下。

評說

氣魄大，場面壯，志氣高，語調雄，盛唐少年之作。

23

王　維

　　唐詩三大作家，都在安史之亂前後出現。「詩聖」杜甫使人敬：
「少陵只為蒼生苦，贏得乾坤不盡愁」，又有幾乎全面的詩藝成就，沾
溉百代。「詩仙」李白使人愛：「痛飲狂歌空度日，飛揚跋扈為誰雄」，
奇想高才，率真任性。「詩佛」王維使人羨慕：詩、書、樂，三藝皆
精；才學高、登仕早，一生安順。或者更有人特別羨慕；被俘從賊，
一首好詩，一位好弟弟，就可以劫後繼續做原有王朝的官，半官半
隱，享受田園。至於四海如沸，而可以不斷在詩中宣示「閉門」一心
奉佛，「晚年唯好靜，萬事不關心」，只以圖像和文字的生花妙筆，模
山範水。身心相離，浮沉隨世，痛苦由人（唐代通「民」字）痛苦，
俸祿我自享之。至少明末清初的一代大儒顧炎武，就痛罵這位「高人
王右丞」，是「文詞欺人」之輩了。

　　維摩詰（Vimalakīrti，「清淨無垢，名聲遠播」），佛在世時的第
一大居士，雖然主張「權智方便」，總也不失慈悲之心，是「以眾生
病，是以我病」；以「摩詰」為字的王維，「菩薩心腸」有幾多？是不

是「自了漢」（大乘譏只知自度者）？質疑者不容易有滿意的解答，清晰的是他的經歷大概。開元九年（721，一說十九年）進士，很有朝氣抱負，見重於名相張九齡，又知音，工書，善畫。「味摩詰之詩，詩中有畫；觀摩詰之畫，畫中有詩」，蘇軾這個流傳千古的著名評語，三百多年前的唐朝諸王貴公主上下多就知道。他們「待之如師友」，後來也因關係太好而一度被皇帝貶離長安，政治的可愛與可怕，聰明的他早就體驗了，於是小心地與李林甫不遠不近，官職也就不降不升。他與弟弟王縉早就篤志奉佛，持齋、素衣、喪妻不娶，又精於音律，連後來唐代宗都追索，又來往終南山與京城之間，並且經營藍田輞川別業，亦官亦隱。安祿山陷長安，王維被俘，服藥暫時變啞（多機警！），囚於菩提寺。賊人使皇家舊樂隊演奏助興於凝碧池，他「一時淚下，私成口號（隨口吟成的詩）」，誦示好朋友裴迪：

> 萬戶傷心生野煙，百官何日再朝天？
> 秋槐落葉深宮裏，凝碧池頭奏管絃！

　　亂平後，作過偽官的分等定罪，王維好在曾寫這詩，又得已任高官的弟弟王縉，願削官代贖，肅宗舊好感加上新同情，就什麼都不追究了。最後官至正四品的尚書右丞，病卒——依他的信仰，「身心相離，理事具如，何往而不適」（〈與魏居士書〉），這樣地「往生」了。

　　「仙」是虛無幻想的；「佛」是應當普渡眾生的（連「菩薩」更是「眾生未度，誓不自度」的），看來只有「詩聖」是實至名歸。當然：在詩作中滿是「靜」、「淡」、「空」、「寂」字眼的高人，對這些「本來無一物」的稱號，也定必不計不較了。

送綦毋潛落第還鄉 [1]（五古）

聖代無隱者 [2]，英靈盡來歸 [3]。
遂令東山客 [4]，不得顧采薇 [5]。
既至金門遠 [6]，孰云吾道非 [7]？
江淮度寒食，京洛縫春衣 [8]。
置酒長安道，同心與我違 [9]。
行當浮桂棹 [10]；未幾拂荊扉 [11]。
遠樹帶行客 [12]，孤城當落暉 [13]。
吾謀適不用 [14]，勿謂知音稀 [15]！

（平——微）

譯文

聖明的世代，沒有不為朝廷所用的隱者，英華靈秀的後傑，盡都來歸。

因此，本想隱逸東山的才士，就不得像伯夷叔齊一樣，顧念初志去采薇！

既已來到（天子腳下）發覺待詔的金馬門還是遙遠，要繼續努力，但是，我們讀書求仕，以致君澤民這條大道，誰說可非？

（這一年來您辛苦了！）去歲在江淮渡寒食而北上（應試）秋闈之後，今春在京洛縫製春衣。

（如今南回故里）

我們置酒長安，餞別您這位同心好友，行將離別而與大家睽違。

您立刻就要坐船啟航，不久歸家再拂熟悉的荊扉。

（別了！別了！）

遠方的樹，帶您這位行客離去，更孤單的城郭（以及我們惆悵地）對着落日的餘暉！

　　（再一次說，不是您學問文章不夠好，是時機未夠適當）是我們的謀策剛好用不着，千萬不要說知音寡稀！

註釋

[1] 綦毋潛，見本書序號 18，有〈落第詩〉云：「時命不將明主合，紫衣空染洛陽塵。」其後試而中（726），可見王維作此詩時年方廿餘。《王右丞集》題作〈送別〉。

[2] 時代清明，人不能（也不應）歸隱。

[3] 英傑靈巧之士，盡歸朝廷所用，如太宗見考進士者絡繹入場，喜歡英才盡入彀（音「夠」，射箭範圍）中，開首兩句，為對方標出莊嚴身份。

[4] 東晉名相謝安曾隱東山，此處意指：本來隱居讀書（而將來也會成功如謝安）的對方。

[5] 商末，伯夷叔齊隱首陽山，採薇為食。三四兩句，為對方應考顯示正大理由。

[6] 金門：漢金馬門，徵召而來才士等待詔命之處，一作「君門」，有「君門九重」（《楚辭·九辯》）意，此處委婉表示考試不成功。

[7] 《史記·孔子世家》載，孔子絕糧於陳蔡，慨然對子路、子貢、顏回分別詢問：「吾道非耶？吾何為於此？」（我的主張、途徑不對嗎？為什麼處境這樣？）以引起弟子思考。五六兩句，為對方落第委婉而得體開解。

[8] 去歲度寒食而北上，今春縫春衣而南回，一年來之辛苦困頓，挫折失意，盡在不言中，所言者人間常有春在。

[9] 兩句寫送別，惜同心之友而與我分別。

[10] 桂棹：香木的船槳，對方船舶的美稱。

[11] 荊扉：家園的外門。

[12] 你，離開者，被遠方的樹帶着去。

[13] 我，送別者，回到京城，已經是夕陽晚照。

[14] 《左傳·文公十三年》，秦晉戰，秦善謀者士會，本晉人，晉使人詐降以助士會歸國，秦大夫繞朝勸秦君勿允，不德、臨別，對士會說：「子無謂秦無人，吾謀適不用也。」（你不要說秦國沒人能識破你，不過我的計議剛好不被採納罷了。）此處委婉表示：不是你的文章不好。

[15] 知音：春秋鍾子期能知伯牙鼓琴的高山流水之意，被許為知音。

王　維

評說

　　「你參加考試，是對的。你的文章、主張，也是好的，只是一時運氣、機會，有點偏差罷了。千萬不要以為沒有人欣賞你，不！許多人還是尊重你、敬愛你、期待你！」──王維青年時期，已經這樣洞達人情，善於安慰失意的朋友。張戒《歲寒堂詩話》：「摩詰能道人心中事，而不露筋骨。」在極難的科舉而能早達，在極險的政海而能久顯，在詩的各體而能皆精，又能音善畫，真是了不起的聰明才智，應該沒有做世間認為壞的事，只是太機敏，太早退而自保，獨善其身了。當然他有理由，也有權利如此。特別是在當時。

2303　西施詠（五古）

題解

　　據介乎小說與歷史之間的漢人所撰《吳越春秋》有《史記》所無的記載：越王勾踐既敗，得苧蘿山鬻薪之女西施，飾以羅縠，教以容步，三年而獻之吳王夫差，大受寵愛，越趁此臥薪嘗膽，生聚教訓，於是滅吳。

> 艷色天下重，西施寧久微。
> 朝為越溪女[1]，暮作吳宮妃。
> 賤日豈殊眾，貴來方悟稀。
> 邀人傳香粉，不自著羅衣；
> 君寵益嬌態，君憐無是非。

當時浣紗伴，莫得同車歸，
持謝鄰家子[2]；效顰安可希[3]！

（平——微）

譯文

艷色是天下所重，西施這樣的絕世佳麗，又怎會長久隱微？

早上還是越地河溪一位村女，黃昏就變作吳宮擅寵的一位愛妃！

在貧賤的日子，似乎沒有不同於大眾；到矜貴了，才發覺她是如此珍稀！

（高貴了，）要敷上香粉，有專人負責；要裝身了，不必自己穿着羅衣。

君王寵幸了，她的神態更嬌媚；

君王憐愛了，她的意見就是絕對，沒有什麼爭議是非！

當年同時浣紗的女伴，沒有一個能同車回歸。

拿這個奉勸奉勸鄰家的女子，

捧心顰眉（因而又別具動人之態，這是西施整體自然而又特殊的美，不是別人學得來的）又怎可冀希？

註釋

[1] 舊傳西施浣紗於若耶溪。

[2] 謝：奉勸。子：少女（如「之子于歸」）。

[3] 西施因病，捧心而顰（按着心胃之間，皺眉叫痛），人謂另有美態，鄰有醜女（後人名曰東施），學之而更嚇跑了大家，見《莊子·天運》。

　　美色，天下都看重；美女像西施，又怎會長久卑微？

　　早上的她，還是越地山溪上浣紗的村女；黃昏，便作了吳宮的貴妃！

　　當她還只是一個卑微村女的時候，有誰覺得她有什麼出眾呢？地位高了，人們才醒覺她的美麗可愛，是這樣珍奇難得！

　　如今，要梳妝，有人替她敷粉塗脂；要打扮，有人幫她穿衣着服。君王寵愛，令她更覺嬌美；君王憐惜，她的一切就都正確，都無可非議！

　　美，就不平凡；不美，就平凡，所以當初一同浣紗的女伴們，沒有一個可以一併坐上回宮的香車。鄰家的姑娘啊，單是學西施捧着心，皺着眉，你以為就可以變成她嗎？

　　——把王維少年之作，一篇洞達世情、律調化的古體詩，意譯為現代語體，是不是也有「東施效顰」之歎？

2303　老將行（七古）

少年十五二十時，步行奪得胡馬騎 [1]。
射殺山中白額虎 [2]，肯數鄴下黃鬚兒 [3]。
一身轉戰三千里，一劍曾當百萬師。
漢兵奮迅如霹靂，虜騎奔騰畏蒺藜 [4]。
衛青不敗由天幸 [5]，李廣無功緣數奇 [6]。

（平——支）

自從棄置便衰朽，世事蹉跎成白首！

昔時飛箭無全目[7]，今日垂楊生左肘[8]。
路旁時賣故侯瓜[9]，門前學種先生柳[10]。
蒼茫古木連窮巷，寥落寒山對虛牖[11]。
誓令疏勒出飛泉[12]，不似潁川空使酒[13]。

（上——有）

賀蘭山下陣如雲[14]，羽檄交馳日夕聞[15]。
節使三河募年少[16]，詔書五道出將軍[17]。
試拂鐵衣如雪色[18]，聊持寶劍動星文[19]，
願得燕弓射大將[20]，恥將越甲鳴吾君[21]。
莫嫌舊日雲中守[22]，猶堪一戰立功勳！

（平——文）

譯文

想當年老將軍還是十五二十之時，急步就可以追上奪得胡馬乘騎。

一箭射殺山中的白額老虎。比得上這般英勇的，只可數算三國時鄴下曹彰那位「黃鬚兒」。

（參軍之後，）他一身曾經轉戰三千里，一柄示範和領導的寶劍，曾經抵擋百萬雄師！

他指揮漢兵衝鋒陷陣，像雷霆闢靂，他領導迎擊胡騎入侵，侵略者奔騰顛躓，像遇到可怕的鐵蒺藜！

（不過，戰場也是人生，成敗得失自有命運定數，正如）衛青不敗，由於上天寵幸；李廣功高而無賞，歸咎於命數乖奇！

自從遭遇冷待棄置，老將軍便迅速衰朽，是非善惡混亂不明，歲月蹉跎，很快令他變成白首；

王　維

往時箭法精準，可以射雀中目，今日僵硬疼痛，腫瘤生於左肘！

（為了生計，為了排遣時光，）有時他像秦亡後東陵侯路旁賣瓜；有時他學陶潛筆下隱士先生的種柳。

隱居在森林旁邊的窮屋陋巷，寥落的寒山，對着虛掩的戶牖。

（不過，退隱的他仍然壯心未已，盼望復出，像）東漢耿弇奮鬥於疏勒，以刀刺石而出飛泉以得食水，而不似潁川灌夫，空逞牢騷意氣，罵座使酒！

（如今，）賀蘭山下，又一次戰陣如雲，軍事告急的羽書、檄文，日夕聽聞；

節使、地方軍事司令，在河東、河南、河內前線地區招募年少兵卒，又有詔書五道，出派將軍。

老將軍於是拂擦舊日鐵甲戰衣，白如雪色；試舞當年佩劍，仍然閃動劍上星文！

意願是得到燕地的強弓，射倒敵軍的大將，恥於讓越人兵甲，鳴驚了我們的國君。

（總之：）不要嫌棄好像昔日雲中守將魏尚因小瑕疵而掩蓋了大功勞，現在這位（老去而壯心不已的）將軍英雄，仍然可以一戰，建立功勳！

註釋

[1] 《史記・李將軍列傳》載：李廣傷病被俘，裝死，途中見一胡兒騎好馬，即躍登其上，推下胡兒，取弓射追者，南馳數十里，帶軍回師大破敵人。本句用此典以形容當年英勇。

[2] 晉周處入山殺白額虎，除三害之一。

[3] 曹操子彰極威猛善戰，帶兵平烏桓，操封魏王，治鄴（今河北臨漳，舊屬河南），呼彰為黃鬚兒。後封為任城王。句意是：肯讓那個英勇的曹彰，數算地位在我之前嗎？

[4] 虜：奴，對外敵胡人輕蔑之稱。騎：音「冀」，戰馬。蒺藜：三角芒刺的地上蔓生植物，軍中鑄鐵為之以阻礙前進。「奔騰」一作「崩騰」。

[5] 漢武帝用衛夫人弟青為大將軍，青另一姊子霍去病為驃騎將軍，屢入匈奴，未嘗一敗，人以為有天幸。此處移在衛青名下，以喻老將昔時亦得天庇佑，從未挫折。

[6] 數：命運規律。奇：音「基」，單數。古人以「偶」（雙數）為人事命運相諧。「奇」即其反。李廣善戰，匈奴畏而號之曰飛將軍。招人妒害，連漢武帝亦說他「數奇」，暗命衛青不讓他獨當一面，於是卒之無功可賞。兩句合看，也可解作：他的上司僥倖不敗，並且得寵而成大元帥，而英勇奮鬥，以致全軍勝利的他，自己卻無功可賞。以上第一段。

[7] 鮑照〈擬古詩〉：「幽并重騎射……驚雀無全目。」唐高祖李淵又有射雀屏二孔雀而各中一目，遂得竇皇后故事，此句誇說當年箭法精準。

[8] 《莊子・至樂》說有個名為支離叔的人，柳生其左肘，本句用此典，而求合律之句聲諧，「柳」改為同類之「楊」。楊柳何以生於左肘？古人糾纏強說，其實「柳」即「瘤」的同音假借之字。晚年疾多，關節腫痛僵硬。

[9] 秦亡，東陵侯召平，種瓜而賣於長安城東。

[10] 陶潛隱居自況的〈五柳先生傳〉，說宅邊有五株柳樹，因以為號，二句說退伍生活，清貧樸素。

[11] 虛掩的門戶（因為內無貴物，外無貴客），二句說老將隱居之所。

[12] 《後漢書・耿弇傳》：匈奴圍弇於西域疏勒，斷絕食水，弇仿武帝時貳師將軍李廣利拔刀刺山而飛泉湧出故事，向井祈禱，不久水泉湧出云。

[13] 漢有灌夫，潁陰人，剛直使氣，常借酒罵座。二句指老將雖退隱，常懷復出立功之志，力謀出路，不怨罵人，不發牢騷。以上第二段。

[14] 賀蘭山：循黃河上游北行將至河套處，即寧夏銀川、靈武一帶，自古為漢胡爭戰之地。

[15] 羽檄：插羽以示急捷之戰事通告。

[16] 節使：帶有皇帝特派符節的地方軍事司今專員。三河：河東、河南、河內。

[17] 《漢書・常惠傳》：「五將軍分道出。」

[18] 老將檢視舊戰袍。

[19] 老將試舞當年劍，劍上星紋閃動。

[20] 燕地產勁弓。

[21] 《說苑・立節篇》：越軍攻齊，齊雍門子狄認為敵人兵甲之聲驚動君主，是為臣者之恥，於是自刎，忠烈之氣，使越軍知未可輕取，於是退兵七十里。「將」一作「令」。

[22] 漢魏尚守雲中（綏遠托克托）：將士用命，匈奴不敢犯境，但因上繳首級差六個，被皇帝所信任的行政官吏依律報罰，削去爵位，後來馮唐對文帝申訴，說是賞太薄而罰太重，如此雖有名將亦不能用。文帝於是使馮唐持節特赦魏尚，再為雲中守。守：去聲。音「秀」，此喻老將。

評說

　　首段代好漢言當年之勇，申功高賞薄者的心聲。次段言退役，清貧無聊，而老驥伏櫪，壯懷未已。後段述戰爭又起，急待忠義之才，

正是老將賈其餘勇之機。三段層次清晰，對偶密而工整，用典多而適切，言情深摯而申論雅正，不愧名作。

2304　桃源行（七古）

題解

　　王維十九歲時，根據三百多年前陶潛的名篇，改寫成本詩，原文就是〈桃花源記並詩〉。

漁舟逐水愛山春，兩岸桃花夾古津。
坐看紅樹不知遠[1]，行盡青溪忽值人。

（平——真）

山口潛行始隈隩[2]，山開曠望旋平陸。
遙看一處攢雲樹[3]，近入千家散花竹[4]。
樵客初傳漢姓名[5]，居人未改秦衣服[6]。

（入——屋）

居人共住武陵源，還從物外起田園[7]。
月明松下房櫳靜[8]，日出雲中雞犬喧[9]。

（平——元）

驚聞俗客爭來集，競引還家問都邑[10]。
平明閭巷掃花開，薄暮漁樵乘水入[11]。

（入——緝）

初因避地去人間[12]，更問神仙遂不還[13]。
峽裏誰知有人事，世中遙望空雲山[14]。

（平——刪）

不疑靈境難聞見 [15]，塵心未盡思鄉縣，
出洞無論隔山水 [16]，辭家終擬長游衍 [17]。
自謂經過舊不迷 [18]，安知峰壑今來變。

（去——霰）

當時只記入山深，青溪幾度到雲林。
春來遍是桃花水，不辨仙源何處尋？

（平——侵）

譯文

　　漁舟，追逐着水流，可愛的山景，可愛的春！兩岸桃花，夾着古老的河津。

　　坐着欣賞紅艷的桃樹，也不知路遠，行盡了清溪，忽然碰到了人。

　　靜靜地走進了山口，開始時是彎曲、隱藏，隈隈隩隩；然後山勢一變，眼前展現了開揚的平陸。

　　遠看一處攢聚着雲和樹，走近千萬人家，散載着雜花與翠竹。

　　路上碰到採樵人，互通的是漢族姓名；居住者也沒有改變秦朝樣式的衣服。

　　這裏的人，共住在這武陵的桃花水源，原來他們是從俗世之外另闢田園；

　　晚上，明月樹林之下，房舍一片靜穆安寧；晨早，雲間日出，雞犬叫喧。

　　他們驚詫有外間世俗訪客，就紛紛前來聚集；（熱情地）爭着邀請（漁人）到各家坐坐，詢問彼此原屬的都邑。

　　清晨，閭里人們打掃街巷，新的一天就此開展；黃昏，漁夫樵子

趁着潮水返入。

（據說：）當初多因為避亂（尋求平安）離開尋常的世間；更尋仙學道，就不再回還；

山峽裏，誰知另有人類的天地人事，外間世界的人，遠遠想望，也只見到飄渺的雲，遙遠的山！

這漁人沒想到靈奇的仙境，難再聞見；凡塵的心未曾盡泯，還是留戀自己的舊鄉故縣，

離開山洞出去，沿途也不知隔了多少山山水水。到準備離家再來，甚至打算以後在此游玩，把時光展衍。

自己認為經過之地清楚記得，不會迷途，怎知真正再來，發覺山峰洞壑都似乎已經改變！

當時只記得入山很深很深，經過好幾道清清溪水，到了那雲山樹林；

如今春天又來了，到處是桃花，到處是溪水，也不能分辨，那神仙境界的桃源勝地，何處追尋！

註釋

[1] 看：平聲。紅樹：此指桃花。
[2] 隈隩：音「猥郁」（入聲），山崖水邊深幽彎曲處。
[3] 看：平聲。攢：音「全」，聚集。
[4] 二句寫景，遠而能聚，近而有散，詩屬同一手法。
[5] 入境則報姓名，姓名顯示同樣來自中華文化之區，但前此未有訪客，故曰：「初」，又隨而敍述年代，因此提及居民所不知的漢魏晉各朝代，「漢」字兼包二義，可見鍾煉之精。
[6] 原〈桃花源記〉「悉如外人」，或有歧解。依此，更證洞內外服飾如一。
[7] 物外：塵俗世界之外。
[8] 櫳：房室的窗牖。
[9] 依上句語法，「雲中」與「雞犬喧」相連。東漢王充《論衡・道虛篇》：「（淮南）王遂得道，舉家升天，畜產皆仙。犬吠於天上，雞鳴於雲中。」但雲中亦可日出，出則吠者鳴者形象更顯，二句日夜動靜對比，又真如圖畫。

[10] 引：帶回。問都邑：詢其籍貫。

[11] 乘水漲而入，村中別有溪流，非武陵漁人所從來之處。

[12] 避秦之暴，離開世間。

[13] 更追尋神仙之道。一作「及至成仙」。

[14] 外間遙望只是一片雲山，誰知洞峽之內，別有神仙般人物的福地。

[15] 實際見過傳說中的仙境，於是不再懷疑。

[16] 論：平聲，音「輪」。出洞之後，不管山水阻隔，又想再來。

[17] 《詩經‧大雅‧板》：「及爾游衍」。衍：水流長行。句意：最後決定辭家遠遊，再
訪桃源。

[18] 過：平聲。

評說

　　現實世界變得接近（或者就是）地獄，人就逃避到幻想中的神仙
境界，幻想落實，就是跑到與世隔絕的深山僻谷，漁樵耕牧，簡樸地
生存下去。《老子‧八十章》是哲人的理念，〈桃花源記〉是作家的
描繪（魏晉南北朝史家唐長孺指出：與陶潛同時的劉敬叔《異苑》，
記元嘉中武陵蠻人射鹿，入石穴而發現樂土，有人群隱居，既出亦不
能復入。大抵當時荊湘一帶士人傳說，陶劉分別採之云云）。

　　生在「八表同昏」（每個角落都如此黑暗）之世的陶詩人，欲「潛」
而「淵明」，無處逃避，就用簡樸洗練、如幻如真的筆法，以有年代、
有籍貫的漁夫，有姓名，歷史上也真有其人的高士，營構出一個理想
之村，一篇連序的詩，特別是那篇序文：〈桃花源記〉，是傳記，像信
史，實在是寓言，或者極短篇小說。

　　小說敘述層次井然，偶然的發現，開了故事的端，自由和平的進
入，友善和平的款待，在訝異嗟歎中透顯了：離開改朝換代的權力鬥
爭、競利逐名的塵俗紛擾，原來人可以如此健康、快樂。似乎千年不
變的物質生活，原來一樣豐裕、滿足！

　　最後，漁人不依叮囑而引入外來干擾，結果桃源不復可尋，人們

也不再問津——是理想的幻滅呢？是承認虛構呢？抑或痛陳文明之破壞自然，是無可避免？天下後世許許多多的讀者，都有不同的反思與猜想。〈桃源行〉，便是王維以「櫽括改寫」方式，表現對文學前輩的敬慕與賡繼。

十九歲的王維正在青春煥發，開元七年（719）盛世正在啟端，也非晉宋之比，應該未有久歷政途，特別是安史亂後那種心境。不過，山水田園的欣賞，優遊恬適的企求，逍遙物外的希冀……中老年的表現，其實也早萌芽於青少年的薰染，甚至與生俱來的氣質。至於七段平仄相間，句句聲律和諧，對偶精工，而又自然流暢，從容瀟灑，陶令有靈，想必歎為隔代知己——雖然他不一定同意，王維把他原來道家的「神」奇境「界」，略變而為道教的「神仙境界」吧？

2305　漢江臨眺（五律）

楚塞三湘接 [1]，荊門九派通 [2]。
江流天地外，山色有無中 [3]。
郡邑浮前浦，波瀾動遠空 [4]。
襄陽好風日，留醉與山翁 [5]。

（平——樂）

譯文

楚地邊塞與三湘連接，溪水穿越荊門，和長江九派枝流相通，
流水滔滔，簡直溢出了天地之外，山色隱現在似有若無之中。
郡城都邑，好像漫浮在前方的水浦，

波瀾湧動了遠處的長空，

襄陽景色真好、真美。

留下來陪伴那心怡神醉的山翁！

註釋

[1] 古代楚國地域以漢水中下游（今湖北）為主，南疆在今湖南，湘江縱貫全境，經洞庭
　　以入長江。上流合灕江（入今廣西桂林）稱「灕湘」，中流合蒸江稱「蒸湘」，合瀟
　　水稱「瀟湘」，實則泛指整個湘江流域。

[2] 長江既出三峽，經宜昌、江陵以入洞庭，兩岸由高近而平地，楚蜀來往必經，謂之
　　「荊門」，無數大小支流來匯，謂之「九派」。

[3] 頷聯又似山水大畫。

[4] 與孟浩然「氣蒸雲夢澤，波撼岳陽城」、杜甫「乾坤日夜浮」同妙，可惜已有前兩句
　　太好，意境亦似複衍，所謂「合之則兩傷」。

[5] 山翁：自稱。

評說

佳句對偶寫景，正是王維長技。

2306　終南山（五律）

太乙近天都[1]，連山到海隅[2]。

白雲回望合，青靄入看無[3]。

分野中峰變[4]，陰晴眾壑殊[5]。

欲投人處宿，隔水問樵夫。

（平——虞）

王　維

譯文

太乙峰高聳到接近天上的王都，

山脈連綿極目伸展到大海之隅，

回眺山腰，白雲圍繞連合；

周圍青青的霧靄，近看就似有還無！

中間極峰，劃分了下面不同區域，

隨着方向正背，群山眾壑的晴陰各殊。

要到有人住居的地方投宿，

隔着溪澗請問樵夫。

註釋

[1] 主峰太乙地近長安，高近上帝。

[2] 終南屬秦嶺山脈，橫互川陝之間，由此出關經黃淮平原至海。

[3] 雲霧回望合成一片，進入近觀，卻像沒有。看：平聲。

[4] 古人無航空衛星，亦加以仰觀所見天空列星位置，一一對應星下地上區域，秦嶺以北為雍州，屬二十八宿之井、鬼；南為梁州，屬翼、軫。終南主峰，恰在關鍵位置。

[5] 秦嶺東西走向，南北氣溫有異，又眾山高聳，遮日月蔽風雨，故陰晴不同。

評說

寫山之高大，中間兩聯恰似丹青巨幅，真是「詩中有畫」。

2307　山居秋暝（五律）

空山新雨後 [1]，天氣晚來秋 [2]。

明月松間照[3]，清泉石上流[4]。
竹喧歸浣女[5]，蓮動下漁舟[6]。
隨意春芳歇[7]，王孫自可留[8]。

（平──龍）

譯文

空寂的山，剛剛一場雨之後，傍晚涼爽，真箇清秋！

明月在松間窺照，清泉在石上奔流。

竹林那邊一陣喧笑，是浣衣姑娘歸來了，

池塘荷葉又響又動，搖出了葉葉小舟。

一切自然，一切隨意吧，春天的芳華早已消歇，

黃昏的山居秋色，另有可賞，

高貴的朋友啊！何不在此多多逗留？

註釋

[1] 山居所見。
[2] 秋日黃昏所感。
[3] 山居所見，秋月特明。
[4] 山居所見所聽，秋泉特清。
[5] 陸上靜而忽動。
[6] 水上靜而忽動。
[7] 春已早逝，不必可惜。
[8] 秋色可賞，詩人可留（「王孫」解，見2319）。

評說

春秋代序，隨寓而安，寂觀物變，靜賞人情。

2308　過香積寺 [1]（五律）

不知香積寺 [2]，數里入雲峰。

古木無人徑，深山何處鐘 [3]。

泉聲咽危石，日色冷青松 [4]。

薄暮空潭曲，安禪制毒龍 [5]。

（平——冬）

譯文

　　不知道香積寺原來就在這裏——進了深山數裏，背倚着入雲高峰。

　　沿途古木森森，小徑無人，什麼地方傳來了聲聲禪院之鐘。

　　泉聲吞咽於高巉的岩石，

　　日色冷冷地透過青松。

　　傍晚了，寺前又見到了空潭，彎彎曲曲，

　　正好在這裏修禪靜坐，消解止息那凡思妄念，像心中的毒龍！

註釋

[1] 在長安南郊高原。淨土宗門徒為紀念第二代祖師善導而建。日本淨土宗視此為宗庭，其善導塔至今猶存。「香積」名出《維摩經》，是「眾香世界」之佛。後來又以稱佛家食廚與供料。

[2] 不知：原來不知就在此處，扣題「過」字。

[3]「何處」二字，見寺之幽深。

[4] 岩石高聳，泉聲因而哽咽；松林茂密，日光遂見幽冷。「嗯」、「冷」二字，有聲有色，又似圖畫。

[5] 潭水空明，如人安坐禪定而一心澄淨，邪妄迷執念念不興，如毒龍受制。按佛經多有池中毒龍受咒悔改歸正故事，浩繁不引。

評說

　　煉字裁對極精純工巧，不必正寫佛寺（反正一般建築都差不多），而此寺之幽深靜穆，使人出塵念而去妄想，歷歷如見。

2309　酬張少府（五律）

晚年惟好靜[1]，萬事不關心。
自顧無長策[2]，空知返舊林[3]。
松風吹解帶[4]，山月照彈琴。
君問窮通理[5]，漁歌入浦深[6]。

（平——侵）

譯文

晚年了，只喜歡清靜，什麼事都不拘滯、不執着、不關心。

回看自己，確實沒有什麼高明計策，

茫然地只知道：斷絕執着、回歸自我、捨離一切，像倦鳥返歸舊林。

（此刻，）松風吹開已經緩解的束衣帶，

山上的月，照着我彈舒散的琴。

你要問我窮通得失的道理，

且聽漁夫自然隨意的歌，傳自彎彎河曲，入浦深深！

王　維

[1] 幼少、青壯之年如何？盡在不言中。

[2] 飽經憂患挫折，知人難勝天，即他人機巧，己亦不如，故惟有如陶潛之「守拙歸園田」。

[3] 陶潛〈歸園田居〉：「羈鳥戀舊林，池魚思故淵。」

[4] 陶潛為彭澤令，吏謂須束帶見來縣督郵，潛以不能為五斗米折腰見鄉里小兒、乃解印綬而去。解帶：還我自由。

[5] 張少府不知何人，為縣令佐尉，位卑事繁，張或抑塞窮愁、或少年銳進，可能因此以如何去窮得通之道為問。

[6] 《楚辭 ‧ 漁父》：漁父隱士，因為屈原是以「舉世皆濁我獨清，眾人皆醉我獨醒」而極端痛苦，所以勸説：「聖人不凝滯於物，而能與世推移。」──即後來傳入的佛家所謂「不要執着」──屈原寧願投江以葬魚腹（由此可見此篇是後人擬作），也不肯蒙塵受污，那漁父於是「莞爾而笑，鼓枻而笑」，並且唱着歌：「滄浪之水清兮，可以濯我纓；滄浪之水濁兮，可以濯我足。」──王維這兩句意思是以不答為答：你問我窮通之道嗎？我只能告訴你：一切看開好了。

評說

李沂《唐詩援》說「此是右丞第一等詩」（不要誤讀是「第一」）──若說表現晚年心境，是的；若說他典型的「詩中有畫」、「對偶精絕」，恐怕輪不到吧。

2310　終南別業（五律）

中歲頗好道，晚家南山陲。

興來每獨往，勝事空自知[1]。

行到水窮處，坐看雲起時[2]。

偶然值林叟[3]，談笑無還期。

（平──支）

譯文

中年以來，很喜歡佛門之道，

晚歲移居到南山邊陲。

遊興來了，就獨自前往，

觀賞勝景的喜樂，徒然只有自己得知。

止步在行到水窮山盡之處，

坐下來靜看出岫閒雲，雲冉冉升起之時。

偶然碰到樹林間的老叟，

就談笑歡樂，沒有了歸期！

註釋

[1] 人生路上，真正長久旅伴難尋；即自然山水，何時往遊？如何遊覽？即知友亦未易從同，何況知友又本已難得？「每獨」、「空自」四字，真歷盡滄桑，參透人性。
[2] 登山至溪澗起源處，坐看「雲無心以出岫」，浮游飄逸，任風舒捲。
[3] 偶然：可遇而不可求，一切任其自然。

評說

不用一典，對偶亦自然渾成，一似毫不費力，可謂純以境界勝。《王右丞集》卷十八有〈山中與裴秀才迪書〉，可與此詩參看。

2311 輞川閒居贈裴秀才迪 [1]（五律）

寒山轉蒼翠，秋水日潺湲 [2]。

倚杖柴門外，臨風聽暮蟬。

渡頭餘落日，墟里上孤煙。

復值接輿醉[3]，狂歌五柳前[4]。

（平──先）

譯文

寒秋，山色更轉得蒼翠，溪河的流水，輕快地日夜潺湲。

倚着手杖，佇立在柴門之外，

對着輕風，聆聽着黃昏的蟬。

望過去，那邊渡頭，（人、船、什麼都走了）只賸餘暉漸黯的落日，墟里人家，已經升起一縷孤獨的炊煙。

這時，剛好又碰到接輿一般的這位高士，（當年歌唱着勸阻孔子熱心入世的那位名士）

醉了，醉了，繼續狂歌心曲，在陶潛筆下自況的五柳先生之前！

註釋

[1] 藍田西南有輞川河谷，舊宋之問別墅，王維得之，多勝景，有竹里館、鹿柴、辛夷塢等，與好友裴迪遊其中，賦詩為樂。秀才：士人之通稱。

[2] 潺湲：水緩流之聲。

[3] 接輿、楚人，佯狂避世，曾歌以諷勸孔子不可從政（見《論語 · 微子》，參 2413 註）。

[4] 陶潛淡泊隱居，自號五柳先生，此擬王維。

評說

寧靜恬淡之景，知己共話之情，雍容閒雅之態。

積雨空林煙火遲[1]，蒸藜炊黍餉東菑[2]。
漠漠水田飛白鷺，陰陰夏木囀黃鸝[3]。
山中習靜觀朝槿[4]，松下清齋折露葵[5]。
野老與人爭席罷[6]，海鷗何事更相疑[7]！

（平——支）

譯文

山林空寂，不停地下雨；炊煙的火焰，上升遲遲。

家家忙着蒸藜菜、炊黍米，送飯給力田耕作的人，在於東菑。

一片漠漠的水田，飛起白鷺，濃密的夏天樹木葉間，囀出一聲聲黃鸝。

在山中修道習靜的我，從朝開暮合的槿，參悟了人生的消息；

在松樹下準備清齋，我們採折了露葵。

早就離開宦海紅塵，罷厭了名利場中的競爭奔逐了，

那窺伺人意的海鷗，為什麼仍然深深戒懼、苦苦相疑？

註釋

[1] 空氣濕潤，炊煙緩升。
[2] 備飯送往東郊新耕地。
[3] 二句又是一幅田園名畫。或謂二句襲李嘉祐五字詩（《唐國史補》），但其實王先李後，而且無兩疊字，則生氣不足。
[4] 朝生暮落之槿，亦似人生無常無往。
[5] 帶露之葵，二句寫隱居奉佛。
[6] 野老，王維自稱。《莊子・寓言》及《列子・黃帝》二篇有相同記載：楊朱（陽子）將往見老子，人人對他敬畏避席，既見，老子教以謙虛。楊朱受教回程，神色大有不同，人人與之爭席。

《列子　‧　黃帝》：海邊有人與鷗鳥相處甚好，其父叫他捉給他玩，明日再往，鷗鳥似乎知道他有加害的機心，都飛翔不下。王維兩句之意：我已退出權力鬥爭之場，人們為什麼還要猜忌我呢？

評說

　　一首寫給當時政界同人看的表態寓言，寫給後世愛詩者看的示範佳作。

2313　和賈至舍人早朝大明宮之作（七律）

題解

　　賈至字幼鄰，明經出身，隨玄宗入蜀，官至中書舍人，作〈早朝大明宮呈兩省僚友〉，寫早朝場景與兩省以文事君之職：

> 銀燭朝天紫陌長，禁城春色曉蒼蒼。
> 千條弱柳垂青瑣，百囀流鶯繞建章。
> 劍佩聲隨玉墀步，衣冠身惹御爐香。
> 共沐恩波鳳池裏，朝朝染翰侍君王。

　　杜甫和詩，收結以稱羨賈至繼其父而任此職：

> 五夜漏聲催曉箭，九重春色醉仙桃。
> 旌旗日暖龍蛇動，宮殿風微燕雀高。
> 朝罷香煙攜滿袖，詩成珠玉在揮毫。
> 欲知世掌絲綸美，池上於今有鳳毛。

王維之作，氣象最弘：

絳幘雞人報曉籌[1]，尚衣方進翠雲裘[2]。
九天閶闔開宮殿[3]，萬國衣冠拜冕旒[4]。
日色纔臨仙掌動[5]，香煙欲傍袞龍浮[6]。
朝罷須裁五色詔[7]，珮聲歸到鳳池頭[8]。

（平──尤）

譯文

戴着紅帽、象徵雄雞報曉的宮門衛士，報上了清早的時間之籌；
御服管理者，剛呈奉上翠雲的皮裘；
至高無上，中外共仰的宮殿，九重天闕打開了，
萬邦萬國的使臣代表，都來朝拜，我們的聖君皇帝，戴着冕旒。
日光初照，像神仙手掌的遮陽寶扇，緩緩移動，
御燒暖烟升起，香氣似乎伴着袍袞上面的騰龍而飄浮。
（勤政愛民的君皇日理萬機，忠誠能幹的省臣也真忙碌了）
早朝既罷，就要撰寫依不同政事而顏色不同的詔書。
匆匆來往，袍服的環珮聲音，歸到臺省所在的鳳凰池頭！

註釋

[1] 上古帝王相信法天行政。天命雄雞司晨，宮廷亦以衛士戴大紅頭巾報曉。報：一作「送」。籌：計算工具。
[2] 掌管皇帝衣服之官，奉上青雲裝飾皮裘。
[3] 閶闔：神話中之天門。
[4] 衣冠：借代盛服以朝拜天子的各國代表。冕旒：皇冠及頂上前後十二串五彩垂玉裝飾。二句富麗堂皇，高雅宏壯，歷來推為天朝名句。王維另有〈奉和聖制暮春送朝集使歸郡應制〉排律：

萬國仰宗周，衣冠拜冕旒；玉乘迎大客，金節送諸侯。
祖席傾三省，褰帷向九州。揚花飛上路，槐色蔭通溝。
來預鈞天樂，歸分漢主憂。宸章類河漢，垂象滿中州。

　　一起亦用此句，可見自視亦得意之聯。

[5] 太陽一出，皇帝身後侍官即舉障扇以蔽日擋風，美稱之為「仙掌」。

[6] 爐煙散發着香暖之氣，傍着皇帝袍服上面的金龍，擺動、飄浮。（真像現代的動畫）。

[7] 按性質及緩急程度，用五色紙代皇帝起草詔書。

[8] 行動匆匆，官服上環珮相碰作響，回到被稱為接近真龍天子的「鳳凰池」──中書省
工作。（這句也像影視特寫鏡頭）

評說

　　王維如果生在現代，恐怕會在詩人、畫家、音樂家之外，再加一種身份：編劇兼導演。再做不做高官，信不信佛教呢？很難說了。

　　大明宮唱和詩四首，歷代少不免比較評論，杜作似乎未盡所長，大抵是官位與體驗的限制。岑參尾聯也是頌揚對方，而通體精密明秀。王維頸聯最勝，雖然有人說他「廓落」（虛浮誇大），不過更多人讚他冠冕高華，結語亦不止對賈至一人而言，施蟄存《唐詩百話》說這是因為王維身份最高之故云云。

2314 奉和聖制〈從蓬萊向興慶、閣道中留春雨中春望〉之作應制（七律）

題解

　　聖制，皇帝（此指玄宗）所作。蓬萊，即大明宮，在宮城東北，稱「東內」。興慶，本名「隆慶」，玄宗為皇子時所居，既登位，避「隆基」諱，改名。在城南，故又稱「南內」，兩宮殿間，有架空複道

（如今日大廈之間的陸橋）以便往來。開元廿三年（735），有次玄宗經過，春雨中瞻望風景而有詩，三十四歲的王維奉命作和。

渭水自縈秦塞曲，黃山舊繞漢宮斜[1]。
鑾輿迥出千門柳[2]，閣道迴看上苑花[3]。
雲裏帝城雙鳳闕，雨中春樹萬人家[4]。
為乘陽氣行時令，不是宸遊玩物華[5]。

（平——麻）

譯文

（天造地設的）渭水，自由地、縈帶般奔流於秦的故塞而曲，
（從古如斯的）黃麓山，環繞漢的宮殿而傾斜。
皇帝的車駕，遠遠地經過千門萬戶的路邊垂柳，
登上了行空的閣道，回看禁宮上苑，美麗的花。
雲彩縹渺中，堅實而崇高的帝城兩邊，聳立一雙拱衛的城闕；
春雨迷濛，樹林茂密，隱現着萬戶千家。
主上出巡，為的是天人相應乘着的陽氣，宣揚及時的政令，
並非只為皇室遊覽，玩賞春日的風華！

註釋

[1] 黃山：黃麓山，在舊咸陽南，今西安與周至二地間。首先兩句以山川定京城宮闕地位，同時表示唐朝為偉大朝代的繼承者。
[2] 迥：遠。
[3] 上苑：皇家花園。以上二句描寫御駕出行，極富動感。
[4] 如現代影視近攝定鏡，刻劃皇帝沿途及回頭所見。
[5] 天子出行，是配合天時陽氣之動，並非個人享受遊覽。

評說

舊時出色的文學侍從之臣，如在今天，要避免被譏為最高領袖假大空的宣傳者，聰明飽學而善觀時勢的王維，一定另有高明之法。

2315　竹里館（五絕）

獨坐幽篁裏 [1]，彈琴復長嘯；
深林人不知，明月來相照。

（去——嘯）

譯文

獨自安坐、在幽深的竹林裏，

彈着琴，又長長地吹着口嘯；

竹林深密、幽靜，有誰來訪？有誰相知？

只有明月，到來與我，無言地互相慰安，有心的互相映照。

註釋

[1] 幽篁：竹。裏：即館名「里」字。

評說

何以能獨坐彈琴？因有明月相照。何以只有明月相伴？因為知己難得，更難同時有此雅興，所以「興來獨往」。四個平凡句子，合成

清幽絕俗、澄淨空明，絕不平凡的，安閒自得，俗意全消的境界。

2316　鹿柴 [1]（五絕）

空山不見人 [2]，但聞人語響 [3]。
返影入深林，復照青苔上 [4]。

（上——養）

譯文

空寂寥廓的山，不見有人，
只聽到話語的聲響；
斜暉返照入了深邃的樹林，
又映現在青苔之上。

註釋

[1] 柴：音義同寨、砦、柵。
[2] 靜，是經常。
[3] 靜，在偶然的人聲中，更加明顯。
[4] 夕陽返照，只映現在山石、樹根的青苔上面。

評說

　　唐朝的官場、現代的商場，不論什麼時代的名利戰場，人都需要這樣一個讓心靈暫時歇息的、日本京都人所喜歡說的「幽玄」境界。

2317　雜詩（五絕）

> 君自故鄉來，應知故鄉事。
> 來日綺窗前，寒梅著花未？

（去——未）

譯文

您從故鄉來，

應該吧，知道故鄉的情事。

您起程的那天，舍下綺窗之前，

那樹（一向傲雪凌霜的）寒梅，曾經一次又一次黏着，點綴着新綻的花——請告訴我：現在有未？有未？

評說

寥寥二十個字，兩提「故鄉」；故鄉多少心魂繫之的事，只問寒梅。陶潛〈問來使〉八句，共問菊、薔薇、蘭、酒，四事，未免稍多；王安石〈道人北山來〉十二句，雖然只問東崗之松，卻又一反他精峭的短文常習，嚕嚕囌囌地大講故鄉墳墓。看來同時擅繪畫、能音樂的王維，還是剪裁工夫高明一點。

雜詩共三首，第一首只問江南船來孟津，有書寄否？第三首答以寒梅已發，鳥聲又啼，玉階草生，愁心共發。三首中，最精彩還是歷來多選的這第二首。

2318　紅豆 [1]（五絕）

紅豆生南國，春來發幾枝；
願君多采擷 [2]，此物最相思！

（平——支）

譯文

紅豆樹，生長在南方地國，
春天來了，又茁發了多少新枝？
願望你多些采擷，
這可愛的小東西啊，就名叫相思，也最表達了相思！

註釋

[1] 又名相思子，似豌豆而微扁，多產嶺南，紅似珊瑚，可作飾物。
[2] 擷：音「潔」，摘。

評說

借物寄情，亦有妙趣。

2319　送別（五絕）

山中相送罷，日暮掩柴扉 [1]。
春草明年綠，王孫歸不歸 [2]？

（平——微）

譯文

山中相送完罷，

日暮了，（無奈地）掩下（那曾經為你而開心的）柴板門扉；

歲歲，春天會再來；年年，青草會再綠，

珍貴的朋友，您啊，回歸？不回歸？

註釋

[1] 送別整日，黃昏方回。良友已離，時光已晚，故閉門不再待客。

[2]《楚辭 · 招隱士》：「王孫游兮不歸，春草生兮萋萋。」歷代詩詞，襲用此語者不知凡幾。明年：一作「年年」。

評說

似亦李白〈靜夜思〉之類，盛名之下，亦有庸常之作，未必首首用心，篇篇精彩。

2320　九月九日憶山東兄弟[1]（七絕）

獨在異鄉為異客[2]，每逢佳節倍思親[3]。

遙知兄弟登高處[4]，遍插茱萸少一人[5]。

（平——真）

譯文

獨自在陌生的他鄉，做他人眼中的異鄉之客，

每逢時年佳節，加倍思念所愛所親。

彼此隔得遠遠，不過我知道：兄弟們在登高之處，

遍插了辟邪的茱萸時候，一定想念起不在場的我這個親人！

註釋

[1] 唐人所謂「山東」，時指華山以東，即（函谷）關中以外，黃河流域之地，包括了後世所指（太行）山（以）東。
[2] 疊用「異」字，以見疏離。
[3] 佳節則異鄉之本地眾人，家家歡聚，平素交往者亦自顧其親，未暇照拂遠人。煢然孤獨之感既烈，思念家人更切。
[4] 心靈因親愛而相通，自然互念互憶。
[5] 重陽舊俗，登高插茱萸以辟邪。

評說

十七歲少年靈心一動，二十八字（尤其上半）萬世傳誦。

2321　渭城曲 [1]（送元二使安西）[2]（七絕）

渭城朝雨浥輕塵 [3]，客舍青青柳色新。

勸君更盡一杯酒，西出陽關無故人 [4]！

（平——真）

譯文

渭城一陣早雨，沾濕了（暫時不再颺起的）輕塵，

客舍的青青楊柳，嬌嫩清新。

勸您，再乾一杯吧，餞別的酒，

此去西方路上，陽關便是（中華邦土的）最後一站，再過去就沒有故人！

註釋

[1] 渭城：長安西北，渭水北岸，即咸陽故城。
[2] 朋友姓元，排行二，奉使往安西節度使治下即西域一帶。
[3] 浥：沾濕。
[4] 陽關：河西走廊進入西域（天山南北路）的門戶，古人所謂「華夷」的最遠邊界。向說因在玉門關之南，故名，其實傳統以山南為陽，關之北實有龍頭山。

評說

舊都朝雨，像離人之淚，沾染了西北輕塵。共話一宵，醒來彼此就要真的分別了。旅店門外，青青的是柳，是春天，是江南，是楊柳依依的牽衣挽留，這一切，你西出陽關，就要長久離別了！——趁老朋友還在身邊，多喝一杯吧！

普遍而深摯的感情，淺白而精煉的言語，流暢而鏗鏘的韻律，道前人所未道，於是編入當時的樂府，陽關三疊，就像西洋的 Auld Lang Syne，傳唱在千載萬人之口。

2322　秋夜曲 [1]（七絕）

桂魄初生秋露微 [2]，輕羅已薄未更衣；
銀箏夜久殷勤弄，心怯空房不忍歸。

（平——微）

譯文

秋月初升，秋露輕微，

羅衣輕薄，還未有更換裳衣；

深夜了，還在把銀箏長久撥弄，

因為心裏虛怯，害怕空房，不忍回歸！

註釋

[1] 或作王涯或張仲素作。
[2] 桂魄：月。

評說

唐人常有題材，常有寫法，未見王維式的精彩。

24

（太白 701 — 762）

李 白

　　「人生得意須盡歡，莫使金樽空對月」——這是李白名句中的名句，也是他一生追求的最大滿足。

　　月，聯繫了夢幻；酒，使人狂放。幾乎篇篇不離酒與月的李白，在夢幻與狂放中度過一生。——正如他坦率而淺暢的自白：

> 處世若大夢，胡為勞其生？所以終日醉，頹然臥前楹。
> 覺來眄庭前，一鳥花間鳴。借問此何時？春風語流鶯。
> 感之欲歎息，對酒還自傾。浩歌待明月，曲盡已忘情。
> （〈春日醉起言志〉）

　　李白一生就是首浪漫詩。詩，貴於有熱烈的情感，突出的個性，超奇的想像，誇張的藝術，這些，全備於李白，而他又恰好生在詩的黃金時代、盛衰轉換的玄宗一朝，於是，談唐詩，以至談中國詩，沒有人不知道李白這個名字。

李白家世與幼年，有關的碑、序，都極其簡略含糊，族叔李華所撰墓銘，也充塞以空洞之語，他自己更諱莫如深，這與重世系、跨門第的當時風氣不合，所以有人懷疑是宗室建成或元吉一支，玄武門之變後遁逐西域。母系雜有胡裔（見葉慶炳《唐詩散論》），所以從來不說，說的只是「五歲誦六甲、十歲觀百家」（〈上安州裴長史書〉），「十五好劍術，偏干諸侯；三十成文章，歷抵卿相，雖長不滿七尺，而心雄萬夫」（〈與韓荊州夫〉），人矮才高、而心志更高的他，生在當代，要一步登天（或者說「回天」），便只有不循科舉、而又不離政治，偏偏政治與他特別強烈的詩人氣質絕不相容，於是就成了終生的矛盾！

大言而誇的他應當知道：即使真的「東山謝安石」，也只能維持偏安局面，而並非可以「為君談笑靜胡沙」（〈永王東巡歌〉）；「南風一掃胡塵靜，西入長安到日邊」（同上），對文藝天才的他更是說比做容易萬倍了！唐朝雖然不是柏拉圖的理想國，這個大詩人也只好始終被擯斥於外，這是他一生的悲劇。

悲劇在於他一生兩大夢想的必然幻滅：「忽復乘舟夢日邊」的「王佐」，與「五嶽尋仙不辭遠」的「遊仙」──後者是在現實世界根本不可能，前者是在性格才能他根本不合適。不過，詩人的要素不是「自知之明」而是「自我表達」。他表達得最好的時候，真是逸倫超群、雄大壯闊得出神入化，所以自古到今，被推為「詩仙」。

李白一生，試分為六個階段：

（１）生於西域（701 ─ 705）

李白自稱隴西漢飛將軍李廣之後。先世徙西域。今人研究：當

生於中亞巴爾喀什湖南吉爾吉斯之碎葉城，且可能有胡人血統，通某種胡語，時武后長安元年，據謂其母產前，夢長庚星，因名白，字太白。

（2）成長蜀中（705 — 725？）

五歲左右，全家移居四川錦州彰明青蓮鄉（其後取以為號）。博學，喜縱橫任俠，曾隱於岷山山脈之峨眉。

（3）漫遊華東（725？ — 742）

素思以布衣立取卿相，不考科舉。開元中，出蜀漫遊，謁韓朝宗，識孟浩然，以安陸（今湖北武漢西北百里）為中心，自謂以酒隱十年，婚許相國孫女，生一男名明月奴，一女既嫁而卒。又先後交劉、魯二婦，生子名頗黎，最後又娶於宋（據魏顥〈李翰林集序〉）。曾識未顯之郭子儀於軍中，又與孔巢父等隱於徂徠，號「竹溪六逸」。

（4）長安夢碎（742 — 744）

天寶初，道士吳筠因玄宗之妹玉真公主而薦之玄宗，供奉翰林，其實只愛其文學而以倡優畜之，李白則以為可創大業，與譽之為「謫仙人」的賀知章及張旭等遊，號「酒中八仙」，傲慢權貴，終被玄宗賜金遣出。識杜甫於洛陽。

（5）江湖浪跡（744 — 755）

浪遊四方，受道籙，囑魏顥（萬）編集其詩文。

（6）宦舟再覆（755 — 762）

安史亂起，入永王李璘軍，作〈永王東巡歌〉，熱情天真，不久即因永王謀叛敗死，牽連受罪，郭子儀力保免死，仍判長流夜郎。後世譏評不一（如朱熹謂其「沒頭腦」，洪亮吉議其「虧節無品」，蘇軾則疑為受脅迫）。由洞庭至巫峽，中途遇赦。歸依族叔李陽冰於當塗（今安徽蕪湖之北，長江東岸）。詔授左拾遺，而白已病死。其後，白居易有〈李白墓〉詩：

> 采石江邊李白墳，繞田無限草連雲。
>
> 可憐荒壟窮泉骨，曾有驚天動地文！
>
> 但是詩人多薄命，就中淪落不過君！

（但是：凡是。不過君：沒有比你更甚了！）

生前，杜甫為他而寫，而且寫得很用心、很動人的詩，有好幾首，其中一首早期的：

> 秋來相顧尚飄蓬，未就丹砂愧葛洪；
>
> 痛飲狂歌空度日，飛揚跋扈為誰雄？

是規勸，也是寫實了。

杜甫、白居易，愛民之誠，表諸諷諭之詩，多敘事，能格律；李白則奔放熱情，任意使氣而不喜繩墨，不耐雕琢。所以，體制比較自由的七古，意態比較輕靈的七絕，是他所擅的勝場，佳篇特多傳流後世。

李白的性格與天才，特別適宜生於唐代而寫浪漫任性之詩。王安石說他「迅快無疏脫處，然其識污下。十句九言婦人與酒耳」。深刻、高尚的思想，在他靈奇放逸的作品中，確是很難找到。他與〈鹽鐵論〉所譏文學之士（原意是一般知識分子）「心卑卿相，志小萬乘，及授之政，昏亂不治」者沒有什麼不同，因為文才特高，自我中心更強，而浮誇更甚！讀者如果因為他們經常自我表揚，偶然諷罵一下腐敗的時政，就付出過量的同情與褒讚，實在不必。至於近世有人逢迎上意，羅織曲解以揚李抑杜，更是學術心術，兩不足道！比較之下，施蟄存在同一時空之下寫成的《唐詩百話》，對這問題就公正中肯得多了！

2401　子夜秋歌（五古，樂府）

題解

〈吳聲〉〈子夜四時歌〉分詠四季，這是第三首。

長安一片月，萬戶擣衣聲[1]。
秋風吹不盡，總是玉關情[2]。
何日平胡虜，良人罷遠征！

（平——庚）

譯文

　　長安城頭一片普照人間的月，千家萬戶搗衣之聲。

　　秋風吹之不盡，總是各地思夫，婦懷念玉門關內外。征戍戰爭、生離死別之情，

　　到什麼時候，才可以平定胡虜，讓（大家牽腸掛肚的）良人，罷止遠征？

註釋

[1] 秋風既起，趕製寒衣，家有征人遠戍者更迫切，紛紛搗（擣）打衣帛於水邊石上。
[2] 玉關：玉門關，借日指各處邊塞。

評說

　　此首也是以李白喜見的月開始，牽繫着家人與征夫的心，中間兩句，較王之渙「春風不度玉門關」（1501），少了點委婉含蓄；收結兩句，較之王昌齡「但使龍城飛將在」（2002），高適「至今猶憶李將軍」（2701）、皇甫冉「何時返旆勒燕然」，又少了點雅練精巧，而整首詩，又似乎濃縮在沈佺期「九月寒砧催木葉，十年征戍憶遼陽」（0502）的兩句。當然，民歌風格與律句修辭是不同的。如果依前人提議：刪兩句而成絕詩，是否又可以更含渾無盡？

2402　**春思（五古）**

　　　燕草如碧絲，秦桑低綠枝 [1]；

李　白　　　　　　　　　　　　　　　　　　　　191

當君懷歸日，是妾斷腸時 [2]！

春風不相識，何事入羅幃 [3]？

（平——支）

譯文

（郎君征戍的）燕地之草，還嫩如碧絲，

（思婦獨守樓頭的）秦中桑樹，已經低垂綠枝；

郎君想到回歸省親之日，（已經）是思婦斷腸之時！

（忽然送來溫暖的）春風素不相識，

為什麼闖進、吹入我（孤寂的）羅幃？

註釋

[1] 邊塞初春，嫩草方生，京城的樹（尤其象徵送別的柳），已經茂盛低垂。

[2] 夫見大地春回而興歸家之念，妻在家盼望既久而早已斷腸。

[3] 陌生的、外來的溫暖與生機，竟然闖進閨閣了。（不相識，多吹來又如何？能關門閉戶嗎？我願意堅貞，可你也要早點回來呀！）

評說

委婉含蓄，意在言外。

2403　長干行（五古，樂府）

題解

自長江流域開發，下游重鎮江寧就日漸興盛，古來的金陵，六朝

原韻譯唐詩新賞

首都建康、建業，明以來的南京，都是此處。唐的兩都雖在京、洛，東南最盛雖在揚州，江寧依然是交通貿易重鎮。城南五里有幅長高地，是船家、小商人們聚居之所，江東土語，呼高地為「干」，於是這裏被稱為「長干」。〈長干行〉便是描寫此地市民生活的樂府歌曲，以此為題，崔顥有五絕小詩（2603），而李白有長篇五古，此選其一。

妾髮初覆額，折花門前劇[1]。

（入——陌）

郎騎竹馬來，繞床弄青梅。
同居長干里，兩小無嫌猜[2]。
十四為君婦，羞顏未嘗開。
低頭向暗壁，千喚不一回。
十五始展眉，願同塵與灰[3]。
常存抱柱信[4]，豈上望夫臺[5]。
十六君遠行，瞿塘灩澦堆[6]。
五月不可觸[7]，猿聲天上哀[8]。
門前遲行跡，一一生綠苔[9]。

（平——灰）

苔深不能掃，落葉秋風早。
八月蝴蝶來，雙飛西園草。
感此傷妾心，坐愁紅顏老[10]。

（上——皓）

早晚下三巴[11]，預將書報家。
相迎不道遠，直至長風沙[12]！

（平——麻）

譯文

我小婦人，年幼時候，頭髮初蓋着額。採折花朵在門前嬉戲玩劇。

郎君你騎着小竹馬來，與我互相追逐，繞着牀席互擲青梅；

大家都住長干里，我們兩個小孩（真的投緣投契）沒有嫌猜。

十四歲就嫁做郎君妻子，怕羞的容顏未曾啟開，

低着頭朝向牆壁暗角，喚叫千聲也不一回。

（一年後）十五歲了，才展開眉顏，誓願同郎君永遠一起，像塵與灰。

常常存心守着尾生抱柱，堅守盟約般的貞潔信義，那想要分離、盼望，上望夫台！

十六歲了，郎君（要學養家、做生意，從江南到西蜀）遠行，（一次又一次）闖那（鬼門關似的）瞿塘峽，灩澦堆！

五月水大，剛蓋過礁石，最是凶險，千萬不要碰觸。兩岸猿聲似從天上響起，似警號、似悲輓地傷哀！

門前郎君昔日不忍分離、遲遲出行的足迹依然尚在，一一生了綠苔。

苔痕太深，不能清掃，再鋪上落葉，因為西風來得很早。

八月裏，蝴蝶飛來，雙雙對對飛翔在西園上面的草，

這情景使我感動、擔心、傷心，坐着只能等待、盼望、憂愁，紅顏早易變老！

（祝禱郎君，願望郎君）早也好、晚也好、郎君離開三巴（最緊要）預先把書信報送回家，

我要迎接你，不怕路遠離開長干，直到（幾百里外的）長風沙！

[1] 劇：遊戲。

[2] 由「青梅竹馬、兩小無猜」這句話的人人能道，可見這首詩千百年來的深入人心，普傳眾口。

[3] 塵與灰：平凡、瑣細，但經常在一起，永遠不分離，就如小時玩伴，長大了做夫妻，永遠恩恩愛愛，縱使死了，化為塵、灰，也還是在一起。

[4] 《莊子・盜跖》：尾生與女子約在橋下相見，女子未來，潮水大漲，他不離不棄，抱着橋柱淹死。意思是：可以笑我死心眼，不過我是跟定丈夫，一生不變的了。

[5] 丈夫久出不歸，妻子登台癡望，久久化而為石，這類由常有的事衍成的神話傳說，歷來不絕。所以由山石形似而呼為「望夫山」、「望夫石」的，也不止一處。舊註引蘇轍《欒城集》，說在四川忠州，其實李白只是說：小夫妻相愛相親，自己相信（也希望）不會成為望夫台上的人物。

[6] 長江三峽，由地殼劇變而成。在現代整治改造之前，萬千年來水急石多，潮漲時尖石隱於水下，對往來楚蜀之間，不得不經過這段水道者，十分危險，尤其瞿塘峽口中間大礁石，稱為灩澦堆，歷來在此舟碎人亡者不計其數。

[7] 五月間水位剛好蓋過灩澦堆，可怕極了。

[8] 三峽七百里中，兩岸高崖常有猿猴嘯叫，空谷傳聲，聽來淒涼哀怨。所以漁者之歌說：「巴東三峽巫峽長，猿啼三聲淚沾裳。」（北魏酈道元《水經注》）丈夫往來吳蜀之間營生，經常要走過這一段險死還生之路，對妻子來說，猿聲哀啼，就想起來也驚心動魄了！

[9] 丈夫久未回來，妻子也少出門，只是等待消息。

[10] 蝴蝶（來，一作「黃」）也能雙飛草地之間，夫妻反要分離、惦掛，從來就對年齡、美貌敏感的她，又怎不擔心，憂能傷人，紅顏易老呢！

[11] 於是語調一轉，又一次重複叮嚀丈夫；什麼時候離開西蜀，回來江東，首先經過四川東面巴郡、巴西、巴東等等地區。

[12] 早一點寫信通知家裏，讓我同時出發，到七百里外（將近到鄱陽湖）的長風沙來迎接你。縱使沿途也是水急灘險，要早一點見你，也不怕了！

評說

真實的人生。真摯的愛情。真正的文學。

明月出天山 [2]，蒼茫雲海間。
長風幾萬里，吹度玉門關 [3]。
漢下白登道 [4]，胡窺青海灣 [5]。
由來征戰地，不見有人還。
戍客望邊邑，思歸多苦顏。
高樓當此夜 [6]，歎息未應閒！

（平——刪）

譯文

明月出於天山，（清光灑瀉在）蒼茫雲海之間。
長風飛送了幾萬里，吹到、度過了玉門關。
漢祖的軍兵，走下了白登道；吐蕃的前鋒，窺伺着青海灣。
自古以來的征戰之地，見不到有人生還！
戍守者望着邊疆都邑，想歸家而不得，多有苦顏。
盼望者高樓獨守，當在寂寞的此夜，悲思苦歎，也沒有空閒！

註釋

[1] 樂府古題，屬《橫吹曲》，多寫邊塞離別。
[2] 舊註說匈奴、鮮卑語，皆稱「天」為祁連，故天山即祁連山。按今天山橫瓦西域（新疆）南（塔里木）北（準葛爾）兩大盆地間，祁連山則在甘肅河西走廊與青海湖間，雖有起伏，實亦一脈相連。皆在中原京城之西，但從遠征人觀之，則天山在東，明月由此而出，高懸天際，家鄉與邊塞同時仰望。
[3] 西北邊塞最後一關，唐人詩句經常提及。
[4] 漢高祖被匈奴困於白登（今山西大同東北）。
[5] 胡：指吐蕃。藏族之國，唐時不斷侵擾。
[6] 陳徐陵〈關山月〉：「關山三五夜，客子憶秦川，思婦高樓上，當窗應未眠。星旗映疏

勒，雲陣上祁連。戰氣今如此，從軍復幾年！」

評說

　　李白「一生低首謝宣城」，詩亦同樣善於發端。此篇開首四句，氣象高華，意境超絕，非前人所及，亦遠非跟着八句所及。《文心雕龍‧總術》所謂「雖前驅有功，而後援難繼」，所以雖在聖手，氣足神完之作亦屬難得。所以，不必責備苛求，且共細賞：

　　明月，出在巍峨而遙遠的天山，懸浮，游移在蒼茫的雲海之間，橫過幾萬里的長風，帶來一切，也帶走一切，經過了這華夷交界的玉門關。玉門關，又怎只一處呢？漢朝的開國之君，被匈奴困於白登；近代的胡人，也不斷侵擾青海。西邊、北邊、西北、東北，處處有民族戰爭，處處是黃沙白骨！戍守邊疆的士卒，望着邊城，苦臉愁眉，想念故鄉；空閨獨守的怨婦，站在高樓，盼待夫子歸來，也只有不停歎氣！

2405　月下獨酌（五古）

> 花間一壺酒，獨酌無相親。
> 舉杯邀明月，對影成三人。
> 月既不解飲，影徒隨我身。
> 暫伴月將影 [1]，行樂須及春。
>
> （平——真）
>
> 我歌月徘徊，我舞影凌亂。
> 醒時同交歡，醉後各分散。
> 永結無情遊 [2]，相期邈雲漢。
>
> （去——翰）

譯文

花叢之間，一壺美酒；自斟自飲，沒有相近相親。

舉杯邀請明月，對着影子，於是共有三人。

（不過）月亮其實並不會飲，影子也徒然隨着我身。

（沒辦法）姑且暫時伴着月亮，帶着影子，

（為的是）及時行樂，要趁在春天！

我唱歌，月在上天徘徊；我舞蹈，影子在地下零亂。

醒的時候，月、我、影共同交歡；醉了，各自分散。

（我們仨，真好—既交歡，又獨立；有合作，沒牽連，一切自由、自然……

讓我們仨，永遠結成無情而又有情，忘情而又銘情的共遊，

永恒的約會，在那高高的遙遠的雲漢！

註釋

[1] 將：帶領。

[2] 無情：承上兩句而言：一切隨緣順機，互不虧欠，亦互不掛牽，彼此真正永聚之處，在天上，不是人間。

評說

一壺酒，徘徊在小園香徑眾卉之間。姹紫嫣紅開遍。粉白黛綠爭妍。是誰安排？是誰設計？為什麼世間有耀采的異葩？為什麼人心有美麗的感覺？為什麼花兒謝了明年還會一樣的開？為什麼蝶使蜂媒，懂得像人一般逐色爭香，而又往往做了花媒卉僕？為什麼月不常圓、花不常好？……

不要問得太多、想得太透了，就享用這一壺酒吧，不久，便陶陶

然、醺醺然，忘記了想要忘記的，眼前的花，會顯得更美麗……

可惜沒有人分享心事，沒有人一同淺斟低酌……

只是人間沒有，天上有。她，同樣清高而孤獨，萬里長空，那一輪明月，就邀她共醉吧，感謝她。就有了我的身影，我於是，不只有了飲伴，而且不只一個麼？

當然，不是太滿意。因為：月，實在不懂得飲酒，飲的只是我——還有那影子。我不飲，他也不飲；我飲，他才飲。他，永遠不先飲，永不勸我飲。

不太滿意，但也接受吧。讓我伴着月亮，帶着影子。珍重這個好不容易來到的春天，珍重這好不容易得到的兩位伴侶！

看：我們不是很合拍嗎？我唱歌，月亮就在歌聲中來往徘徊；我跳舞，影子就在動作中零散紛亂，我們飲、飲、飲！

薄醉、半醉、大醉，我們都歡樂在一起。到最後那一分清醒都失去，我們也就分散了。

暫時的分散，不要緊：彼此都不必牽掛。大家什麼都不必牽掛，包括忽然聚在一起的我們仨。這樣最好：永遠是即興的共同遊樂，不必有情感的牽掛。

我們不會永遠分散，貶謫下來的詩仙，終會回歸天上，影子也回歸天上，遠遠的天上的月亮啊，我們不是有個最後的約會嗎？

有酒。有月。有意興。有靈感。當然，也有花。於是有這篇典型的李白心聲。詩仙的代表作。

與本詩同題的還有三首，這是其中之一：

天若不愛酒，酒星不在天；
地若不愛酒，地應無酒泉。
天地既愛酒，愛酒不愧天；

李　白　　　　　　　　　　　　　　　　　　　　199 ✿

己聞清比聖，復道濁如賢。

賢聖既已飲，何必求神仙；

三杯通大道，一斗合自然。

但得酒中趣，勿為醒者傳！

這幾句最適合下一首詩以至古今其他酒肆用作廣告了！

2406　金陵酒肆留別（七古）

題解

　　金陵，今之南京。近長江口，故又名江寧。吳王夫差時，為鑄造銅器（上古稱為「金」），築冶城於此。其後楚威王以此地有龍盤虎踞之王氣，所以埋金以鎮之，故稱金陵。六朝首都之地，故稱建業、建康，唐時仍為繁華之地。李白青年出蜀漫遊江東，由金陵將赴揚州，友人送別，作此。

　　　風吹柳花滿店香，吳姬壓酒勸客嘗[1]。
　　　金陵子弟來相送，欲行不行各盡觴。
　　　請君試問東流水，別意與之誰短長？

（平──陽）

譯文

風吹柳花滿店芳香，吳地姑娘榨出美酒，勸客品嘗。

金陵子弟到來相送，正要離開，又都捨不得分別，大家紛紛盡情、盡量、盡觴！

請你試問東流的江水：我們的離情別意與文比較，誰短誰長？

註釋

[1] 新酒釀成，壓糟渣以取酒汁。

評說

隨意揮灑，已見風采氣度，青春意氣方盛，不必以纏綿沉鬱求之。

2407　將進酒（七古，樂府）

君不見黃河之水天上來，奔流到海不復回。

　　　　　　　　　　　　　　　（平——灰）

君不見高堂明鏡悲白髮，朝如青絲暮成雪，
人生得意須盡歡，莫使金樽空對月！

　　　　　　　　　　　　　　　（入——月）

天生我材必有用，千金散盡還復來。
烹羊宰牛且為樂，會須一飲三百杯。

　　　　　　　　　　　　　　　（平——灰）

岑夫子 [1]，丹邱生 [2]：
將進酒，杯莫停！與君歌一曲，請君為我傾耳聽 [3]。
鐘鼓饌玉不足貴，但願長醉不願醒 [4]！
古來聖賢皆寂寞，惟有飲者留其名。

　　　　　　　　　　　　　　　（平——庚青）

李　白　　　　　　　　　　　　　　　　　201 ✿

陳王昔時宴平樂[5]，斗酒十千恣歡謔。
主人何為言少錢？徑須沽取對君酌！

（入——藥）

五花馬[6]，千金裘。呼兒將出換美酒，與汝同消萬古愁！

（平——尤）

譯文

你不看見嗎？黃河的水從天上而來，奔流到海不再返回！

你不看見嗎？對着高堂的明鏡，悲哀白髮。早上還像青絲，黃昏就變成白雪！（所以，）

人生得意就應要盡歡，不要使金樽空對明月！

天生我才定必有用，千金散盡又再回來。

烹羊、宰牛，趁機會盡情享樂，正好一飲三百杯！

岑夫子：丹邱先生：

請快飲，杯不要停！

為你們高歌一曲，請你們賞面，傾耳相聽！

鐘鼓（的豪華排場）金玉般的美饌，不是珍貴；只願長醉不願醒！

自古以來聖人、賢人，都（營營役役為他人而活，實在）空虛寂寞。

惟有善於飲酒，（享仙福於自己醉鄉）者，留下高名！

昔日陳思王曹子健歡宴平樂，斗酒萬錢，盡情歡謔。

主人家為什麼說担心銀兩不夠？就爽快買酒回來，我們對酌！

五花馬！千金裘！孩兒們都拿去換取美酒。

與你飲、飲、飲！一同消滅那萬古長愁！

[1] 岑勳。
[2] 元丹邱。
[3] 聽：平聲。
[4] 醒：平聲，音「星」。
[5] 陳王：陳思王曹植。平樂：宮名。
[6] 旋毛錢狀，善跑之馬。

評說

　　這又是一首李白的代表作，一首道家人生觀的自白，一首經典式的《酒徒之歌》：

　　你沒看見嗎？黃河的水，從西北從天上般的高處奔流而下，直到東海，毫不停留，毫不歇息。

　　「逝者如斯夫！不捨晝夜」，河水，只是在那裏流，流，流，其來勢不可擋，其去勢不可回，但，何嘗一刻能夠自由？

　　你沒有看見嗎？崇樓傑閣，玉砌雕欄，掙得一切驕人家業的成功之士，在妝臺明鏡裏看到的，竟是「貴人頭上不曾饒」的白髮！十五六七，滿頭青絲，滿懷理想，「風華正茂」、「揮斥方遒」，不過猶如早上，轉眼到了黃昏，便已龍鍾頹唐，滿眼衰敗！什麼「天地之心」、什麼「萬物之靈」，同樣的，又何嘗能夠自主？

　　所以，無論是功名順遂，或者良朋聚首，都是難得的得意時光，我們何不把握機會盡情歡暢？不要讓金樽無酒、空對月亮！飲！

　　難得做了人。難得一身好本領。天意難道會浪費我這樣的人才嗎？總有用處、總有機會：「長風破浪會有時，直掛雲帆濟滄海」！所以，千金散盡了，還是會回來，不要失了信心、失了自己！飲吧！飲吧！烹羊送酒，宰牛送酒，一切都暫且放下，只要及時行樂，開懷暢飲！

　　岑夫子，飲！

丹邱生，飲！

不要停杯，飲！飲！

我為你們唱首歌，請你們聽聽，側耳聽聽！

富貴的排場，精美的飲食，並不真正難得：難得的是長在醉鄉，飄飄然，昏昏然，不必再醒過來，面對無聊、無奈、無趣的現實！

自古以來，那些克制自己，努力奮鬥的聖人賢人，得到些什麼？建功立業了嗎？致君澤民了嗎？何嘗不是都遭人冷眼？只有開懷暢飲的人，才真正尋回了自己、認得了自己！

看：陳思王曹子建，「才高八斗」，是他；「哥哥爸爸真偉大」，是他，他的名句「歸來宴平樂，美酒斗十千」，放下的是憂讒畏譏、臨深履薄的心事，表露的是放浪形骸，恣情歡謔！飲！飲！

什麼？你說錢不夠了？我就再買給你看，飲給你看！

孩兒啊！「五花連錢旋作冰」的寶馬，價值千金的狐毛白裘，都拿出去，換了錢來，買酒！飲酒！讓酒沖去了人生的無助無聊，永遠的無趣無奈！

2408　蜀道難（七古，樂府）

題解

———

　　印度次大陸撞擊東亞大陸而成世界最高的喜馬拉雅山與青藏高原，餘波構成四川盆地，四周高山深谷，特別險巇，只有水急礁多的三峽，勉強算是地理缺口，在聊勝於無的棧道還未開闢之前，出入盆地極之困難，另一方面，盆地面積廣大，河川縱橫，土地肥沃，雨量充沛，自古稱為「天府之國」，居民大可自給自足，而地勢易守難攻，

所以上古時期固然與外間秦、楚之地難有交通，有史以來也容易獨立割據，一次又一次成立歷史稱為「前蜀」、「後蜀」之類小王國、小朝代。

「蜀」本意是似蠶的毒蟲，大抵當代氏族住民以此為圖騰，又可能傳說的開國之君「蠶叢」，就以此為號，萬千年來，據險而守，商旅也好，軍隊也好，進出都極不容易，因此就有「蜀道難」的講法──以及用此為名的樂府歌曲。

梁簡文帝、王僧虔等，都寫過〈蜀道難〉，但傳誦千載的只有李白這首，李白何以寫此詩？向來有幾種說法：

一、章仇（複姓）兼瓊為蜀軍政長官於開元天寶間，李白恐其作亂。（但其時未有跋扈之跡，且天下尚安，何故詩言嚴守劍閣？）

二、天寶初將入長安，已以此作馳名，賀知章盛譽之，稱為「謫仙」。（但內容與時世不相稱，且無確據證明賀所見為此詩──或曰〈烏棲曲〉。）

三、嚴武暴虐，杜甫、房琯俱依之於蜀，李白為二人危。（《新唐書》正史亦採此說，但其時已距天寶初頗久。）

四、安史亂起，李白聞玄宗幸蜀，深恐賊兵燒棧道而當地不歡迎，則進退失據。（天寶十二載殷璠所編《河嶽英靈集》已收李白此詩，遠在安史亂起之前。）

五、李白蜀人詠蜀，用樂府舊題以寫山川之險，憂時勢之危，寄人生之概。長安友人入蜀，亦以此勸其早回。（王達津推定作於天寶四至八年間，可能是〈劍閣賦〉的進一步補充發揮，以送王炎。）。按白有〈送友人入蜀〉五律：

> 見說蠶叢路，崎嶇不易行；
> 山從人面起，雲傍馬頭生。

芳樹籠秦棧，春流繞蜀城。

升沉應已定，不必問君平。

六、開元間首次入京，屢遭挫辱之作，全屬比興寄託，寫仕途之艱險，所以殷璠說此詩「奇之又奇，然自騷人以還，鮮有此體調」（但向來記載多謂作於天寶時，且開元中李白遭遇似未至此苦，又與其「明朝散髮弄扁舟」的一貫性格作風不符）。

噫吁嚱[1]，危乎高哉[2]！蜀道之難難於上青天[3]。
蠶叢及魚鳧，開國何茫然[4]！
爾來四萬八千歲[5]，不與秦塞通人煙[6]。
西當太白有鳥道[7]，可以橫絕峨眉巔[8]。
地崩山摧壯士死，然後天梯石棧方鉤連[9]。
上有六龍回日之高標[10]，下有衝波逆折之回川。
黃鶴之飛尚不得過，猿猱欲度愁攀援[11]。

（平——先）

青泥何盤盤[12]！百步九折縈巖巒。
捫參歷井仰脅息，以手撫膺坐長歎[13]。
問君西遊何時還？畏途巉巖不可攀！
但見悲鳥號古木[14]，雄飛從雌繞林間[15]。
又聞子規啼夜月[16]，愁空山。
蜀道之難難於上青天，使人聽此凋朱顏[17]！

（平——寒刪）

連峰去天不盈尺。枯松倒掛倚絕壁。

（入——陌）

飛湍瀑流爭喧豗[18]。砯崖轉石萬壑雷[19]！

其險也若此，嗟爾遠道之人胡為乎來哉！

劍閣崢嶸而崔嵬[20]。

一夫當關，萬夫莫開！

（平——灰）

所守或匪親，化為狼與豺[21]！

（平——佳）

朝避猛虎，夕避長蛇。

磨牙吮血，殺人如麻[22]！

錦城雖云樂，不如早還家[23]。

蜀道之難難於上青天，側身西望長咨嗟！

（平——麻）

譯文

噫—吁—嚱！高得要命啊！蜀道艱難，真難於上青天！

（太古蜀地君王，據說）蠶叢，魚鳧開國（神話傳說）一切茫然！

自此之後，四萬八千多載，蜀秦南北，不通人煙！

西面的太白高峰，只有飛禽能通的鳥道，可以橫越到（西南的）峨眉峰巔！

（直到秦惠王使計，騙蜀王開道，結果）地崩、山摧、壯士壓死，然後天梯石棧，得以鈎連！

群山高處，有日神六龍之車到此返回太陽的標誌，下面，有波浪衝擊，折回的流川。

仙人的黃鶴都可能飛越不過，猿猴想度過還是要愁於攀緣！

清泥嶺的路是何等迂迴盤桓！百步九轉折，縈繞着岩巒！（自秦入蜀，天上星宿分野是歷「井」而「參」，走在高山峻嶺之巔，似乎

伸手可捫，要仰脅喘息，撫膺長嘆！）

請問你：往西遊覽何時回還？可怕的途路，巉險的岩壁，不可緣攀！

但只見飛鳥悲號在古老的樹木，雌雄相從相伴，飛繞林間！

又聽聞子規啼鳴夜月，愁叫在空山！

蜀道艱難，難於上青天，使人聽到已經凋喪朱顏！

連綿的山峰，離天不夠一尺，枯松倒掛，倚着岩壁。

飛湍瀑布爭着喧豗，砯擊着山崖，滾轉着巨石，好像萬壑生雷！

那危險艱難啊竟然如此，唉，你們遠道的人，為什麼還要來呢？

劍閣山勢崢嶸而高峻巉巖，一夫當着關，萬夫打不開！

把守的人，倘若不是可親可信，就會反噬、叛亂，化為狼、豺！

試想想：早上，要避猛虎；晚上，要避長蛇；牠們都磨牙、吮血、殺人如麻！

巴蜀錦城雖說是快樂之地，（對異鄉人來說，）還不如及早還家！

蜀道之難，難於上青天！側身西望，長嘆咨嗟！

註釋

[1] 噫吁嚱：蜀人見物驚異的感歎之聲。

[2] 危：高（到驚險程度）。

[3] 本詩主調，全篇凡三見。

[4] 傳說蜀王最先和第三位（據《全漢文》卷五十三，揚雄《蜀王本紀》，又〈蜀都賦〉之註亦引此）。

[5] 爾來：自此以來。四萬八千：極言其多。〈夢遊天姥吟留別〉詩亦謂：「天臺四萬八千丈。」道教有以「四時八節」、「四頭八臂」應「四象八卦」之說。

[6] 四川盆地北有大巴山脈，漢中盆地之後又有秦嶺山脈橫亙，然後關中平原，崇山峻嶺，重重阻隔。

[7] 太白峰，秦嶺主峰，長安西南偏西一百公里。海拔三千七百六十七公尺。幾為珠穆朗瑪（八千八百四十八）之半。鳥道：飛鳥通道。

[8] 峨眉：四川成都西南約一百五十公里，海拔三千零九十九公尺，稍低於太白峰。

[9] 據《蜀王本紀》（《藝文類聚‧山部》）及《華陽國志》，蜀有五丁力士，迎秦惠文王（前 337 — 311 在位）贈蜀王五美女，見大蛇入穴，共拉出之，山崩而五丁皆死。

秦又刻五石牛，置金其後，蜀人以為牛能糞金，蜀王遂發卒千人，拖牛回成都，於是沿途開闢成道，以後秦伐蜀即利用此道。這可說是中國古代版的「木馬屠城記」。

[10] 古代神話，羲和氏御六龍以駕日神之車。句意：此車遇作為崇高標誌之蜀山，亦要回轉。

[11] 仙鶴也飛不過，猿猴也攀不上，極誇其高，以上第一段，言蜀之有道，但高而難攀。

[12] 太白峰往西，未入劍閣前，有青泥嶺。

[13] 山路迂迴曲折，越走越高，似乎可以摸到蜀區上空的參宿，和秦區上空的井宿，走得兩脅緊迫，呼吸幾乎停止（高山氧氣稀薄的症候）。古人沒有空中測繪，就用天上星宿分區，連擊下方地土界域。數，平聲，音「灘」。

[14] 號：陽平聲，音「豪」。

[15] 從：去聲，雄為雌所跟從。

[16] 子規即杜鵑，傳説古蜀帝杜宇從天而降，號望帝，其後失國，魂化為子規啼血，四川甚多（李商隱〈錦瑟〉（6403）：「望帝春心託杜鵑」）。

[17] 以上第二段，言蜀雖有道，來往艱難。

[18] 㕳：音「灰」，吵鬧。

[19] 砯：音「砰」，石墜水之聲。碎石墜崖，或沿坡滾下，山鳴谷應，響似雷轟。

[20] 劍閣：蜀北江由至廣元間，削壁中斷，兩崖相嵌，像劍劈高閣之門，又名劍門，是秦蜀交通必經之處。崢嶸、崔嵬：皆形容高峻巍嚴之狀。

[21] 匪：同「非」。張載〈劍閣銘〉：「形勝之地，匪親勿居。」蜀地既易守難攻，野心者割據 反噬，則變狼豺，此在李白，是順筆抒論，後人或以此歧出之語為主題，遂多異説。（以上第三段，説蜀道艱難，因守者難測而更險。）

[22] 蜀若有變，慘狀如此。

[23] 錦城：成都。此句點明詩旨。

評說

　　在舊題目下，把舊題材作新處理。參差的句法，雄奇的想像，誇張的形容，警闢的議論，使本篇成為此題的代表作，也是李白的其中一篇代表作。

2409 　**行路難** [1]（七古，樂府）

　　金樽清酒斗十千，玉盤珍饈直萬錢 [2]。

停杯投筯不能食[3]，拔劍四顧心茫然[4]。
欲渡黃河冰塞川[5]，將登太行雪滿山[6]。
閒來垂釣碧溪上[7]，忽復乘舟夢日邊[8]。

（平——先）

行路難，行路難，多歧路，今安在？
長風破浪會有時[9]，直掛雲帆濟滄海！

（上——賄）

譯文

金樽清酒，每斗費傾十千，玉盤珍饈，每食要值萬錢；

（面對這些，我）停杯、投箸，沒有胃口進食。（周圍似乎都是敵人，敵人又確實不知實在哪裏！只有——）

拔劍，四面關顧，頭腦一片空白，心思意念，只是茫然、茫然！

想渡過黃河，碎冰浮塊塞滿了河川，

將要登上太行，又大雪滿山！

（不如）閒來垂釣碧溪之上（像姜尚，後來就遇周文王了！）

（不如）等着突然發個好夢，夢見乘船經過日邊（像伊尹，跟着就遇商湯了！）

行路難啊！行路難！（許多徬徨，許多抉擇，）行路難！許多分歧的道路！

如今，真正的道路，究竟在哪裏？（在哪裏？）

（但，總有一天，）長風破浪，機會總會來臨。

——掛上雲帆，就直渡滄海！

原韻譯唐詩新賞

[1]《雜曲歌辭》，多詠世途艱險與離別之苦。

[2] 直：同「值」。

[3] 筯：同「箸」，離宴之豐，見朋情之厚，可惜無心下咽。

[4] 四面楚歌，而不知敵在何處；天生我才，懷抱利器，而無處可用。

[5] 仕途阻塞。

[6] 一作「雪暗天」，先韻。「山」屬刪韻古與先韻轉，中國主要山脈多橫亙，故縱走晉
　　燕間者稱為「太行」（音「杭」）。句意：升登之路受阨。

[7] 望如姜尚之遇周文王。

[8] 望如伊尹之遇商湯前，曾夢乘舟來經過日邊（希冀接近權力中心之潛意識）。

[9] 劉宋時宗愨少年有志，答叔父問，說「顧乘長風破萬里浪」。

評說

　　人是雙足行走的動物，篆文「行」字，就是道路縱橫、就是雙足。囚徒也有衣、食、住，只有「行」，才是自由人的標記。

　　不要過信文豪的壯語：「路是人行出來的。」筋骨的能力有限，荊棘的險阻無窮，智慧才情不在魯迅之下的步兵阮籍，於是有窮途之哭——哭的是：人情固然詭詐反覆，想不到光天化日之下的曲澗幽林，同樣也險巇處處！

　　阨塞、崎嶇，都不是最大的問題：最大的問題，在徬徨與抉擇。抉擇是「手」的撥挑，徬徨是「腳」的彳亍，最後都聽命於心、腦，可惜腦筋有時不靈，心情往往紊亂，一錯手、一失足，沒有機會回頭，即使回頭，已經過了百年的一世。

　　這些話，萬千年來，不知已有多少人想過、講過，所以上古樂府《雜曲歌辭》已經有〈行路難〉的民間歌謠，敏感多才的文人，不斷用這舊瓶注入新酒。詩仙李白就此而寫的三篇之一，又用「酒」來開始⋯⋯

長相思，在長安。

絡緯秋啼金井闌 [1]，微霜淒淒簟色寒 [2]。

孤燈不明思欲絕，卷帷望月空長歎 [3]。

美人如花隔雲端，上有青冥之長天。

下有綠水之波瀾，天長地遠魂飛苦。

夢魂不到關山難，

長相思，摧心肝！

（平——寒）

譯文

長久的相思啊！在長安。

（絡緯、促織、紡織娘……不同的名字，相類的昆蟲、一樣的鳴叫。）

在秋天，在金色井欄樹下，微霜淒淒，竹簟清寒。

孤燈不明，思念要到盡頭、極點；卷起帳帷，望着月亮，空自長歎！

美人、像花，（可惜）隔着雲端！上有青青神秘而深窅的長天，下有綠水的波瀾！

天長地遠，靈魂飛越得很苦；夢魂不到，關山阻隔行路難！

長久的相思啊！摧折心肝！

[1] 絡緯：即促織，秋蟲磨翅作響，聲如紡織，古人以為鳴叫。金井闌：井上金色欄杆。
[2] 簟：音「忝」，竹蓆。
[3] 歎：平聲，音「灘」。

評說

　　以怨婦悲秋思夫，比賢臣失君之苦，傳統的題材與手法，在剛被玄宗「遺棄」的李白寫來，也是真情實感。

2411　宣州謝脁樓餞別校書叔雲（七古）

題解

　　宣州，今安徽長江東岸，蕪湖東南五十公里附近，又名宣城，南齊謝脁（玄暉，464 — 499）為太守於此，所建高齋北樓，唐時稱謝公樓，為宴遊之所。

　　校書，掌校典籍之官。

　　詩題一作〈陪侍御叔華登樓歌〉，所陪者族叔侍御史李華，亦名作家，著〈弔古戰場文〉極傳誦。天寶十二載（753）秋，李華嚴正被嫉，路過宣城，李白亦失意玄宗，浪遊十載。所慕古人謝脁，亦方在壯年便受誣囚死，才命相妨，古今同慨。朝廷則楊國忠繼已死奸相李林甫而擅權，君闇政壞，安祿山蠢蠢欲動，大亂將發。於是對酒抒懷，感而賦詩。

棄我去者，昨日之日不可留 [1]；
亂我心者，今日之日多煩憂 [2]；
長風萬里送秋雁 [3]，對此可以酣高樓！

（平——尤）

蓬萊文章建安骨 [4]，中間小謝又清發 [5]。
俱懷逸興壯思飛 [6]，欲上青天覽日月 [7]

（入——月）

抽刀斷水水更流 [8]，舉杯消愁愁更愁。
人生在世不稱意 [9]，明朝散髮弄扁舟 [10]！

（平——尤）

譯文

棄我而去的，是昨天的日子，一去不可再留；

亂我心的，是今天的日子，萬事都多煩、多憂！

長風萬里，送走遠飛的秋雁——（空間，是如此無邊無際，時間，是如此消逝無情；人力，是如此無助無奈……）

對着這些（一切一切，百感交集，萬事煩心）最可做的，就是酣醉在高樓！

（職司校書的叔父您，喜愛詩文的愚侄我，長期想慕，接觸的是：）

神仙洞府的藏書，建安風骨的詩文，特別是中間小謝（玄暉）又特別清新發越，

都懷抱奔放的逸氣，豪壯的生命力量，思想要超脫凡俗而飛，（躍躍欲動）想奔上青天，觀覽明月！

（只不過，理想與現實，人力與命運……都永恒地矛盾！）

正如抽刀斷水，水繼續奔流；舉杯消愁，愁上又添新愁！

人生在世，總是為此不稱心、不如意，

明朝就要放下冠簪袍服，浪迹江湖，泛一葉扁舟！

註釋

[1] 光陰消逝，錯了的、錯過的，一切都無可挽回。

[2] 家事，國事，天下事，事事煩心；一己心事，又無人可訴；有，亦難以盡訴；訴，亦無法可解。

[3] 八表同昏，舉世皆濁，於是舉首仰望高明朗麗的天，只見雁過長空，逍遙自在，似乎遠勝於人，不過雁又同樣為覓食而奔忙，因寒暑而遷徙，總之萬物都是成住壞空，難以無求無待──想到這裏，除了共登高樓，與親人、文章知己同謀一醉，又能作什麼呢？

[4] 蓬萊：神仙洞府。如是「校書叔雲」，可解「皇家藏書之所」。《後漢書・竇章傳》：「學者稱東觀（洛陽皇家藏書及編撰處）為……道家蓬萊山」。如是「侍御叔華」，可解：「蓬萊仙境般高雅清逸的藝術」。

建安骨：東漢末期，獻帝建安年間，世積亂離，風衰俗怨，文人擺脫禮教規範，奔放地以詩文發抒自我，作品有堅實的情思（「骨」），有流通感動的力量（「風」），為後世所美稱，謂之「建安風骨」。

[5] 從建安到盛唐，中間四百多年，作家不少，其中謝朓繼大謝（靈運）之後，多秀句寫景而不蹈陳言（「清」），善於啟端，一新耳目（「發」），最為李白所佩。

[6] 俱：古、今、彼、此──小謝與自家叔侄，以至建安諸人，皆有大志高才。

[7] 覽：一作「攬」，或解二字相通。總之，壯志凌雲，逸懷浩氣（忽然發覺日月其實永遠高懸，可望而不可即）。由陰平「青」「天」之高亢，上聲「覽」之昂揚，忽然「日」「月」連疊入聲，一頓再頓，急轉入下句。

[8] 夢想既成泡影，現實愁煩仍是源源未絕，如開首兩句所云，又如樓前流水，無情無語，不斷奔流。

[9] 稱：去聲，配合。

[10] 去冠，抽簪，散髮以解除利祿功名，投身江湖，閒逸自適。

評說

　　自覺心，從自我開始。感覺重於一切的詩人，尤其以自我為中心，於是，一切無常、自我無力之感，也特別強烈；於是無助、無奈、無比的苦悶，由此噴薄而出：「棄我去者：昨日之日不可留！亂

我心者：今日之日多煩憂！」

「願春暫留，春歸如過翼，一去無跡。」希望彼此都青春常駐，友朋的歡樂永留，無奈一切都如流光逝水。無奈的一天，又來臨了，處事，要所謂冷靜；待人，要所謂妥協；這一切，詩人都實在不耐、不慣！

莊子說得聰明：連「搏扶搖而上九萬里」，由碧海鯤鯨化成的、「翼若垂天之雲」的大鵬，其實同樣「有待」，不過，至少連小小的昆蟲，也能超過人類地飛翔，不要說可以萬里南遷的長空秋雁了！對着這一切無常、無力、無助、無奈，交織而成的苦悶，除了又一次麻醉自己、暫時地忘懷世累，又有什麼辦法呢？好！是時候了，飲吧！飲吧！

酒精，鼓動了藝術精神，景色，激勵了文學意趣，「登高能賦」，不愧是有教養、有性情的人類精英。精英中的精英，寫出了可以藏之名山洞府，被人長久寶愛傳誦的詩篇，譬如漢末建安，那個文學解放的「三曹七子」時代、骨健足以永恆樹立、風清能夠感動廣遠，特別是清新發越，開端警道，往往詩篇第一句就捕捉了、俘虜了讀者整個心靈的謝朓！

令人一生低首的謝宣城，當年做太守、就在此地宣州，如今我們的餞別宴筵，就在以他為名的「謝朓樓」上，賓與主，古與今，寫詩的人，性情中人，都是意興豪逸，想飛上青天！想飛近日月！

唉，幻想的蠟翼一熔，還是無奈地跌回大海！一切，都像滔滔逝去的流水，流水之中，滿載的不外是愁、愁悶，酒灌下腸，也澆消不去，流水，刀斬下去，也奔流不斷，人生，就是這樣：沒有出路、沒有辦法、一切一切，都不合心意！

算了吧！算了吧！明天，讓我們放下一切，放下了所謂榮耀的冕冠，解散了頭上的三千煩惱之絲，一葉扁舟，任風隨水，漂泊浪遊到天涯海角！

放懷歌唱以申訴苦悶（平韻四句），轉而掩抑低徊，傷今懷古（入韻四句），終又放懷歌唱以申訴意向（平韻四句），三段章法井然，而一氣貫串，真所謂「氣盛言宜」。不過，儘管是失意牢騷，李白暮年仍不忘情政治，此不同於莊周；又不自傷，不怨尤，更不消沉自毀，此又異於屈子。龔定盦說他是莊屈兩心之合，固然有見；但李白終是李白，有自己的面目。

2412 夢遊天姥吟留別（七古）

題解

本詩題一作〈夢遊天姥山別東魯諸公〉。姥，音義同「姆」，天姥峰在越州（今浙江新昌之東，天台之北）。李白既被玄宗「賜金還山」（天寶三載，744）遂離長安，漫遊各地。次年，由東魯南遊越中，作此詩以別友人，並述心跡。

海客談瀛洲 [1]，煙濤微茫信難求；

（平──尤）

越人語天姥，雲霓明滅或可覩 [2]。

（上──虞）

天姥連天向天橫，勢拔五嶽掩赤城 [3]；
天臺四萬八千丈 [4]，對此欲倒東南傾 [5]！

（平──庚）

我欲因之夢吳越，一夜飛渡鏡湖月 [6]。

（入──月）

湖月照我影，送我至剡溪[7]，
謝公宿處今尚在[8]，綠水蕩漾清猿啼[9]。
腳着謝公屐[10]，身登青雲梯[11]。
半壁見海日，空中聞天雞[12]。

（平——齊）

千巖萬壑路不定，迷花倚石忽已暝[13]。

（去——徑）

熊咆龍吟殷巖泉[14]，慄深林兮驚層巔；
雲青青兮欲雨，水澹澹兮生煙。

（平——先）

列缺霹靂[15]，丘巒崩摧；
洞天石扉[16]，訇然中開[17]；
青冥浩蕩不見底[18]，
日月照耀金銀臺[19]。

（平——灰）

霓為衣兮風為馬，雲之君兮紛紛而來下[20]。

（上——馬）

虎鼓瑟兮鸞回車，仙之人兮列如麻[21]！
忽魂悸以魄動，怳驚起而長嗟：
惟覺時之枕席，失向來之煙霞[22]！

（平——麻）

世間行樂亦如此，古來萬事東流水。

（上——紙）

別君去兮何時還[23]？且放白鹿青崖間[24]，
須行即騎訪名山[25]。
安能摧眉折腰事權貴，使我不得開心顏？

（平——刪）

譯文

航海客、探險家，誇說蓬萊、方丈、瀛洲，

煙濤迷茫，實情真相確實難以尋求。

越地的人講談天姥，（距離近多了，而且腳踏實地可以到，遙望天邊——）

雲霓明滅之間，或者可以實際目覩。

天姥峰高連青天，向着天空互橫，山勢超拔五嶽，掩過赤城，

四萬八千丈的天台峰，對着天姥，也要似乎向東南相傾！

我因此夢想遊覽吳越，一夜就飛渡經過鏡湖的月，

鏡湖月光照着我的影子，送我到剡溪，

謝公靈運當年住宿之處如今尚在，依舊綠水蕩漾，依舊凄清猿啼。

腳著謝公特製的屐，身登高入青雲的石梯；半山見到海上升起的紅日，空中聞到（報曉的）天雞。

千巖萬轉，路途不定，

有時被花迷路，有時倚石稍息，不覺忽然就天色已暝！

晚風忽然刮起，像熊的咆哮，像龍的低吟，隱隱發自岩泉；

聲音戰慄地傳自深林，驚心地來自高層峰巔！

仰望青青的雲啊，似乎要下雨，俯瞰白白的水啊，生起淡淡的烟。

忽然雷公雷母一同發威，好像天崩地裂，神仙洞府的石門轟然中間打開，

裏面原來青冥神秘，深不見底，日月交輝，映照着金銀仙臺。

——（且看他們：）以雲霓作衣裳，以飄風為馬匹，紛紛由天降下，

李　白 219 ❖

以猛虎鼓瑟開路，以鸞鳳回轉座車，這一大批仙侶神人，群列如麻！

（這時候）忽然魂魄悸動，恍恍惚惚地驚起，長長地歎嗟！

身邊只有醒來見到的枕席，完全消失了一直處身的烟霞！

世間一切行樂，也不外如此，古來萬物萬事，亦像東流之水。

離開大家了，也不知道什麼時候回還，眼前姑且解放自己，到山水林泉，白鹿青崖之間（親近自然，還我本來），

怎能低眉折腰，奉承那些庸淺鄙俗的權貴，

使我不得開心、舒顏！

註釋

[1] 海客：遠航歸來，誇說經驗的人。中國自古燕齊近大海，曾往或遙見稍遠島嶼者，有海外神山之說，最著名者：蓬萊、方丈、瀛洲。陰陽家學說，後來許多道教方士，都由此產生。

[2] 海外難去，越地就近可遊。雲霓：一作雲霞。

[3] 誇張天姥之高。拔：超越。掩：蓋過。赤城：山在天臺縣，與天姥相對，形如城而石色赤，故名。

[4] 四萬八千：誇張之數。參前〈蜀道難〉註。

[5] 天姥西北高而天臺東南低。形勢傾斜。以上首段引言，聞天姥之瑰麗奇偉。

[6] 鏡湖：又名鑒湖，紹興南。湖水澄平，可以照人，故名。

[7] 剡溪：曹娥江上游，天姥山麓。

[8] 晉大詩人謝靈運曾到此遊。

[9] 綠：一作「淥」，清澈。

[10] 謝靈運好遊，特製木屐，登山去其前齒，下山去其後齒，上下斜坡如行梯級，身不傾斜。

[11] 謝靈運〈登石門最高頂〉詩末節：「居常以待終，處順故安排，惜無同懷客，共登青雲梯。」

[12] 方士神話書載：東南有桃都山，有大樹，枝相去三千里，中有天雞，一鳴則天下之雞皆鳴云。以上第二段，言夢登天姥。

[13] 遊山不覺已黃昏。

[14] 殷：音「隱」，雷聲。薄暮氣溫改變，風生巖間，聲加熊咆龍吟，又如雷動。

[15] 列缺：又作「烈缺」，電之別號。電閃長空，如火之烈，天之缺。

[16] 道教以人遷為神曰「僊」，即「仙」，人隱於山之意，山中洞居，內中別有天地，故稱「洞天」，以石為門，曰「石扉」。

[17] 訇：音義同「轟」。

[18] 青冥：藍天。

[19] 晉郭璞〈遊仙詩〉十四首之六：「吞舟湧每底，高浪駕蓬萊，神仙排雲出，但見金銀臺。」幻想海嘯之後，仙人與宮殿出現。

[20] 雲之君：雲之神，以彩虹為衣，以飄風為馬。

[21] 仙人甚多，以虎為樂隊，以鳳為車駕。

[22] 忽然夢醒，惟有枕席，已失仙境。以上第三段，寫遊天姥仙境，最後夢醒。

[23] 君：東魯諸友。

[24] 聊且解放自我，於白鹿青崖的自然山野之間。白鹿：仙人所騎。青崖：洞天所在。

[25] 須即實現夢境。

評說

　　句法參差，換韻頻密，幻相奇而變化多，興到筆隨，李白「王佐」夢醒，而「遊仙」夢作，乃有此篇傳誦後世。晚清陳沆《詩比興箋》說「太白被放以後，回首蓬萊宮殿，有若夢遊，故託天姥以寄意」云云，頗有見地。

2413　廬山謠寄盧侍御虛舟（七古）

題解

　　廬山，在長江與鄱陽湖口間，今有江西九江在其北，相傳漢代（或曰殷周之間）有匡俗兄弟七人在此結廬修道而成仙云，皆附會虛妄之說。肅宗上元元年（760），李白遇赦而回，途經廬山之作。

　　　我本楚狂人，鳳歌笑孔丘 [1]。
　　　手持綠玉杖 [2]，朝別黃鶴樓 [3]，

五嶽尋仙不辭遠，一生好入名山遊^[4]。

（平——尤）

廬山秀出南斗傍^[5]，屏風九疊雲錦張^[6]，
影落明湖青黛光。金闕前開二峰長^[7]。
銀河倒掛三石梁^[8]。
香爐瀑布遙相望，迴崖沓嶂凌蒼蒼^[9]。
翠影紅霞映朝日，鳥飛不到吳天長^[10]。

（平——陽）

登高壯觀天地間，大江茫茫去不還。
黃雲萬里動風色，白波九道流雪山^[11]。

（平——刪）

好為廬山謠，興因廬山發；
閒窺石鏡清我心^[12]，謝公行處蒼苔沒^[13]。

（入——月）

早服還丹無世情^[14]，琴心三疊道初成^[15]。
遙見仙人彩雲裏，手把芙蓉朝玉京^[16]。
先期汗漫九垓上^[17]，願接盧敖遊太清^[18]！

（平——庚）

譯文

我本來就像（接輿——）那位楚地狂人，

笑唱着「鳳兮！鳳兮」的歌，諷勸（熱中救世教人的）孔丘，

手持綠玉的杖，朝早離開黃鶴樓，

漫遊五嶽尋仙求道，不辭路遠，一生最喜歡到名山遨遊。

天上分野，南斗下對看潯陽九江，廬山特別清秀出塵，就在其旁。

（五老峰）九疊雲母錦屏般開張，影子投落明淨的湖面，映發青黛之光。

兩座石峰高聳形成金闕，中間銀河般的瀑布，倒掛在三疊石梁。

香爐瀑布遠遠相望，重巒疊嶂直凌穹蒼！

山色蒼翠，雲霞紅艷，映着朝日，鳥兒遠飛不到（東方盡境），只覺吳天廣長！

登高遠眺壯闊的天地之間，大江茫茫，一去不還！

長風吹動黃雲萬里，江流分派成白波九道，滾滾起伏像雪山！

喜歡作廬山歌謠，興致因廬山而發；悠閒地窺看石鏡清淨，

我的心神，當年謝公靈運的步踪，已經被着苔淹沒。

早服了九還仙丹，斷絕了世俗之情，像琴絃般和協的心，學道初成；

遙遠見到仙人在雲彩裏，手把着芙蓉朝向玉京。

我預先約定那位不可知之神汗漫，在九天之上，

更願意迎接盧氏高人，同遊太清！

註釋

[1] 東周衰弊，儒墨興於北以匡時，道家盛於南以遁世。孔子率徒眾周遊列國，常遇隱士之譏，認為他們「知其不可而為之」，是徒勞無功，諷勸他們遠離政治，《論語‧微子》：「楚狂接輿（有個替人開車門，瘋瘋癲癲的漢子）歌而過孔子（一面走過他面前，一面唱着歌）曰：鳳兮！鳳兮！何德之衰！（——鳳凰啊！鳳凰啊！你的神采和能力，到了哪裏？）往者不可諫，來者猶可追！（過去的，勸阻不了；將來的，還可以方針及時修改。）已而！已而！今之從政者殆而！」（停止罷！停止罷！現在那些搞政治的，危險呀！危險呀！）隱士沒有姓名，「接輿」只是他寄身的稱號，後人説是字，姓陸名通，實在無據。
李白率真任性，輕視禮法，所以親道家而輕儒學，這裏故意直用姓名以押韻，不稱「孔子」，就是以「楚狂」自況自高之意，其實他一生都夢想「乘舟在日邊」，大展他自以為有的王佐之才，功成名遂，然後遊仙去也。「鳳歌」一作「狂歌」。
[2] 道教言神仙所持。
[3] 黃鶴樓在江漢交匯處，傳説有神仙騎黃鶴過此。
[4] 第一段：自言天性好遊仙。

[5] 古人以天星對應地下不同區域，南斗下為潯陽（九江），廬山即在其旁。

[6] 五老峰東北山嶺重疊如屏風，石有異彩（含礦不同之故），名「九疊雲屏」。

[7] 金闕岩又名石門岩，雙石高聳，瀑布飛懸而下。

[8] 三疊泉水勢三折而下，如銀河之倒掛在三條大石橫樑。

[9] 望，平聲，音「茫」。李白另有〈望廬山瀑布〉七絕：

　　日照香爐生紫煙，遙看瀑布掛前川。

　　飛流直下三千尺，疑是銀河落九天。

[10] 第二段，幾乎句句押韻，由下仰望廬山三處瀑布：石門（金闕）、三疊，香爐。

[11] 長江到此，流量大，平地廣，白浪滾滾如雪山，分為九派，故稱「九江」。
　　此四句為第三段，登廬山而下望，本身已是一首好七絕。

[12] 廬山東面有圓石，明淨可以照人。

[13] 謝靈運曾遊此，此四句為第四段：述說遊山之樂，與前代大詩人相接。

[14] 古代道士以「三仙丹」（氧化汞）加熱，析出水銀，又復氧化而還原成三仙丹，如此
　　可逆反應進行多次，謂之「丹成九轉」，六朝隋唐朝野崇信者每每服食中毒而死，
　　猶謂之仙去。無世情：已經忘懷俗念。

[15] 琴心三疊：道教所謂「內丹」修養，使上（天頂）、中（臍）、下（臍下）三丹田協
　　和積疊如一，心神寧靜，便成仙功云云。

[16] 手捧蓮花，朝向最高神靈元始天尊的宮殿。

[17] 汗漫：仙人名，「不可知」之意。九垓：九天之上。

[18] 盧敖：燕國方士，秦始皇時為博士，奉命求仙，遠去不返。據《淮南子》卷十二《道
　　應訓》：盧敖見一怪士，欲與為友，怪士謂已與汗漫期（約會）於九垓之外，不可久
　　駐，遂入雲中不見。太清：道教以玉清、上清、太清為三清境，神仙所居，此句自
　　比為怪士，以盧虛舟為盧敖，願與他一同求仙。

評說

　　句法則參差錯落，寫景則層次井然，繪影繪聲，讀者雖不求仙，
誦此詩而想廬山秀色，亦自悠然神往。

2414　渡荊門送別（五律）

　　　　遠渡荊門外，來從楚國遊 [1]。
　　　　山隨平野盡，江入大荒流 [2]。

月下飛天鏡，雲生結海樓[3]。

仍憐故鄉水，萬里送行舟。

（平──尤）

譯文

（離開西蜀）遠渡到荊門之外，來到楚國漫遊，

（環抱巴蜀的）群山走勢，到此漸變平坦而盡，

滔滔長江進入了廣大原野而繼續奔流，

月亮像天空飛下了投在江心的明鏡，

雲霞騰升結成了海市蜃樓，

愛戀懷念的仍然是故鄉的流水，

不辭萬里之遠，送別我遠行之舟！

註釋

[1] 荊門：長江出西陵峽而漸入平原，宜昌附近，二山相對，如荊楚之門。國：一作「客」。

[2] 二句氣象宏闊，杜甫：「星垂平野闊，月湧大江流」（2830）；一晝一夜，並佳皆妙。

[3] 雲霞折射遠方景象，幻成海市蜃樓，二句想像超奇。

評說

李白律詩不多，此首中間兩聯，仍是大家手筆。

2415　送友人（五律）

青山橫北郭，白水繞東城[1]。

李　白

此地一為別，孤蓬萬里征^[2]。

浮雲游子意^[3]，落日故人情^[4]。

揮手自茲去，蕭蕭班馬鳴^[5]。

（平——庚）

譯文

青山，橫自在北邊的外郭；

白水，流繞在東方的內城。

在這裏，我們一旦分別，

好朋友就像孤蓬，飄向萬里——萬里長征！

雲，飄浮無定，像游子的心意，

日，帶着餘暉落下（不過，明天一定）像舊友的心情。

揮手告別，自此離去，

連將要分開的馬匹，也似知主人心意，不禁蕭蕭叫鳴！

註釋

[1] 一起即對，而工麗瀟灑，「橫」、「繞」二字甚精。名家出手，自是不同。

[2] 流水之對，一似毫不費力，而情深一往，深念良朋自此孤身走路，噓拂乏人。「蓬」，一作「篷」。

[3] 逍遙無繫，但亦無根；變化隨風，中懷空洞。

[4] 餘光膡熱，但猶時暖；欲去還留，仍是戀戀。二句眼前之景，心中之意。

[5] 班：本義是「以刀分玉」，引申為「別」賓主告別，所乘之馬亦似不捨而鳴（《左傳‧襄公十八年》）。

評說

李白律詩雖少，即此一篇，已令杜陵心醉，後人稽首。

2416 聽蜀僧濬彈琴（五律）

蜀僧抱綠綺 [1]，西下峨眉峰 [2]。

為我一揮手，如聽萬壑松。

客心洗流水 [3]，餘響入霜鐘 [4]。

不覺碧山暮，秋雲暗幾重 [5]。

（平——冬）

譯文

蜀地來的僧人，抱着綠綺名琴，

由西方而來——來自（我故鄉）的峨眉之峰；

（感謝他：）為我彈琴而一揮手，

就像聽到了風吹萬壑的古松！

我這他鄉遊子的心意，清爽暢快，像洗過了流水，

餘音繚繞融入了配合秋霜的寺鐘。

在陶醉中，不覺青山蒙上了暮色，

秋天的雲，漸漸昏暗了一重又一重！

註釋

[1] 綠綺：操此名琴者司馬相如，亦與李白同為蜀人，故藉此以名法號有濬字之蜀僧之琴。

[2] 來自四川峨眉山。

[3] 滌蕩心靈，塵俗盡消。

[4] 琴音與秋日佛寺鐘聲融匯為一。

[5] 聽至入神，迄黃昏而不知。

李　白

評說

一氣貫串，而處處精彩，李白稍能用心，近體亦自不凡。

2417　夜泊牛渚懷古（五律）

題解

　　宣州當塗縣北，江中有山突出，謂之牛渚圻，相鄰有采石磯。晉時謝尚為將軍，駐鎮於此，微服夜遊，聽袁宏諷詠舟中，於是徹夜共談而成知己，後更薦之，袁宏自此由窮而達。這是古來無數貧士的夢境成真，李白乘舟夜泊，自然大有感慨。

> 牛渚西江夜，青天無片雲。
> 登舟望秋月，空憶謝將軍。
> 余亦能高詠，斯人不可聞！
> 明朝掛帆去，楓葉落紛紛。

（平——文）

譯文

　　牛渚，西江，夜晚，青天沒有一片雲，

　　登上船，眺望秋月，惘然地憶起，曾經鎮守這裏的謝尚將軍

　　（同樣地月夜泛舟，袁宏朗誦自己的詩篇，被他聽到了，大大讚賞了，從此就譽播一時）

　　我也不同樣能夠寫作、高詠嗎？

可惜像這樣的知音、知己（在今世、在現實），不可再聞！

明朝還是掛起船帆，飄然遠去吧。

一切都蕭條冷落，楓葉，飄落紛紛！

評說

淺白流暢，羨古人之遇合，悲一己之不遇，於詩為常談；篇中除謝尚一事外，全不用典，亦無對偶，於五律為別格。

2418　登金陵鳳凰臺 [1]（七律）

鳳凰臺上鳳凰遊，鳳去臺空江自流 [2]。

吳宮花草埋幽徑，晉代衣冠成古丘 [3]。

三山半落青天外，二水中分白鷺洲 [4]。

總為浮雲能蔽日，長安不見使人愁 [5]。

（平——尤）

譯文

鳳凰臺上（據說曾經有）鳳凰神鳥來遊，

鳳凰離去了，臺空了，江水空自奔流！

（時光消逝，歲月無情，神話都成過去）

此地當年富麗的吳宮，早已長埋在幽僻小徑；

東晉年代的衣冠文物，也葬送在於古老的墳丘！（一切功業、繁華，都真是虛空）

南北相接的三座石山，半落在青天之外，

江水一分為二，矗立中間是烟水迷離的白鷺沙洲，（且讓當前的

山川美景，讓自己心曠神怡吧！只不過——）

總因為浮雲能夠蔽遮白日，理想的

長治久安的政權中心看不見了，使我憂愁！

註釋

[1] 臺在金陵城西南隅，舊傳劉宋文帝元嘉十四年（437，或謂兩年後）有鳳凰來集，山雞隨之，於是建臺以應祥瑞云。
[2] 神話已成過去。（何時重現無期）
[3] 古來功業皆歸無有。（當代富貴亦必空虛）
[4] 眼前有此好景。（煙水迷離，神怡意曠）
[5] 可惜心中有此塊壘。浮雲蔽日，向來用以比喻奸佞小人蒙蔽君主。長安：藉指政權中心。

評說

李杜齊名，並稱唐詩兩極，而七律一體，非太白所長。《唐詩三百首》只選此篇，傳說又謂係受崔顥〈黃鶴樓〉（2601）影響而作，二詩韻律情調極似，歷來優劣軒輊之較，亦見智見仁。崔詩上半四句，李白二語盡之，寫景二聯，各有佳勝，尾聯崔顥惟抒個人懷鄉感慨，辭意庸淺，李白則心存國政，氣象自是不同。至吳宮、晉代一聯，憑弔古跡，詠歎虛空，工整精切，則崔作所無。至於平仄未諧，「黃鶴」一詞三見於五十餘字之中而實非必要（首句或作「白雲去」，較佳），亦可視為崔不及李之處。

2419　玉階怨[1]（五絕，樂府）

玉階生白露，夜久侵羅襪；

卻下水精簾[2]，玲瓏望秋月。

（入——月）

譯文

白玉台階生長出冰冷的白露，
夜深了，漸漸浸濕了腳上的羅襪；
回到房間，垂下了水晶窗簾，
又隔着簾，玲玲瓏瓏地，凝望秋天的明月。

註釋

[1] 玉階：大富極貴之家。此是樂府舊題，多寫宮娥妃嬪的幽怨。
[2] 今作水晶。

評說

無一「怨」字，無一「評」語，而詩中主人之淒寂，詩外讀者之共鳴，都已自然引出。

2420　怨情（五絕）

美人捲珠簾，深坐顰蛾眉。
但見淚痕濕，不知心恨誰。

（平——支）

譯文

美人捲起珠簾，

坐得深深地、久久地、沉默地，愁鎖着雙眉。

只見到淚痕還濕，

不知道心裏怨誰。

評說

征人之婦？遊子之妻？失意的賢人？落魄的才士？抑或是如王維詠息夫人：

> 莫以今時寵，能忘舊日恩；
>
> 看花滿眼淚，不共楚王言。

不必言明，讀者大可自行馳騁想像。

2421 ## 靜夜思（五絕）

床前明月光，疑是地上霜。
舉頭望明月，低頭思故鄉。

（平——陽）

譯文

床前灑落的，是明月的輝光，

看來疑似是地上的雪霜，

抬起頭，凝望明月，

低下頭，想念故鄉！

評說

　　寥寥二十字，明月一詞，無必要地重複（第三句一作「山月」），語言淺暢，可惜顯露直率而無餘味。沈德潛《唐詩別裁》說他「說明卻不說盡」，不知「不盡」者究在何處？俞樾說：「以無情而言情，則情出；自無意而寫意，則意真。」不免說得玄虛得難以捉摸。當代有些詩學教授，更推為「神品」──其實詩仙「咳唾落九天」，隨風所生，也不必盡是珠玉。論詩衡文，最忌人云亦云，不真不切；或者震於大名，曲意回護，造成「皇帝新衣」式的笑話。明鍾惺《唐詩歸》評論元、白說：「淺俚處皆不足為病，正惡其太直耳。詩貴言其所欲言，非直之謂也。直，則不必為詩矣。」以〈新樂府〉、〈秦中吟〉之類長篇古體，志在諷喻者，太直尚且非盡詩之所宜，何況以五絕篇幅之短呢？

　　《文心雕龍‧知音》說：「無私於輕重，不偏於憎愛，然後能平理若衡，照辭如鏡矣。」李白對本身的作品，一定「如魚飲水，冷暖自知」，他雖然脫略瀟灑，也總希望人家實事求是，評鑑他的詩篇吧？

2422　黃鶴樓送孟浩然之廣陵 [1]（七絕）

故人西辭黃鶴樓，煙花三月下揚州 [2]。
孤帆遠影碧空盡，惟見長江天際流 [3]。

（平──尤）

李　白　　　　　　　　　　　　　　　　　　　　　233

譯文

老朋友從西而辭別，別了黃鶴樓，

春霧迷離、花卉盛開的三月，下去揚州；

孤獨的帆，遠去的影，在碧空中漸遠、漸遠、漸漸沒盡，

只見長江向着水天交接之處，奔流、奔流……

註釋

[1] 之：往。廣陵：即揚州。

[2] 揚州當長江運河之會，東南經濟中心，暮春三月，煙靄迷離，百花盛放。

[3] 朋友遠遊，情景遠闊，本非傷感，但知交離別，日送遠帆，不免依依。

評說

此詩送此友，是「以壯行色」，不是「淚眼相看」，有的是丈夫氣概，不是小女子情態。

2423　早發白帝城（七絕）

題解

一作〈下江陵〉。肅宗乾元二年（759）李白流放夜郎（今雲南），在入蜀途中，忽得大赦通知，驚喜興奮，乃賦此詩。

> 朝辭白帝彩雲間 [1]，千里江陵一日還 [2]；
> 兩岸猿聲啼不住 [3]，輕舟已過萬重山 [4]！

（平——刪）

譯文

清晨離開、回顧，白帝城在彩雲之間，

相隔千里的江陵，一日便已回還。

三峽兩岸，猿猴的啼聲叫喚不住，

輕快的船艇，已經過了重重疊疊的萬座青山！

註釋

[1] 白帝城已入川境，地勢遠較三峽以東為高。

[2] 順長江急流而下，舟行甚捷。《水經注·江水》：「有時朝發白帝，暮到江陵，其間一千二百里，雖乘奔御風，不以疾也。」

[3] 三峽兩岸峭壁樹林，「常有高猿長嘯，屬引悽異，空谷傳響，哀轉久絕」（同上引文），但在忽聞大喜訊息的李白聽來，也可以當是送行之歌，又或者是要妒害自己而失敗者的聲音了。

[4] 希望生命中的險阻，也從此盡過。

評說

　　才高意旺，定必是興會淋漓援筆立就，一氣呵成之作。世間中文不廢，此詩亦不朽。

　　此詩是否真正作於「早發白帝城」？是否確實一天就已回到江陵？（那時的木帆船，順風順水，一天能航一千二百里嗎？）抑或不只第二句是誇飾，連第一句也是想像？解詩者向有不同意見，在〈自漢陽病酒離寄王明府〉詩（《李白集》卷十四）中，他說：

　　　　去歲左遷夜郎道，琉璃硯水長枯槁；

　　　　今年敕放巫山陽，蛟龍筆翰生輝光……

如果喜聞大赦之時，是在巫峽，就似乎不必多走一程到白帝城了。不過實情如何也很難說，好在這點絕不重要，重要的是共鳴詩人寫作時的心境。

2424-2426 清平調三首（七絕，樂府）

2424 其一

題解

李白供奉翰林，舊說一日玄宗與楊貴妃賞牡丹於興慶宮沉香亭，命李白詠詩助興，乃成此三首。更有謂作時高力士受辱，乃以其中趙飛燕典故，實屬譏刺，以挑撥楊妃，於是李白後來被棄云云。今人亦有以為一切無據者。

> 雲想衣裳花想容，春風拂檻露華濃。
> 若非群玉山頭見[1]，會向瑤臺月下逢[2]。
>
> （平——冬）

譯文

見到彩雲，想起她的衣裳；花朵，想起顏容，

春風吹拂欄檻，花上的露水正濃。

如果不是西方群玉山頭神仙境界會見，

就是在瑤台月殿與她相逢！

其二

> 一枝紅艷露凝香，雲雨巫山枉斷腸 [3]。
> 借問漢宮誰得似？可憐飛燕倚新粧 [4]。
>
> （平——陽）

譯文

鮮紅美艷，像牡丹般西露凝珠，散發幽香，

昔日楚襄王夢會巫山神女，朝為行雲落為雨的思念，枉費斷腸。

（如今君王與貴妃，晨昏與共，絕勝神仙，至於人的歷史

嘛——）

借問漢廷宮裏，誰人得似？——可愛的趙飛燕還藉仗了新粧！

其三

> 名花傾國兩相歡，常得君王帶笑看 [5]。
> 解釋春風無限恨 [6]，沉香亭北倚闌干。
>
> （平——寒）

譯文

富貴名花，傾城傾國美人，都帶來無比的人間喜歡，

無怪經常得到皇上帶着喜笑來相看，

解除了、釋開了、春風伴送的種種惆悵、幽恨，

此際的她在沉香亭北，倚靠着欄桿。

註釋

[1] 玉出崑崙山，傳說西王母在此，所見盡是仙女。

[2] 瑤臺：舊說亦西王母所居。《楚辭 • 離騷》：「望瑤臺之偃蹇兮，見有絨之佚女。」即帝嚳之妃簡狄，其實瑤臺不限一處，既云「月下」，解作嫦娥廣寒宮殿亦無不可。總之誇張容貌若花，衣裳若雲者之美麗。

[3] 巫山神女歡會楚襄王，自謂朝為行雲，暮為行雨。但此是神話虛幻，徒然令人惆悵斷腸，不若當前君王與愛妃之恩愛。

[4] 猶如漢成帝時趙飛燕之得寵。新粧既成，可愛（「可憐」）之至。

[5] 看：陰平聲。

[6] 春日既臨，君王可能感年華之不再，傷舊愛之隕落，以至病國事之多煩，等等，既有絕世佳人而為新寵，則煩惱盡消，無限幽恨均為之解除，釋放！（「釋」，一作「識」。）

評說

　　文字當然美，故事也相當動人，只不過，如果真是自命王佐之才的李白，應命為君王寵妃而寫，那麼，大才小用，不過是「倡優畜之」的文學侍從，幫閒清客，他自己一定不大滿意──當然，用聲名狼藉，以「纖體」為美的趙飛燕為比，即使沒有他人挑撥，楊貴妃也一定不大滿意。

2427　哭晁卿衡（七絕）

題解

　　晁卿衡，又作朝衡（卿是尊敬而親切的稱呼），日本人，原名阿倍仲麻呂。開元五年（717）隨第九次遣唐使團來長安留學，後並在

朝做官，與李白王維等唱和，天寶十二載隨團返日，傳在大風浪中溺死，李白作此詩弔之（其實脫險，輾轉回唐繼續為官。大曆五年卒於長安）。

> 日本晁卿辭帝都，征帆一片繞蓬壺[1]。
> 明月不歸沉碧海[2]，白雲愁色滿蒼梧[3]。

（平——虞）

譯文

日本晁卿離開長安帝都，遠征的船帆一片，繞過東方海上仙山的蓬壺；

明月沒有歸家，沉於碧海，白雲滿是愁傷之色，滿映蒼梧！

註釋

[1] 蓬壺：蓬萊，東方海上神山。
[2] 明月：喻晁衡。
[3] 蒼梧：東海外郁洲山。相傳由蒼梧（即九疑，舜死處，在今湖南）飛來。句意：天地為之淒悲。

評說

有情有文之作。

2428　春夜洛城聞笛（七絕）

> 誰家玉笛暗飛聲[1]？散入春風滿洛城[2]。

此夜曲中聞折柳 [3]，何人不起故園情？

（平——庚）

譯文

靜夜，誰家玉笛，暗飛樂聲？散入春風，飄滿洛城，

這個晚上聞到《折楊柳》之曲，何人不起懷念故鄉之情？

註釋

[1] 點出靜夜。

[2] 音滿於心，於是亦滿於城。

[3] 漢樂府橫吹曲《折楊柳》，詠別之作。

評說

起句清奇，氣暢詞達，正是太白長處，不必以沉鬱頓挫求之。

25

（懿孫 ？ — 779？）

張　繼

　　這位天寶十二載（753）的進士，宗族上的繼祖傳孫，成績「懿」否不知道；人所共知的是一首他的名作，就令他在中國、日本，譽揚千古，連帶所在地蘇州楓橋鎮那據說因詩贈寒山而得名的寒山寺、晚清俞樾的手書碑刻、以至那一百零八響鐘聲，也都為人熟悉。

2501 楓橋夜泊（七絕）

　　　月落烏啼霜滿天，江楓漁火對愁眠；
　　　姑蘇城外寒山寺，夜半鐘聲到客船。

（平——先）

譯文

月落，烏鴉啼叫，寒霜滿天，

江、楓、漁火，伴着鄉愁，互對、共眠；

姑蘇城外，寒山寺裏，

夜半，（一百零八響）鐘聲，聲聲傳到（我這孤獨無寐）旅客的
舟船。

評說

　　客舟之中，旅人徹夜難眠；清晨回憶一宵愁緒的感人之作。歐陽
修曾以「夜半非鐘鳴之時」，誤譏本詩；近時又有人提出：「烏啼」、
「江」、「楓」都是橋名；「愁眠」亦是對寺之山。詩人選擇組織，以營
構動人意象云云。詩題一作〈夜泊松江〉。

26

(704？－754？)

崔　顥

　　河南汴州（開封人），開元十一年（723）進士，少年及第，浮艷輕薄，後來一變而風骨凜然。《唐才子傳》所述，當有所據，又説他後遊武昌，登黃鶴樓，感慨賦詩。及李白來，説：「眼前有景道不得，崔顥題詩在上頭。」於是無作而去云云。其後禪僧用此事作一偈，加二句於其上，謂：「一拳搥碎黃鶴樓，一腳踢翻鸚鵡洲。」然後又有人偽作〈醉後答丁十八以詩譏予搥碎黃鶴樓〉，今《李太白集》（卷十九）尚見之。

2601　黃鶴樓（七律）

　　昔人已乘黃鶴去，此地空餘黃鶴樓[1]。
　　黃鶴一去不復返，白雲千載空悠悠。
　　晴川歷歷漢陽樹[2]，芳草萋萋鸚鵡洲[3]。

日暮鄉關何處是？煙波江上使人愁。

（平——尤）

譯文

傳說舊日仙人，已經乘坐黃鶴飛去，

這地方如今空賸這座黃鶴樓。

黃鶴一去，不再返回，

從此仰望千載，只有白雲天上，輕浮、幻變、飄忽悠悠！

（改望實際的世界吧！）

晴天江畔，清清楚楚的漢陽樹木，

江中萋萋芳草，那邊是鸚鵡沙洲，

黃昏了，故鄉在哪裏呢？

只有一片茫茫煙霧籠罩，波濤迷漫，使人愁上加愁！

註釋

[1] 此地：鄂州（武昌）城西南角蛇山黃鵠磯，鵠鶴字通，故名。後人附會神仙（子安？費文褘乘黃鶴過境憩此）。

[2] 武昌蛇山隔長江與漢陽龜山相對。

[3] 「芳」或作「春」。相傳漢末名士禰衡在此作〈鸚鵡賦〉，又被黃祖殺於此，故名。後已淪沒江中。

評說

此詩前半古詩形式，後半律體，是七律尚未定型之作。「黃鶴」一詞三見（唐宋選本作「白雲去」，施蟄存謂金元間方改），大抵寫時意興勃發，一氣呵成，也不見得有什麼新意、深意，不意後來竟邀盛譽，嚴羽《滄浪詩話》甚至推為唐人七律之首！近人高步瀛《唐宋

詩舉要》（卷五，中華書局版，頁 547）指出：此詩格律出自沈雲卿（佺期）〈龍池篇〉，前四句曰：「龍池躍龍龍已飛，龍德光天龍不違。池開天漢分黃道，龍向天門入紫微。」李太白亦效之。〈鸚鵡洲〉曰：「鸚鵡東過吳江水，江上洲傳鸚鵡名，鸚鵡西飛隴山去，芳洲之樹何青青？（李白）〈登金陵鳳凰臺〉則括為二句耳。（按：〈鳳凰臺〉詩見本書序號 2418；〈鸚鵡洲〉詩尚有下半，在《李白集》卷二十一。）

　　崔詩四句，不過李作二句，於是便無足夠餘地如李白之「吳宮」「晉代」一聯，弔古諷今。李白「三山」「二水」一聯，有「山被雲遮」「水為洲分」意，可啟尾聯感慨（參施蟄存說），亦勝於崔作頸尾二聯之少有呼應聯繫。至於最後之愁，崔不過個人懷鄉，以至人生歸宿，李則心存國政，其廣狹高下，亦自有別。總之評詩論文，貴於有理有據，如果人云亦云，甚至如西洋寓言「皇帝新衣」之喻，那就實在無謂了。

2602　**行經華陰（七律）**

　　　　岧嶢太華俯咸京[1]，天外三峰削不成[2]。
　　　　武帝祠前雲欲散[3]，仙人掌上雨初晴[4]。
　　　　河山北枕秦關險[5]，驛路西連漢時平[6]。
　　　　借問路旁名利客，何如此處學長生[7]。

　　　　　　　　　　　　　　　　　　　（平——庚）

譯文

　　崇高得令人敬畏的太華山岳，俯視咸陽長安（這周漢以來的）古京，

（東邊朝陽、南方落雁，西向蓮花）三座山峰，高出天外，

險峻巍峨得不是人力所能夠切削而成！

漢武（所建巨靈神）祠之前，（好像什麼人間功業的）烟雲，就
要散去；

（劈開大山的）巨靈之掌的印迹，（又一次）清楚顯現（神靈力量）
在這雨後初晴，

河山北面，枕靠着函谷關的天險，

西向連着皇帝祭祀通天臺畤的驛路，康莊坦平。

（險與夷、下與高、暫與久……唉，一切一切——），

借問路旁紛紛往來（如我一樣）競功名、爭富貴的名利之客。

何不就在此處，求仙慕道，學取長生！

註釋

[1] 岧嶤：高峻。華：去聲，山古號西嶽。中間三峰如蓮蕊插空，外圍眾山如蓮瓣，故
名。海拔二千五百公尺。其西有少華山，所以又稱「太華」，屹立於華陰縣南（山之
北、水之南為「陰」，反之為「陽」），北枕潼關，函谷關。東北當黃河龍門轉折，
南接秦嶺，西北俯瞰渭河和上面平原，周秦漢唐歷代京都。京都是名利淵藪，用一
「俯」字，已為末句「何如此處……」下一伏筆。

[2] 華山巍峨雄峻，東（朝陽）南（落雁）西（蓮花）三峰尤其崇高崢嶸，峭壁千仞，神
話傳說河神「巨靈」，把原來擋住流水的大山以掌劈其上，足踏其下，於是一分為二
（另一就是北岸的中條山），「削不成」，非人力所能切削而成。

[3] 朝陽峰東北石樓峰，有漢武帝所建巨靈祠。

[4] 據說河神巨靈之掌，印迹還在東峰岩壁之上。

[5] 山陝高原與黃淮平原相接處，黃河南流折而往東，地形極險。潼關、函谷，皆建於
此，秦地出入必經。

[6] 畤：古代帝王祭青、黃、赤、白、黑五帝之處，在長安以西百五公里鳳翔之南。自華
山至此為關中盆地渭南平原，始皇建平直馳道以利統治。

[7] 關畤雖在，而秦漢王朝，亦不過天地過客。來往京師，無非名利之所，仰望華山，何
如神仙之長生不老？

評說

　　六句寫景，先總後分；尾聯以疑問論斷。對仗工整，聲律謹嚴，氣象宏博，感慨深遠，與〈黃鶴樓〉詩比較，可見即使同一作者之不同作品，其藝術成就與所享聲譽，不一定成正比。

2603-2604　長干行（五絕樂府）

2603　其一

題解

　　江寧（今南京）之南五里有山岡，其間平地為民居，稱為「長干」。三國六朝以來，長江流域經濟日盛，江寧當河運貿易終站，近連揚州，遠達巴蜀，商旅往來甚多，長干居民生活，詩人觀之，自有奇趣，遂有詠寫，〈長干行〉是樂府舊題，李白長篇五古（2403），崔顥五絕小詩，各有勝致。

> 君家何處住？妾住在橫塘。
> 停船暫借問，或恐是同鄉。

（平——陽）

譯文

您家在哪裏住？小妹住在橫塘。

（沒有什麼，只不過）停船暫且借問借問，

恐怕，或者，是同鄉。

2604　其二

家臨九江水，來去九江側。
同是長干人，生小不相識。

（入——職）

譯文

我家臨靠九江河水，

行船來來去去，九江旁側。

呀，真巧呀，我們原來同是長干人，

（可惜，可惜）從小沒有相識。

評說

原作四首，此選其二，前是女問，後為男答。那方面慧黠的少女
爽朗熱情，是否目挑心招？這方面憨厚的男兒樸言直語，是驚喜？抑
或鈍然？真是繪聲繪影。一切留待讀者想像好了。

27

（達夫 706？ — 765）

高　適

　　不只旗亭畫壁故事的三大主角，就是張九齡以後，詩人之中，他是罕有的、名副其實的「達夫」：活力旺盛，生命事業之途，由坎坷而通達；詩境開闊，既有婉曲含蓄，更能開暢通達。

　　生年多異說（最早 696？），在渤海德州，少居河南，漫遊全國，與當世名家交往唱酬。年近半百，才舉有道科及第，隨哥舒翰在河西幕，安史亂起，佐守潼關，又隨玄宗奔蜀。肅宗末，做到劍南西川節度使。代宗初，為刑部侍郎，左散騎常侍，最後以渤海侯之位卒，他與岑參並稱邊塞詩的代表，岑以格局峭奇見長，高以充實澎湃為勝。史稱他「年過五十、始留意篇什」，並不是說他五十以前，沒有不刻意經營而元氣淋漓、自有千古的作品。早年名篇〈燕歌行〉，就可見他敏感精思、而又條清理達的過人之處。

題解

〈燕歌行〉是樂府古題，寫東北邊塞之事。詩前有序，說：「開元
二十六年（738）客有從元戎（一作「御史大夫張公」，即領兵抗衡東
北入侵外族奚，契丹之張守珪），出塞而還者，作〈燕歌行〉以示適
（時年卅二），感征戍之事（包括前此的生活見聞），因而和焉。」看
來和詩遠勝原作，傳流千載。

漢家煙塵在西北[1]，漢將辭家破殘賊。
男兒本自重橫行，天子非常賜顏色。

（入——職）

摐金伐鼓下榆關[2]，旌旗逶迤碣石間[3]。
校尉羽書飛瀚海[4]，單于獵火照狼山[5]。

（平——刪）

山川蕭條極邊土，胡騎憑陵雜風雨[6]。
戰士軍前半死生，美人帳下猶歌舞！

（上——麌）

大漠窮秋塞草衰，孤城落日鬥兵稀。
身當恩遇常輕敵，力盡關山未解圍。

（平——支）

鐵衣遠戍辛勤久，玉筯應啼別離後[7]。
少婦城南欲斷腸[8]，征人薊北空回首[9]。

（上——有）

邊風飄颻那可度，絕域蒼茫更何有？

殺氣三時作陣雲[10]，寒聲一夜傳刁斗。[11]

（上——有）

相看白刃血紛紛，死節從來豈顧勳？
君不見沙場爭戰苦，至今猶憶李將軍[12]！

（平——文）

譯文

漢家的烽煙戰塵瀰漫在西北（如今更在東北），漢邦的兵將，辭別鄉家，抵抗、破滅殘賊！

志在四方、我武維揚的男兒，本來就要榮譽地湖海橫行，何況至尊天子，超出常格地，以獎賞、以恩遇，賜以聲光、顏色！

鳴鑼、擊鼓，於是浩浩蕩蕩，開出榆林山海雄關，旌旗一片，曲折連綿在碣石之間；

主管領兵的校尉，插示了羽毛的緊急兵書，飛過了沙漠、瀚海；胡地單于練兵、打獵的篝火，照耀狼山！

山川蕭索荒涼，極目在邊疆地土，胡人兵騎從高地攻來，勢如疾風暴雨，

戰士在前線搏鬥，半死半生，勞軍的美女在營帳之內，還在慰安將帥，輕歌曼舞！

深秋了，邊塞的草，早已枯黃、變衰；一次又一次衝鋒、廝殺、傷亡，戰鬥的兵員越來越稀，

國家的恩遇（民族的存亡），打起仗來常常奮不顧身，輕視寇敵；（不過，敵人同樣滿有鬥志，又實在強大），筋疲力盡了，（糧盡援絕了），關山的侵壓，尚未解圍！

又冷又硬的鐵甲戰衣，又遙遠又荒涼的邊疆防戍，又辛苦又長久

的當值執勤，家人的涕淚像玉箸般不斷垂流，在別離之後，

少婦在京都城南情切地思親幾乎斷腸；征人在燕薊北疆，勝敗存亡，身不由主，空自不斷回首！

邊地的寒風飄搖，那可以飛渡？窮荒絕域，四顧蒼茫，更一無所有，

充滿了殺氣的春夏秋三季，早午暮三時，都是屠戮傷亡，密佈戰雲；隆冬、黑夜，暫停打鬥了，還是警戒提防，一夜刁斗！

（殺戮戰場！人間地獄！）你仇恨而驚恐的看着我，我慌張而憤怒地望着你，都拿着亮白的刀，都睜着赤紅的眼；鮮紅的血，你之血，我的血，紛紛迸出，紛紛流下……生死存亡的關頭，人間和禽獸間的搏鬥已經幾乎沒有分別，誰還有暇考慮什麼功勳。

你沒有看見嗎？沙場爭戰總的是苦！苦！苦！——至今人們還是憶念那位威名遠播、攝服敵人、不敢輕啟戰釁的李廣將軍！

註釋

[1] 西北：以漢比唐，故曰「西北」。漢代外患在此，唐時亦非太平，故下文又「大漠」、「瀚海」、「單于」、「狼（居胥）山」以至「賀蘭山」等名。但此題為「燕」，下文又有「榆關」、「碣石」、「薊北」等地，故又有作「東北」者，參看0501，2002，7001諸詩「黃龍」、「龍城」、「遼西」等註。

[2] 榆關：即山海關。扼黃淮與遼東兩平原之陸路唯一通道，依山臨海，極其檢要，自古為遊牧與農耕民族攻防要隘。

[3] 碣石：山名，河北昌黎北。

[4] 校尉：領兵官。羽書：上繫羽毛示急之戰爭通傳。瀚海：本古突厥語音譯，意為坡谷出靜處，後因文生義演變為沙漠之稱。

[5] 單于：匈奴（泛指外族）君王。狼山：在陝甘寧之陰山西段（泛指邊塞山地）。

[6] 陵：高地。在昔冷武器平面戰爭時代，高地牧民南侵，常佔優勢。

[7] 箸：即「箸」，筷子。玉箸：鼻涕之美稱。

[8] 城南：長安南區多佳宅，唐人常借以表戰上思歸之家。

[9] 薊：今天津一帶。沈佺期〈獨不見〉：「白狼河北音書斷，丹鳳城南秋夜長。」與二句同意。

[10] 三時：春夏秋三季，本皆農忙時節，但因戰爭而無暇生產（《左傳·桓公六年》），或以佛經之解：早、午、黃昏，謂之三時，對黑夜而言，意即自晨迄暮，戰雲密

佈，此解似更順適。

[11] 刁斗：軍中炊食與打更兩用之銅鐵用具。

[12] 李將軍：用漢名將李廣愛護士卒，兵奇而捷，匈奴遠憚之故事，收結全詩，以作篇首「漢家煙塵」回應，李華〈弔古戰場文〉末句所謂「守在四夷」，王昌齡〈出塞〉所謂「龍城飛將」，皆同此意，而文章與詩，七絕與七古，比較三篇名作，便知其異。

評說

　　四句一韻，兩韻一層：首節「鬥志」，次節「開戰」，合成首段「出征」。三節「臨險」，四節「被圍」，合成次段「受挫」。五節「久戍」，六節「臨陣」，皆用一韻，合成三段「相持」。最後一節，即末段「總決」。章法井然，全篇以樂府民歌之自然暢達，兼近體聲律，對偶之工整和諧，描寫真實，刻劃細緻，感情濃摯，可謂七古歌行之典範，邊塞詩的代表作。

2702　**送李少府貶峽中王少府貶長沙**[1]（七律）

　　嗟君此別意何如？駐馬銜杯問謫居。
　　巫峽啼猿數行淚[2]，衡陽歸雁幾封書[3]。
　　青楓江上秋帆遠[4]，白帝城邊古木疏[5]。
　　聖代即今多雨露[6]，暫時分手莫躊躇。

（平——魚）

譯文

　　唉！
　　兩位好朋友，這次和大家分別，心意呢，究竟何如？

高　適　　　　　　　　　　　　　　　　　　　　　253 ❖

大家停駐了馬，銜着酒杯，想問又不敢多問的都是，有關這次的謫居。

一位，到三峽之中，人們聽到的是：巫峽猿啼，不禁數行灑淚；

一位，到南嶽之下，大家盼望的是：衡陽飛返的雁，帶回幾封平安的函信音書！

湘水的青楓江上，秋帆去遠。

巴蜀的白帝城邊，古木扶疏。

（慶幸的是：）如今聖明的年代，多的是皇恩雨露，

我們分手，只不過暫時；不必惆悵、莫要躊躇！

註釋

[1] 至德三載（758），在洛陽同時送別李、王二友，分別往蜀、湘二地任縣官（「明府」）的副手（「少府」）。

[2] 當地語云：「巴東三峽巫峽長，猿啼三聲淚沾裳。」此指李君入蜀之後，彼此難免相思。

[3] 北雁南飛，至衡陽而止。古人又謂雁能傳書，如蘇武之例，此囑王君入湘，宜多通信。

[4] 青楓江：在長沙，此念王君。

[5] 白帝城：在夔州瞿塘峽口，此念李君。

[6] 古人尊君，以祿位為帝王恩澤，此處慰勉二人復起有期。

評說

高適詩風之層次條理，暢健通達，此亦一例。首聯送別，尾聯慰勉，中間四句，王李兼顧，清人葉燮、沈德潛皆疵其分列地名，其實頷頸二聯，句法並非無別，五六二句尤其氣魄宏大，境界高遠，而意象秀美，兼顧二朋，亦可稍見其人處事待人之長、功業有成，自非完全天幸。

千里黃雲白日曛，北風吹雁雪紛紛；
莫愁前路無知己：天下誰人不識君？

（平——文）

譯文

（黃沙，黃塵）千里黃雲，白日昏曛，

北風吹着飛雁，落雪紛紛；

（足下此去，所見景況恐怕就是如此——不過，）

不要憂愁，前面路上沒有知己：

（你品性溫良，你才華超卓；）天下誰人，不識你董君？

評說

　　高適不愧「達夫」，即如此篇，在「灞陵傷別」、「渭城朝雨」以至「曉風殘月」等等境界之外，別開一境。聖哲之教，「居處恭，執事敬，與人忠」，「君子敬而無失，與人恭而有禮，四海之內，皆兄弟也」，何況藝有專長，蜚聲天下呢！（如果「董大」就是當時最著名的琴師董庭蘭——見李頎詩 1704，或謂敦煌寫本此詩題作「別董令望」，則未知是否一人。）

　　總之，三四兩句有力一轉，首句之迷茫遂有出路，次句之冷酷非無溫暖，可說是為遊子拭淚，為志士增色，為彷徨抉擇而移居異地者壯膽，真是絕佳之作。

28

（子美 712 — 770）

杜 甫

詩聖。

何以被稱為「聖」？

怎樣才配稱為「詩中之聖」？

情思方面：有人飢己飢之心，濟民利物之志；藝術方面：質量俱優，有集成啟後之才，震古鑠今之作，就堪稱「詩聖」。

同時而稍前的王維、李白，分別被稱為「詩佛」、「詩仙」。「仙」，是個人而虛幻的，學之者愚，似之者病。「佛」，是出世而捨離的，是非雙譴，苦，則追源前生；德，則種福來世。如此信念，終易冷腸。唯有「聖」，是不離現實，人人可學。上者，不聖亦賢，再次則循規蹈矩而不失繩墨。以此為標準，難怪千百年來，學者推崇，才士傾心，尊杜甫為詩聖，又因為他記錄社會，反映時代，又稱之為「詩史」。

「甫」是男「子」的「美」稱。接近唐朝文武兼資的光榮祖先，有《左傳》名家和平吳大將杜預——十三世了。歷代「奉儒守官，未

墜素業」。不必稽考譜牒的是祖父杜審言，一位才高氣傲的初唐詩客。

杜甫一生，可分四個時期：

一、讀書遊歷（７１２ ─ ７４６）

唐玄宗開始統治，他就出生（先天元年）於河南鞏縣。對這位前期政績輝煌的一代名君（縱使不是始終一貫的「明君」），他的景慕、懷思，自然可以理解。「憶年十五心尚孩，健如黃犢去復來；庭前八月梨棗熟，一日上樹能千回」，杜甫是典型「耕讀社會」的孩子。二十歲前，精研家學，特別「詩是吾家事」；弱冠之後，是十載清狂，漫遊南北。「憶昔開元全盛日……公私倉廩俱豐實，九州道路無豺虎……男耕女織不相失」，是他終生懷念、很想恢復的好日子。三十歲後，結婚、結友。最可記是，「憶與高（適）李（白）輩，論交入酒樓」，三位大詩人，是千古傳為美談的好朋友。

二、困守長安（７４６ ─ ７５５）

以從政為最佳（甚至唯一）出路的當代讀書人，考不上進士、得不到官職，而又家無恆產，那日子就難過了。在奸相李林甫欺騙性的考試之中落第，窮縣令父親又去世，漸漸他就從「讀書破萬卷，下筆如有神」，立心要「致君堯舜上，再使風俗淳」的才俊青年志士，變成潦倒敏感，「朝扣富兒門，暮隨肥馬塵，殘杯與冷炙，到處潛悲辛」的失意文人。獻過三大禮賦，顯露了才學，見過了一般人難見如神的天子，不過也可能被格阻於中間有力人物，而沒有什麼「實益」。他

一度想參軍，又未如願。感憤於「朱門酒肉臭，路有凍死骨」，哀傷於「邊庭流血成海水，武皇開邊意未已」，無奈於「不眠憂戰伐，無力正乾坤」，這位「窮年憂黎元，歎息腸內熱」的詩人，從此一生寫下許多其他大詩人寫得不夠多、不夠好的詩篇，感動了天下後世。

三、亂離為官（755 ─ 759）

　　四十四到四十八歲，短短幾年，社會是地覆天翻，個人是流離顛沛，作品卻是花繁果碩，美不勝收。「國家不幸詩家幸，話到滄桑句便工」，赤子之心的杜甫，大概不想有這種「幸運」，而且，倘若不是才如子美，詩句也並不「便工」。

　　安史亂起，羈留在長安八個多月，然後流亡，又見過他想熱誠效忠的新皇帝，做了拾遺諫議不大不小的官，很快就因不知也不想避忌，出言救肅宗所不喜的前朝玄宗系大臣房琯，而被貶華州司功參軍。途中自己經歷了，也目睹了一般人民乞丐般的悲慘生活，於是寫成名作〈三吏〉、〈三別〉、〈北征〉等等，於是對黑暗的政治灰心失望，於是棄官攜家經秦州、同谷而入蜀。

四、飄泊西南（759 ─ 770）

　　到四川後，得眾親友助，築草堂於成都，依劍南節度使嚴武為幕客。俯仰由人，同僚嫉妒，國家內外又困難日多，心情十分抑鬱，除了作詩，他恐怕別無開解之法。一度因吐蕃大侵而出峽，先至閬州，不久，嚴武敗吐蕃薦杜甫為檢校工部員外郎，但既未能入京供

職，不幸年甫四十的嚴武突然早他而逝，五十四歲的他，於是離開衙署，流離蜀、湘數年，貧病交逼，備嘗人情冷暖，其中夔州兩年（766 — 768），作詩三百六十一首，幾達一生傳世者四分之一，可謂豐收之期。最後水災受阻船上，罹病而卒，時為代宗大曆五年，還不夠六十歲。

杜甫祖籍京兆杜陵（長安東北），故自稱「杜陵野老」、不第，故稱「杜陵布衣」；困守長安時，居城南少陵，因號「少陵野老」，人稱「杜少陵」，隨肅宗於鳳翔，為左拾遺，故稱「杜拾遺」，嚴武奏舉為檢校工部員外郎，所以又稱「杜工部」。

杜甫少李白十一歲，成名更晚很多。《河嶽英靈》、《中興間氣》收當代著名詩人之作，杜甫均不在其內，到元稹替他寫墓銘，稱他「上薄（逼近）風（詩經）騷（楚辭），下該（包括）沈（佺期）宋（之問，二人代表唐初格律）」，又有漢魏六朝許多名家長處，「盡得古今之體勢，而兼人人之所獨專」；「詩人以來，未有如子美者」，才讚譽備至！

據《千家註杜詩》，詩篇數目統計如下：

篇數\體裁	古體		律詩		排律		絕句	
	五古	七古	五律	七律	五排	七排	五絕	七絕
1453	271	145	621	151	123	4	31	107

杜詩之所以成為歷代詩「青錢萬選」的公認極峰，當然也不外《文心雕龍》所謂「志深」和「筆長」這四個字。「志深」就是：情感真摯濃烈，並且個人與社群融合為一，有自我在，所以字字由肺腑流出；有大我在，所以規模宏闊，能量無窮。「筆長」就是：藝術全面而精湛，集前代之大成，為後世之典範。盛唐之前，詩經的溫柔敦厚，比興寄託，楚辭的奔放纏綿，一唱三歎，漢賦的鋪排弘麗，樂府

五言的樸實親切，齊梁以至初唐的聲律、對偶，一切傳統都被他繼承了，從他的詩集體裁分佈看來，古體近體，五言七言，他即使並非人所能做到的「無一體不擅長」，至少，除了絕句是雖別有勝處，而數量不多，讓李白、王昌齡，以至後來杜牧等出一頭地之外，五七言古體和律詩，他的傑作都是既精又多，特別是長篇的組織謀篇，近體的聲律對偶，從他以後到現代寫詩的人，真是人人受其沾溉！

字詞章句是文學的骨肉，靈魂當然是情思，梁任公指出：至少「情聖」兩個字，杜甫最當得起，他有的境界，前頭的人沒有，後頭的人，卻逃不出他的境界——就是由廣大同情心所發出來的情感，無論對他自己身世，對親友、國家，特別是社會最低下而又最廣大的一層，他觸動的情感最多，替他們寫情感，簡直和本人自作一樣。讀他的詩，隔着一千多年，還把我們包圍不放，他的方法是越引越深，越摻越緊。（見《中國韻文裏頭所表現的情感》）。在古今無數評論中，梁任公的話講得似乎最是中肯親切。「少陵只為蒼生苦，贏得乾坤不盡愁」；這「愁」又用他特長的「沉鬱頓挫」藝術表現出來，所以感人特深。在他以前，有他這樣情感的，沒有那藝術修為；貴族文士有他部分修為，卻又缺乏他的生活閱歷，激發出來的情感，其深廣程度又不能和他相比，所以他的成就特別卓偉，在他以後的，自然也不能不心摹手追，受其沾溉了！「詩聖」這永久榮銜，他是當之無愧的，即使他最敬佩愛重的良朋，詩仙李白，雖然比他先出道，先享大名，也只得分庭抗禮。而且，人越來越明白：「仙」是不能學、也不必學的，而慈惠、公義，卻是人間永恆之寶。

至於寫作認真、法度謹嚴的杜詩，更是後學津梁，沾溉無盡，所以，論影響之久遠廣大，李就不能和杜相比了。

韓愈說：「李杜文章在，光焰萬丈長；不知群兒愚，那用故謗傷。」（〈調張籍〉）不過，謗傷不同誠實的褒貶，見智見仁的真實感

原韻譯唐詩新賞

受，如果強作「客觀」，故為中立，不表示出來，那就未免鄉愿了，真正的文藝評論，是無所謂「政治正確」的。

	李白詩	杜甫詩
主導思想	道家精神、道教信仰	周情孔思、儒學理念
寫作動力	個人抑鬱與想像，天才出之	群體憂患與經驗，學力輔之
寫作態度	激情任性、神隨意到、一氣呵成，所以沙石隨江河俱下，必選之而後善	刻意經營、沉鬱謹嚴、百鍊千錘、一絲不苟
題材	極少社會時事，甚多個人失意之情，纏綿情歌不少	社會亂象、民生疾苦而融入個人共鳴，罕寫男女之情
用字	多酒、月、女三字	多饑、餓、飯、飽等字
律詩	不多，七律尤少	質量俱偉，絕詩亦多韻律對偶
意態	如瀑布銀河，自天而落	如長江洞庭，汪涵渟藩
風格	如《莊子》、〈離騷〉之文	如《左傳》、《史記》之文

或者我們先從表現李杜交情的杜詩開始。

2801 與李十二白同尋范十隱居（五古）

李侯有佳句，往往似陰鏗[1]。

余亦東蒙客[2]，憐君如弟兄[3]。

醉眠秋共被，攜手日同行。

更想幽期處，還尋北郭生[4]。

入門高興發，侍立小童清。

落景聞寒杵[5]，屯雲對古城。

向來吟橘頌[6]，誰欲討蓴羹[7]？

不願論簪笏[8]，悠悠滄海情。

（平——庚）

譯文

李侯作品有佳句，往往似（梁陳大詩人）陰鏗，

我也是東魯蒙山的訪客，（彼此一見如故）愛重情如弟兄！

秋涼，醉眠共被；日間，攜手同行，

更想另訂清雅的約會：共訪隱於北郭的先生。

入門就興緻高發，侍立的小童氣質秀清；

黃昏日落了，傳來木杵搗衣的聲音帶着著涼意；

厚重的雲天，對着古城，

向來吟詠〈橘頌〉的人，不改素志，誰想為功名事業，而營役在外，以致起念故鄉的蓴羹？

也不想計較什麼聲勢權位了，悠悠高遠的，還是隱居滄海之情！

註釋

[1] 梁陳詩人。杜詩又稱「陰何（遜）尚清省（〈秋日夔府詠懷百韻〉），「頗學陰何苦用心」（〈解悶十二首之七〉）。

[2] 天寶四載（745），李杜同遊魯東之蒙山一帶。

[3] 憐：愛。

[4] 郭：外城。范氏隱城北。《高士傳》、《後漢書》，均有隱士號「北郭先生」。

[5] 景：音義同「影」，日暮景色。

[6] 〈橘頌〉：《楚辭‧九章》，屈原少年之作。橘逾淮則化為枳，質味俱變，所以命定不能遷徙，句意是：從來不想改變淡泊的本性。

[7] 晉張翰在洛為官，見秋風起而思故鄉吳中之蓴羹鱸膾，慨然放下名爵回鄉，以順適情志。欲：一作「與」，較佳。

[8] 論：平聲，計較高下。簪髮加冠、持笏上朝。句意是不想再在官場打滾。

評說

　　二子初交，便深投契，至於隱居之念，時起時伏，亦出自然，其後二人途程各異，而對此良朋，杜甫終生念之。

白也詩無敵，飄然思不群。

清新庾開府[1]，俊逸鮑參軍[2]。

渭北春天樹，江東日暮雲[3]。

何時一樽酒，重與細論文[4]。

（平——文）

譯文

李白啊，他的詩真是無人可敵，他的才思飄逸，出眾不羣！

清新，好像庾信開府，俊逸猶如鮑照參軍。

如今，我們一個在渭水之北，見着春天的樹，一個在長江之東，眺望日暮的雲。

什麼時候可以再共尊酒，細細評鑑詩作、品賞藝文？

註釋

[1] 清新如庾信，南朝文士而入北，成就最高。（參看 2839、2854）。

[2] 俊逸如鮑照，亦杜甫推重之六朝詩人。

[3] 天寶四、五載（746、747）間，杜居長安（渭水之北），李遊江東，暮雲春樹，亦帶相思之色。

[4] 論：平聲。李杜一生不再重聚。惟杜甫屢有至情之作懷之。

評說

憂患未至，而文酒之交，已自惺惺相惜。盛推李白，尤見杜甫之胸襟識見。

不見 [1]（五律）

　　不見李生久，佯狂真可哀！
　　世人皆欲殺，吾意獨憐才。
　　敏捷詩千首，飄零酒一杯。
　　匡山讀書處 [2]，頭白好歸來！

（平——灰）

譯文

不見李生許久，他的佯狂（是苦悶無可告訴，）真可悲哀！
（妒他恨他的）世人都想殺他，我的心總是愛惜他的高才。
才思敏捷，（又快、又多、又好），寫成詩千首，
身世飄零，（志高不達）難怪他（隨地隨時都）帶酒一杯！
西蜀匡山，他少年讀書之處，他如今頭白了，希望他平安歸來！

註釋

[1] 題下原有自註：近無李白消息。時肅宗上元二年（761），距李杜一會於天寶四載
　　（745）而長別，已十餘年。杜甫在成都已年餘，知李白長流夜郎而未悉其安危。
[2] 匡山：或謂即廬山，李白高臥於此，受永王璘羅致入幕，後遂獲罪。或謂白非九江
　　人，何得言「歸來」？故應指少時讀書所在之川北綿州彰明大匡山，時杜甫亦在蜀，
　　故盼其歸來。

評說

　　不是隨口吟成，是肺腑直接噴薄而出，頷聯千古名句，李白見之
應當淚下。頸聯工整自然，而又妥帖得唯李白可以當之。

天末懷李白 [1]（五律）

涼風起天末，君子意如何？
鴻雁幾時到 [2]，江湖秋水多 [3]！
文章憎命達 [4]，魑魅喜人過 [5]！
應共冤魂語 [6]，投詩贈汨羅 [7]！

（平——歌）

譯文

涼風，從天邊吹起，我深深懷念的您啊！想問一問：「心情如何？」

盼望着你的消息，帶信的鴻雁，幾時才能飛到？

秋天水漲，江湖浪大，風波特別又險又多！

幾乎是定律了：文章出眾，命運就坎坷。那些蛇神牛鬼，埋伏、舞爪張牙，就喜歡有人經過！

你的冤屈，對千古冤屈詩人屈原說罷！

（對他的魂靈訴說）寫首詩，投贈給他，寄去汨羅！

註釋

[1] 天末：杜甫時在秦州，念李白長流夜郎，各在天一涯，不知下落。

[2] 杳無書信。

[3] 浪急風高。如〈夢李白〉：「水深波浪闊（2806），「江湖多風波」（2807）。

[4] 文佳而命蹇，恰似二者相憎相妒。

[5] 小人喜害君子。過：平聲。

[6] 哀李白與屈原同冤。

[7] 賈誼在長沙有〈弔屈原賦〉，李白境同情同。

評說

天末相思，更恐幽明異路。知己之情，洋溢文字之上。

2805　寄李十二白二十韻（排律）

昔年有狂客，號爾謫仙人。
筆落驚風雨，詩成泣鬼神。
聲名從此大，汩沒一朝伸。
文采承殊渥 [1]，流傳必絕倫。
龍舟移棹晚 [2]，獸錦奪袍新 [3]。
白日來深殿，青雲滿後塵。
乞歸優詔許，遇我夙心親 [4]。
未負幽棲志，兼全寵辱身 [5]。
劇談憐野逸，嗜酒見天真。
醉舞梁園夜 [6]，行歌泗水春 [7]。
才高心不展，道屈善無鄰 [8]。
處士禰衡俊 [9]，諸生原憲貧 [10]。
稻粱求未足，薏苡謗何頻 [11]。
五嶺炎蒸地 [12]，三危放逐臣 [13]。
幾年遭鵩鳥 [14]，獨泣向麒麟 [15]。
蘇武原還漢 [16]，黃公豈事秦 [17]。
楚筵辭醴日 [18]，梁獄上書辰 [19]。
已用當時法，誰將此義陳 [20]。
老吟秋月下，病起暮江濱。

莫怪恩波隔，乘槎與問津 [21]。

（平——真）

譯文

昔年有位清狂之客，被稱為被謫仙人，

綵筆一落，驚招風雨；佳詩寫就，感泣鬼神。

聲名從此宏大，早年的沉埋汩沒，一朝舒伸，

文采承受君王特殊恩寵賞識，流傳廣遠，必然世間絕倫！

天子泛龍舟，召他詠詩，也飲醉而來晚；又像武后奪已賞的錦袍改賜宋之問一般，賞識更新。

白日蒙召談藝詠詩，來到深宮寶殿；緊隨着最高者，擁簇他不斷上升的青雲，滿滿堆成他的後塵！

（供奉翰林告一段落，）乞求歸山，荷蒙優禮的詔令恩許，我們遇於洛陽，一見如故，兩心相親，

既沒有辜負幽棲歸隱的初志，又兼全寵辱不驚的修養之身。

坦率健談，情思朗快，他真是極可愛地狂野、放逸；嗜酒任誕，更表現了天性率真，

（我們一起暢遊梁、宋、齊洲各處名園勝地）曾經醉夢梁園之夜，行歌於泗水之春，

不過，他的才華太高了，情志總是難以盡展；人生道路似乎伸少屈多，說不準的，原來是所謂「德不孤、必有鄰」！

任性清狂的處士彌衡，原是過人才俊；堅人之徒即如原憲，終生清貧！

生活上求衣求食這些基本所需還未飽足，馬援南征帶返薏米，竟被謗為走私珍珠，這樣的毀謗不知為什麼這樣密頻！

像五嶺以南的炎蒸之地，像被帝舜放逐到三危山的罪臣（——誤依永王璘、長流夜郎等等罪咎，就是類此！）

好幾年，如賈誼流放長沙而悲賦〈鵬鳥〉，像孔聖慨歎賢哲，生不逢時，於是獨泣向着被無知誤殺的麒麟！

（不過）像蘇武羈於窮北，終之還漢；像漢初四皓之一的黃公，不事暴秦，（忠於朝廷的真相誠心，終必大白！）

（當然，君子貴乎知機、自重，即如）當年穆生因繼任的楚王不設醴酒、禮貌衰變而毅然離去之日，又像鄒陽蒙冤陷獄、上書梁王而終得清白那個時辰，

（可惜而可歎的是：）處理者既已用了當時法制，還有誰將這真相和道理敷陳？

（終於遇赦了！也）老了！只有在（明朗清白）的秋月之下吟詠，只有撐起病軀，在黃昏的江濱！

不要詫怪天恩何以比彼達而此隔？堅澤何以彼起而此伏？且待有能力有機會乘槎天上，得達天聽者，問問門路，找找碼頭、渡津！

註釋

[1] 玄宗恩遇，賞其詩才，召供奉翰林。

[2] 侍御月夜泛舟。

[3] 武則天幸洛陽，左史虯先成詩，賜錦袍；宋之問後成而更高，武后奪袍改贈之。此指白賦〈清平調〉等。

[4] 李白失寵（上句美化），離京識杜甫，成知己。

[5] 《老子》：「寵辱若驚」，說人多奉掛執着，則受寵驚，受辱亦驚，此處迴護李白，說他無論寵辱，都處之泰然，不負當初隱居求仙的本志。

[6] 李杜同遊梁、宋。兼用西漢司馬相如等受梁孝王款待典。（參 6414 註）

[7] 李杜同遊齊魯。

[8] 《論語》：「德不孤，必有鄰」，此反其意，替李白抱屈：好人而遭受打擊，昔日趨炎附勢者紛紛背棄。因附永王璘而獲罪，更「世人皆欲殺」（2803）。

[9] 如三國名士禰衡，始終不達，飽受逼害。

[10] 如孔子學生原憲，貧而無告。

[11] 東漢馬援征南，帶回薏米，被人誣是珍珠，此指李白被謗受金而入永王幕。

[12] 流放夜郎。

[13] 為君王所棄，如舜之放逐三苗，於敦煌東南之三危山。

[14] 如賈誼之被疏於漢文帝。詳見劉長卿〈長沙過賈誼宅〉（2903）註。

[15] 如春秋西狩獲麟而致孔子感傷絕筆。

[16] 李白原是忠貞，如漢蘇武不屈匈奴。原：通「元」，一作「先」。

[17] 夏黃公不肯事秦而隱，受漢禮遇，稱「商山四皓」之一。喻李白不反朝廷。

[18] 西漢穆生不飲，楚元王仍敬之而設酒精不高而甜之醴酒，其子繼位，忘設，穆生遂離。此喻李白懷念玄宗寵遇，但早有離永王意。

[19] 鄒陽受冤，獄中上書梁孝王，獲釋。《杜詩詳註》引李白〈書懷〉詩說入永王幕是受脅。

[20] 當時只知執法追究李白附逆，無人代申苦衷。

[21] 問問上天（與天子）吧。

評說

　　一篇詩聖寫的詩仙傳，一封知己的代訴申冤書（杜甫時將發秦州，而入蜀，已知李白遇赦）。

2806-2807　夢李白 [1]（五古，二首）

2806　其一

死別已吞聲 [2]，生別常惻惻 [3]。

江南瘴癘地 [4]，逐客無消息 [5]！

故人入我夢，明我長相憶。

君今在羅網，何以有羽翼 [6]？

恐非平生魂，路遠不可測 [7]。

魂來楓林青 [8]，魂歸關塞黑 [9]。

落月滿屋梁 [10]，猶疑照顏色 [11]。

水深波浪闊，無使蛟龍得[12]！

（入——職）

譯文

如果是「死別」就哭不成聲，或者長久的無聲飲泣，

如果是「生別」，音訊全無就永遠悲惻。

貶到了江南瘴癘之地，流放之客 —— 常在念中的你 —— 長久沒有消息！

老朋友啊！你入了我的夢境，你是明白：我對你的長久相憶！

來的恐怕不是你平生之魂：—— 道路太遙遠了；一切都難以猜測。

你來的時候，楓林還尚青青，

到你歸去，關卡、塞外，都已昏黑！

你如今羈在羅網，何以能有羽翼？

如今，破曉將來，夢境將盡，落月滿照屋梁，彷彿照見你，（臨別的）面顏容色。

（願你平安歸去吧：）路上浪闊水深，（小心保重啊！）江湖險惡，不要讓蛟龍攫得！

註釋

[1] 杜甫聞李白長流夜郎，非常掛念，又苦無音訊，不知下落，接連三晚夢見，更感不祥，作此二詩。

[2] 如是死別，已哭不成聲，惟有飲泣。

[3] 生離而杳無音訊，悲惻不已。

[4] 疫病流行的南方，尤其據說要到夜郎。

[5] 被放逐的李白，沒有消息。

[6] 你此刻不是陷身羅網嗎？（恐怕你的靈魂也不得自由吧？）何以能飛千百里到我的夢中？此兩句舊本在「關塞黑」後，《杜詩詳註》從黃生本移前，語氣大順，今從之。

[7] 夢中見到的李白，是不是仍然在生的魂魄？路這麼遠，一切實在難以猜測——（真擔

[8] 進入我的夢，魂魄是從南方來，那裏的楓林仍是青青。

[9] 離開我的夢，魂魄，是離開秦地而去，重重關塞，都已一片昏黑。

[10] 醒來了，蒼白的殘月，正照在屋（樑）。

[11] 彷彿也正照着你遠去的容貌顏色。

[12] 一切小心啊！江湖水深浪濶。盤踞着蛟龍，別讓牠們捉了你、害了你！如〈天末懷李白〉（2804）：「魑魅喜人過」。

2807 其二

浮雲終日行，游子久不至 [1]。
三夜頻夢君，情親見君意。
告歸常局促，苦道來不易 [2]。
江湖多風波，舟楫恐失墜，
出門搔白首，若負平生志 [3]。
冠蓋滿京華 [4]，斯人獨憔悴 [5]。
孰云網恢恢，將老身反累 [6]！
千秋萬歲名 [7]，寂寞身後事 [8]！

（去——寘）

譯文

浮雲來來去去，終日飄行；（盼望中的）游子，卻久久不至；

接連三夜，頻頻夢見您，正可見您的深情厚意！

每次告別，您都侷促不安，苦苦述說：來不容易！

江湖風波，險惡而且頻多；舟揖恐怕失墜！

出門時候，您搔着白髮滿頭，好像始終滿懷失志。

（如今，）富貴顯達的人聚滿了京城，

只有您這個人潦倒憔悴！

誰說「天網恢恢」（「公道自在人心」……）

您將要老去，反而被這些無辜的事情牽累！

千秋萬歲的大名，您一定得享；

令人難過的，是寂寞淒清的身後事！

註釋

[1] 《古詩十九首》：「浮雲蔽白日，游子不顧返。」

[2] 夢中的你，常侷促不安，匆匆告別，（恐怕靈魂也有所拘繫而不得自由安適）。

[3] 你的魂魄離開時，搔着蒼蒼白髮，滿是蹉跎委屈的樣子。

[4] 現在長安滿是那些達官貴人（以冠冕、車的蓋傘為象徵代表）。

[5] 只有你這個人，還是寂寞、失意。

[6] 《老子》說：「天網恢恢，疏而不漏。」（廣大的天網，最後賞罰總會公平）——真的嗎？為什麼你，快要老了，反而無辜受累？

[7] 你的大名，一定傳流千古。

[8] 不過，又有什麼用呢？你不是身後仍然這樣寂寞、這樣淒苦！

評說

　　李杜交情，千古美稱，子美對太白，尤其誠懇親切，為他而寫的詩十餘首，首首用心，得意之時，提醒他「飛揚跋扈為誰雄」；失意之極，仍然「吾意獨憐才」，而對他的詩，更無論榮枯盛衰，一貫由衷推重，王維降安史賊黨，則一詩免罪；李白佐皇弟，則「附逆」長流——政治這回事，真是既詭異又凶險！至於趨炎附勢、為迎合或者至少畏懼當權而與朋友（甚至親人）疏遠，有時更可能只是「臨小利害」便與平時所謂知己者反目，甚至落井下石，如韓愈在〈柳子厚墓誌銘〉中所慨歎者，真是古今中外、司空慣見！至於杜甫，「每飯不忘君」是一回事，道義和公義，在他並不犧牲於尊君；他對李白，仍然憐惜備至，力鳴不平，特別是這兩首，真是至交之心、至情之作、至高之品！仇兆鰲《杜詩詳註》說：「千古交情，惟此為至。然非公

至性，不能有此至情；非公至文，亦不能寫此至性。」這也是詩聖之所以為詩聖！

2808　望嶽（五古）

題解

開元廿四年（736），年未而立的杜甫應試不中，此後數年，漫遊今山東山西一帶，此首望東嶽，另有二首望西、南二嶽。

> 岱宗夫如何[1]，齊魯青未了。
> 造化鍾神秀[2]，陰陽割昏曉[3]。
> 盪胸生層雲，決眥入歸鳥[4]。
> 會當凌絕頂[5]，一覽眾山小！
>
> （上——篠）

譯文

五岳的宗長、秦山啊！要讚歎您，我可如何？

由齊到魯，青青山色，未盡未了！

造物、化生之主，賦予泰山，神奇美秀，山的兩側，分割了黃昏與晨曉。

激盪胸襟，生起了層層的雲；

極目裂眥，入到眼簾是歸來的飛鳥！

總有一天我會登上最高的峰巒，

展目一看，眾山皆小！

[1] 岱：本意是替代而重新開始，後作泰山別名。宗：領袖，泰山為五嶽之長。泰山本東海一島，遠古以來，黃河沖積而成平原（所謂「滄海桑田」，即因此以及黃河下游出海萬千年來不斷改道所致），於是泰山屹立其上，雖然高度是五嶽之末，反而有「登泰山而小天下」（孟子述孔子語）之感，更因位置最東，日出之處，是「大地春回」和「政權產生」的象徵，所以自古被崇奉為「岱宗」，秦皇、漢武以至唐玄宗等一代雄主，都有到泰山行封禪以祭告天地的「盛舉」。夫：陽平聲，指示代詞，此句語氣即：「啊！岱宗（一望而驚喜讚歎）──它怎麼樣？」然後引起以下描繪之句。

[2] 造化：創造主宰。鍾：集中。天地靈奇之氣，都集中在此。

[3] 峻高蔽日，所以一山把陰、昏和陽、曉割為兩半。

[4] 想像既登泰山，則層雲盪胸而出，飛鳥掠入眼簾，到眼角方盡。決：裂。眥，音「字」，上下眼瞼接合之處。

[5] 會當：總要，終有一天。

評說

　　英年駿發之詩，雖落第仍抱展才用世之志。押「上」聲韻，配合意態。全首無一「望」字，而首聯遠望之色，次聯近望之勢，三聯細望之景，末聯極望之情，上六實敘，下二虛摹（清仇兆鰲《杜詩詳註》），極有法度。

2809　　**前出塞（五古，樂府九首之六）**

挽弓當挽強，用箭當用長。

射人先射馬，擒賊先擒王！

殺人亦有限，列國自有疆。

苟能制侵凌，豈在多殺傷？

（平──陽）

　　　　　　　　　　　　　　　　　　　　　　原韻譯唐詩新賞

譯文

挽弓應當挽強，用箭應當用長；

射人可以先射馬，擒賊最好先擒王！

殺人也總有個限度，列國各自有領土、有界限、有邊疆。

如果能夠制止侵略、欺凌，豈在於多殺、多傷？

評說

天寶末年哥舒翰承帝命征吐蕃事。前半如軍中勉勵之歌，後半是和平宣言，「君已富土境，開邊一何多！」（其一）可見胸襟。

2810-2815　三吏三別（五古，六首）

題解

河南自古是「龍戰」之區。大自然的龍——黃河，穿越了千百里的黃土高原，到潼關、風陵渡屈個急彎，穿出三門峽，「奔流到海不復回」，留下的是億萬噸中游夾帶而下的泥沙，歲歲氾濫，使居民人亡家破。黃淮大平原又是歷代的殺戮戰場，特別是函谷關出來那一段，「牧野鷹揚、洛陽虎踞」、「八方風雨會中州」，就一代又一代地「塗毒生靈，萬里朱殷」。河南的老百姓特別苦。

詩聖又哭了，不只因為這是自己童年生活的地方，更因為那些受苦的，也是圓顱方趾，只不過別人弄兵、弄權，這些無辜的百姓，就「人為刀俎，我為魚肉」。這次是天寶十四載（755）爆發的安史之亂，

特別在肅宗至德（756 — 757）、乾元（758 — 759）幾年之間。

　　年號改為「乾元」，就是不想再稱「至德」，而希望重新開始。這一年（758）已經收復兩京的郭子儀，又與李光弼等九節度使，包圍安慶緒於相州（鄴，在今河南河北之間，安陽東北的臨漳），因為驚弓之鳥的唐室不敢過信他不能不靠的軍人，所以不設統帥，只命宦官魚朝恩為「觀軍容宣慰使」，以聯絡兼監視，外行掣肘內行，號令不一，又軍糧不繼、士氣低落，次年（759），降而又叛的史思明來襲，大敗唐軍，自號大燕皇帝。郭子儀南退河陽以保洛陽，九節度各逃歸本鎮。唐軍兵源不繼，於是在飢餓死亡線上掙扎的耕夫，不論青壯與否，都被強拉以補充，已經破產的農村，立即再變為人間地獄。這六首詩就是杜甫其時自洛陽返華州途中所見，「長太息以掩涕」，「哀民生之多艱」的組曲。《三吏》用敘事體，兼插問答；《三別》用代言體，純託為送者與行者之辭。其反映現實，感人肺腑則一。沒有包括在內，是《唐詩三百首》的缺失。

2810　其一　新安吏（原註：收京後作，雖收兩京，賊猶充斥）

客行新安道 [1]，喧呼聞點兵。
借問新安吏，縣小更無丁。
府帖昨夜下，次選中男行 [2]。
中男絕短小，何以守王城 [3]？
肥男有母送，瘦男獨伶俜。
白水暮東流，青山猶哭聲。
莫自使眼枯，收汝淚縱橫。

眼枯即見骨，天地終無情！
我軍收相州，日夕望其平。
豈意賊難料，歸軍星散營。
就糧近故壘，練卒依舊京。
掘壕不到水，牧馬役亦輕。
況乃王師順[4]，撫養甚分明。
送行勿泣血，僕射如父兄[5]。

（平──庚）

譯文

（從洛陽回華州），我走上洛北近郊的新安道上，一片喧呼吵鬧，
聞說是政府點兵。

借問新安的地方幹部：「縣這麼小，恐怕已經沒有可抽的壯丁？」

「（沒辦法！）府裏軍帖昨夜頒下，壯丁抽完了，現在要次選下
一批中男出行！」

「中男（還未長成，通常還是）又矮又小，怎能守禦洛陽這樣的
王城？」

（且看那些）中男（父兄一定早就當兵了！現在肥的大概還）有
母親照料，相送，瘦的，（什麼也沒有）如今特別孤苦伶仃！

黃昏了，白水（依舊）東流，青山彷彿（聆聽着、共鳴着）哭聲！

（讓我勸勸大家吧：）不要哭泣太多，讓雙眼都枯，收起你的涕
淚縱橫；

眼枯了，骨都見了，（又怎樣呢？）天地終究無情！

我軍當初收復相州，大家朝思暮想，盼望昇平。

想不到狡賊難料，各路援軍逼得各自散歸本營，

官軍就近取糧，駐紮在於舊營壘，練兵也在洛陽故京。

（中原黃河平地）戰壕只須淺掘，深不到水，牧馬近河，勞役也是省輕。

何況王師是天理人情都順，長官對士卒的撫愛教養，也法度分明。

（總之：）送行不要過度悲傷泣血，何況統帥僕射郭令公，部下對他如父如兄！

註釋

[1] 新安：洛陽之西、澠池之間。
[2] 天寶二載令，民十八以上為中男，二十三以上成丁。此可見壯丁已盡，做中男亦不免。
[3] 王城：洛陽。
[4] 名正言順，從軍是加入正義之師。
[5] 郭子儀戰敗降職為左僕射（射，《詳註》謂讀如本字，不音「夜」）數句姑且安慰被徵兵者及家人。

2811 其二 潼關吏

士卒何草草，築城潼關道。

（去——皓）

大城鐵不如，小城萬丈餘。
借問潼關吏，修關還備胡。
要我下馬行[1]，為我指山隅。
連雲列戰格[2]，飛鳥不能踰。
胡來但自守，豈復憂西都？
丈人視要處，窄狹容單車。

艱難奮長戟，千古用一夫^[3]。
哀哉桃林戰，百萬化為魚^[4]！
請囑防關將，慎勿學哥舒。

（平——魚虞）

譯文

漫山遍野的士卒，這麼辛勤忙亂，這麼勞人草草！

原來他們是修築城牆壁壘，在失而復得的潼關道。

大城堅固得鋼鐵不如，小城善用地勢，拔高萬丈有餘！

「借問潼關守吏：修築關防，仍然為的是防備入侵的番胡？」

守吏邀我下馬步行參觀，指點山的邊隅，

（說：）「看：那些高接雲天的層層柵格，連鳥也不能飛踰！

胡人如果來了，只要自己堅守，又怎須要再擔心（長安）西都？

老先生你看看那要緊之處，狹窄得只容一輛單人的車，

在這裏持着長戟奮勇把守，從古以來就萬夫莫入，因為過不了當關一夫！

（有人似乎真的信心滿滿，不過我就想說：）「可哀啊！三年前桃林塞一役（玄宗皇帝誤信楊國忠，迫哥舒翰出關迎戰，放棄了自己的地利，結果全軍覆沒！）百萬生靈葬身黃河之魚！

請囑咐防關大將，千萬謹慎，不要學哥舒！

註釋

[1] 要：音義同「邀」。

[2] 戰格：防守之柵，如後世之鐵絲網之類。

[3] 一夫當關，萬夫莫入，有險可守。

[4] 桃林要塞，自靈寶至潼關一帶。哥舒翰早以忠勇成名（參 7101），此時老病，又因楊國忠說玄宗而被迫出關，全軍覆沒，於是長安不保。

暮投石壕村 [1]，有吏夜捉人。
老翁踰牆走，老婦出門看 [2]。

（平——真寒）

吏呼一何怒，婦啼一何苦！
聽婦前致詞：「三男鄴城戍。

（去——遇，上——麌）

一男附書至，二男新戰死。
存者且偷生，死者長已矣！

（上——紙）

室中更無人，惟有乳下孫。
有孫母未去，出入無完裙 [3]。

（平——支）

老嫗力雖衰，請從吏夜歸，
急應河陽役，猶得備晨炊 [4]。

（平——支）

夜久語聲絕，如聞泣幽咽。
天明登前途，獨與老翁別。

（入——屑）

譯文

黃昏投宿石壕村，正碰到地方幹部要抓百姓當兵而夜晚捉人，
（門被拍得雷響！）老翁（慌忙）翻牆逃走，老婦出去應門查看。
那差役呼喊得何其憤怒；那老婦號哭得何其悲苦！

聽聽那老婦趨前答問：(「你家男丁都到哪裏？都死了嗎？」)

「（差不多了！）三個男孩子，都被抓去鄴城守戍：一個剛剛送來家書，兩個剛剛戰死！還活着的姑且偷生，死的就永遠罷了！

家裏實在再沒有別人了，只有一個還在吃奶的小孫，所以他母親還不能離開遠去。只不過難以見人，因為出入沒有完整的裙！

（孫兒無母，怎活下去呢？而且，軍中有少婦，不利兵戍啊！）

這樣吧：我老婦人雖然力衰，要抓就抓我去，河陽兵役、應急應急，還趕得及替你們準備晨炊！」

夜深了，話語聲音停了，還像聽到低微的飲泣幽咽。

等到天亮，繼續登上前途，老婦不見了，老翁回家了。

就單獨與老翁相別！

註釋

[1] 石壕：在陝州陝縣，澠池之西，至靈寶之間。
[2] 老翁亦不免被拉伕，故走匿某處，後乃與老婦相別。「看」，平聲。一作「出看門」，「門」屬「元」韻，亦通。
[3] 媳守寡撫兒，無裙難見外人。
[4] 老婦毅勇沉着，鎮定應付，代全家應役治炊。

2813 **其四　新婚別**

> 兔絲附蓬麻，引蔓故不長 [1]。
> 嫁女與征夫，不如棄路傍 [2]！
> 結髮為君妻，席不暖君床。
> 暮婚晨告別，無乃太匆忙！
> 君行雖不遠，守邊赴河陽。
> 妾身未分明，何以拜姑嫜 [3]。

父母養我時，日夜令我藏。

生女有所歸，雞狗亦得將[4]。

君今往死地，沉痛迫中腸。

誓欲隨君去，形勢反蒼黃[5]。

勿為新婚念，努力事戎行。

婦人在軍中，兵氣恐不揚。

自嗟貧家女，久致羅襦裳。

羅襦不復施，對君洗紅妝。

仰視百鳥飛，大小必雙翔。

人事多錯迕，與君永相望[6]！

（平──陽）

譯文

菟絲依附着低矮的蓬麻，絲蔓牽到自然不夠悠長。

女兒嫁給入伍當兵，離家送死的男人，不如

（當初生下來就）放棄在路旁！

做你結髮妻，睡不暖你的床，

傍晚結婚，清晨告別，豈不是太過匆忙！

你離開雖然不遠：戍守前線，調到河陽。

我們的婚禮還未完成，我媳婦的身份還未清楚，

不知道憑什麼拜見姑嫜！

父母養我的時候，日夜把我（像寶貝般）珍藏。

生為女兒，長大就要出嫁有所依歸，嫁雞嫁狗，都有所跟隨，有所領將。

你如今是去沙場送死，我傷心沉痛，真是催迫肝腸！

誓願本想隨你而去，形勢又反而複雜倉卒，變化蒼黃。

只有祝願你不要太多想念新婚的事，最重要是做好軍事這行！

（行伍中早有明訓：）「婦人在軍中，士氣恐不揚」

跟隨着你，恐怕帶給你諸多不便！

自己嗟歎是貧家出身兒女，花好多工夫才備辦了嫁粧衣裳，

如今什麼羅襦也不再穿着了，對着你洗去了，臉上的紅妝（一心等候你歸來，才重施脂粉）

抬頭看看天上百鳥紛飛，大大小小定必成對成雙地翱翔。

人事反而諸多不順，惟有誓願我倆永遠不相忘而相望！

註釋

[1] 兔絲當蔓延依附於高大之樹，古人以喻女子依附丈夫。今竟附散弱之蓬麻，所以無可倚靠。

[2] 沉痛哀怨之極。

[3] 嫜：家翁之稱。古制，嫁後須祭家廟祖墳，然後拜見翁姑，方表示正式加入夫家，完成婚禮。如今暮婚晨別，所以身份未明。

[4] 將：帶。女子出嫁，雞狗亦帶往而有所安，今則雞犬不寧。

[5] 蒼黃：相距甚遠的兩種顏色，此指急劇變化。

[6] 迕：音「午」，逆。望：陽平聲，讀如「亡」。至此，「君」字凡七見，新婦語氣，喚夫頻頻，一字一淚！

2814 其五 垂老別

四郊未寧靜，垂老不得安，
子孫陣亡盡，焉用身獨完 [1]？
投杖出門去，同行為辛酸。
幸有牙齒存，所悲骨髓乾！
男兒既介冑，長揖別上官。

老妻臥路啼，歲暮衣裳單。

孰知是死別，且復傷其寒。

此去必不歸，還聞勸加餐。

土門壁甚堅，杏園度亦難[2]。

勢異鄴城下，縱死時猶寬。

人生有離合，豈擇衰盛端[3]。

憶昔少壯日，遲迴竟長歎。

萬國盡征戍，烽火被岡巒[4]。

積屍草木腥，流血川原丹。

何鄉為樂土，安敢尚盤桓？

棄絕蓬室居，塌然摧肺肝！

（平——寒）

譯文

洛陽四周一帶都未寧靜，自己卻都老了，變得伶仃孤苦，不得平安。

子孫都在戰場死盡，何必要自己一身獨自全完？

（一被徵召就）扔掉拐杖出門而去，同行者卻為我辛酸！

所幸是咬嚼東西的牙齒尚存，所悲是精神心血所本的骨髓已經枯乾！

身為男子漢，披上了介胄，於是免了跪拜，高舉拱手作個長揖，別了長官。

（這時）老妻（也知道了）就躺臥在路邊悲啼，這時歲暮天寒而她衣裳薄單。

早知清楚了：這是死別，更悲傷的是她身心兩寒！

原韻譯唐詩新賞

這次一去定必回不了來，還聽到她囑咐：叫我強飯加餐！

（我便寬解她說：）土門城牆堅固，杏園也難以穿越（所以要她放心，這次）。

形勢和昔日官軍攻鄴不同，即使最後逃不了死，時間還多着鬆寬！

人生有離合、生死……等等轉折關鍵和轉折點，豈由人自己選擇那盛衰之端？

想起年青時候，（國家與個人那些好日子）就不禁徘徊、長歎！

如今，各地各處盡是征戰、戍守；烽火覆蓋了萬山千巒。

累積的屍骸使草木臭腥，流出的鮮血使原野、川河一片紅丹。

哪裏是樂土？怎敢還望留戀、盤桓？

（罷了！罷了！）硬着心腸，棄絕這家——這個破爛的房子，就整個崩潰下來，摧裂肺肝！

註釋

[1] 悲哀怨憤之極，不辭拚老命參軍以共死！
[2] 附近地名。
[3] 如〈弔古戰場文〉所謂：「無貴無賤，同為枯骨。」
[4] 被：音「披」，覆蓋。意即漫天烽火。

2815　其六　無家別

寂寞天寶後，園廬但蒿藜[1]。
我里百餘家，世亂各東西。
存者無消息，死者為塵泥。
賤子因陣敗，歸來尋舊蹊[2]。

杜　甫

久行見空巷，日瘦氣慘悽。
但對狐與狸，豎毛怒我啼。
四鄰何所有？一二老寡妻。
宿鳥戀本枝，安辭且窮棲[3]。
方春獨荷鋤，日暮還灌畦。
縣吏知我至，召令習鼓鞞[4]。
雖從本州役，內顧無所攜[5]。
近行止一身，遠去終轉迷。
家鄉既盪盡，遠近理亦齊[6]。
永痛長病母，五年委溝谿[7]。
生我不得力，終身兩酸嘶[8]。
人生無家別，何以為蒸黎[9]！

（平——齊）

譯文

　　（由富庶繁榮突變而為戰爭紛亂的）天寶末年之後，園林蘆舍變為野草蒿藜！

　　我的鄉里百多人家，因為世界大亂，各散東西。

　　生存的，沒有了消息；死去的，化作了塵泥！

　　我這卑賤小子因為（鄴城）戰陣之敗，回歸故里尋找舊蹊。

　　行走了很久，見到空寂的破巷，陽光冷冷淡淡的，氣氛慘慘悽悽。

　　碰到的只是野狐、狸貓之類（驚詫地）豎起毛（透起爪）對着我哮啼！

　　四邊鄰居有什麼？只有一兩位（死了丈夫的）老寡妻！

（不過，正如）棲宿的鳥依戀熟悉的木枝，何必辭別呢？姑且繼續窮困的宿棲！

正當春天了，獨自擔了鋤頭去墾地，黃昏了，又澆灌田畦。

縣吏一知道我回來，就召集入伍，（又再）操練鼓鞞。

雖然是在本州服役，回顧自己，也沒有什麼牽掛、什麼帶攜。

往近的，止是自己一個單身；遠去的，遲早就天地茫茫，一切變得網迷！

家鄉既然已經蕩盡，遠也好、近也好，照理也是同齊！

最長久的悲痛是病重的老母，五年多了，（在我從軍期間）已經委棄在山野溝溪！

她生我養我，到老卻無靠無依，母子雙方，都終身酸痛、悲嘶！

人生到了這孤身無家而來，最後也孤身無家而去的淒涼境地，那又為什麼要做，又怎麼做、一個平平常常的百姓、眾黎？

註釋

[1] 蒿藜：野草
[2] 蹊：路。
[3] 辭別老家，到哪裏去呢？姑且留下吧。
[4] 鞞：此處即「鼙」，戰鼓，音「皮」。
[5] 攜：離。親戚死盡，別無可別。
[6] 遠近各處，按理也差不多一樣「蕩盡」了。
[7] 永遠的痛楚，是出征五年，老母病死。《孟子》所謂「老弱轉乎溝壑」，棄屍在山溝洞壑。
[8] 母親，生無兒養、死無兒葬，自己終身痛咎。
[9] 蒸：眾。黎：國人髮黑，故曰「黎民」。句意：家都破了，做人還有什麼意思呢！

三官吏三別總評說

傷心慘目，如見其人，如聞其聲。詩人非親見不能作。親見而無

人心，無天才者，亦不能如此之作。古代無大眾傳媒之「新聞報道、評論、特寫」，無「劫後圖照實錄」，無「國會議員質詢」，生民血淚之記錄、申訴、抗議、聲討，在此諸篇，此「詩史」之所以可敬、可貴。

2816　贈衛八處士（五古）

題解

—

　　肅宗乾元二年（759）春，四十八歲的杜甫自洛陽赴華州（今陝西華縣，在潼關西安之間），途中遇舊友衛姓、排行第八、隱居而無官職者，久別重逢，聚舊甚歡，旋即又別，感慨而成此詩。

人生不相見，動如參與商[1]，
今夕復何夕，共此燈燭光。
少壯能幾時，鬢髮各已蒼；
訪舊半為鬼，驚呼熱中腸[2]！
焉知二十載，重上君子堂。
昔別君未婚，兒女忽成行；
怡然敬父執[3]，問我來何方？
問答乃未已，兒女羅酒漿；
夜雨翦春韭，新炊間黃粱[4]。
主稱會面難，一舉累十觴，
十觴亦不醉，感子故意長。
明日隔山岳，世事兩茫茫！

（平——陽）

譯文

　　人生彼此不能相見，動輒就如天上永不同時出現的星宿——參與商。

　　今夜是什麼的一夜啊！我們竟然（在一室之內）照耀於同一燭光！

　　少壯，能有多少時候？如今你我鬢髮都各自蒼蒼！

　　訪尋舊友，發覺竟然半已做了鬼！

　　禁不住哀嘆，（世事無常、人生無奈）難過得熱炙肝腸！

　　想不到分別二十多載，今天有機會再上你的廳堂！

　　昔日分別，你還未結婚，好像倏忽之間，你已經兒女成行！

　　他們歡欣喜樂地禮待父親的好朋友，問我來自什麼地方。

　　問答還未完結，你（已經熱情地）催促兒女佈置菜餚、羅列酒漿。

　　冒着夜雨，剪下春韭；新造的米飯，摻和了黃粱。

　　你這熱情主人說：「我們會面好不容易呀！」於是不斷舉杯勸飲，不覺累積了十觴！

　　十觴也不醉，（「酒逢知己千杯少！」）感激你良朋故友，情意深長！

　　明天就會而再分，隔阻山嶽，

　　（何時何地能再相見呢？）世事彼此兩皆茫茫！

註釋

[1] 參商二星，東西出沒不相見。

[2] 熱中：內心熾烈，欲有所作為。句意：今既驚人世無常，故舊英銳勇進者或早化為鬼，一切鴻圖大志，盡化空虛，於是共歎熱中又有何意義。

[3] 父執：父親執志相同的好友。詞本《禮記·曲禮》。

[4] 白米黃米共炊成飯。

評說

　　亂離中偶然重逢故友，沒有恩怨，沒有利害，只有舊情，而且明日即須再別，再會又不知何時，彼此都珍惜友誼，於是不假雕琢，似乎不必費力，字字從肺腑自然流出，道盡人生無常，世事無奈，而舊誼可貴，千百年來凡有若干人生經驗者，相信讀之皆有共鳴，所以傳誦不衰。

2817　佳人（五古）

絕代有佳人[1]，幽居在空谷。
自云良家子[2]，零落依草木。
關中昔喪亂，兄弟遭殺戮。
官高何足論，不得收骨肉[3]。
世情惡衰歇，萬事隨轉燭[4]。
夫婿輕薄兒，新人美如玉。
合昏尚知時[5]，鴛鴦不獨宿[6]。
但見新人笑，那聞舊人哭。
在山泉水清，出山泉水濁[7]。
侍婢賣珠回[8]，牽蘿補茅屋[9]。
摘花不插髮[10]，採柏動盈掬[11]。
天寒翠袖薄，日暮倚修竹[12]。

（入——屋沃覺）

譯文

有位罕有品貌雙全的佳人，冷寂居住在空幽的山谷；

自己說是良家婦女，只因身世不幸，才淪落到這裏依附草木，

昔日閨中喪亂，兄弟慘遭殺戮；

本來是高官又有什麼用？家人都不得收葬骨肉！

（同樣可怕是：）人情趨炎附勢，雪上加霜，疏厭衰竭。

世間萬事，就像隨風亂轉的燈燭！

（更不幸是）所嫁夫婿是個輕薄男兒，另結新歡，說新人其美如玉，

合歡（昏）是樹木，羽狀複葉也會入夜閉合，恍似知曉日時；

鴛鴦是飛禽，也會雌雄相依，不獨自棲宿。

（那薄幸夫郎，卻）只見新人笑，那聞舊人哭！

（婦道人家就像泉水：）在山，有夫家撐持，就容易保持清靜出閒。出山，要應世接物，就不免處理俗濁。

侍婢（奉命去）變賣珠寶回來，（主僕一同）牽下藤蘿修補茅屋。

摘花，並非插髮（以自我打扮）；采柏（象徵堅貞耐寒），動輒整把盈掬。

天涼了，翠袖單薄；黃昏了，寂寞地倚着長長的竹。

註釋

[1] 漢李延年樂府：「北方有佳人，絕世而獨立。」唐避李世民諱，有時改「世」為「代」。

[2] 子：女亦稱「子」（如「之子于歸」）。

[3] 安史破長安，高官多遭戮。以上首段，敍佳人因戰亂而淪落無依。

[4] 世態炎涼，外家破敗，自己亦遭冷待。以下次段，佳人自哀命運。

[5] 植物之夜合花，尚能至黃昏而閉合。

[6] 動物之鴛鴦，尚不獨宿，二句暗示遭夫遺棄。

[7] 二句比喻，向來頗多歧解。守節則清，反之則濁，一也。有依傍則可清高，為生活而

應世，則不免俗濁，二也。句意似說：自己不得不放下身段，應酬世俗；但仍不忘教
養，節操自勵。此末段之始，述佳人清苦而品節高潔。

[8] 典當舊物以維生計。

[9] 所居破敗。

[10] 無心修飾。

[11] 掬：雙手捧取。松柏堅貞，可喻自己之志，所以採之常滿懷袖。

[12] 修：長。竹有節而虛懷，佳人倚之以望落日餘暉。

評說

　　佳人良家子，淪落而不變其真；杜甫世儒業，動亂而不易其操，
是大動亂時代的社會實錄，也是香草美人比喻手法的應用。

2818　兵車行 [1]（七古，新題樂府）

車轔轔，馬蕭蕭，行人弓箭各在腰。
爺娘妻子走相送，塵埃不見咸陽橋。
牽衣頓足攔道哭，哭聲直上干雲霄！

（平——蕭）

道旁過者問行人，行人但云點行頻。[2]

（平——真）

或從十五北防河 [3]，便至四十西營田 [4]。
去時里正與裹頭 [5]，歸來頭白還戍邊。

（平——先）

邊庭流血成海水，武皇開邊意未已 [6]！
君不聞，漢家山東二百州，千村萬落生荊杞 [7]。

（上——紙）

縱有健婦把鋤犁，禾生隴畝無東西。
況復秦兵耐苦戰，被驅不異犬與雞[8]！

（平——齊）

長者雖有問[9]，役夫敢申恨[10]？

（去——問）

且如今年冬，未休關西卒[11]。
縣官急索租，租稅從何出？

（入——質）

信知生男惡，反是生女好，
生女猶得嫁比鄰，生男埋沒隨百草！

（上——皓）

君不見，青海頭，古來白骨無人收[12]，
新鬼煩冤舊鬼哭，天陰雨濕聲啾啾！

（平——尤）

譯文

車聲轔轔，馬叫蕭蕭，匆匆從軍報到的人，弓箭各掛在腰。

爺娘妻子，紛紛走來相送，（送別，祝頌的送別，講不出口的送別……）塵埃蔽天，看不見咸陽的橋！

牽衣、頓足、攔路而哭，哭聲直上九天雲霄！（天都應當聽到了，天子呢？）

過路者問出征的行人，行人（不暇，也不便細答，）只說要報到、報到，趕着，趕着……頻！

有些是剛剛十五歲，到北邊防守黃河；有些是已到四十，又再調到西邊屯田；

初去的時候，鄉里的區長還替（小伙子）裹頭，

好不容易，帶着性命回來，頭都白了，又再被派出去戍邊！

邊庭就是流血，多得像海水；要威武震世的皇上，開疆拓土，意願還未停已！

你沒聽過嗎？漢家華山以東二百多州，千村萬落都農田荒蕪，全生了荊杞！

縱使有健壯的婦女代替男丁拿起鋤犁，隴畝上還是禾稻亂生，不分東西！

（至於天子腳下嘛，抓人當兵更順當了，）況且，秦地壯丁從來就耐於苦戰，結果就被驅策東征西討，無異走狗、鬥雞！

老先生啊！雖然你垂詢下問，身為紀律部隊的我，怎敢發牢騷、吐苦水，伸怨恨？

譬如說吧，今年冬天，還未歸田休整關西兵卒，

（勇於達成上級指令的）縣官就十萬火急索取租稅——租稅從哪裏拿出？

如今確實知道，生男孩真是壞事，反而生個女娃好；

女娃，長大了嫁給鄰居，朝夕還可以相見照應；

生個男孩（就要從軍，就要送死）就要埋骨異鄉的荒草！

你沒有看見嗎？青海邊頭，自古以來纍纍白骨，沒人殮收！

新鬼（不服水土）煩苦喊冤，舊鬼（往生無路）朝思暮哭！

每逢天陰雨濕，就聽到啼泣處處，鬼聲啾啾！

註釋

[1] 杜甫自創新題，就事命篇。
[2] 按戶籍點名徵調，出行從軍。
[3] 十五歲，防守黃河以禦吐蕃。
[4] 年已四十，仍須再往西部，屯田開墾，亦農亦兵。

原韻譯唐詩新賞

[5] 去時尚少，里正替他裹頭巾。唐制百戶為里，設一里正為長。
[6] 武皇：以漢武帝比唐玄宗，同樣好大喜功，開疆拓土，不恤民命。
[7] 山東：華山以東。荊杞：荊棘。農夫被強徵作軍士，無人耕種。
[8] 自春秋以來，華山以西，秦人習於農戰，勇悍著名，於是更多被驅上戰場，賤如雞狗。
[9] 長者：即路旁過者。
[10] 役夫：即行者之一。
[11] 關西、潼關、函谷關以西，即關中，亦即「秦」。
[12] 青海頭：即今青海，吐蕃與唐爭戰不息，雙方死者無數。

評說

前人謂因天寶六載用兵吐蕃而作，亦有說天寶十載（751）征南詔而敗，死者數萬，楊國忠諱敗誇功，又復大捕農民以為軍，種族之仇，軍民之怨，越積越深，故杜甫作此詩，詩中屢言諸地，而不及於西南，正是微言見意。其實亦不必單此一事。總之，情摯而苦，語暢而利，鋪敍則參差交插，語言則真切生動，特多「聯珠」、「頂真」句法。反戰文學之名篇，當與李華〈弔古戰場文〉並讀。

2819 麗人行（七古，新題樂府）

三月三日天氣新[1]，長安水邊多麗人。
態濃意遠淑且真，肌理細膩骨肉勻。
繡羅衣裳照暮春，蹙金孔雀銀麒麟[2]，
頭上何所有？翠微㔿葉垂鬢唇[3]。
背後何所見？珠壓腰衱穩稱身[4]。
就中雲幕椒房親[5]，賜名大國虢與秦[6]。
紫駝之峰出翠釜[7]，水精之盤行素鱗[8]。

犀筯厭飫久未下 [9]，鸞刀縷切空紛綸 [10]。
黃門飛鞚不動塵 [11]，御廚絡繹送八珍 [12]。
簫鼓哀吟感鬼神，賓從雜遝實要津 [13]。
後來鞍馬何逡巡 [14]，當軒下馬入錦茵。
楊花雪落覆白蘋 [15]，青鳥飛去銜紅巾 [16]。
炙手可熱勢絕倫 [17]，慎莫近前丞相嗔 [18]！

（平——真）

譯文

三月三日天氣清新，長安水邊（游春、踏青）啊！這麼多艷麗的人！

儀態萬千，氣度高華，表現得有教養、有天真。肌理細緻，骨肉停勻，

豪華瑰麗的繡羅衣裳，映照着繁華似錦的暮春。密密的金絲繡成孔雀，銀線繡成麒麟。

頭上有什麼？碧玉翡翠掩蓋垂下的鬢唇；

背後見到什麼？珍珠嵌壓着腰肢下襬，穩貼稱身！

其間（最矚目、最出眾的，莫如）雲霞般幕幔裏面，皇帝后妃的椒房之親，賜封為「國夫人」的虢與秦，（——且看那宴會排場：）

珍貴的駝峰，出現在鑲玉的鍋釜，素白的鮮魚盛在水晶的盤皿（——不過，高貴的夫人們早吃膩了，而且，為了身段、為了儀態，）犀角製成的筷箸久久未下，鸞刀細切的廚師巧藝，白白忙亂紛綸！

這時，黃門太監還策着快馬，不颺起半點埃塵。從御廚絡繹傳來八珍，

還伴奏着簫鼓音樂，能感動鬼神！賓客、僕從雜遝紛亂，阻塞了

原韻譯唐詩新賞

交通要津！

最後來的鞍馬，何等大模斯樣！臨到大堂當軒下馬，昂然踏上錦茵。

（這時）楊花像雪般飄落，覆蓋了白蘋，青鳥飛去銜着紅巾。

真熱得燙手，超過一切的權勢呀！謹慎啊！不要走近跟前，惹得丞相發嗔！

註釋

[1] 三月三日：古稱「上巳」。趁此節日，有水邊修禊（音「系」，祭祀以除不祥），著名的東晉書法家王羲之《蘭亭詩序》就是為此而作，唐代風氣尤盛，長安東南曲江風景區，更是宴遊勝地。

[2] 蹙金：皺摺在一起的金線刺繡藝術。

[3] 匌：音「菴入聲」。包蓋在髻上。今日粵語猶有此動詞。

[4] 裾：音「劫」，衣服後身下襬擺（裙）（或説是裙帶，但原句有「珠壓」二字，恐非）。

[5] 雲幕：幕幔如雲。椒房：后妃宮室以椒和泥塗壁，取其溫暖而辟臭。引申為外戚。

[6] 楊貴妃姊三人，皆有才貌，玄宗並封以「虢國夫人」之號。長適崔為韓、三適裴為虢、八適柳為秦，都鬥艷誇奢，朝野側目。

[7] 綠玉釜烹駝峰。

[8] 水精（晶）盤盛魚而出。

[9] 犀筯：以犀角為箸。已經吃得太飽太好，下不了箸。

[10] 廚工精巧製作食物，是白費了工夫與民脂民膏。「空」字極有意思。

[11] 宦官馳馬技術高。

[12] 玄宗「愛屋及烏」，經常使宦官同時分派水陸珍饈與楊氏兄妹。

[13] 「哀」字之意有時重在「動人」，不必定解為悲傷。賓客、僕從，雜亂眾多，把主要道路都擠塞了（「要津」雙關語：重要職位都被楊家有關係的人佔滿了）。

[14] 最後出現這個大貴人。

[15] 此句隱約譏刺楊國忠與虢國夫人私通醜行。曲江楊柳甚多，楊花無根，飄落水上，覆蓋白蘋（萍），楊國忠本名釗，與楊妃同曾祖，其母為武則天所寵張易之之妹，史書又稱他為易之所出，總之曖昧不堪，其人自少放佚而多機智。堂叔楊玄琰死，楊釗照料其家，乘便與其後封為虢國夫人者通，到楊玉環封貴妃，他就因裙帶關係接近玄宗，因為言辭敏給，計算精密，善於斂財以供王室奢侈用度，於是深得玄宗信任，改名國忠。不久乘李林甫病而分其勢，林甫臨死託以後事，大概亦求饒之意。玄宗即以國忠為丞相，不久就大發林甫之奸，又使趨附者增加假證，致林甫受剖棺改葬、盡奪賜佩於遺體諸寶之辱，即如秦李斯之遇趙高，口蜜腹劍的李最後遇上有外戚之親而又大奸的楊，也可説是強中更有強中手，而唐朝的政治就更不可問了！這一切，特別是他與虢國夫人招搖無忌的姦情，杜甫自然看在眼裏，於是寫在詩裏。

[16] 青鳥為西王母信使，紅巾是婦女近身之帕，此句亦喻二楊之暗通款曲。

[17] 比喻氣焰逼人。

[18] 天寶十一載（752）十一月，玄宗封國忠為相，楊氏諸家勢盛益甚常聯合出遊，各分隊色，駝馬千計，如現代大國慶典遊行之盛。冬，虢國夫人從車駕幸華清宮，會於國忠府第。此詩之作，當在次年。

評說

從人性根源看：腐敗是絕對權力的必然產品。在中國，「絕對皇權」與「重親愛家」久成傳統，於是「皇親國戚」又必然成為罪惡勢力——儘管這些人其實嬌艷俊美，聰明伶俐。杜甫此詩，幾乎句句用韻，滾轉熱鬧，鋪排則富麗宏博，比喻則形象生動，主題則含蓄深沉，是《聊齋》之前的一幅群鬼畫皮大彩繪。

2820 哀江頭（七古，新題樂府）

題解

肅宗至德二載（757）春，杜甫身陷安史所據長安，潛往城之東南昔日熱鬧如今死寂的宴遊勝地曲江察看，哀傷感慨而作本詩。

> 少陵野老吞聲哭 [1]，春日潛行曲江曲。
> 江頭宮殿鎖千門，細柳新蒲為誰綠 [2]。
>
> （入——沃）
>
> 憶昔霓旌下南苑 [3]，苑中萬物生顏色。
> 昭陽殿裏第一人，同輦隨君侍君側 [4]。
> 輦前才人帶弓箭，白馬嚼齧黃金勒。

翻身向天仰射雲，一箭正墜雙飛翼[5]。
明眸皓齒今何在，血污遊魂歸不得！
清渭東流劍閣深[6]，去住彼此無消息。
人生有情淚沾臆，江水江花豈終極？
黃昏胡騎塵滿城，欲往城南望城北[7]。

（入——職）

譯文

我這個少陵野老，吞聲而哭。

春日裏，悄悄徘徊在曲江的隱曲。

江邊的宮殿，緊鎖千門，細柳新蒲（應時而生，不過）不知為誰而綠！

想起當年，雲霓般的天子旌旗下臨南苑，苑中萬物都光采生色！

（特別是那位）昭陽殿裏最得恩寵的第一人，同輦隨君，侍在君皇之側。

輦前的特技女官帶着弓箭，白馬嚼嚙黃金的勒，

忽然翻身射向雲天，一箭射出，（串連）墜下兩鳥飛翼！（不久之後，命運之箭改射向最高伉儷——）

明眸皓齒那位絕世佳人，如今何在？（慘死馬嵬坡下的）血污游魂，恐怕欲歸不得！

清清的渭水（經馬嵬、長安、到黃河入海）東流，（天子，西南登）劍閣（而入蜀）幽深。

一個逝去、一個留住，彼此（幽明異路）無有消息！

無奈的是：人生有情，永遠淚沾腮臆！

逝水無情，江花年年照樣開放，無有終極！

又黃昏了，滿城胡騎揚起塵土滿城，在混濁迷茫中，

想走往城南，卻望向城北！

註釋

[1] 長安漢宣帝墓為陵，東南有其後許氏之墓少陵，杜甫曾居二地之間，所以自號「杜陵布衣」、「少陵野老」。

[2] 以上首段，寫長安陷後曲江景象。草木依舊。

[3] 想起舊時彩虹般的旌旗，駕幸曲江東南的芙蓉苑。

[4] 漢成帝時，班婕妤曾辭同輦之邀，且諫君謂三代賢主必以良臣為伴，至亡國之君乃有嬖女在側。其後帝改寵趙飛燕與合德姐妹，居之於昭陽宮殿，此處譏刺明皇之寵楊貴妃。

[5] 以隨駕女侍衛身手，見扈從之盛，一箭而雙鳥墮。日本森大來，謂此在當時，偶博明皇貴妃一笑，由後觀之，則是慘訣之讖（《唐詩選評釋》）暗示馬嵬一劫，在天比翼之鳥就此失侶。內田泉之助《中國名詩註釋》則謂此解穿鑿。其實有無此意，只有杜甫確知。以上第二段，寫安史亂前貴妃隨駕出遊盛況。

[6] 貴妃葬渭水濱，玄宗經劍閣逃入蜀境。

[7] 或解：欲往南回二陵之間的家，而盼望北方王師到來收復。其實杜甫原意，恍如〈觀公孫大娘弟子舞劍器行〉詩（2823）結句所寫，只是「心情昏亂，分不清東西南北」而已。

評說

　　通首用入聲韻，妙達掩抑之情，真所謂「吞聲而哭」，其中寫景描情，自有少陵本色。

2821　哀王孫（七古，新題樂府）

題解

天寶十五載（756）六月初九，潼關破，京師大駭。玄宗命陳玄

禮整比六軍，厚賜錢帛，選馬九百餘匹，十三日清晨黎明，帝獨與貴妃妹妹，親近子，孫妃嬪，極少數宦官、宮人，高力士、楊國忠、韋見素等出延秋門，其他王室人員在外者，皆委之而去，安祿山入京，七月，肅宗即位靈武，祿山報上年其子在長安被殺之仇，於是大戮宗室，雖嬰兒不免。投降官吏又紛作耳目，搜捕王孫以邀功、杜甫偶見一落難者，「不敢長（音「仗」，多餘）語」而哀之以詩。

長安城頭頭白烏[1]，夜飛延秋門上呼[2]。
又向人家啄大屋，屋底達官走避胡。
金鞭斷折九馬死[3]，骨肉不得同馳驅。
腰下寶玦青珊瑚[4]，可憐王孫泣路隅。
問之不肯道姓名，但道困苦乞為奴。
已經百日竄荊棘，身上無有完肌膚。
高帝子孫盡隆準，龍種自與常人殊[5]。
豺狼在邑龍在野[6]，王孫善保千金軀。
不敢長語臨交衢，且為王孫立斯須。
昨夜東風吹血腥[7]，東來橐駝滿舊都[8]。
朔方健兒好身手，昔何勇銳今何愚[9]。
竊聞天子已傳位，聖德北服南單于[10]。
花門剺面請雪恥[11]，慎勿出口他人狙[12]。
哀哉王孫慎勿疏，五陵佳氣無時無[13]。

（平──虞）

譯文

長安城頭聚集了白頭烏鴉，夜飛到西邊，延秋門上呼！

又飛向人家，啄叩大屋，屋底的達官貴人，紛紛走避入侵的匪胡！（逃亡呀！逃亡！天子也逃亡！）

金鞭也斷折了！ 許多匹御馬都跪死了！許多王室骨肉，（所謂「金枝玉葉」）也不得隨同逃亡，千里馳驅！

（看到有個少年人）腰下繫着寶玦青玉珊瑚，可憐這位王孫貴胄，哭泣在路的一隅。

問他，不肯自道姓名，只說困苦不堪，願做（有衣食居住的）家奴！

已經百多日流竄在草莽、荊棘，身上已經沒有，完好的肌膚！（細看他相貌，果然彷彿有點當今帝胄的樣子）

（史書上說：）「漢高祖子孫，都是高鼻梁，」所謂「龍種 」，自然與常人異殊！

（王孫啊！王孫！）如今，豺狼橫行在都邑，龍鳳流亡在荒野，王孫你要好好保重千金之軀！

（此刻，）在通衢大道，不敢多說話了！姑且為了王孫，多站斯須。

昨夜，東風吹來血腥，（先是潼關失守，跟着長安淪陷，被屠殺者無數！）東來的駱駝滿佈舊都，（運走劫掠所得財物無數！）

（負責戍衛京師的）朔方軍，本來號稱能征善戰，舊日何等勇銳，今天何等怯弱庸愚！

悄悄聽聞天子已經傳位，（玄宗禪位於肅宗）繼任的皇帝聖德，咸服了回紇南單于，

（本居花門，以刀割臉面表示大憂、大愁的）這些藩族（忠烈地）請願（出兵相助）替本朝雪恥。（不過，王孫小心啊！）謹慎不要口疏，疏走漏消息，以致被人襲擊伺狙！

可哀啊！可哀！王孫要謹慎，不可粗疏！

（禱願先帝陵墓，列祖列宗多多保佑，）好運氣無時無！

[1] 侯景篡梁，有數以萬計白頭烏鴉集於門樓。

[2] 延秋：長安西門。古人以四方配四季，秋屬西。

[3] 皇帝以下急急逃亡之狀。

[4] 玦：環而有缺之玉佩，身份象徵

[5] 《史記》謂劉邦隆準（高鼻），此處借喻王孫有家族面貌特徵。

[6] 賊入都城，皇帝流亡。

[7] 安史，起於東北，陷東都，破潼關而屠長安。

[8] 肅宗即位靈武，長安為舊部，安史賊黨用駱駝（橐，音「託」）搬運洗劫財物。

[9] 哥舒翰名震西北，奉命率朔方兵等部十二萬守潼關，大敗被擒。參 2811、7201。

[10] 回紇願助唐平亂。

[11] 花門：回紇所駐地，唐人以稱其族。其俗遇大喪大悲則以刀割面（剺，音「梨」）。

[12] 狙：音「追」，獼猴，善伺伏以襲擊，此指偵察王孫行蹤以殺害之者。

[13] 唐高祖獻陵，太宗昭陵，高宗乾陵，中宗定陵，睿宗橋陵，堪輿家謂皆有風水佳氣，可以庇蔭兒孫云云。

評說

所謂金枝玉葉，雖屬虛談，生靈塗炭，終是可憫，何況兒童！末路王孫之悲，文明淪陷之慘，以至杜甫忠愛之誠，盡在此篇可見，不愧「詩史」。

2822　丹青引贈曹將軍霸（七古）

題解

丹青、繪畫顏料，引申為「繪畫」。引，拉弓向後，引申為「延長」、「長歌」，副題「贈曹將軍霸」，三國魏高貴鄉公曹髦（254 — 260 為君）善畫，曹霸即其後人，天寶後期，玄宗常命其畫馬及功臣，官至左武衛將軍。後得罪降為庶民，安史亂後，流落蜀中。代宗廣德二

年（764），杜甫作此詩於成都，又另有〈韋諷錄事宅觀曹將軍畫馬圖〉。

將軍魏武之子孫[1]，於今為庶為清門[2]；
英雄割據雖已矣，文采風流今尚存[3]。

（平——元）

學書初學衛夫人[4]，但恨無過王右軍[5]。
丹青不知老將至[6]，富貴於我如浮雲[7]。

（平——文）

開元之中常引見，承恩數上南薰殿[8]。
凌煙功臣少顏色[9]，將軍下筆開生面[10]。
良相頭上進賢冠[11]，猛將腰間大羽箭[12]。
褒公鄂公毛髮動，英姿颯爽來酣戰[13]。

（去——霰）

先帝天馬玉花驄[14]，畫工如山貌不同。
是日牽來赤墀下[15]，迥立閶闔生長風[16]。
詔謂將軍拂絹素[17]，意匠慘澹經營中[18]。
斯須九重真龍出，一洗萬古凡馬空[19]！

（平——東）

玉花卻在御榻上[20]，榻上庭前屹相向[21]。
至尊含笑催賜金，圉人太僕皆惆悵[22]。
弟子韓幹早入室，亦能畫馬窮殊相；
幹惟畫肉不畫骨，忍使驊騮氣凋喪[23]！

（去——漾）

將軍畫善蓋有神，偶逢佳士亦寫真[24]。
即今漂泊干戈際，屢貌尋常行路人[25]。
途窮反遭俗眼白[26]，世上未有如公貧！

但看古來盛名下，終日坎壈纏其身 [27]！

（平——真）

譯文

曹將軍霸是魏武帝的子孫，如今算是庶民，藉在清門。

曹家英雄割據的軍政事業，算是告一段落了，不過，藝術上的文采風流，却是到今尚存！

他研習書法，最初師承衛夫人，只遺憾未能超越（衛生夫人的另一傳人——）王羲之右軍！

（於是改治繪畫）丹青之樂，令他（如孔子所謂）「不知老之將至」）「富貴於我如浮雲」！

開元年間，他常因天子之召而引見，承蒙主恩好幾次登上南薰殿。

那時，凌烟閣開國功臣圖像日久暗淡少色，曹將軍膺詔下筆，大開富有生命力的新面。

（譬如：）良相頭上的進賢冠，猛將腰間的大羽箭，

（特別又像）褒公段志玄、鄂公尉遲恭，都畫得毛髮皆動，英姿颯爽，活生生的似乎再來酣戰！

（最傑出動人的一幕是：）玄宗明皇帝有匹寶馬玉花驄，畫工如山般眾多而有份量，不過所繪面貌不同。

這天，牽來赤墀之下，昂首皇宮門外，英姿氣度，好像生起萬里長風！

皇上下詔，將軍就受令拂開絹素，在動筆繪畫之前，先花時間心力在構思之中。

（天山駿馬就是龍種）曹將軍構思既定，一動筆不久，九重天產

下的真龍，便以不凡的駿馬形貌生出！萬古凡馬於是一洗而空！

這時，玉花馬竟然就活生生的在御榻之上！榻上的馬，庭前的馬，屹然相向！

至尊天子喜悅極了！含笑催促頒賜獎金——平時辛苦養育的、培訓的，都又羨慕、又惆悵！（片刻，幾管綵筆，就勝過年年月月的勞碌工作！當然：長久的最佳的形象，又確更難能可貴！）

弟子韓幹早已登堂入室，也能畫出馬的不同形相；可惜他只畫肌肉狀貌而不畫風骨，忍心令到驊騮良馬神氣凋喪！

曹將軍善於繪畫，真有風神，偶然遇到有意思的好人物，也畫畫肖像寫真。

即如現在戰爭漂泊的日子，他也屢屢繪畫尋常路上的普通人。

生活與時勢迫人，天才藝術大師，反而遭遇俗人白眼，世上真沒有誰比將軍更貧！

不過，且看以古以來享有盛名的人，何嘗不是也終日坎坷、窮困纏身！

註釋

[1] 曹丕篡漢，追諡父操為魏武帝。

[2] 魏晉南北朝數百年門第社會，人重「士」（官宦世家）「庶」（平民）之別，至唐猶有餘風，天寶末年，曹霸被削籍，變為庶民。

[3] 曹操文武兼資，削平群雄以稱霸華北，同時亦能詩，子孫輩亦受其影響。其後魏國雖亡，而曹氏子孫文采不絕，乃有曹霸之畫馬。以上第一段，氣盛語壯，振起全篇。

[4] 書：書法。衛夫人：名鑠。東晉李矩之妻，善書法，王羲之曾從之學。

[5] 王羲之曾領右軍將軍銜。

[6] 《論語 · 述而》：「發憤忘食，樂以忘憂，不知老之將至。」句意：從繪畫得到最大的樂趣。

[7] 《論語 · 述而》：「不義而富且貴，於我如浮雲。」句意：繪畫使他把富貴都看輕了。以上第二段，言曹霸獻身藝術。

[8] 數：入聲，音「朔」，屢屢。南薰：舊說舜有〈南風歌〉：「南風之薰兮，可以解吾民之慍兮。」（南風吹來帶着草香啊，我的老百姓愁悶都開解了呀！）殿以此為名，在

興慶宮（南內），玄宗經常接見群臣之處。

[9] 貞觀十七年（643）正月，魏徵死，二月，唐太宗命名畫家閻立本繪開國功臣二十四人於長安西內三清殿側之凌煙閣，以作光榮紀念，至此逾五十年，顏色已褪。

[10] 曹霸奉命重繪。

[11] 進賢冠：古代儒者黑布帽，唐代文官戴之。

[12] 弓箭為「冷武器時代」遠程殺敵利器。唐太宗以善開強弓，用四羽大箭名，取其方向準、射程遠、穿力強，以此表揚武功，獎賜功臣。

[13] 褒公段志玄，鄂公尉遲恭，於凌煙功臣圖像分列第十、第七，或特別威猛生動，故作代表。以上第三段，說曹霸特擅畫藝，有特殊業績與光榮。

[14] 驄：青白色馬，名為「玉花」，可見。

[15] 赤墀：宮殿台階朱紅色，故名。

[16] 迥：遼闊、廣遠而清楚。閶闔：天門。句意：玉花驄昂首屹立在宮門旁邊，神采飛揚。

[17] 聖旨命曹霸拂拭白絹，準備畫馬。

[18] 意匠：設計構圖。慘澹（淡）經營：用心籌畫（後人誤解「慘淡」二字，作負面意義，非）。「經營位置」（構圖）是南齊謝赫所舉繪畫六法之一。

[19] 斯須：須臾、轉瞬間。九重：《楚辭·九辯》：「君之門兮九重。」引申為「皇帝」或「皇宮」。真龍：古稱八尺以上之馬為龍，以形容其矯健。龍首的狀貌，其實也以馬頭為原型。此時曹霸所畫之馬，盡顯馬之最佳形貌精神，故說萬古以來，平凡之馬都不配稱馬了，以上第四段，寫韓幹畫玉花驄。

[20] 榻：狹長矮床，用途如今之長沙發。

[21] 榻上之馬，實是曹霸所繪之畫，真假相對，難辨難分。

[22] 圉人：養馬職工。圉，音「遇」。太僕：車馬官吏。惆悵：舊註或解為「讚歎」。意思是連最見慣馬的他們，都稱讚生動。更有說是「訝其畫之似真，非妒其賜金也」，都有道理。不過羨妒反是常情，眼見畫家迅速幾筆，便畫成人人讚歎、皇帝賞金的馬，不禁自愧自歎無此才藝，否則便不必辛辛苦苦照顧那匹真馬了。杜甫用「惆悵」兩字之意應當在此。

[23] 韓幹亦後來畫馬名家，形象多肥，但當時人、物皆尚豐腴碩大，以此為美。以上第五段，說曹霸畫馬之藝，非他人可及。

[24] 畫善：一作「善畫」。偶：一作「必」。「必」是當年選擇之嚴，非佳士則不寫，以與下文「屢貌尋常行路人」相對，以見生活逼人，如用「偶」，則另有「可遇而不可求」，「隨緣順遇」之意。兩字各有佳處。寫真：繪形似之畫，近代日本用此詞以名攝影，又轉回中文，已非原意。

[25] 貌：作動詞用，繪其形貌。

[26] 《晉書》載：名士阮籍，能為青白眼，見到他所看不起的，講禮法的凡俗之士，他就「白眼相加」（大概是眼睛翻上，以瞳孔以外白的部分對着人，表示不屑一瞧），反之就眼睛轉下，正視對方（「垂青」）。

[27] 坎壈：音「砍凜」，疊韻詞，表「不得志」之意。《楚辭·九辯》：「坎壈兮，貧士失職而志不平。」《史記·自序》，歷舉古來名篇，作者都是罹憂受難，遭大打擊之人。杜甫寫到這裏，已經是古今人我，同其一哭了！

評說

　　章法謹嚴，層次清晰，開首兩段，四句一韻，身世、學藝，簡要地交代。家庭的光榮與傳統，藝術的尊嚴與樂趣，都顯示其中。合而觀之，也可視為八句而都用平韻的發端部分。

　　然後每段八句，去、平相隔，先寫人像畫藝之精，跟着兩段細敘畫馬之出神入化，末段慨歎淪落受欺，充滿了愛重、同情，是曹霸的小傳，也是藝術家的命運控訴書。當年的畫家，想必一讀淚流；千百年來無數讀者，特別是經歷過盛衰滄桑的，也必大為感歎！

　　主從分明，對比有方，昔之貴盛，今之坎壈；先學書而後擅畫；畫人已佳，畫馬更有名；畫馬部分，又以真馬與畫馬、養馬人與畫馬人、曹霸與韓幹，一一對比映襯。末段昔則偶（必）逢佳士然後寫真，今則屢貌常人，而且反遭外行白眼。

　　最後以昔盛今衰，一時坎壈與千秋盛名對比，既申不平，又表勉慰，藝術精妙之至！

2823　觀公孫大娘弟子舞劍器行（七古）

題解

　　本詩有序（且也欣賞詩聖的古文）。

大曆二年十月十九日 [1]，夔府別駕元持宅 [2]，見臨潁李十二娘舞劍器 [3]，壯其蔚跂 [4]，問其所師，曰：「余公孫大娘弟子也 [5]。」開元三載 [6]，余尚童稚，記於郾城觀公

孫氏舞劍器渾脱^[7]，瀏灕頓挫^[8]，獨出冠時，自高頭宜春梨園二伎坊內人洎外供奉^[9]，曉是舞者，聖文神武皇帝初^[10]，公孫一人而已。玉貌錦衣，況余白首，今茲弟子，亦非盛顏^[11]。既辨其由來，知波瀾莫二^[12]，撫事慷慨^[13]，聊為《劍器行》^[14]。往者吳人張旭，善草書書帖，數常於鄴縣見公孫大娘舞西河劍器^[15]，自此草書長進，豪蕩感激^[16]，即公孫可知矣^[17]。

序文註釋

[1] 唐代宗時，公元 767 年。杜甫五十六歲。
[2] 夔州曾設都督府，別駕是刺史出行時另乘車馬的次級官吏，這人叫元持，在他家裏。
[3] 戎裝持劍的一種舞劇，前人又或以為女伎雄裝徒手而舞，又或說兼用旗幟、火炬、長綢、棉毬，不一而足。
[4] 蔚：花款。跂：舞步。
[5] 開元時著名舞蹈家。
[6] 公元 717 年，杜甫五六歲。
[7] 都是武舞名，亦二合為一。
[8] 瀏灕：流利。頓挫：有抑揚快慢的動作重點。
[9] 高頭、宜春：皆伎坊名。伎坊：又名教坊，當時皇家歌舞伎教習所（到玄宗親自培訓，稱為「梨園」）。洎，音「寄」，及。外供奉：上述類似機構而設於宮外，隨時提供服務者。
[10] 即玄宗。
[11] 當年的她，容貌、服裝，都非常美麗，而我（一個當年五六歲的小童），如今頭也白了。現在眼前這位弟子，李十二娘，也不是年輕的樣子了！
[12] 問清楚她們的淵源，知道一點一滴都一脈相傳，嫡系正宗。
[13] 撫：循着。慷慨：激動感慨。
[14] 聊：姑且。
[15] 亦武舞曲名。
[16] 奔放、充滿感染力。
[17] 草書、劍舞，都是線條的跳躍奔騰，由受影響者（張）的成就，可見影響者（公孫）是如何神妙了！

昔有佳人公孫氏，一舞劍器動四方。

觀者如山色沮喪 [1]，天地為之久低昂 [2]。
燿如羿射九日落 [3]，矯如群帝驂龍翔 [4]；
來如雷霆收震怒，罷如江海凝清光 [5]。
絳唇珠袖兩寂寞 [6]，晚有弟子傳芬芳。
臨潁美人在白帝 [7]，妙舞此曲神揚揚。
與余問答既有以 [8]，感時撫事增惋傷 [9]。

（平——陽）

先帝侍女八千人 [10]，公孫劍器初第一。
五十年間似反掌，風塵澒洞昏王室 [11]。
梨園子弟散如煙，女樂餘姿映寒日。
金粟堆前木已拱 [12]，瞿塘石城草蕭瑟 [13]。
玳絃急管曲復終 [14]，樂極哀來月東出。
老夫不知其所往，足繭荒山轉愁疾 [15]。

（入——質）

譯文

從前有位佳人公孫氏，一舞《劍器》便聳動四方；

觀賞的群眾擁擠而堅定像山一般，隨着舞容而肅穆緊張、驚心動魄，天地也因之而長久起伏低昂。

一亮劍、一衝刺，燿的一閃像后羿一發神箭，九日俱落；身手矯捷，又如眾仙驂乘龍蟒，上下飛翔。

來勢如雷霆一發即收的震怒，舞式收罷，又像風浪過後的海平江靜，凝照着雲影天光！

（過去好幾十年了！）絳唇的美，珠袖的艷，都只在人們回憶中寂寞存在，幸好晚年弟子（李十二娘）承傳她的才藝芬芳！

這位臨穎美人在白帝城，精妙地表演《劍器》曲舞，神韻揚揚。

她與我問答了好一會，彼此感慨時世，追憶往事，增加了惋惜及悲傷！

玄宗明皇帝侍女八千多人，公孫大娘的《舞器》從開始就高列第一。

五十年間，一下子就過去了，光陰好像反掌，想不到後來無邊無際的動亂，昏渾了王室！

（那無數能歌善舞，才藝超群的）梨園子弟散如雲烟，只有（此刻的《劍舞》之類的）女樂餘姿，映照着西沉的寒日！

金栗堆前，先皇墓木已拱，目下的瞿塘石城，秋草蕭瑟！

此刻，夔府別駕元持府宅中，管弦盛會又一次告終，歡樂極而感慨來，月亮依舊從東升出。

我這老夫，一切茫然，不知方向，只是拖着長滿了硬繭的雙足，步在荒山，轉愁走得太過快疾！

註釋

[1] 沮喪：驚心動魄。
[2] 連天地亦為之升降起伏。
[3] 燿：亮光一閃。羿：太古神話「箭神」的稱號，其字上像箭羽，下為雙手拉弓，「后」本義「元首」，有關「羿」或「后羿」的事不止一宗，亦不是一人，總之與箭有關。據說堯時十日並出，大地枯焦，羿奉命懲戒，怎知他連九日俱落，因此又受罰不許還天（後來其妻嫦娥，又偷食西王母所賜不死藥而奔月）。
[4] 矯健如諸天眾神，騎着群龍飛舞。
[5] 劍舞一收，就如江騰海嘯，突歸安靜，依樣波平如鏡，映日月而生光。
[6] 歲月不饒人，美貌、舞技，都漸漸老去。
[7] 臨穎美人：李十二娘。白帝：夔州。
[8] 有以：有源有本，清清楚楚。
[9] 以上首段，描寫公孫大娘與弟子劍舞。
[10] 先帝：唐玄宗。
[11] 頊：音「洪」，指安史之亂。
[12] 金栗堆：玄宗墓（泰陵）所在。木已拱：（墓旁的）樹木已經大到合抱，語出《左傳·

僖公》三十二年，秦穆公因不滿蹇叔勸阻出師襲鄭而咒罵他之語，唐玄宗死於肅宗
　　上元二年（761），葬於代宗廣德元年（763），至此（大曆二年，767），時日已不少。

[13] 白帝城依石山而建，下臨瞿塘峽。

[14] 玼：珍貴的玼瑁。絃：一作「筵」，指元持宅中歌舞宴會告終。

[15] 流亡奔波太多，足上生繭，本不良於行，但現在反覺走得太快，因為歲月無情、家
　　國盛衰之感，湧上心頭，遲遲不忍離去。情緒即如〈哀江頭〉詩（2820）結句。

評說

　　一般詩家，尚可以「話到滄桑句便工」，何況杜甫？描寫劍舞數
句，尤其形象生動，繪影繪聲。

2824　茅屋為秋風所破歌（七古）

題解

　　肅宗乾元三年（上元元年，760）春，杜甫得親友之助，建草
堂於成都浣花溪旁。八月，大風破屋，大雨繼至，徹夜難眠，於是
作此。

　　　　八月秋高風怒號，卷我屋上三重茅。
　　　　茅飛渡江灑江郊，高者掛罥長林梢 [1]，
　　　　下者飄轉沉塘坳 [2]。

　　　　　　　　　　　　　　　　　　　（平——肴）

　　　　南村群童欺我老無力，忍能對面為盜賊！
　　　　公然抱茅入竹去，唇焦口燥呼不得。
　　　　歸來倚杖自歎息。

　　　　　　　　　　　　　　　　　　　（入——職）

俄頃風定雲墨色，秋天漠漠向昏黑。
布衾多年冷似鐵，嬌兒惡臥踏裏裂[3]。
床頭屋漏無乾處，雨腳如麻未斷絕。
自經喪亂少睡眠，長夜霑濕何由徹[4]！

（入——職）

安得廣廈千萬間，大庇天下寒士俱歡顏，
風雨不動安如山！

（平——刪）

嗚呼！何時眼前突兀見此屋，
吾廬獨破受凍死亦足！

（入——屋）

譯文

八月，秋色高朗，狂風怒號！卷起我屋頂三重茅。

茅飛渡溫小河，灑落江郊，高的，像垂下的網，生長在樹梢。

下的，飄飄轉轉，最後沉在水塘低坳。南村那班孩子，欺負我衰老無力。忍心就在對面為盜為賊；公然就抱着茅草入屋而去，害得我唇焦口燥，呼叫不得。只有垂頭喪氣歸回，倚着拐杖，獨自喘氣歎息！

不久，風定，雲層積聚成了墨色。

廣漠的秋日的天，漸漸變成一片昏黑。

（家裏床上）布衾用了多年，冷而硬得像鐵，小孩子躺臥得極不舒服，一蹬踏裏面就破裂！

這時屋頂漏水正在床頭，結果處處都沒有乾處。雨還繼續下如麻地滴在地上，不斷不絕！

自從喪亡離亂，早已（多憂慮）少睡眠。這樣長夜雨水透濕，怎能捱到天亮通徹！

　　怎得廣大堅固的房子千萬間，大大庇蔭天下貧寒之士，讓大家盡都歡顏！大風大雨也不破不動，安穩如山！

　　啊！什麼時候，眼前突兀見到這些夢想之屋，

　　即使單是我的草蘆吹破，凍死，我也滿足！

註釋

[1] 胃：音「絹」，掛着如垂下的網。
[2] 坳：音「拗」，高平聲，水塘低陷彎曲處。
[3] 或解小兒睡姿不良（「惡」讀善惡之惡）或解小兒哭鬧不肯睡（「惡」讀憎惡之惡）。
[4] 徹：通透；意即長夜如此，怎捱到天明。

評說

　　正因為隨感而發，絕非雕琢經營，結合了他的實際行事與一貫詩作，更見杜甫的真情至性，絕非矯飾。由一身的艱難，而想及天下人的憂患；由眾人的安庇，而不在乎自己的貧寒，因此他不會只是獨憐顧影。人性最光輝一面，表現於他眾多名作之一的這篇。這篇不在《唐詩三百首》中，也是那著名選本的一大缺失。

2825　古柏行（七古）

　　　孔明廟前有老柏[1]，柯如青銅根如石。
　　　霜皮溜雨四十圍[2]，黛色參天二千尺。
　　　雲來氣接巫峽長，月出寒通雪山白。

君臣已與時際會[3]，樹木猶為人愛惜[4]。

（入——陌）

憶昨路遠錦亭東[5]，先主武侯同閟宮[6]。
崔嵬枝幹郊原古[7]，窈窕丹青戶牖空[8]。
落落盤踞雖得地，冥冥孤高多烈風[9]。
扶持自是神明力，正直原因造化功[10]。

（平——東）

大廈如傾要樑棟，萬牛回首邱山重[11]。
不露文章世已驚[12]，未辭剪伐誰能送[13]？
苦心豈免容螻蟻[14]，香葉終經宿鸞鳳[15]。
志士幽人莫怨嗟，古來材大難為用！

（去——送）

譯文

孔明廟前有株老柏，枝像青銅，根如磐石！

樹皮霜白光滑溜雨，粗有四十多圍，青黑茂密的枝葉，直參天空二千多尺！

東來的雲氣，搖接着巫峽遠遠長長，月出的寒光照通了背後的雪山，相映亮白。

當日君臣遇合，乘時創業，際會風雲（早已是歷史美談）至今廟，草木仍然為後人愛惜。

憶起日前繞路經過，成都西郊錦亭之東，先主武侯同一祠廟閟宮。

廟前老柏枝幹高大，增加了郊原氣氛的古樸，廟內繪畫可觀，不過戶牖寂靜虛空！

古柏出眾地盤踞於良好地勢，雖然可羨，不過，位置孤高，更多招烈風。

扶持不倒，自是神明護佑；正直長成，可見造化之功！

大廈傾危，支持維護就要靠樑棟，不過，萬牛回首也拉不動這古柏的丘山之重！

（孔明超卓處不在於文章，正如）古柏紋理，不露世人已驚詫其偉大，古柏亦不避斬伐而為世用，問題在誰能運送？

柏木內層心苦，仍然不免咬囓於螻蟻。柏葉清香，可以枝棲鸞鳳。（孔明人格偉大就是如此）

所以，有志之士、幽隱之人，不要怨嗟。從來才學、心志、命運，並非一致。這是無可如何的：材大，就難以為用！

註釋

[1] 〈夔州歌十絕句之九〉：「武侯祠堂不可忘，中有松柏參天長」。即本詩所詠，時代宗大曆元年（766）。

[2] 溜：滑潤。四十圍：與下「二千尺」皆誇飾虛數。

[3] 劉備與諸葛亮遇合而相得，建立蜀漢，與魏吳鼎足三分。

[4] 兩句全詩宗旨。舊本「雲來」二句在此之下，誤，改正如今本。以上第一段，寫古柏。

[5] 錦江野亭，近杜甫草堂，在成都西部。一本作「錦城」，非。

[6] 閟：音「祕」，深幽隱閉。閟宮：祠廟。成都武侯祠附於劉先主廟。

[7] 崔嵬：高大，即〈蜀相〉：「錦官城外柏森森。」

[8] 窈窕：幽深閒靜。戶牖空：寂寞無人。

[9] 樹雖得地而長，高亦招風。孔明在蜀為相，先主後主皆尊重信賴，但內外之譏讒打擊，必然仍有，刑政軍經，萬機百務，責任更大。

[10] 古柏孔明，皆正直孤高，天生偉烈。以上第二段今昔彼此，襯托作比。

[11] 古柏重如丘山，萬牛拉不動而回首。

[12] 古柏不以花葉之美為名（如孔明之不以辭章名世），但已為世所驚歎。

[13] 古柏對砍伐採用並不辭避，但如此高大沉重，誰能運送（偉才願用世，但世人未必認識、重用）。

[14] 柏心堅苦，仍不免螻蟻擾蛀；孔明國之宗臣（2843），丹心日月，仍不免小人讒毀。

[15] 柏葉有香，鸞鳳來宿；孔明人格芬芳，感召仁人君子於天下後世。末段人柏並寫，而歸慨於材大難用。

　　大材大用，方能濟世，此諸葛之所以為宗臣名相；否則志士幽人，懷才不遇，時危莫挽，欲不怨嗟也不可得。通篇比喻，辭旨分明。

2826　月夜（五律）

題解

　　肅宗至德元載（即天寶十五載，756）八月，杜甫攜家逃至鄜（音「孚」，今陝西富縣，在長安北百餘公里），然後隻身再奔靈武（今寧夏銀川市南四十公里黃河對岸，在鄜州西北約三百公里），中途為叛軍執至長安，此即秋夜思念妻子之作。

> 今夜鄜州月，閨中只獨看 [1]。
> 遙憐小兒女，未解憶長安 [2]。
> 香霧雲鬟濕，清輝玉臂寒 [3]。
> 何時倚虛幌 [4]，雙照淚痕乾。

（平——寒）

譯文

今夜，鄜州的明月，愛妻在閨中，只能獨看！
（在這裏，在京城陷賊的我）

遠遠地憐念稚嫩幼小的兒女。

還未懂得（像母親一樣）深深想念（他們的老父此際困守在）長安！

夜深了，（在室外望月，思念丈夫的）她，如雲的鬢髮一定香霧沾濕。

清冷的月亮一定使她玉臂生寒。

（可憾我就不能照舊的在身邊呵護！）

什麼時候，我們再能聚首，再一同倚着虛薄的簾帷，

並肩望着月（再訴此刻的心事）讓月光把我們離別相思的淚痕照乾！

註釋

[1] 昔時夫妻相倚同望，今則自己獨看，遙想妻亦獨看。看，平聲。
[2] 年幼未懂念父。
[3] 想像妻久立月下之苦，無限憐愛。俞平伯一度謂此二句非寫妻而實詠月裏嫦娥云。
[4] 想像重逢，倚在帷幔之旁，再得共望明月，不再哭泣。

評說

舊日儒生，可能也心有同感而不敢說——又或者，挫磨得已經忘記了想說——就是：聖經賢傳，談君臣父子之道實在不少，談夫妻和順之道實在不多，至於講恩愛的，就更罕有了！所以，杜甫此詩，早就應與《論語》、《孟子》並讀，甚至並尊！有人說全詩實從《文選》卷十三謝希逸〈月賦〉「隔千里兮共明月」一句化出。其實，那七個字也是古今中外人心之所同感，關鍵在誰能把它演繹得親切，動人而細緻而已！

題解

　　至德二年（757）三月，在淪陷於安史之亂中的長安所作。詩中所云「三月」即指季春此時，若祿山之反（755 年底），長安之陷（756年中），至此均不止三個月。

> 國破山河在，城春草木深。
> 感時花濺淚，恨別鳥驚心。
> 烽火連三月，家書抵萬金。
> 白頭搔更短，渾欲不勝簪！
>
> （平——侵）

譯文

國家，破碎了，（觸目傷心的是：）山河，依舊存在；
京城春天，草木依舊幽深。
感傷時世，連花卉的雨滴、露珠，看來都是同流的眼淚；
悲哀離別，連雀鳥的啼叫，聽來都特別動魄驚心！
戰爭烽火，持續到了暮春三月，
極盡艱難才收到的家書，寶貴真抵值萬金！
頭髮都白了，憂傷、勞累，不斷搔抓，脫落得更多了！
幾乎承受不起一根髮簪！

評說

　　誠摯深濃的家國之愛，洋溢在情景交融的四十字之中。為家事國事天下事，事事煩心。他的頭髮白了，脫了，簪快要綰不住了，連一個小官的帽也快戴不起了，同一時代的其他大詩人，有這種深沉憂患之感嗎？有這種震人心絃的詩嗎？

2828　月夜憶舍弟（五律）

題解

　　肅宗乾元二年（759），杜甫棄華州司功之官，舉家流亡渭水上游之秦州（今甘肅天水），「天涯涕淚一身遙」，而「海內風塵諸弟隔」（〈野望〉），篤於手足之愛的他，在白露之夜，仰觀明月，於是寫了本詩。

> 戍鼓斷人行 [1]，邊秋一雁聲 [2]。
> 露從今夜白 [3]，月是故鄉明 [4]。
> 有弟皆分散 [5]，無家問死生！
> 寄書長不達，況乃未休兵 [6]！
>
> 　　　　　　　　　　　（平——庚）

譯文

　　城上戍兵樓，聲聲更鼓，路上沒有人行，

秋天，邊塞肅殺中，偶爾傳來一陣雁聲。

節序是白露了，露，真的從今夜起，因更冷而變白；

懷念故土人情是不變的，不變是故鄉的月亮特別光明！

幾位愛弟，我是有的，不過都分散了，

沒有的是完整、安樂的家──只有思念、思念、思念；沒辦法探問各人的死死生生！

一封又一封家書寄去，一次又一次音訊杳無，不能寄達。

何況如今戰爭仍然繼續，未有休兵！

註釋
───

[1] 戍守者擊鼓戒嚴，行人止步。

[2] 邊地雁聲，遼廓增悲，雁行有序如兄弟，人間兄弟反不得相伴而飛，一聲劃破長空者如是孤雁，則又物我同悲了。

[3] 二十四節氣有「白露」，立秋、處暑之後，秋分、寒露之前，在農曆八月，歲序入涼，益增肅殺。

[4] 月是故鄉一般明亮。月還是故鄉更明。總之，童年回憶，一生珍愛。昔則月下兄弟共嬉，今則月下手足相憶。江淹（444 — 505）〈別賦〉：「值秋雁兮飛日，當白露兮下時。」──「秋露如珠，秋月如珪，明月白露，光陰往來。」

[5] 有弟而一在齊，一在許，無法相見，音問不通，幾等於無弟，而更增繫念。

[6] 無家以各問死生，而更加傷悲。

評說
───

蘇軾、蘇轍讀之，益感親睦；曹丕、曹植有知、倍加愧慚。

好雨知時節，當春乃發生 [1]。

隨風潛入夜，潤物細無聲 [2]。

野徑雲俱黑，江船火獨明。

曉看紅濕處 [3]，花重錦官城 [4]。

（平——庚）

譯文

好雨，真的及時，應節；當時、得令；正正在於春天，他就（幫助造物者）萌發、滋生。

隨着和暖的風，雨潛入春夜，滋潤萬物，細細地沒有揚聲。

野外小徑，雲也都昏黑！江上的船，燈火孤獨地照明！

明朝看看嫣紅的濕處，花已經又燦爛又繁密，在這錦官城！

註釋

[1] 雨，順天；春季方下。

[2] 雨，應人；不礙日間農作，不擾人清夢，滋潤萬物。

[3] 花受潤而紅，夜雨未乾。

[4] 錦官：成都。花更繁，又帶雨，故重。此詩上元二年（761）作。

評說

物理人情，刻劃入微，讀之便覺天地間終有可欣可悅之處。

題解

　　前人多謂代宗永泰元年（765），因嚴武死更感孤立而離成都，舟中所作，或謂更遲。總之晚年又再飄泊，孤淒無奈可知。

　　　　細草微風岸 [1]，危檣獨夜舟 [2]。
　　　　星垂平野闊 [3]，月湧大江流 [4]。
　　　　名豈文章著 [5]，官應老病休 [6]。
　　　　飄飄何所似 [7]，天地一沙鷗 [8]。

　　　　　　　　　　　　　　　　（平——尤）

譯文

　　輕微的風細細的草，植根在江岸；

　　孤獨的夜，高高的桅檣，豎立在孤舟。

　　點點星光，遍天垂亮，平坦的原野顯得更闊。

　　江面反映的月色隨水波動，不斷奔流。

　　我家奉儒，本旨是希聖希賢，不想名聲只是因文章而著；當官，初心是澤民輔主，如今落得老病無用，早要離休！

　　離京入蜀，飄泊江湖，像什麼呢？

　　——茫茫天地，孤獨的、一隻棲宿無處的沙鷗！

註釋

[1] 人生，像岸邊細草，激蕩於時世的浪潮，撥打於命運的風雨。

杜　甫

[2] 文名，像孤高的船檣，隨孤舟而搖蕩於人海世潮之上。

[3] 遼闊平原，星宿在空──在寥廓中，何處是人生的路向？仰首蒼穹，又有什麼指望？

[4] 大江，不捨晝夜地奔流；月光，在上面不由自主地蕩漾，一代詩豪，在無盡的時間洪流中，豈非也是如此？

[5] 不是「自謂頗挺出，立登要路津」，要「致君堯舜上，再使風俗淳」（〈奉贈韋左丞丈二十二韻〉）嗎？不是「許身一何愚，竊比稷與契（〈奉先詠懷〉）嗎？機緣際遇原來如此重要，天意命運原來如此難測。「讀書破萬卷，下筆如有神」，如今就雞肋地著名於文章了，這是我的初願、我的素志嗎？

[6] 如今老了，病了，活該退下崗位了。──我真的甘心嗎？

[7] 一切原來都是虛空、飄浮。盡力掙扎，奮翅飛翔，也只不過隨着氣流，或上或下。

[8] 像無垠宇宙、茫茫天地，一隻小小的──沙鷗。

評說

「半世功名一雞肋，平生道路九羊腸」，無數人異而實同的生活道路，生命感慨，都在這首詩中，此所以他也是「萬古雲霄一羽毛」──縱然也真不過是一隻沙鷗。

2831 登岳陽樓（五律）

題解

岳陽當長江洞庭之會，西門城樓，建於開元時之張說，代宗大曆三年（768），杜甫離蜀而飄泊兩湖，遊此而作。

> 昔聞洞庭水，今上岳陽樓。
> 吳楚東南坼[1]，乾坤日夜浮[2]。
> 親朋無一字，老病有孤舟。
> 戎馬關山北[3]，憑軒涕泗流[4]。

（平──尤）

譯文

早就聽聞浩瀚寬宏的洞庭之水，

如今真的心眼開廣，登上了岳陽樓！

廣大的吳疆楚土，由此分坼！

星辰日月，天地一切，都好像在湖海承浮！（宇宙真大啊！──於是自己更孤獨、渺小──）

親戚朋友，音訊沒收到一個字；

衰老，貧病，相依為命的只有這一葉孤舟！（唉，苦的，又豈止我這一個貧病孤獨老書生呢？）

北望中原，關山阻隔，戰亂不息，

憑着軒檻眺望，不禁涕泗奔流！

註釋

[1] 坼：音「拆」，土裂，洞庭東為吳、西與南為楚，大地在此分開。

[2] 洞庭湖面寬闊，太陽月亮，也好像在湖海東西升降，長空（乾）大陸（坤），不分日夜都像浮在上面。

[3] 安史之亂以來，北方戰亂不息，近年吐蕃又屢屢入寇。

[4] 泗：「四」本義像鼻孔之形，所流出的涕水就是「泗」。

評說

洞庭湖，特別是岳陽樓，何其幸運！「氣蒸雲夢澤，波撼岳陽城」，孟浩然詠之於稍前；由衡山吞江氣象，寄憂樂天下襟懷，范仲淹記之於後代，中間就有詩聖這首名作，頷聯兩句名對，「吳楚東南坼，乾坤日夜浮」，真是生色天地，傳誦今古！

中段以後，當然消沉，因為消沉的是當年國族眾生的共同命運。不只是個人的傷春悲秋，嗟卑歎老，此杜甫之所以偉大。

2832　客至 [1]（七律）

舍南舍北皆春水，但見群鷗日日來。
花徑不曾緣客掃，蓬門今始為君開。
盤飧市遠無兼味 [2]，樽酒家貧只舊醅 [3]。
肯與鄰翁相對飲，隔籬呼取盡餘杯。

（平——灰）

譯文

（我這僻陋的）茅屋南北，都是春天日漲的江水，
（沒有什麼人客了）只見那些熟悉的鷗鳥，日日飛來。
雜花亂草的小徑，沒有為迎接貴賓而好好打掃，
柴草的門扉，現在才為您而打開！
街市太遙遠了，買不到也做不出菜式多味，
舍下太貧陋了，就只有這些劣酒舊醅，
如果蒙你賞光，讓我邀請鄰舍那位老翁一同敍敍，
大家盡情談、盡情吃、盡喝餘杯！

註釋

[1] 原註：「喜崔明府相遇。」肅宗上元二年（761），杜甫在成都浣花溪草堂，一位姓崔的縣令來訪，詩人歡迎，並提議招邀鄰人作陪共飲。
[2] 飧：音「孫」，夕食（晚飯）。
[3] 唐人重新釀之酒，隔年而未濾者為薄。

評說

率直喜客之情，自然渾成之趣，樸厚感人之語，歷來傳誦之詩。

　野望 [1]（七律）

西山白雪三城戍 [2]，南浦清江萬里橋 [3]。
海內風塵諸弟隔 [4]，天涯涕淚一身遙。
惟將遲暮供多病 [5]，未有涓埃答聖朝 [6]。
跨馬出郊時極目，不堪人事日蕭條！

（平──蕭）

譯文

西山，白雪終年，下面是三座城池，保家衛國的軍兵在此終年戍守；

南浦，清清江畔，有座名為可通萬里之橋，（可惜人禍天災，使得難行寸步！）

都在四海之內，總是擾攘干戈，幾位弟弟却音書阻隔，

只有天涯飄泊，只有相思涕淚，只有孑然一身，無親無近──一個字：遙！

惟一能做的是：以遲暮的歲月，供養這一身多病；

慚愧沒有涓滴塵埃的微小報答，我們神聖大的王朝！

騎了馬，郊外散散心，遠眺極目，

最難堪憂的，是什麼社會、文化，都日漸蕭條！

註釋

[1] 肅宗上元二年（761）在成都作。
[2] 西邊岷山，松、維、保三城，戍防着常來侵蜀的吐蕃。（我們將來守得住嗎？）
[3] 南郊，清清江水，上面有當年費禕對諸葛亮說「萬里之行，始於此橋」的那道橋。（我們現在去得到嗎？）
[4] 杜甫四弟：穎、觀、豐、占，同入蜀者只有最幼者。

[5]「供」字極沉痛無奈，做了病魔的獻祭品，只有任憑魚肉。

[6] 未有行一點（埃）一滴（涓）報答國家，是謙虛語，也是無奈語。

評說

　　一起即對，通首工整，而感情真摯，蒼涼沉鬱（後年又有五律〈西山〉三首，同見憂國之誠）。或者以前半四句第五字皆為數目，說是大醇小疵。倘將「諸弟」、「一身」移於句首與「海內」、「天涯」對調即可，但遠不及「海」「天」領句氣象之大，「賢者識其大者遠者」，杜甫何必要人替他辯護呢？

2834　聞官軍收河南河北 [1]（七律）

　　劍外忽傳收薊北 [2]，初聞涕淚滿衣裳 [3]。
　　卻看妻子愁何在 [4]，漫卷詩書喜欲狂 [5]。
　　白日放歌須縱酒，青春結伴好還鄉 [6]。
　　即從巴峽穿巫峽 [7]，便下襄陽向洛陽。

（平——陽）

譯文

　　遠在劍門關外，忽然消息傳來王師已經收搗安史賊巢，收復薊北！

　　初初聞到，驚喜交集，不禁涕淚灑滿衣裳！

　　回頭看看妻子兒女，憂愁一下子消失得不知何在，

　　茫然地、胡亂地，收拾詩書文卷，突來的驚喜幾乎使我發狂！白天，放懷高歌，盡情飲酒；趁着春天，結朋呼伴，好返家鄉！（好！快！回鄉去！回家去！）

讓我們立即出巴峽、穿巫峽；讓我們從長江漢水，經過襄陽，指向洛陽！

註釋

[1] 代宗廣德元年（763）正月，史朝義敗死，河南河北諸州盡復。

[2] 身處劍門關外，遠聞千里之外薊（音「計」，今北京）北的賊巢已搗。

[3] 喜訊忽來，情不自禁。（近代抗日聖戰，艱苦八年，勝利忽來，國人同此感者多矣！）

[4] 看：平聲，患難夫妻，相看而喜，不如話語從何開始，總之一切憂愁，盡拋天外。

[5] 急不及待收拾詩書準備離此寄居之地，而喜不自勝，動作已忘條理。「漫」字極傳神。

[6] 青春：春日正好。《楚辭 • 大招》首句：「青春受謝，白日昭只。」（只，語尾感歎，句意：明媚的春天來臨，萬物更新！太陽真亮麗啊！）八年離亂（755 — 763），國破家亡，長夜漫漫，至此一朝復旦，「整個天都光亮了」的驚喜、歡歎。古今四方皆然。

[7] 有人惋惜這句兩峽東西次序倒錯，巫巴二字皆平聲，對調實也不難。不過倉卒間悲喜交集，一氣呵成，即使真的顛倒，也正好顯示情意的實況，改與不改，也無所謂了。為什麼不從劍門出川，（依玄宗當年所走，和李白〈蜀道難〉所寫的路線）返回長安？大概因為他在洛陽有些荒田，可以收拾耕墾，作為生活。並且，吐蕃侵擾日甚，從成都到長安，一路太不平安了。果然，不久「西山白雪三城」，都「戍」不住了，代宗出走長安又陷，而嚴武又重來成都，要聘他做事，於是又留下四川。

評說

杜甫罕有的喜樂之作，為國家人民的喜樂而歡欣忘形之作。浦起龍《讀杜心解》推為「生平第一首快詩」，極是。

2835 宿府 [1]（七律）

　　清秋幕府井梧寒，獨宿江城蠟炬殘。
　　永夜角聲悲自語，中天月色好誰看 [2]。
　　風塵荏苒音書斷，關塞蕭條行路難。

已忍伶俜十年事 [3]，強移棲息一枝安 [4]。

（平──寒）

譯文

清涼的秋日，幕府井邊，梧桐葉薄，人間漸寒，

獨自留宿江邊城上，（無眠的夜）蠟炬燒殘。

漫漫長夜，悲鳴的角聲，像是自言自語，

當空明月，皎潔朗麗，真好！──只是，有誰欣悅？有誰賞看？

奔波離亂，荏苒之間音書斷絕，

關山阻隔，景物蕭條，引路艱難！

十多年了！飄零孤獨，十多年了！

勉強移居，棲息這裏，只望一枝之安！

註釋

[1] 代宗廣德二年（764），杜甫應嚴武邀到成都作節度使之幕僚參謀，秋宿於衙署，作此詩。

[2] 看：平聲。寄人籬下，志業不展，僚友猜忌，無心賞月；而萬方多難，如己之抑鬱者恐亦甚多。

[3] 伶俜：飄泊困苦之狀。自安史亂起至此，飄泊十年。

[4] 勉強來此，求一枝之寄。

評說

　　四聯皆對，而自然從容全無斧擊之跡，語調沉鬱，音節悲涼，令人感動。

登樓 [1] **（七律）**

花近高樓傷客心 [2]，萬方多難此登臨 [3]。
錦江春色來天地 [4]，玉壘浮雲變古今 [5]。
北極朝廷終不改 [6]，西山寇盜莫相侵 [7]。
可憐後主還祠廟 [8]，日暮聊為《梁甫吟》 [9]。

（平——侵）

譯文

登上高樓，近看繁花滿目，他鄉遊子反覺傷心，

就在這個到處是災難的地方、時間，作客登臨。

錦江的春日景色，來到天地，

玉壘山的浮雲變幻，恍惚往古來今！

萬人共仰的北極星，就係朝廷，始終不改。

西山盤踞的外寇內賊，休要相侵！

可歎可憐的是：蜀漢後主竟然還有祠廟。

（一切都難明、無奈；）日暮了，（我也消沉、苦悶）寄託感慨，

姑且吟詠一下，諸葛早年未出草廬之時喜唱的《梁甫吟》！

註釋

[1] 登樓遠眺，則睹物興懷，古今歷此境界，寫其心情者，不知凡幾，漢末王粲，傷亂離 而悲不遇，遂賦〈登樓〉，歷來傳誦。唐代宗廣德二年（764），杜甫在成都，亦有 感而作。

[2] 客何以見花而傷心？故鄉之花，想亦此時已發，「今日園中卉，閨中只獨看」，一也。 就情感言，物我為一，「感時花濺淚」，二也。就理智言，物我為二，人世有滄桑， 花卉自枯榮，不必問「橋邊紅藥，年年知為誰生」（姜夔〈揚州慢〉），三也。

[3] 八表同昏（陶潛語），萬方多難；偉大詩人的心胸，從來不只安置自己。

[4] 錦江：成都之南，或謂人常濯錦，或說群芳競艷，總之江景秀麗，故稱錦江，有時又概括全城。參看 2825、2829、2838 諸詩及註。

[5] 玉壘：玉壘山，在成都西北，今灌縣（都江堰市）附近，浮雲變幻，如古今世事遷改。

[6] 《論語 · 為政》：「為政以德，譬如北辰（北極星），居其所（在那裏站穩位置）而眾星共之（所有其他星辰都拱衛着它）。」杜甫宣稱：唐，始終是天朝，四邊蠻夷理應擁戴，即如代宗廣德元年（763）十月，吐蕃陷長安，立傀儡為帝，代宗奔陝州，兩月後即恢復，故說「終不改」。

[7] 西山寇盜：吐蕃據川蜀以西之青康藏高原，時侵唐境。杜甫上年（763）有〈西山三首〉詠此。

[8] 成都錦官門外，蜀先主劉備廟，西有武侯諸葛亮祠，東有後主劉禪祠。後主雖庸，但對武侯全心信賴，故得撐持，武侯既逝，不久亡國，後人仍有祠廟祀之。

[9] 舊傳諸葛亮隱居南陽時好為樂府詩歌《梁甫吟》，杜甫崇拜諸葛亮，深慨時主（代宗）昏懦似劉禪，而無才德如諸葛者為之輔佐（或世有人才而代宗不能識起用），將來是否有亡國之憂？是否有祠廟之祀？均不忍言，惟有吟詩寄慨，如諸葛亮未出草廬時之詠《梁甫吟》而已！

評說

發端悲壯沉鬱，繼之以氣象博大，悲天憫人之句，中間兩聯對偶精工而情文兼茂，收結感慨深遠，向推名作。

2837　閣夜 [1]（七律）

歲暮陰陽催短景，天涯霜雪霽寒宵 [2]。
五更鼓角聲悲壯，三峽星河影動搖。
野哭千家聞戰伐，夷歌數處起漁樵 [3]。
臥龍躍馬終黃土 [4]，人事音書漫寂寥！

　　　　　　　　　　　　　　　（平──蕭）

譯文

歲晚了，陰陽遷變，日短夜長了，

遠在天涯的這裏，漫天風雪暫停，跟着是寒冷而長宵。

五更破曉，傳來了戍鼓號角，聲音悲壯，

星光銀河在三峽江水的倒影動搖。

荒野上萬戶千家的哭聲，都因為提起了戰伐，

地方上夷歌處處，揚播在異族的漁樵。

諸葛亮的功勳也好，公孫述的霸業也好，終之都歸於黃土，

也不必着意什麼人事興廢，音訊有無了！—總之，一切都歸於空虛、寂寥！

註釋

[1] 代宗大曆元年（766）冬，杜甫寓夔州西閣之作。
[2] 景：日光，隆冬晝短，歲序逼人。宵：一作「宵」，扣「夜」字。
[3] 少數民族雜居，山歌更增異域之感。
[4] 諸葛亮號臥龍，輔劉備建蜀漢之業；公孫述西漢末據蜀而稱白帝，皆一代英雄，而終歸黃土。

評說

　　是時杜甫好友李白、高適等大詩人，所倚以為生而主理蜀政之嚴武，以及鄭虔、蘇源明等，皆先後去世，自己亦衰病侵尋，回顧一生，志業從未大展，而自安史大劫之後，內外交困，國事日非，其心情苦悶，惟有發之於詩而已。此詩寫歲暮無眠之夜的見聞感想，從當時現實而俯仰古今，寄慨深遠。明胡應麟推此篇與〈登高〉、〈登樓〉、〈秋興〉等，皆屬「全篇可法」的佳作。

丞相祠堂何處尋^[1]，錦官城外柏森森。
映階碧草自春色^[2]，隔葉黃鸝空好音^[3]。
三顧頻繁天下計^[4]，兩朝開濟老臣心^[5]。
出師未捷身先死^[6]，長使英雄淚滿襟^[7]。

（平——侵）

譯文

丞相的祠堂，哪裏找尋？就在錦官城外，那地方松柏幽深。

碧綠的草映照台階，自有春天的氣息，隔着叢密的葉傳出了黃鸝叫鳴，可惜聽到的人稀少，辜負美好聲音！

想當日三顧草廬，先主不辭勞煩，就為了建國安邦的天下大計，

想當年丞相輔佐先主開創，後主守成，充份表現了老成謀國的忠愛之心。

只可惜，出師北伐還未成功，身已先死。

（命運與努力、天心與人事，種種矛盾、無奈）

永遠使有志有能的英雄豪傑，淚下滿襟！

註釋

[1] 肅宗上元元年（760），杜甫初到成都（錦官城、錦城）謁武侯祠。題為「蜀相」，所重在諸葛亮志業、人格，感事傷時，自然亦有「斯人不出，如蒼生何」之慨。
[2] 「自」字極感慨。宜平而仄，突出聲情。人世滄桑，而草木無情，榮枯循環如舊，即其後杜牧所謂「流水無情草自春」（〈金谷園〉6014）。
[3] 黃鶯歌聲雖好，有誰堪聽？「空」字宜仄而平，亦突出聲情。
[4] 劉備三顧草廬，請諸葛亮為相。
[5] 諸葛亮助先主劉備開王業，輔後主劉禪維持局面，忠貞不貳，直至病死。

[6]「管樂有才原不忝，關張無命欲奚如」（李商隱〈籌筆驛〉），蜀漢國力最弱，退守則久必困亡，又失立國精神動力；進攻則接濟困難，師老無功，孔明責任感重，輔佐乏人，於是齎志而沒。

[7] 盡力乘時以圖功立業，謂之英雄；勢易時移，則英雄亦臨末路。人力終不能與天命相爭，力有未逮，而心終不甘。近代梁任公〈自勵〉所謂「世界無窮願無盡，海天寥廓立多時」，雖說「缺憾還諸天地」（沈葆楨《台南鄭成功祠聯》）；而「五百年，故侯安在？使我倚欄看劍，淚灑英雄」（廣州越秀山鎮海樓聯），所以其後永貞改革（805），王叔文臨敗；兩宋之間，抗金英雄宗澤臨終，皆誦此二語。此所謂「長使」。

評說

不只武侯知己，也是千秋有才無命者的知己。

2839-2843　詠懷古跡（七律，五首）

題解

代宗大曆元年（766），杜甫在夔州三峽一帶，覽古跡，念前人，並抒身世家國之感。

2839　其一

支離東北風塵際^[1]，飄泊西南天地間^[2]。
三峽樓臺淹日月^[3]，五溪衣服共雲山^[4]。
羯胡事主終無賴^[5]，詞客哀時且未還^[6]。
庾信生平最蕭瑟^[7]，暮年詩賦動江關^[8]。

（平——刪）

譯文

由東北而來的戰亂，風塵一起，長安就不安，平靜生活就支離破碎，

跟着流離漂泊，直到西南的天涯海角之間。

在三峽樓台中，淹留了不少日月；與服飾奇異的五溪異族，共處於雲霧叢山。

非我族類的胡人主持事務，到底無可信賴；作家哀時的詩篇雖好，到底故鄉也不能回還！

就係庾信一生處境，最是淒涼寂寞，

晚年悲哀的詩賦，感動了經歷的江關！

註釋

[1] 安史亂起，國破家亡，分崩離析。
[2] 兩京殘破，改亂民苦，入蜀寄居。
[3] 歲月淹留於三峽一帶。
[4] 五溪四川之地，眾族異服殊俗，共處雲山之間。
[5] 安史胡亂，回紇尚不可信，吐蕃更暴。「無賴」小兒多作狡猾。
[6] 回鄉無期。
[7] 際遇心情有似庾信，當年亦經此而入北，國家亦逢叛亂，亦為胡人（北周）扣留，亦多鄉關之思。
[8] （彼此）文章動眾，似可喜，而已在喜年，無力復興家國，實更可悲。第一首全組總綱，陳寅恪稱此為庾信〈哀江南賦〉縮本。

2840 其二

搖落深知宋玉悲 [1]，風流儒雅亦吾師 [2]。
悵望千秋一灑淚，蕭條異代不同時。

江山故宅空文藻[3]，雲雨荒臺豈夢思[4]？
最是楚宮俱泯滅[5]，舟人指點到今疑。

（平——支）

譯文

因秋葉搖落引起遲暮感慨，自己到相同處境，就深深體會宋玉之悲！

他風流儒雅，真也是我的老師。

惆悵看到歷史與人物的得失興亡，不禁一灑同情之淚。

特別是身世蕭條相似者，雖則彼此生不同時！

如今江山依舊，故宅猶存，人就逝不能留，空只留下動人的文藻；

譬如〈高唐賦〉神女雲雨的描述，是諷勸、警勉？還是只不過夢幻玄思？

最可惜是當年的楚宮都泯滅了！歷來船夫經過，指指點點，

真正的遺迹確址，到今成疑！

註釋

[1] 宋玉〈九辯〉：「悲哉秋之為氣也，蕭瑟兮，草木搖落而變衰。」
[2] 雖只一介文士，功業不就，而文采風流，亦足為吾師而傳世。《杜詩詳註》謂起二句「失粘」（二四六位置平仄有誤），對調則與以下數句協律。
[3] 故宅尚在，文藻尤存（不只是「猶」），但其人已杳；生命本身難以實在，是古今所同的悲哀。
[4] 宋玉〈高唐賦〉：巫山神女朝為行雲，暮為行雨，與楚懷王夢中歡會。今則樓臺已荒，其人已杳，但神話傳說，代代流傳，幻而又真，近事則明皇貴妃，重色輕國，似乎不盡是夢。
[5] 可惜一切又其實空虛不實，無可取證。第二首，弔宋玉之空文垂後，即以自悲。

群山萬壑赴荊門[1]，生長明妃尚有村[2]。
一去紫臺連朔漠[3]，獨留青塚向黃昏[4]。
畫圖省識春風面[5]，環佩空歸月夜魂[6]。
千載琵琶作胡語[7]，分明怨恨曲中論[8]。

（平——元）

譯文

群山萬壑都（像古今觀光，弔古的人一樣，）奔赴荊門，

這裏還保存着明妃（王昭君）生長的小村，

她一離開漢宮，從此就遠去（另一個世界的）北邊荒漠，

最後只留下傳說中長青的荒塚（月月年年），獨對着塞外的黃昏！

單靠那畫師別有用心的繪圖，賞識不到美麗而溫馨的真正顏面，

空說曾有叮噹環珮的聲音，伴歸了月夜芳魂！

千載以來，琵琶傳遞了胡地的音調，

對天命的懷疑，對人事的恨怨分明是曲中的聲論！

（按）聲論，梵語，意謂聲音之恒常實存，原譯至此論字平聲，苦思成詞未得，偶告英華舊侶徐君民強仁弟，則在網上覓得此詞云，查核適用，遂以成句，敬俟高明，並此誌謝！2019 年 12 月 13 日。

註釋

[1] 江水出峽，蜀山盡而入楚原，最後兩山相對，如荊州之門。地形如此，又似群山萬壑

都如人類，奔赴絕代佳人王昭君生長之所。

[2] 晉時避司馬昭諱，改稱昭君曰明妃。「若道巫山女粗醜，何得此有昭君村？」（〈負薪行〉）

[3] 一離漢宮赴漠北。

[4] 傳說昭君死，其墓常青。「獨」之一字，無限空虛；「黃昏」二字，無限蒼涼。

[5] 舊記：畫工圖妃嬪之容以備漢帝選幸，昭君不屑賄賂，遂被醜繪，其後更以應匈奴和親之請，臨行召見，乃驚才貌為後宮第一，帝悔已無及，遂殺畫師。

[6] 芳魂歸漢，恍惚猶聞環佩之聲。以上三與五、四與六，兩句分別呼應。

[7] 琵琶西域傳入，聲調永帶胡音。

[8] 論：平聲，音「輪」，編織樂句以表幽怨。第三首，哀昭君之遠適異國，即悲己之飄泊異鄉。《杜臆》謂哀肅宗女寧國公主嫁回紇。

2842 其四

蜀主窺吳幸三峽 [1]，崩年亦在永安宮 [2]。
翠華想像空山裏 [3]，玉殿虛無野寺中 [4]。
古廟杉松巢水鶴，歲時伏臘走村翁 [5]。
武侯祠屋長鄰近 [6]，一體君臣祭祀同 [7]。

（平——東）

譯文

蜀主劉備追窺東吳，駕臨三峽，

戰敗駕崩之年，也在這（白帝城的）永安宮。

想像當年帝王的翠華儀仗，展揚在這空山裏，

如今玉殿已經虛無消失在這荒野古寺之中！

古廟外邊的杉松，巢居了水鴨。

逢年過節，奔走着祭拜的村翁！

諸葛武侯的祠屋，常在鄰近，

難得的君臣同心一體，連香火祭祀也相同！

[1] 吳殺關羽，奪荊州，劉備起傾國之師復仇。

[2] 劉備全軍覆沒，敗走魚復，改地名為永安，不久，憤死白帝城永安宮。

[3] 當年皇旗所經，此際只餘空山。

[4] 原註：殿今為臥龍寺，廟在宮東。

[5] 當年文武大員奔走，今日村翁鄉嫗往來。

[6] 孔明廟在近。

[7] 劉備孔明，生則知己遇合賓主相得，死則祠廟相近，祭祀相通。第四首，羨古人之君臣際會，悲一己之終生不遇。

2843　其五

諸葛大名垂宇宙，宗臣遺像肅清高 [1]。
三分割據紆籌策 [2]，萬古雲霄一羽毛 [3]。
伯仲之間見伊呂 [4]，指揮若定失蕭曹 [5]。
運移漢祚終難復 [6]，志決身殲軍務勞 [7]。

（平──豪）

譯文

諸葛亮的大名，永垂宇宙；

與國家精神一體的宗臣，遺像在此供人瞻仰，真是莊嚴肅穆，偉大清高。

當年先與魏吳鼎足三分，再謀發展統一，曲折費盡了籌謀劃策，孔明人格的崇高，志業的偉大，令人恍惚見到萬古雲霄之上，鸞鳳的羽毛！

論創業開邦，與三代的伊尹、呂尚相比，真是不分伯仲；

論輔君守成，又能指揮若定，進攻退守，就勝過漢初的蕭曹！

遺憾的是命運！國運過去了，漢的年祚到底難以興復。

始終可敬可威的是他，堅毅的意志、無私的獻身；繁重的軍務，使他成疾於積勞！

註釋

[1] 《漢書》稱蕭何曹參為一代「宗臣」，即大臣之首要而又與國家永共休戚，功業為天下後世宗仰者。孔明之在蜀漢，「兩朝開濟老臣心」（杜甫〈蜀相〉），即是如此。

[2] 紆：屈曲縈繞，萬端與下句「一」相對。句意：為「勢分三足鼎、業復五銖錢」（劉禹錫〈蜀先主廟〉）而曲折迂迴，費盡心力。或解為「屈抑不展」，大誤！

[3] 人格功業如鸞鳳高翔，千秋共仰，或解為「輕如鴻毛」，大誤。

[4] 與伊尹佐湯建商，呂尚輔周滅紂，同一偉大。

[5] 蕭何曹參興漢功臣，但有文無武，不若孔明之能運籌帷幄之中，決勝千里之外。

[6] 可惜人力終不能與天命相爭，魏終代漢而滅蜀。

[7] 評價人物，應在其志行努力之是非善惡，而不在命運結果之成敗得失，《論語》所謂「知其不可為而為之」，此儒學「知命守義」信仰所在，亦孔明最足欽敬之處──既堅「漢賊不兩立」之志，又念「三顧草廬，一生尊信」之情，於是鞠躬盡瘁，死而後已。杜甫對他所遇、所業，無比欽羨，所以本詩與〈蜀相〉、〈古柏行〉等，都熟誠頌讚。第五首以孔明為一生典範，無限景仰。

詠懷古跡總評說

五首感情投入，議論超卓，情韻豐贍，氣象高華，所詠古人有知，亦必歎為知己。

2844-2851　秋興八首（七律）

題解

因秋而興感，謂之「秋興」（興，去聲，如「慶」）。宋玉〈九辯〉：「悲哉！秋之為氣也，蕭瑟兮，草木搖落而變衰。憭慄兮，若在

遠行，登山臨水送將歸……」是見於《楚辭》的典範。潘岳〈秋興賦〉：「感冬索而春敷兮，嗟夏茂而秋落，雖末士之榮悴兮，伊人情之美惡……」是晉代的名篇。而杜甫〈秋興〉，八首七律，聯為一組，則是他晚年大費心力，刻意創格的傑作。

代宗大曆元年（760），五十五歲的杜甫，因嚴武去世失所憑依，於是沿江東下，寓居夔州。時逢秋日，見景物之蕭條淒冷，懷帝都之富麗高華，憂國家之內困逼，悲交遊之零落逝亡，哀自身之志業不就，感而成七律八首，大意如下：

一、眼前秋色，興起身世飄零之感；

二、由夔州暮景，思念京華，傷時過而無成；

三、由夔州朝景，追憶青春事業受挫，落後於同輩；

四、個人滯塞，由於朝政變衰、外患轉重，最所憂思；

五、回想玄宗政局盛時朝堂宮殿之盛；

六、緬懷長安繁華情況；

七、藉漢喻唐，而傷盛世難復，長安難回，與居蜀之遠；

八、總結回憶，抒發感慨。

2844 其一

玉露凋傷楓樹林，巫山巫峽氣蕭森。
江間波浪兼天湧，塞上風雲接地陰 [1]。
叢菊兩開他日淚 [2]，孤舟一繫故園心。
寒衣處處催刀尺，白帝城高急暮砧。

（平——侵）

譯文

　　白露凝霜了，漸涼的秋氣，凋落了楓林，巫山、巫峽，一片肅殺蕭森。

　　峽江之間，波浪由下而上向天蹴湧；巫山風雲連接大地，由上而下普遍沉陰！

　　留在夔洲，已經兩年；兩度見到菊開而感傷下淚，

　　孤舟獨處，長久地牽繫故園之心。

　　秋深了，處處催迫着趕製寒衣的刀尺，

　　高高白帝城傳來黃昏的聲音，擊打石砧！

註釋

[1] 白帝城高聳山上如要塞。塞上：夔州。
[2] 流落至夔州已歷二秋。

2845 ## 其二

　　　　夔府孤城落日斜，每依北斗望京華[1]。
　　　　聽猿實下三聲淚[2]，奉使虛隨八月槎[3]。
　　　　畫省香爐違伏枕[4]，山樓粉堞隱悲笳[5]。
　　　　請看石上藤蘿月，已映洲前蘆荻花[6]。

　　　　　　　　　　　　　　　　　　　（平——麻）

譯文

夔府孤城，落日西斜；

常常依着北斗方向，想望京華。

巫峽猿啼，聲聲入耳，確是（向來民謠所謂）「猿啼三聲淚斷腸」，

當初以為隨着知己貴人（嚴武）奉使還朝，再親帝澤，怎知又成空想，白白追隨了，據說八月上天的神槎！

久違了！當年在京都左省職事拾遺，輪班值宿，真是記憶猶新。

如今只有寓居的城樓，粉白的垣堞，隱隱傳到悲涼的吹笳。

請看時序遷移，夏末的藤蘿照明，月色已經映照沙洲前面蘆荻之花！

註釋

[1] 北斗：長安在夔州之北。

[2] 巫峽多猿啼，漁者歌曰：「猿啼三聲淚斷腸。」

[3] 古代傳說神話：海上八月有桴槎來。載人上天河，不失期。此句向難確解，較近情理的是：以為隨着節度使嚴武任職，可以登天（至長安京闕）；如今是失期落空了！

[4] 尚書省牆壁，皆粉畫古代賢人烈女，當值侍女執香爐隨入明光殿奏事。伏枕：或解病，或解尚書郎值宿，供應被、枕，句意是：嚴武奏杜甫為尚書工部員外郎，但未至京供職。

[5] 山樓：即所寓西閣。粉堞：城上女牆（短垣），途上堊土。城樓在笳聲中漸隱於黃昏暮色。

[6] 日斜之後月出，先照石上藤蘿，又映洲前蘆荻。日往月來，年歲易得，而功業無成，京華更遠，中央政務，可望而不可即。

2846 其三

千家山郭靜朝暉，日日江樓坐翠微 [1]。

信宿漁人還汎汎 [2]，清秋燕子故飛飛 [3]。

匡衡抗疏功名薄 [4]，劉向傳經心事違 [5]。
同學少年多不賤，五陵裘馬自輕肥 [6]。

（平——微）

譯文

倚山而建的城郭與民宅，靜靜地沐浴在朝暉，

日日江邊樓上，我獨坐靜賞那輕縹欲上青山氣色的翠微，

已經雨夜了，漁夫仍然在江中泛啊又泛；

清秋了，南遷的燕子天上一批又一批飛啊飛！（漁夫、燕子，雖然也為口奔馳，豈非還是更自然、更閒適嗎？）

（我哪，）當初像匡衡一樣上疏直言，不同的是，我獲得的並非獎勉而是想學劉向捨諫議而致力傳經吧，這個心事也不得不違。

當年同學少年，如今多已貴顯，在漢唐開國帝王陵墓的高貴清雅地得意往來，穿的裘輕，策的馬肥！

註釋

[1] 西閣臨江倚山，日日在此，坐於翠微山色之中。

[2] 再宿日「信」。已隔一夜，當地漁人猶泛泛江中，生活悠閒，不催逼於日月（已則「窮年憂黎元，歎息腸內熱」、「恐年歲之不吾與」，遠祖杜預「功名」、「傳經」兩不能承，其苦實甚）。

[3] 清秋燕子，依舊飛飛而去南方（或解杜甫已有南出衡、湘之意）。

[4] 漢元帝時，日蝕地震，時人信天人交感，匡衡乃上疏答君王所問政治得失，遂升官職。肅宗至德二年（757）時房琯兵敗，杜甫為左拾遺，職着諫議，說罪輕不宜罷官，大忤帝意，於是斥離長安，從此不得回中央。

[5] 漢劉向雖奏事不獲採納，猶得在京典校五經，自己則白頭於外州幕府。

[6] 五陵：漢、唐開國五帝之陵，皆在長安近郊，輕裘肥馬於其間者，皆權貴顯榮之士，其中多與己同輩出身者貌尚青春。彼此榮枯窮達，相去甚遠。

聞道長安似弈棋，百年世事不勝悲！

王侯宅第皆新主，文武衣冠異昔時。

直北關山金鼓震 [1]，征西車馬羽書馳 [2]，

魚龍寂寞秋江冷，故國平居有所思 [3]。

（平——支）

譯文

聽說京城政局，恰似奕棋；百年世事，真不勝哀悲！

王侯第宅，都換了新主；文武衣冠，也大異舊時。

這裏夔府正北就是長安，金戈鐵馬，戰鼓經常敲振，

吐蕃侵優不息，王朝征西的車馬與告急文書，東往奔馳！

至於投閒置散的我，在這裏，連魚龍水族都潛隱寂寞，秋江涼冷。

不過，雖在平常日子，總不免國運民命，有所懷思！

註釋

[1] 直北：長安在夔府正北（均在今東經 109 與 110 間），安史陷京以來，戰爭不息。

[2] 西方吐蕃侵邊不斷，曾陷長安，軍事告急文書，插羽以示警疾者，馳送來往。

[3] 此際則秋江冷寂，魚龍無變，惟有自己思潮起伏，懷舊不已。

2848　其五

蓬萊高闕對南山 [1]，承露金莖霄漢間 [2]。

西望瑤池降王母，東來紫氣滿函關 [3]。

雲移雉尾開宮扇[4]，日繞龍鱗識聖顏[5]。
一臥滄江驚歲晚[6]，幾回青瑣點朝班[7]。

（平——刪）

譯文

本來是高宗蓬萊宮的玄宗大明宮，正對終南山，

崇信神仙的帝王，建築了承露金莖，高到霄漢之間。

西望瑤池，期盼王母臨降；東來紫氣，隨太上老君向滿罩函關。
（想當年隨侍君王的所見：）

雲移動，雉尾宮扇也移動；帝袍上龍鱗映照的陽光，讓我有幸瞻
仰到聖顏。

如今，江湖臥病，驚覺一年將盡，又已歲晚，

只是當年一切仍然歷歷在目；宮門青瑣，點算着百官上朝、
列班！

註釋

[1] 玄宗朝之大明宮，高宗龍朔年間（661 — 663）號蓬萊宮，前對終南山。

[2] 漢武帝信方士，造金人於建章宮前，有金莖承露盤，距地二十丈，謂以所得露水和玉
屑服之，可得長生云。

[3] 數句說開元天寶大興土木，廣建宮殿，又迷信道教神仙。

[4] 雲移，則雉尾宮扇亦移，遮陽光、蔽風雨以護君主。

[5] 皇帝袞袍繡有金龍，其鱗為日光映照，遂見帝王之貌，二句寓示已曾獻三大禮賦，以
布衣而榮獲召見，得睹朝儀之盛（今日民主時代，人猶以謁見元首為榮，遑論君主專
制之舊時，志切輔政之杜甫）。

[6] 滄江：江水碧蒼，故稱。引申為郊野江湖隱逸之地。句意是：一離開政治中心，轉眼
就一切都遲暮了！

[7] 宮門青瑣，百官上朝列班其下，點名進退。肅宗乾元元年（758），自己曾拜左拾遺
而列朝班（參看2313），是一生難忘的光榮記憶。可惜只是短暫幾回。

瞿塘峽口曲江頭，萬里風煙接素秋 [1]。
花萼夾城通御氣 [2]，芙蓉小苑入邊愁 [3]。
珠簾繡柱圍黃鵠 [4]。錦纜牙檣起白鷗 [5]。
回首可憐歌舞地 [6]，秦中自古帝王州。

（平——尤）

譯文

如今在瞿塘峽口，所思在長安曲江水頭，

相離萬里的兩地，風煙相接的是同在清秋。（又想起長安景象了：）

夾城的花萼樓，通傳着帝王聲氣；芙蓉小苑，滲入了邊患的傷愁！

宮殿的珠簾繡柱，圍繞着神話裏的黃鵠。

御舟上的錦纜牙檣，飛起了偶然停駐的白鷗。

回頭憶想可愛的歌舞之地，

秦中自周漢到今，都真是帝王之州！

註釋

[1] 秋天，一切蒼白。思潮從夔州一下飛越萬里風煙，又回到了長安，特別是曲江勝境。
[2] 開元二十六年（738），拓展興慶宮花萼樓，建複道（行人天橋）夾着城樓以通芙蓉苑，讓「皇氣」有所通透。
[3] 怎知最後透來的是邊疆戰亂的氣息——「漁陽鼙鼓動地來，驚破霓裳羽衣曲」（白居易〈長恨歌〉）。當日安祿山作反消息傳到，玄宗登花萼樓，愴然置酒，考慮遷都。
[4] 《西京雜記》載：漢昭帝始元元年（86）有黃鵠（鶴）下太液池，時人以為祥瑞。
[5] 御舟之多，令白鷗驚飛。二句寫開元天寶盛時曲江離宮之盛與帆檣之多。
[6] 可憐：可愛。

昆明池水漢時功 [1]，武帝旌旗在眼中。
織女機絲虛夜月 [2]，石鯨鱗甲動秋風 [3]。
波漂菰米沉雲黑 [4]，露冷蓮房墜粉紅 [5]。
關塞極天惟鳥道 [6]，江湖滿地一漁翁。

（平——東）

譯文

想起昆明池為準備南征而開鑿以訓練水師，

就憶念漢朝振揚國盛的大功，

漢武帝的旌旗，就在我此刻迷糊淚眼之中。

池上石刻天河織女，虛度過許多無夫為伴的長夜之月，

石鯨的鱗甲，雷雨之際鰭尾搖動秋風。

水波上漂浮菰來，像沉沉的黑雲，露水隨着蓮房墜下，映照着荷花的粉紅。

如今，我在此仰首北望，重重關塞高入天際，唯有飛鳥可通之道，

滿地江湖，一身漂泊，也不過是茫茫天地之間，一個漁翁！

註釋

[1] 昆明池：漢時西南夷昆明國有滇池，武帝欲伐，乃鑿昆明池於長安西南，以練水師。
[2] 昆明池有二石人，東西相望，像牛郎織女。
[3] 昆明池有石鯨魚，雷雨時能鳴吼而動鰭尾云。
[4] 水上漂浮菰米之多，像黑沉沉的雲。
[5] 露水白蓮蓬墜下，映帶着蓮花的粉紅。
[6] 可惜如今我遠在江湖，與長安只有鳥道可通。

昆吾御宿自逶迤 [1]，紫閣峰陰入渼陂 [2]。

香稻啄殘鸚鵡粒，碧梧棲老鳳凰枝 [3]。

佳人拾翠春相問，仙侶同舟晚更移 [4]。

綵筆昔曾干氣象 [5]，白頭吟望苦低垂。

（平——支）

譯文

昆吾亭、御宿川，武帝上林宮苑曲折逶迤；

轉過紫閣峰北面，到了渼陂；

沿途香稻盛多，到處是鸚鵡啄餘的粟粒，

鳳凰長久棲宿在處處碧梧的丫枝。

春天，在此遊覽拾起綠葉的少女，笑語相問。

黃昏，泛舟的伴侶慢慢游移。

這一些，生花綵筆都曾描繪風光，甚至上達天聽蒙賞於御座。

如今老了，老了，再吟詠，再想望，白頭不禁苦苦低垂！

註釋

[1] 曲曲折折（逶迤，音「威移」）一帶的，是昆吾亭、御宿川。

[2] 紫閣峰：終南山一峰。陂：音「悲」，山坡。以上皆長安勝景，杜甫舊遊。

[3] 二句言渼陂物產之盛，句式倒裝，向來引起議論。或者可以如此理解：一見，是香稻，是禽鳥的啄殘，原來是由宮中的鸚鵡；一看，是碧梧，是禽鳥久棲的梧枝，原來是祥瑞的鳳凰（孔雀之類）。

[4] 遊人之盛。

[5] 綵筆：江淹曾夢郭璞索還五色筆，於是以後作詩不美（「江郎才盡」）。此指昔日自己曾獻賦、詠詩，如今世局已非，己亦白頭，惟有遠望、低吟而垂首歎息而已。

秋興八首總評說

　　八首詩，八個字足以盡之：「身在江湖，心存魏闕。」結合他的一生行事和其他詩篇，都可知字字忠愛，懇切倦倦，由心胸流出，就像讀屈子〈離騷〉，不怪（不是不覺）他詞過穠麗，語多重複，只是不免懷疑：有些人說它是「不可分割，不可顛倒」，是否一定了。

　　有些詞意實在深曲，有些語句結構實在不尋常，葉嘉瑩為這組詩而搜集比對了差不多五十種版本、寫了二十多萬字的《集說》，反對有人譏詆杜甫一些詩句「直墮魔道」、「簡直不通」；更反對終生憎惡駢文律詩的胡適，在《白話文學史》裏說〈秋興八首〉「其實都是一些難懂的詩謎」，「全無文學價值，只是一些失敗的詩玩意兒而已」！她以「句法突破傳統」、「意象超越現實」來概括〈秋興八首〉的特殊成就。二百多年前（乾隆二十九年，1764）編成《唐詩三百首》，選杜詩最多，而〈秋興〉一首也不入的蘅塘退士孫洙，又是否同意呢？（又或者，他也同意「整體不能分割」，因此惟有割愛呢？）

2852　登高 [1]（七律）

　　風急天高猿嘯哀，渚清沙白鳥飛迴。
　　無邊落木蕭蕭下，不盡長江滾滾來。
　　萬里悲秋常作客 [2]，百年多病獨登臺 [3]。
　　艱難苦恨繁霜鬢，潦倒新停濁酒杯。

（平——灰）

譯文

勁急的風，高曠的天，猿猴嘯叫尖遠而悲哀，

島渚清、沙洲白，水鳥起落旋回。

落葉從一望無際的樹木紛紛飄下；

波浪自遠看不盡的長江滾滾奔來！

離家萬里，秋色傷悲，而且終年飄泊；

人生有限，疾病纏身，遠眺解悶而獨上高臺。

歷盡了艱難、痛苦，為幽恨鬢髮都花白了，

最近更潦倒，更多病了，剛剛停止了舉起酒杯！

註釋

[1] 代宗大曆二年（767）重陽，五十五歲的杜甫在夔州登高之作。

[2] 離家萬里，秋風蕭瑟，經常作客，三者不是相加，是相乘。

[3] 人生有限而又無奈，多病而又無治，登臺而又無伴無告，眺望遠方，不論故國重整，
故鄉重回，一切也是無力、無奈，這種悲哀，也不是相加，而是相乘。二句是杜甫一
生寫照。

評說

善於用典的杜甫，這首一典不用；善於裁對的杜甫，這首無一
聯不對。感情沉摯、音律蒼涼，流傳自然，而又氣象宏大，絕沒有窮
酸卑屈，矯揉造作之態。前半溶情入景，後半即事興懷，曲曲傳神，
寫盡這位悲天憫人，而又奔波潦倒，自覺一事無成、百憂熏心的詩
人一生──由壯遊川嶽，腸熱志高，而飄泊江湖，心灰意冷，其悲可
知！前人論詩，每喜就一時一人所好，動輒說那首是唐人第一，那首

是七律冠冕；其實異葩耀彩，藝術創作並沒有，也不需要有秦始皇的席位。不過，敢說這首不是杜甫七律、以至唐詩整體的最好作品之一者，恐怕很少吧？

2853　八陣圖（五絕）

題解

作戰離不開地形，要鳥瞰全局、策劃籌謀，最好是聚沙而作縮影模擬。近代所謂「沙盤推演」（現時更用電腦），古人也有行陣法操練，著名到玄之又玄的是舊傳諸葛亮的「八陣圖」。

「圖」，是「計劃」，不是「圖畫」，雖然從極高處下望整個行兵佈陣的局勢，也像圖畫，據說有天、地、風、雲、龍、虎、鳥、蛇八種陣勢，傳說有多處，而在夔州（今四川奉節）長江北岸魚腹浦大沙灘上的就是杜甫所詠所見。

杜甫作此詩（大曆元年，766）之後半世紀，劉禹錫在《劉賓客嘉話錄》中還記載。此處「聚石分佈，宛然猶存」，即使江水大而復平萬物盡失故態，「諸葛小石之堆，標聚行列依然，如是者近六百年，迄今不動」云云，有人更說是諸葛英靈不昧，所以有此了。

功蓋三分國，名成八陣圖。
江流石不轉，遺恨失吞吳。

（平——虞）

譯文

（諸葛亮的）功勳把誰都蓋過在三國鼎峙的時代，
威名成就並且存留在當年以碎石佈局列陣的八陣圖；
千載百年江水奔流，石頭不轉，（諸葛忠貞的心志也堅定不轉）
遺留的憾恨，是錯失在於吞吳！

評說

前半對偶，在杜甫真是小試牛刀。一起一承，然後第三句一轉——「我心非石，不可轉也」（《詩經・邶風・柏舟》），輔劉備以興復漢室，統一天下之志堅貞不移，八陣圖的石頭也不移，於是轉入全詩的畫龍點睛之句：「遺恨失吞吳」。

可惜眼睛會轉。「遺恨」的是杜甫為什麼不寫他最擅長的五古、七古、五律、七律，而寫寥寥二十字的五絕，而且主意只集中在最後一句，特別是最後三個字：「失吞吳」。

怎解？歷來爭訟不休。可歸納為兩派四說：

一、失策在於吞吳：

甲：因關、張被害而伐吳，更被陸遜火燒連營，全軍覆沒。諸葛亮手訂的聯吳抗曹的國策於是完了。這是遺恨；

乙：勸阻不了劉備唯一的一次不聽他話，這是遺恨。

二、失策在於吞不了吳：

甲：聯吳抗曹是一時之計（拉攏次要敵人，打擊主要敵人），拒吳吞吳才是長久之策（否則八陣圖也不必佈在瞿塘峽口），可惜最後失敗了。這是遺恨；

乙：空有八陣圖，未能好好發揮以吞吳，這是遺恨。

高步瀛、周錫馥諸先生，贊成第二派。看來也更言之成理。金郝居中〈題五丈原武侯廟〉：「籌筆無功事可哀，長星飛墮蜀山摧；三分豈是平生志？十倍寧論蓋世才。」或者最得孔明心事。

問題是以「文言」說「理」。文言因為濃縮，所以更易「意不稱物，文不逮意」（陸機〈文賦〉）。所以唐宋諸賢，說理談佛要用接近白話的語錄體（現代如果用文言來談理論，是開自己玩笑了）。文言而更押韻、對偶，就更難準確（所以古人早說「駢文不便說理」，而志在復興儒學的韓愈，要力倡散體的「古文」。且看祠廟占籤、以至所謂〈推背圖〉、〈燒餅歌〉之類，都用文言韻語，就是要模稜游移，以便隨意隨時，遷就解說。連被推為「文評寶典」的《文心雕龍》，也難免詞意含糊之弊，拙著〈文心風骨群說辨疑〉就曾羅列七八十位名家異說，以比較研究，結論是：原文並非全無責任）。

含蓄、暗示、比興寄託、形象思維……等等，都是極有意趣的藝術。詩的魅力一部分在這裏，「詩無達詁」的困難，也大部分源於這裏。當然，不得不言、而又不想明言的時候，作家有權運用任何藝術技巧。由晚唐李商隱到現代錢鍾書，他們的七律並不是作為「坦白書」而寫的。詩也不必服從邏輯思維的規律。不過，如果一定要用詩，平仄不嚴格、對偶典故不需要、篇幅長而自由的古體，還是好一點，至少猜謎也多一些提示嘛！

〈八陣圖〉的「失吞吳」三字真意，不能再請杜甫甚至諸葛亮親為定說，〈戲為六絕句〉又多有歧解，看來所謂「尺有所短，寸有所長」，雖在詩聖，也在所難免了。

岐王宅裏尋常見 [2]，崔九堂前幾度聞 [3]。
正是江南好風景，落花時節又逢君！

（平——文）

譯文

當年在岐王府第常常見面，

崔九（滌）堂前您的妙曲新聲我也好幾度聽聞。（幾十年了！亂世重逢；）

如今，（中原離亂未息）江南尚好和風細雨，良辰美景，

正在暮春落花時節，又碰到您足下、龜年李君！

註釋

[1] 李龜年：玄宗時著名歌唱家，王公貴人，常邀獻藝，大起第宅於洛陽。安史亂後，流落江南，每遇良辰勝會、演唱舊曲、聞者或掩泣罷酒云云。代宗大曆五年（770）杜甫出蜀流寓潭州（今湖南長沙），遇龜年而作此詩，不久病逝。

[2] 岐王：玄宗之弟，名範。喜文藝。

[3] 崔九：玄宗寵臣，名滌。多智善謔，家中常有雅集。

評說

破敗的家國，淪落的才人，都是可哀的落花。盛衰滄桑之感，淒涼荒落之哀，高度凝煉在一首富於情韻的七絕之中，可謂杜甫晚年此體的代表作。

本書各作者一般作品序列，依《唐詩三百首》原例，先古體，後律絕；先五言，後七言。但杜甫一生作品，即家國與個人歷史；《杜詩詳註》，亦大體以作品繫年為序。本章所選各詩，如依約略寫作年次，可如下序，讀者循此以觀，杜公之生平，更覺清晰：

　　08-01-02-18-09-19-26-21-27-20-16-10-11-12-13-14-15-17-06-07-04-28-05-38-32-29-24-03-33-34-36-22-35-30-53-25-44-45-46-47-48-49-50-51-39-40-41-42-43-37-52-23-31-54

29

（文房 714？—790？）

劉長卿

開元廿一年（733）進士，年輩和杜甫差不多，但以詩名家，則在安史之亂以後，所以一向多列他為中唐作家，但又有推他為盛唐詩人。早達而長壽的他「剛而犯上」，中間也曾兩度貶謫，遠至南巴（今日廣東電白）。所以屢以漢代的賈長沙（誼）入詩，寫幽寒孤寂的遷客心聲，他的詩善以簡淡筆觸，表述感慨，語言修整自然，工於近體，自稱「五言（律詩）長城」，不過意境不夠寬廣，編選《中興間氣集》的高仲武，便評他「詩體雖不新奇，甚能煉飾。大抵十首以上，語意稍同，於落句（結語）尤甚，思銳才窄也。」

 2901　送李中丞歸漢陽別業（五律）

流落征南將[1]，曾驅十萬師。
罷歸無舊業，老去戀明時。

獨立三邊靜 [2]，輕生一劍知 [3]。

茫茫江漢上，日暮欲何之。

（平——支）

譯文

流落江湖的這位征南名將，曾經指揮過百萬雄師！

退休回歸，沒有了舊事業，年紀老了，自然戀念光輝的舊時。

只要他獨當一面、挺立邊防，（自古多戰事的西北、北、東北）三方面都一時寧靜；

他為國忘身的忠勇，他功業的彪炳，一生隨身的寶劍最是相知。

如今感慨今古，極目天涯，在茫茫江漢之際，日暮登臨，

忝在知己，敢問：日後的路，欲往何之？

註釋

[1] 中丞御史李氏，不知何人，曾帶兵南征。
[2] 座鎮於軍，則中國西北（涼州）、北（（并州）、東北（幽州）三邊皆寧。
[3] 惟有隨身寶劍知其忠勇，惟有事業是其知己。

評說

頸聯極豪壯。末句呼應篇首「流落」，但恐更增被送者英雄末路的傷感了。

鄉心新歲切，天畔獨潸然 [1]。
老至居人下，春歸在客先。
嶺猿同日暮，江柳共風煙。
已似長沙傅 [2]，從今又幾年。

（平——先）

譯文

懷鄉的心，新年更是深切。天涯飄泊，獨自不禁淚下潸然！

年紀老了，什麼都居人之下；春天回歸了，可哀在作客的游子之先！

嶺上猿猴啼號，聽着聽着，由朝到暮；

江邊垂柳，輕風吹拂，想着看着，同樣如夢如烟！

已經像當年賈誼的長沙南貶，

從今之後，不知又要再待幾年？

註釋

[1] 潸：音「山」，流淚。
[2] 賈誼曾為長沙王太傅，詳見 2903 及 6616 詩註。

評說

領聯工整淺切而可悲，不只此詩中心，也是歷來許多貶謫作品的共同主題。

　　　　　　　　　　　　　　　　　　　　原韻譯唐詩新賞

題解

　　肅宗乾元元年（758），劉長卿被貶南巴（今廣東雷州半島東北角的電白），秋天肅殺天氣中，途經自古遷客流人幾乎必經之地長沙，特意或者順路探訪賈誼的故居，憑弔古人，傷懷自己，作了此詩。

　　西漢賈誼被稍後的司馬遷把他和屈原放在一傳，表示對這些「賢而時乖運舛，忠而遭讒見放」的貶逐之臣，寄予最大的同情與敬重。賈誼長於文學，記錄了長得敬憐的心聲；卓於政論，超越時代的見解使他孤獨。初受文帝賞識，擢升奇快，興革的主張也多，惹得元老重臣妒忌排斥。貶逐長沙，不幸的命運接踵而來，努力以文章自解的他，終於忍受不住，三十三歲就抑鬱哭泣而死。

　　賈誼經過湘水，曾經寫了有名的〈弔屈原賦〉，傷悼這位汨羅自沉的三閭大夫。踏着相同步跡的許多古來才士，也寫了無數詩文，憐惜這兩位先行者。很出眾的是劉長卿這首。

> 三年謫宦此棲遲[1]，萬古惟留楚客悲[2]。
> 秋草獨尋人去後，寒林空見日斜時[3]。
> 漢文有道恩猶薄，湘水無情弔豈知[4]？
> 寂寂江山搖落處[5]，憐君何事到天涯[6]！

（平──麻）

譯文

　　作為朝廷謫宦的你，三載在此棲遲，

　　留在世間令人萬古同情的是，才德超群而貶楚作客的您，那種不平與傷悲！

　　如今，在深秋草莽之中，我單獨訪尋你的遺宅，在你離開人世（幾乎千載）之後，

　　透過寒冷寂靜的樹林所見，只是虛空迷惘的太陽斜下之時。

　　你遇到的漢文帝，已經是有道明君，君恩尚且淡薄。

　　（他要考慮時勢嘛，他不是已經比楚懷王好得多了嗎？屈大夫又怎樣？）

　　（你弔屈原於湘水，）湘水無情無語，只是不已地長流，弔又豈知？

　　寂寂江山，草木搖落，想見你當日的心緒情景──最同情、最想問的是：為什麼呢？為的是什麼呢？（不放棄、不退隱、不捨離、）寧願流放到這海角天涯！

註釋

[1] 文帝幸得君位，格外尊重元老，又謹慎謙退而崇老子清靜無為，自然疏遠他本來看重的賈誼，外放他為長沙王太傅，大抵也有保全而備用之意，於是在此耽了三年。

[2] 長江中游一帶，自古楚國之地。

[3] 賈誼貶為長沙傅三年，某日有鵩（貓頭鷹）飛入其室，止於座位一角，時俗迷信以為不祥，有「野鳥入室，主人將去」之讖，賈誼於是自傷以命當不久，於是作〈鵩鳥賦〉以自我開解，開首有「四月孟夏，庚子日斜，鵩集余舍」之句。

[4] 詳見題解，參看《史記》卷八十四，本書李商隱〈賈生〉詩（6416）。

[5] 屈原之徒宋玉在《楚辭‧九辯》中的名句：「悲哉秋之為氣也，蕭瑟兮，草人搖落而變衰。」

[6] 對賈誼說，長沙是當時文明世界的盡頭；如今劉氏貶往南巴，更是天涯海角。

評說

音節悲涼，用典適切，對偶工整，感情真摯，後來李商隱〈賈生〉七絕（6416），也慨歎文帝「不問蒼生問鬼神」，都是失意文人同病相憐之感。自負國士，自幸知遇的王安石，就另外一種看法：

> 一時謀議略施行，難道君王薄賈生？
>
> 爵位自高言盡廢，古來何啻萬公卿？

就如班固《漢書》讚論，說是賈誼自己看不開，天年早終而已。不管如何，劉長卿此詩，注下了整個同情與心血，也是他的壓卷之篇：

生命的挫折，令人悲悼自己身世飄萍、年華逝水，在貶謫途中，在肅殺的秋冬之交，悵惘的劉長卿於是到了賈誼故宅，周遭是蕭條冷落，荒煙蔓草，還有那西沉的紅日，沒有帶來寒冷樹林一絲溫暖。

連太陽都不給溫暖，人間又哪得溫暖呢？漢文帝，是方盛之世的仁厚之君了，可惜，種種曲折、隔阻，賈生還是置散投閒，疏離貶謫，何況生逢大亂之後的中唐，遇上平庸之君（唐代宗）的自己呢！

「已似長沙傅，從今又幾年」（〈新年作〉2902）。自己此際，真的體會他的心境了，正如賈生昔日，到了湘水江邊，也必體會屈原的心境。只是，死去了就是死去了，被弔被悼的前人，他真有靈魂、真被安慰嗎？「惆悵南朝事，長江獨至今」（〈秋日登吳公臺上寺〉）、「茫茫江漢上，日暮欲何之？」（〈送李中丞歸漢陽別業〉2901）且看，樓前那滔滔之水，還是如此地無語東流！

暮色更濃了。江山更寂靜了。又一陣秋風吹過，搖落，飄零的枝葉更多了。所謂萬物之靈，所謂人中俊彥，不是其實也和草木一般，榮枯有時，而任由命運擺佈嗎？當年的你，此刻的我，都飄泊到這海

角天涯，又為了什麼呢？

聽彈琴（五絕）

泠泠七絃上 [1]，靜聽松風寒 [2]。
古調雖自愛，今人多不彈。

（平——寒）

譯文

奔流的水聲，奔流的旋律，在七絃琴上，
靜靜地聽、聽、聽那松濤、風浪協奏的清寒。
古樸、古雅、古典——雖然，這音調我自己這樣喜愛，
現在的人，多數已經——唉——不彈。

註釋

[1] 古琴有七絃。泠泠：如水流清脆之聲，音「玲玲」。
[2] 風入松林，寒聲颼颼，古琴曲亦有《松風寒》。

評說

自傷懷才不遇，世乏知音。蘇軾被所親者嘲：「滿肚皮不合時
宜」，亦即此意。

送上人 [1]（五絕）

> 孤雲將野鶴 [2]，豈向人間住？
> 莫買沃洲山 [3]，時人已知處 [4]！

（去——遇御）

譯文

　　孤單的雲，帶着野棲的鶴，（飛，飛……）豈會在人間長居、久住？

　　不要買那前代名僧早已購作福地的沃洲之山，時下眾人，都已經知道這個去處！

註釋

[1] 佛教《十誦律》有四種人：粗、濁、中間、上。內行德智，外有勝行者謂之「上人」，後用為僧人普遍尊稱。

[2] 將：帶領。

[3] 沃洲山在今浙江紹興東，道教七十二福地之一；晉高僧支遁（道林）曾買居而隱於此，後人因稱歸隱曰「買山」。

[4] 歸隱本為避世，隱於名山，又大張揚，反為不得清淨，甚至被疑以退為進。唐人譏作態隱居長安附近著名之終南山，而其實志在揚名求進者，曰：「終南捷徑」，裴迪〈送崔九〉詩（1901），意亦類此。

評說

　　婉而近諷，點到即止。

30

元　結

(次山 715－772)

　　先世鮮卑族拓拔氏，北魏統一北方，孝文帝厲行漢化，改姓為「元」——元，是人首，表示種族文化的更新、開始。天寶十三載（754）進士，次年就安史亂起，南下避難，後來出任文武官職，都著有功勞，詩文兼擅，也是古文運動的先導者，自稱元子。

3001　賊退示官吏（五古）

題解

詩原有序，說：

癸卯歲（代宗廣德元年，763），西原賊（一作「蠻」，在今廣西的當年少數民族變亂）入道州（今湖南西南），焚燒

殺掠，幾盡而去。明年，賊又攻永（湖南零陵）破邵（邵陽），不犯此州邊鄙而退（叛亂者對道州這次卻放過了，不入邊境），豈力能制敵歟？蓋蒙其傷憐而已。諸使（朝廷派來收取賦稅的各級官吏）何為忍苦徵斂？故作詩一篇，以示官吏。

　　　　昔年逢太平，山林二十年。
　　　　泉源在庭戶，洞壑當門前
　　　　井稅有常期，日晏猶得眠。
　　　　忽然遭世變，數歲親戎旃[1]。
　　　　今來典斯郡[2]，山夷又紛然[3]。
　　　　城小賊不屠，人貧傷可憐[4]。
　　　　是以陷鄰境，此州獨見全。
　　　　使臣將王命[5]，豈不如賊焉？
　　　　今彼徵斂者，迫之如火煎；
　　　　誰能絕人命，以作時世賢[6]？
　　　　思欲委符節[7]，引竿自刺船[8]。
　　　　將家就魚麥，歸老江湖邊！

　　　　　　　　　　　　　　　（平——先）

譯文

以往的年歲，碰着太平，我隱居山林二十多年。

泉水源頭，近在庭戶；山洞丘壑，當正門前。

田產賦稅徵收繳納，有經常規矩；（一切依遵王法，）太陽高掛了，還得安眠。

想不到遭逢世界大變（的安史之亂，）幾年間親近了軍旗戎旃！

如今來到掌管這個州郡，山中少數民族又亂事紛然！

城小，賊人懶得劫屠；百姓貧苦，匪寇也覺得可憐。

所以，淪陷的是鄰邑，這裏反而僥倖獲得保全！

中央派來的使臣，帶着皇上的任命，難道竟不如賊焉？

如今那些徵收、聚斂的人員，逼迫人民；緊急、苛酷，甚於火煎。

誰忍心斷絕人民生命，扮演「能吏」。實為「酷吏」，號稱時世的能、賢？

我真想委棄政府任命的符節，拿起竹竿，自己撐船，

帶着家人到魚麥之鄉餬口過活，終老在江湖之邊！

註釋

[1] 親戎旃：旃，音「氈」，赤色曲柄軍旗。句意：參加軍隊。

[2] 典：掌管。

[3] 山夷：山區少數民族，即序中所謂「蠻」。

[4] 人：唐避太宗世民諱，「人」即是「民」。

[5] 將：帶領。

[6] 時世賢：當世認為有能力的人才。

[7] 委：放下。符：古代國君委任兵權的憑證，雙方各取「符」的一半，相合無誤，傳達的命令訊息才確準有效。節：中央外派代表或地方行政首長所持的權責象徵（「使節」）。委符節，就是放下一切官職。

[8] 刺：撐。

評說

　　一位不泯良心、不忘聖賢之教的官吏的懇切自白與勉誡，樸拙可愛，杜甫大為讚賞（見〈同元使君舂陵行有序〉）。在民智未張、民權不展的古代，也實在可貴。不過，大亂之後，內憂外患，政府財用枯竭，廣大農村破敗，胥吏唯知聚斂，官逼民反遍地哀鴻，烽煙處處，難怪詩的最後，也萌露退意了！

31

(715－770?)

岑 參

　　邊塞詩。奇詭突兀的章法、句法、韻律。岑參，荊州江陵人，郡望南陽，祖上幾代為相，佐太、高、睿宗，到他早已孤貧沒落。天寶三載（744）登第，曾兩次出塞，任安西、北庭等節度使書記，戎馬烽煙生活十餘載，與高適並為邊塞詩派代表，多描寫艱苦以歌頌軍魂、表揚功業之作。晚年出守嘉州（四川樂山），後人稱之為「岑嘉州」。

3101　與高適薛據登慈恩寺浮圖（五古）

題解

　　慈恩寺，高宗為太子時為紀念母恩而建。「浮圖」為「佛陀」之異譯，又解作「佛塔」，此屬後者。佛塔起源於印度，初為貯藏佛

陀舍利之墳塚，以至經典、遺物，漸成宗教紀念建築。天寶十一載
（752），岑參與高適、薛據、杜甫、儲光羲五人同登慈恩寺塔，並先
後都有詩。後人頗有評論比較，多認為寫登塔與景色，則岑詩甚好；
連同想像、筆力、胸襟、識見，則仍是杜甫最勝。（參看胡燕青〈大
雁塔的幾個高度〉，《詩風》月刊 85 期）

> 塔勢如湧出，孤高聳天宮。
> 登臨出世界[1]，磴道盤虛空[2]。
> 突兀壓神州[3]，崢嶸如鬼工。
> 四角礙白日，七層摩蒼穹[4]。
> 下窺指高鳥，俯聽聞驚風。
> 連山若波濤，奔走似朝東[5]。
> 青槐夾馳道[6]，宮觀何玲瓏。
> 秋色從西來，蒼然滿關中[7]。
> 五陵北原上[8]，萬古青濛濛。
> 淨理了可悟，勝因夙所宗[9]。
> 誓將掛冠去[10]，覺道資無窮[11]。
>
> （平——東）

譯文

寶塔氣勢像從大地湧出，孤立而高聳，指向天宮。

登臨上塔，好像離出世界，從磴道一步步盤旋而上虛空。

突兀鎮壓在神州之上，崢嶸氣勢，真是鬼斧神工！

四個簷角阻着白日，七層塔頂摩到蒼穹！

向下窺望，指點高飛的鳥；俯首細聽，聞到勁急的風。

（遠看出去：）連綿的山脈，像起伏的波濤，奔走朝東。

（近望平地：）青青的槐樹夾着馳道，美輪美奐的宮觀，何其玲瓏！

秋天景色從西而來，蒼然滿了關中。

（先帝的）五陵分布在北方高地之上，永恆、壯偉，從古就青翠濛濛。

（見到這一切，想到其他一切，）

清淨的道理，了然可以醒悟，殊勝的因果早就應該仰宗。

決意要放下什麼功名富貴去，惟有覺悟真理，對生命幫助無窮！

註釋

[1] 世界：據《楞嚴經》：「世」是遷流；「界」是「方位」，即是在時間中的空間，意義與另一佛教名詞「世間」相同，早已成中文日用詞語。又有所謂「三千大千世界」，包括人所能想像的整個宇宙和萬物萬象。
[2] 石級盤旋，凌空而上。
[3] 神州：古代陰陽家稱中國為「赤縣神州」。
[4] 佛塔層數絕少為偶，七層，即所謂「七級浮屠」。
[5] 中國地形，西北高峻，百川奔向東方大海。
[6] 馳道：秦始皇盡滅六國後，大築馳道以利統治，廣五十步，旁植青松，以備天子馳車走馬之道。
[7] 秦咸陽、漢唐長安、京畿一帶，東函谷、南武關、北蕭關、西散關（或曰隴關），四塞之間，故稱為關中。
[8] 五陵：西漢五帝所葬：高祖長陵、惠帝安陵、景帝陽陵、武帝茂陵、昭帝平陵，皆在渭水北岸原野。
[9] 淨理：佛教清淨寂滅之理。佛教以世界為感受對象，執着則無窮煩惱，如果了然徹悟：「諸行無常，諸法無我」，一切皆幻，則離苦得樂，故此以「苦」、「集」（苦之因）、「滅」（除苦得樂）、「道」（滅的途徑）為「四聖諦」，這就是無上優「勝」、獲得平安喜樂的「因」。佛教以中國為第二故鄉，以唐朝為在華的全盛時期，信眾廣及朝野上下，岑參在此也表示素來宗奉。
[10] 古人以朝冠為官位象徵，掛冠，即辭職。
[11] 佛教宗旨在人心之「覺」，「佛陀」即「覺悟者」，信者認為覺悟之道，令人受益不盡。

　　　　　　　　　　　　　　　　　原韻譯唐詩新賞

評說

　　本詩一韻到底，而層次井然，發端二句仰望，跟着六句攀登漸高所見。既至頂層，先近而下窺（九、十句），繼則遠眺群山起伏如百川朝東，歸宿大海；葬於附近的秦漢帝皇，權威功業，生時極盡顯赫，如今又歸宿何處呢？於是轉入最後四句，以佛理收結。有人惡評他多用佛語（唉，三句而已）；有人惋惜他消極出世思想（唐朝有幾個韓愈呢？）。其實，問題只在思想真不真，技巧好不好；至於寫的是什麼，用什麼詞語，這些作者的自由，是不必（也無可）干涉的。

3102　寄左省杜拾遺（五律）

題解

　　唐代中央，門下、中書兩省分列大明宮宣政殿左右。杜甫時在門下省任左拾遺（有〈春宿左省〉五律），而岑參為中書省右補闕，都是諫議之官。二人交好，以詩相酬。

> 聯步趨丹陛 [1]，分曹限紫微 [2]。
> 曉隨天仗入，暮惹御香歸 [3]。
> 白髮悲花落 [4]，青雲羨鳥飛 [5]。
> 聖朝無闕事，自覺諫書稀。

（平——微）

譯文

我們一起朝拜，步上丹陛，

分別在不同衙署辦公，彼此的區限是在紫微。

清晨，隨皇上儀仗而進入，

傍晚，帶着御爐的香氣回歸。

隨着歲月推移，一次又一次花落了，頭髮由斑白而全白了。

真羨慕青春小鳥，青雲直上、自在高飛！

可喜的是當今聖朝沒有缺失的事，

臣子們不必多生議論，自然感覺諫書寡稀！

註釋

[1] 丹陛：天子殿前台階漆紅色。
[2] 紫微：帝王之星，借指最高政權中心所在。
[3] 早晨隨天子儀仗而入，黃昏帶着沾惹了的帝皇香氣而下班。
[4] 自傷彼此遲暮。
[5] 羨慕自由而且可以居高望遠。

評說

是門面話，也是反話。比照頷聯，便知備位而投閒置散的無奈無聊之苦。有人以尾聯為諛佞，或者以頸聯羨杜悲己，都是看得太粗心了。

題解

天寶八載（749），岑參遠赴西北就任書記途中之作。

故園東望路漫漫，雙袖龍鍾淚不乾 [1]。
馬上相逢無紙筆，憑君傳語報平安。

（平——寒）

譯文

在絲綢之路上，回首在望（長安）故園，遙遠的途路漫漫，
雙袖濕濕、笨笨累累的，涕淚揩拭不乾。
相逢彼此都在馬上，沒有紙筆。
靠你傳話吧：請親友放心；我一切平安！

註釋

[1] 龍鍾：因淚水沾濕而皺濕，盡失光潔。

評說

作者自少孤貧，其時雖未老大，亦非青春，拋家遠宦，又位非
通顯，事業親情，兩難兼顧，心境可知，匆匆記錄當時情感，自然成
文，亦歷來傳誦。

32

（仲文 715？ － 782？）

錢 起

　　吳興人，天寶時登第。安史之亂逃離，其後迎肅宗還京，與王維唱和，官終考功郎中，所以也稱「錢考功」。

　　他被稱為「大曆（代宗年號）十才子」之一，而年代實在最早，詩亦以應酬之作為多，民間疾苦、社會不平之類，着墨殊少。

3201　送僧歸日本（五律）

上國隨緣住[1]，來途若夢行。
浮天滄海遠[2]，去世法舟輕[3]。
水月通禪寂[4]，魚龍聽梵聲[5]。
惟憐一燈影，萬里眼中明[6]。

（平——庚）

原韻譯唐詩新賞

譯文

天朝上國，隨緣來留住，

來中國長安的路，真像夢中旅行。

船舶渡過大海，遠遠地浮天行遠，

求得佛法、超越塵世，真理之舟又穩又輕。

千江有水千江月，禪心一悟，萬象萬法都歸於寂滅，

海裏魚龍百變，一切眾生都有佛性，都能聽能悟梵覺之聲。

最要憐愛是那一盞禪燈之影，

漢和相隔萬里，貫通融合，都盡在一心之明！

註釋

[1] 上國：唐。其時，日本剛與中國通，始仿漢字而製假名，又派遣唐使，效唐法制，受影響而有「大化革新」及其後之文化發展。隨緣：佛教大盛於唐，此時遂亦流入日本。按其教義，一切事物都由內因外緣和合而生。

[2] 中日之間，既隔汪洋，長安又距海甚遠，以其時交通條件，來者可見求道之切。

[3] 佛教精神，在捨離世界，用渡過苦海的大小舟乘為比喻，如果覺悟迷執，放下煩惱包袱，就一切輕省、自在。「法」，包括一切現象、理論。

[4] 水月：佛教以人所認為可戀者，都無非幻象，譬如水中之月、鏡中之花。通達此理，無待無求，人心才可以安和、寧靜。這個境界就稱之為「禪」，是「禪那」的簡稱。

[5] 大海之中，魚龍曼衍；人心之內，七情六慾也不斷蠢動，倘能聽梵音佛理而覺悟，就必寧息。梵：音「飯」，清淨、寂靜之意。

[6] 憐：愛。佛徒以為：禪理如燈，破暗顯明，華嚴宗說又如一燈四面玻璃，則一燈化為萬燈，萬燈亦即一燈，此句祝僧人一身帶真理回日，將可渡化萬眾。所以心境光明，與來時如夢如幻者大有分別。另一方面，來時之夢想、宏願，此時亦已初步實現。

評說

得體、得法；善頌、善禱。

泉壑帶茅茨 [2]，雲霞生薜帷 [3]。
竹憐新雨後 [4]，山愛夕陽時。
閒鷺棲常早，秋花落更遲。
家僮掃蘿徑，昨與故人期 [5]。

（平——支）

譯文

泉流、洞壑，統帶着茅屋，
雲霞就像生起於薜荔的幕帷。
綠竹特別顯得可賞——在新雨之後，
青山非常可愛——在夕陽之時。
閒暇的鷺棲宿得早，秋天的花落得更遲。
囑咐家僮：趕快打掃藤屋蔓生的小徑，
因為昨天已經和好朋友訂了會面之期。

註釋

[1] 補闕：諫議之官，名未詳。
[2] 茨：茅葦所蓋之屋。
[3] 薜：音「敝」，蔓生植物，下垂如帷幕。
[4] 憐：愛。
[5] 期：約會。

評說

前景後情，寄盼友人早來踐約。

33
韓 翃

「翃」是「雄」的異體字。別字「君平」的他，確是才華出眾，生命歷程也絕不平淡。生卒不詳，河南南陽人，安史之亂前一年登進士第，肅宗時入淄青節度使侯希逸幕，代宗時，侯氏逐於部下，他也歸朝，間居十載。德宗建中初（780），因〈寒食〉之詩為君王所賞，任知制誥、中書舍人等職。

《本事詩》載有動人的愛情故事。韓翃貧而高才，鄰居豪達者贈以柳氏妓，極美。既附侯希逸，不敢迎以自隨，作詩慰問：「章台柳，章台柳，往日青青今在否？縱使長條似舊垂，亦應攀折他人手！」柳氏答之：「楊柳枝，芳菲節，可恨年年贈離別，一葉隨風忽報秋，縱使君來豈堪折！」

侯氏入朝，韓隨而再訪柳，但已為立功番將沙吒利所得，一日，韓竟遇柳於街角，互訴相思之苦。少年將士許俊，既知其事，遂借酒意急馳沙吒利家，詐稱沙墮馬而急取柳氏。侯希逸亦同情韓柳而賞許俊，於是奏之代宗，代宗判柳復歸韓，而沙吒利則獲賜絹二千匹云云。

酬程近〈秋夜即事〉見贈 [1]（五律）

長簟迎風早 [2]，空城澹月華。
星河秋一雁，砧杵夜千家 [3]。
節候看應晚，心期臥已賒 [4]。
向來吟秀句 [5]，不覺已鳴鴉！

（平——麻）

譯文

竹蓆長長，風涼的感覺來得更早；
寧靜寂寞的城市裏，滿是淡淡的月亮光華。
一頭飛雁橫過星河，帶來了秋的訊息。
搗衣砧杵的聲音，晚上響起在萬戶千家。
看節令氣候，已經秋天深晚，
滿心記掛期待，睡臥就也變得奢賒。
就這樣，誦念誦念你的佳章秀句，
不覺間已傳出報曉聲音——來自啼鴉！

註釋

[1] 近：一作「延」。
[2] 高竹迎風。
[3] 深秋，人多趕製寒衣，石上搗捶打洗布類之聲，夜尚未息。
[4] 滿心期盼，連睡臥也錯過了。
[5] 秀句：指對方所贈詩作。

評說

四聯分寫景物、節候、思慕和欣賞對方所贈新作，章法井井。

3302　寒食（七絕）

題解

　　寒食節由來已久，在冬至後一百五至六日，或清明前三至一日，歷代稍異。期間禁火、冷食，清明後重開「新火」。晉宋之後，多說此俗起於春秋晉文公為悼念功臣介子推。據《左傳》：文公得位前為公子重耳，流亡在外，介子推事之甚忠，後來論功行賞，竟然遺漏，介子推亦不抗訴，隱遁山中。文公知而求索，誤信人言焚林以逼其出，子推抱木焚死！文公愧悔不已，遂令每年此日禁火，以作紀念云。

　　但據《周禮・秋官・司烜氏》：仲春以木鐸教誡民眾禁火。戰國至漢，陰陽五行之說深入人心，暮春火星初出，懼其太盛，於是禁火以免「夏火」過早侵及「春木」，故有寒食之法云云。

　　漢代規定：寒食禁火，日暮方由宮中燃燭，傳火種至貴戚大臣，然後漸次恢復，韓翃所詠即本此。此詩當時已有盛譽，連德宗亦御筆親題以批官職予之，而不予另一同姓名者。

　　　春城無處不飛花，寒食東風御柳斜 [1]；
　　　日暮漢宮傳蠟燭，輕煙散入五侯家 [2]。

　　　　　　　　　　　　　　　　（平——麻）

譯文

春日，京城，無處不是飛花；

寒食節，東風飄拂，宮中的柳樹柔條吹斜；

黃昏，宮裏傳遞御賜的蠟燭，

輕烟裊裊，散入君王特寵的五侯之家！

註釋

[1] 寒食之俗，以柳枝插於門簷，又當時規定：皇帝取榆柳之火以賜近臣。

[2] 五侯：西漢成帝河平二年（公元前 27），國舅五人同日受封，謂之「五侯」（《漢書 · 元后傳》）。又東漢桓帝延熹二年（159），宦官單超等五人助帝乘皇后死而誅其兄大將軍梁冀，於是有功而同日受封，亦謂之「五侯」（《後漢書 · 宦者列傳》）。唐代外戚之禍不如漢世之烈，而宦官弄權則相似（其實罪惡根源都在君主專制），韓翃此處，總指貴近之臣便是。

評說

　　帝王欣賞拔擢，此詩即使真有諷刺，也極含蓄溫和；但既寫「御柳」之「斜」，又用「五侯」之典，以「形象思維」為能，以「比興寄託」為尚的中國詩學傳統，說此詩有所譏諫，亦合情合理。耐人尋味，正是勝處。

34
常　建

　　寫詩與做官是本質與能力都相距很遠的兩回事。一個王朝建立稍
久，政府位置供不應求，自然失意者眾。因此，「英年早第」然後「屈
沉下僚」「屢遭貶謫」，然後「放浪琴酒」或者「修道學佛」，最後或
「隱居」或「鬱鬱」以終，幾乎是古代許多才人，特別是唐詩作者，
一生的老路。常建也不例外。

　　他的字號、生卒、里籍，都失了記載。開元十五年（727）得進
士，到代宗大曆中，才做過盱眙尉，仕途很不得意。曾招同年登第
的王昌齡同隱。詩風幽玄清逸，境界於今日東瀛京都山林庭院或可
見之。

清谿深不測，隱處惟孤雲。

松際露微月，清光猶為君[1]。

茅亭宿花影[2]，藥院滋苔紋[3]。

余亦謝時去[4]，西山鸞鶴群[5]。

（平——支）

譯文

清溪深不可測，隱居處看到的只有孤雲。

松樹間露出微微的月，光輝清麗還是為了我君。

茅亭有花影伴宿，藥院滋生了苔紋。

我也要告別時世隱居而去，與西山的鸞鶴為群！

註釋

[1]「猶」字極有意趣，世情冷漠，只有微月孤高，清光猶為君而麗。

[2] 月明風靜，花影遂似宿眠。

[3] 種藥的庭院，青苔滋生，可見久無人至。

[4] 與時流告別，隱居山林。

[5] 與鄂渚西山，想像中修道成仙者常伴的鸞鶴為伍。

評說

景美境幽，似招主人重回歸隱。

清晨入古寺，初日照高林。
曲徑通幽處，禪房花木深。
山光悅鳥性 [2]，潭影空人心 [3]。
萬籟此俱寂 [4]，但餘鐘磬音。

（平——侵）

譯文

清晨進入這古寺，

初升的旭日照耀着高高的樹林。

彎曲的小路通到幽靜之處，

禪房周邊的花木又密又深。

山的光景帶出了鳥兒欣悅的本性，

潭池映現了空靈的天水一色，喚起了人類純粹清淨的本心與初心。

萬籟就這樣安寧、靜寂，

只聽到喚醒、戳破一切迷執的鐘磬之音！

註釋

[1] 破山寺：即江蘇常熟興福寺。
[2]「悅」字極好，有萬物自得之感。
[3]「空」字極好，心與潭影，皆如明鏡空靈，照觀萬物皆空幻而無自性，於是不再執着。
[4] 凡物中空而能發聲謂之籟。

評說

　　五律而質樸清玄，有古體之勝。歐陽修極賞其頷聯。其實頸聯鍊字與境界，尤切作者心境與處境。首聯可視為對句，入古寺者清晨，照高林者初日，境界尤美。

　　有人（例如施蟄存）批評這類詩篇，鑄對工練而全篇主題玄而近虛，無教育啟發云云。其實，詩人就如畫家，淡墨幾筆，描寫胸中丘壑，不是藝術嗎？難道一定要繪寫領袖在學校談說，號令「稱爾戈！比爾干！立爾矛！予其誓！」（《尚書・牧誓》），宣召「促爾耕！勖爾植！督爾穫！早織而縷！字而幼孩！遂而雞豚！」（柳宗元〈種樹郭橐駝傳〉）才算對人有益嗎？

35

（720？－790？）

司空曙

　　字文明（或文初），就是「朝陽始出（曙，破曉），一切都光明燦爛」之意。願望是美好而應有的，可惜人生並不常常如此，往往是有家鄉而回歸不能，有親朋而聚會不得。他生活的時代更是中唐，貞觀之治、開元盛世，通通已成過去，社會許多不安。如他一般有才有心，而又性情耿介，不肯干謁趨附權貴的人，就有更大的苦悶，他就以詩歌，尤其是五律近體，描寫這一切。

　　他是河北廣平人，代宗時，被稱為「大曆十才子」之一，曾因戰亂而南遷，亂平，出任洛陽主簿、左拾遺等職，德宗貞元年間，在劍南西川節度使韋皋做幕僚，仍領水部郎中銜（水部掌管津梁舟楫、漕運溝洫），由此他對人生的飄泊羈旅、才士的抑塞窮愁，有更深的體會，而表現在作品上面。

賊平後送人北歸（五律）

世亂同南去，時清獨北還；
他鄉生白髮，舊國見青山。
曉月過殘壘，繁星宿故關。
寒禽與衰草，處處伴愁顏！

（平——刪）

譯文

世間動亂，我們一同逃到南邊去，
時局安定了，你獨自向北方回還。
流落他鄉這段日子，多生了白髮，
回歸舊日家園，又見到親切的青山。
清晨月色下，經過殘破的戰壘，
繁星映照着，寄宿在故舊的關山。
一路上，淒寒的禽鳥，衰敗的野草，
處處伴着人的愁顏！

評說

　　開首四句，是「我們」與「你」兩個對比。青春遭逢世亂，南徙他鄉，由此進入了中年的，是我們彼此；亂平北歸，與故鄉青山重新見面的，是你。清晨，你戴着未落的月，經過殘破的軍壘；傍晚，你披着滿天的星，投宿在舊日的城關，陪伴着愁苦跋涉的你，只有寒禽衰草，山川殘破，這是一個什麼世界啊！

前人曾說這詩中間四句，句式全同，不免瑕疵；不過，在情景交融之下，也不算什麼了。（「過」字讀平聲。）

3502 雲陽館與韓紳宿別（五律）

題解

韓紳，一作「韓升卿」，或即是韓愈四叔韓紳卿。雲陽在今陝西涇陽縣北。館：旅舍。宿別：同宿後又再別。

> 故人江海別，幾度隔山川。
> 乍見翻疑夢，相悲各問年。
> 孤燈寒照雨，深竹暗浮煙。
> 更有明朝恨，離杯惜共傳！
>
> （平——先）

譯文

舊朋友了，在東南江海之間一別，
好幾次遙隔山川。
今次忽然見到，倒疑是在做夢，
大家都悲歎時光消逝，互相問起對方是幾歲？何年？
孤燈寒冷地映照着夜雨，
幽深的竹，似乎飄浮着夢幻的烟。
可恨明天一早又要離別，
離別的杯，讓我們惆悵地、珍惜地、互遞、互送、互傳！

評說

　　朋友離別，好幾年了！山河遠隔，忽然重逢，怎不疑惑是否在夢中相會呢？動亂時代，幻變的人生，彼此臉上都添了滄桑，於是都問起年歲來了！眼前的客舍孤燈，映照着窗外的寒雨；深幽的竹林，飄浮着暗淡的煙霧。在這裏共宿一宵，明天一早又要各奔前程了！要珍惜這聚首的一刻，要傳遞這共飲的盞杯！

　　首聯述別易聚難，頷聯寫乍喜而悲，頸聯是聯床夜話之情，尾聯說又將再別之痛，層次井然，三四兩句，能傳久別乍會之情，一向被推為絕唱。

3503　喜外弟盧綸見宿（五律）

題解

　　也是「大曆十才子」之一的詩人盧綸（本書詩人序列 46），是作者表弟，在他年老窮愁、荒居獨處之時，時常探問。

> 靜夜四無鄰，荒居舊業貧 [1]。
> 雨中黃葉樹，燈下白頭人。
> 以我獨沉久，愧君相見頻。
> 平生自有分 [2]，況是蔡家親 [3]！

（平——真）

譯文

靜寂的夜，四郊沒有近鄰，

荒野家居，物業破舊，總之就是一個字：貧！

雨中，葉子枯黃的樹；

燈下，滿頭白髮的人，

以我孤獨沉淪之久，真慚愧；多蒙你訪晤之頻！

你我平生真有緣份──何況更是婚姻表親！

註釋

[1] 舊業：祖家老屋。盧綸七律〈晚次鄂州〉（4602）：「舊業已隨征戰盡」。
[2] 分：情緣。
[3] 蔡家親：晉名將羊祜，為漢末名儒蔡邕外孫，因有功晉爵，請以賜舅子蔡襲。一作「霍家親」，總之借指「恩深義重的表親」。

評說

從來朋友出於一己選擇，親戚大半不由自主；如果親戚而兼是朋友，並且更是文學的同道中人，彼此又不以榮枯窮達、貴賤貧富而分殊，那就真是難得的情緣了。此詩前半寫老貧獨居、家業破敗之苦，映襯後半表弟親愛之樂，頷聯與王維〈秋夜獨坐〉「雨中山果落，燈下草蟲鳴」相似，而更見淒清。

36

（720？ — 800？）

釋皎然

　　中土僧尼，最初多隨師之所從來而為姓，以冠於法號，如竺法蘭（印度），安世高（安息），支婁加讖（月支），康僧會（康居）等等。至東晉道安認為：師莫如佛，四河入海，不復河名；四姓出家，同歸釋氏。從此佛門子弟，出家後就以「釋」為姓了。

　　中唐著名詩僧皎然，字「清晝」（清明白晝，自必一切皎然了。五代時又有一位同名詩僧，不過並非被尊稱為「晝公」的他吧），俗姓仍然被知是「謝」，因為據説是大詩人謝靈運的十世孫。他不只多產，而且能有理論，著有《詩式》傳世。他很愛重棄嬰出身的一位朋友，這朋友自占《周易》得《漸》卦，卦辭説：「鴻漸於陸，其羽可用為儀」（鴻雁慢慢降落平沙，羽毛豐美、可以用作儀仗），於是以陸為姓，名羽，字鴻漸。多才多藝，特別以茶藝出名，稱為「茶聖」。他們兩位忘年交，酬唱的詩很多，有一次，陸羽剛搬了家，皎然要找他談天，碰不着，於是寫了首五律。

尋陸鴻漸不遇（五律）

> 移家雖帶郭，野徑入桑麻，
> 近種籬邊菊，秋來未著花。
> 扣門無犬吠，欲去問西家。
> 報道山中去，歸來每日斜。

（平——麻）

譯文

遷徙的新居，雖然鄰接城郭，

郊野小路還長着桑麻，

房屋鄰近籬邊種了菊，秋天到了還未開花。

敲門，沒有狗吠，要離開了，試問旁鄰的住家。

據說上山去了，回來時候，每每已經紅日西斜！

評說

不營對仗，而有近體的平仄穩妥，有古體的樸素自然，真是瀟灑出塵之作。

37

（中明）

秦韜玉

　　中心韜藏明潤的美玉，是「自少有詞藻」、「每作人必傳誦」（《唐才子傳》）的這位詩人寫照。最為人熟知是：〈貧女〉一詩。出身寒素、屢試不第的他，於是出入權門，所見所感，自有不少苦悶了。

3701　貧女（七律）

蓬門未識綺羅香[1]，擬託良媒亦自傷；
誰愛風流高格調，共憐時世儉梳妝[2]。
敢將十指誇針巧，不把雙眉鬥畫長。
苦恨年年壓金線，為他人作嫁衣裳。

（平──陽）

譯文

貧門茅舍長大，沒有見識過綺羅之香，

想託好媒人說親，也不免感懷身世，暗自神傷！

誰能喜愛，風雅清流的高尚格調？都只是一窩蜂趨迎時勢，艷抹濃粧。

其實，針指的巧藝功夫，我一點都不遜色別人，只是自有藝術品味，不屑追隨庸眾時尚；鬥把雙眉畫長！

只恨生活逼人，月月年年壓着金線刺繡，（沒機會替自己，而）只是替他人製作婚嫁衣裳！

註釋

[1] 蓬草之門其家貧，綺羅之香在富家。

[2] 「儉」作本字解，是共恤時艱，梳妝求其簡樸。此解與上下句意未順，又與當時風尚不符。文宗太和六年（832）敕：「婦人高髻險妝，去眉開額……費用金錢，過為首飾」。「儉」「險」二字，若解作相通，即指當時流行，亦稱「儉妝」的「時世妝」——如白居易〈新樂府〉中以此為題的：

> 時世妝，時世妝，出自城中傳四方。
> 時世流行無遠近，顋不施朱面無粉。
> 烏膏注唇唇似泥，雙眉畫作八字低。
> 妍媸黑白失本態，妝成畫似含悲啼。
> 圓鬟無鬢椎髻樣，斜紅不暈赭面狀……

因此，本聯意思就是：「什麼是風尚？什麼是流行？什麼是高格調？什麼是好品味？現在的共同愛好，就是異服奇妝！」

評說

在中晚唐奢靡風氣之下，貧女聲聲懇切吐露心事，掩抑低徊，自傷而不失自尊，恰如貧士在舉目盡是門第顯達者的自訴。

38

（正己 ？－785？）

李　端

　　立身須「端」以「正己」，藝術上出眾，卻須奇巧——彈琴者如此，「大曆十才子」之一的他，作詩也如此。

　　少時學仙，代宗大曆五年（770）登第，德宗時曾做杭州司馬，不久因病辭官，不知所終。

3801　聽箏（五絕）

鳴箏金粟柱[1]，素手玉房前[2]。
欲得周郎顧[3]，時時誤拂絃。

（平——先）

原韻譯唐詩新賞

譯文

美妙的箏聲，響起自金粟般的弦柱，

潔白的手，枕在箏上玉房之前。

想得到他，威震天下、及震動你心房的他，知音的名將，周郎回頭關注，

是刻意嗎？是緊張嗎？有人時時錯誤地，拂撥了琴絃。

註釋

[1] 形似金粟的弦柱。
[2] 玉房：華美之所。或解：箏上枕手之處，亦順適。
[3] 三國東吳名將周瑜，亦精音律，人或奏曲有誤，周郎必顧（回首望之）。

評說

女兒心事，刻畫入微。

39

（逋翁 727？ — 816？）

顧　況

　　從一見「白居易」這個青年名字便老氣橫秋地取笑，到再讀「野火燒不盡，春風吹又生」這首滿有生機的好詩便誠懇地讚賞、道歉，顧況的名字，竟因一位後輩詩人而更顯。其實他也是一位有成就的作家。文學觀也和白氏相似。

　　肅宗至德二載（757）登第的他，仕途和當世同樣出身的人差不多，特別的是與名臣李泌相善，隨之而升沉，連生平記載也附在《李泌傳》。晚年隱居茅山而以壽終。

　　字逋翁，號華陽山人，海鹽（今在浙江）人，自然產生的社會現象和文人豐富的藝術想像與附會構成了唐代好幾個「紅葉題詩」的故事，和好幾位著名詩人在傳說中關涉，顧況是其中之一，他寫的一首「宮詞」收在本書。

玉樓天半起笙歌，風送宮嬪笑語和。
月殿影開聞夜漏[1]，水精簾捲近秋河[2]。

（平聲歌韻）

譯文

高高的、還差一半就到天頂的玉樓，飄揚起美妙的笙歌，
清風送來妃嬪輕盈的笑語，美妙諧和。
月殿的影子打開了；銅壺滴漏（歲月就如此有限而又無疆）
捲起水晶簾幕，接近一點（牛女雙星每年一會的）銀河。

註釋

[1] 夜漏：夜間，銅壺滴漏的計時聲音，可見寧靜、寂寞。
[2] 水精：水晶。秋河：秋天的銀河。

評說

末句一個「近」字極好，人間無可告語的寂寞，空虛，幾乎要
「乘風歸去」的想像，都巧妙地透顯。

4○

（八、九世紀間在世）

王　建

　　字仲初，潁川（河南許昌）人，或說代宗大曆時進士，做過一些縣尉、司馬之類地方官職。平生奔走多處，也曾從軍塞上，晚年居於洛陽。與張籍友善，詩風亦近，以淺暢歌行體裁廣泛描寫社會生活，時謂之「張王樂府」。又有宮詞多首，直寫內廷生活，與他人含蓄刻劃妃嬪心情的「宮怨」之作不同。

4001　新嫁娘（五絕）

三日入廚下，洗手作羹湯。
未諳姑食性，先遣小姑嘗。

（平——陽）

譯文

新婚了，三天了，是工場？是戰場？是樂土？進入廚下。
洗淨手，做羹湯。（要取悅家人的心；先討好家人的胃與口）
還未熟悉婆婆飲食的習性，
先送給小姑，請小姑品嘗品嘗。

評說

　　樸素生動，趣似民間歌謠──當然，也可以是比喻新人上任，不
知傳統的習慣和上司的喜好如何（就如新嫁娘子不知道家姑的口味與
飲食習慣），所以先向親信打聽一番。中國歷代詩詞，盡多這種「比
興寄託」的寫法──雖則，王建詩風並非如此。

4002　十五夜望月寄杜郎中

題解

中秋之夜有感，寫給一位官任郎中的姓杜朋友。

> 中庭地白樹棲鴉，冷露無聲濕桂花；
> 今夜月明人盡望，不知秋思落誰家。

（平──麻）

譯文

天階一片亮白，樹上棲了烏鴉；
清涼，寂靜，露水無聲，濕了桂花。
今晚，一輪明月，人人盡望，
不知望月懷人的秋天情思，落在誰家？

評說

中庭何以地白？啼噪漸息的烏鴉，何以見到棲息樹上？這都是皓月當空之故。冷露無聲，地上桂花帶着露水，是秋夜的景象。開首兩句一起一承，轉出第三句中秋之夜，有借明月千里以寄相思者，有月圓人未圓而低徊惆悵者，境況不同，心情各別。末句一作「在誰家」，似乎不及「落」字更能呼應上句：秋思隨明月清輝而灑落某個人家。作者與友人，彼此都是芸芸眾生之一，秋思有無，盡在不言之中了。（思字讀去聲）

41

柳中庸（淡）

　　本名「淡」，以字行，柳宗元族叔，蕭穎士愛其才，招之為壻，與李端交好，常有唱酬，有位同樣能文的弟弟中行，也都為官而早死。

4101 征人怨（七絕）

　　歲歲金河復玉關[1]，朝朝馬策與刀環[2]。
　　三春白雪歸青塚[3]，萬里黃河繞黑山[4]。

（平——刪）

譯文

　　年年歲歲，不是金河，就是玉門關，（東征、西戍……）

朝朝暮暮，策馬的鞭，刀頭的環，（趕人、被趕；殺人、被殺……）

這裏，整個春天都是白雪，當年王昭君整個青春，就永遠歸宿於她的千秋青塚，

（發源青海，長逝東洋）的萬里黃河，也在此迂迴流注，繞轉黑山！

註釋

[1] 金河，內蒙古黃河河套支流，近今呼和浩特、包頭之間。玉關：玉門關。

[2] 策馬之鞭，刀頭之環。

[3] 塞外苦寒，三月猶有白雪，亦可說，孟春、仲春、季春，整個春天都仍然下雪。青塚：王昭君墓四季常青。

[4] 黑山，近金河，屬陰山山脈。

評說

金河、玉關，相距極遠；萬里黃河，亦難只繞一處。黑山，都是泛指，取其名義對偶，讀來不覺堆砌勉強，只因戰士西奔北走的情景實在，長年戍守的悲怨無奈也實在。

42
劉方平

匈奴裔的他，雖然是開國元勳之後，才品容儀俱佳，卻是科舉，參軍都不得志。善畫山水，《唐詩三百首》選錄他兩首七絕也是詩中有畫。——這麼巧，都有窗、有窗紗。透過其中，我們可以看到詩人的心事嗎？

4201 月夜（七絕）

> 更深月色半人家，北斗闌干南斗斜。
> 今夜偏知春氣暖，蟲聲新透綠窗紗。

（平——麻）

譯文

更深了，月亮斜照半城人家，

北斗橫自空中，南斗漸漸西斜。

今夜（遲遲睡不著），偏先感覺到春氣溫暖，

初夏的蟲聲，新新透進了碧綠的窗紗。

評說

夜深了、科月半籠一帶的房屋、轉望天上、星斗縱橫，看到這景象的詩人，不是寂寞無眠麼？

也好，春天的腳步悄悄來了，敏感的小蟲已經從紗窗之外送來了歡迎溫暖的歌聲，詩人，也比大家都早一點接到訊息了。

4202　春怨（七絕）

> 紗窗日落漸黃昏，金屋無人見淚痕；
> 寂寞空庭春欲晚，梨花滿地不開門。

（平——元）

譯文

太陽光從紗窗落下，漸近黃昏；

華麗而空洞的屋子裏，沒有人見到那獨居者的淚痕；

寂寞的庭院空空蕩蕩，春天快過去了，

滿地梨花沒人打掃，又沒人開門。

評說

太陽，又一次離開了，想要望見君王，又惟有盼望另一個明天了，屋子，華麗而空洞，哭泣，又有誰看見呢？

當年，他可能像少年劉徹一般，誓言要為你建造金屋。可是，陳皇后不是一樣給後來的漢武帝安置在長門冷宮嗎？

一天之中的黃昏，一年裏面的春暮，寂寞，特別難過，滿地梨花，慘白的，離別的花，何必打掃呢，何必開門呢？何必又讓我看到呢？

43

（732 ─ 789）

戴叔倫

　　字幼公、次公；一説叔倫是字，名融，金壇（在今江蘇）人。是蕭穎士弟子。避安史之亂至江西，後隨財經名家劉晏，辦轉運民政。晚年任容州（今廣西北流、容縣，近玉林）刺史，也稱「戴容州」。

4301　江鄉故人偶集客舍（五律）

天秋月又滿，城闕夜千重。
還作江南會，翻疑夢裏逢。
風枝驚暗鵲，露草泣寒蟲。
羈旅長堪醉，相留畏曉鐘。

（平──東冬）

譯文

秋天了，月又滿了，

城樓夜色，幽深神秘，像簾幕千重。

我們一班江南好友，又作長安之舍。

這樣偶然而又自然，反覺懷疑：是不是在夢裏相逢！

風吹樹枝，驚飛了暗處的鵲鳥；

露濕野草，好像同樣在深夜悲泣的，是那些鳴蟲。

有家歸未得的我們這一班他鄉遊子，永遠最好是醉、醉、醉，

你勸我多留一下，我求你不要早走，大家都怕聽到響起早上的鐘！

評說

在月圓而人可能未圓的中秋，在萬家如海的京城之夜，發夢一般，竟然一班江南老鄉，在旅店相逢敘了！旅店外邊，爭取短睡的鵲鳥，被風驚起，草地上面，露水沾上秋蟲，好像牠們也在哭泣——這不就是我們這些作客者的心境嗎？

好了！好了！讓我們繼續發夢吧。或者，讓我們都多喝一點酒，醉了，就忘懷了他鄉之苦。多留一會吧！多留一會吧！早晨鐘聲一響，大家又要重新上路，各各散開了。

聚散無常，世事難測，題目的一個「偶」字，透過一首好詩，惹古今多少人同情的喟歎。——還加上露草寒蟲的共鳴呢！「泣」字一本作「覆」，似乎不如了。

戴叔倫

44

（737 — 792?）

韋應物

　　「韋」的本義是熟皮。柔韌以應事接物。古人所以自覺太柔則佩弦，太剛則佩韋。少年的他，卻任俠負氣，壯歲為政也以剛直著稱。後來或因疾病，或已罷官，屢次遁居佛寺，讀書寫作，詩風也淡遠清雅。《四庫提要》稱他源出於陶潛，而溶化於三謝（靈運、惠連、朓），所以「直而不樸，華而不綺」，歷來與王維、孟浩然、柳宗元並稱。可惜《舊唐書》一字不提，《新唐書》也沒有立傳。

　　韋應物出身望族，但家境可能早已蕭條。十五歲以後三年，作玄宗侍衛。安史亂後，家道政途都大變改。四十四歲喪妻，有悼亡詩十餘首，兩女尚幼，社會上也兵連禍結。他寫過一些同情百姓的詩，與元結並稱，而藝術更勝。

> 悽悽去親愛，泛泛入煙霧。
> 歸棹洛陽人，殘鐘廣陵樹。
> 今朝此為別，何處還相遇。
> 世事波上舟，沿洄安得住？

（去——遇）

譯文

悽悽惻惻，離別所親所愛，泛泛浮浮，進入大江的煙霧；
作為乘船歸家的洛陽人，在鐘聲餘響裏離別揚州（廣陵）的樹。
今朝在此分別，不知道哪裏才再幸相遇？
世事，就像波浪上的船舟，
上往也好，下來也好，怎由得自己決定停留、止住？

評說

　　喜歡寫江寫船的作者，和絕大多數見過河海舟楫的人一樣，確實知道人生許多事情不由自主。順流（沿）、逆流（洄），只能隨波；真的長期砥柱中流，恐怕並非人所能夠，這大抵也是人生經驗與自己姓名所給予的長期感召，並非單是這次由揚州經運河入洛陽的途中所感了。「此為」一作「為此」。

客從東方來 [1]，衣上灞陵雨 [2]。

問客何為來？采山因買斧 [3]。

冥冥花正開，颺颺燕新乳 [4]。

昨別今已春，鬢絲生幾縷 [5]。

　　　　　　　　　　　　　（上──虞）

譯文

朋友從東方來，衣上帶着（長安）灞陵的雨。

問朋友：「為什麼來？」（回答是：）「要上山樵採，所以買斧。」

花多眼亂，春天百卉正開；颺颺的雛燕，新離母親的育乳。

昨年離別，今日又是春天，鬢上的白絲，又生了幾縷？

註釋

[1] 客，指馮著，因仕途失意，回京歸隱。

[2] 灞陵：長安東漢文帝墓「霸陵」在此，附近有橋，人常別於此。前時韋送馮往廣州，亦有「送君灞陵岸」之句。

[3] 樵採於山，比喻為歸隱作生活準備。

[4] 小燕學飛。

[5] 憐惜（可能是彼此）兩鬢又添白髮。

評說

　　憂患勞苦的人生途上，貴有關懷存問之友，馮著想必喜有此詩，幸有此友。

　　永日方慼慼 [2]，出行復悠悠 [3]。女子今有行、
大江泝輕舟 [4]。爾輩苦無恃，撫念益慈柔 [5]。幼
為長所育 [6]，兩別泣不休。對此結中腸 [7]，義往
難復留 [8]。自小闕內訓 [9]、事姑貽我憂 [10]。賴
茲託令門 [11]，任卹庶無尤 [12]。貧儉誠所尚 [13]，
資從豈待周 [14]。孝恭遵婦道，容止順其猷 [15]。
別離在今晨，見爾當何秋？居閒始自遣 [16]、臨
感忽難收 [17]。歸來視幼女、零淚緣纓流 [18]！

（平——尤）

譯文

長日憂憂悶悶；出門在即了，又恍恍悠悠。

我的女孩子啊，今天有遠行，沿着大江逆流而上，在那輕舟。

你們姊妹從小就苦於沒有了親母，我對你們撫愛、憐念、更加
慈柔。

幼妹從小由你做姊姊的撫育，此刻要分離了，哭泣不休！

看着這情景，我內心痛苦得腸肚梗阻，只是女大當婚，要嫁出不
能留！

（擔心的是：）你從小缺乏為母為妻的婦女教育，怎樣事奉婆婆
呢？這（自古已然的）難題令我擔憂！

幸賴如今高攀了好人家，仁慈體貼，希望沒有怨尤！

安貧、儉樸。我家確實一向崇尚，嫁粧送禮，豈要期待豐周？

重要是孝順恭敬、遵守婦道，儀容舉止，順合着教養謀猷。

別離就在今晨，（不知）再見面是何歲何秋？

平時開始我還能自遣自解，臨到真正分別，感情就難以控收！

（送嫁之後）回家看着年幼的小女，淚水不禁緣着帽帶奔流！

註釋

[1] 送別歸嫁到楊家的女兒。
[2] 方才是長長的悶日子。
[3] 又要踏上心神恍惚的路。
[4] 我的女孩兒，要逆流而上大江了。（你此去的人生航程，會怎樣呢？）
[5] 你兩姊妹從小就失去了媽媽，想起來就格外憐惜了。
[6] 從小姊代母職。（姊妹感情十分好）
[7] 看見兩姊妹難捨難離，我自己內心痛苦得好像梗住了。
[8] 女子總要許配他人，離家另立門戶。
[9] 從小（沒有母親）得不到「為妻為母」的教導訓誨。
[10] 怎樣和婆婆相處呢？這從古如斯的難題帶給我最大的憂慮。
[11] 幸好現在是高攀了一門好人家。
[12] （他們都）關懷體貼，希望（我女兒）錯誤可以避免吧。（「任卹」一作「仁卹」）
[13] 我們真是崇尚儉樸。
[14] 嫁妝就不講究豐富完備了。
[15] （最重要是）儀容舉止，合規合矩。
[16] 平時還能夠自我開解。
[17] 真的離別之時，情感就控制不住了。
[18] 送嫁以後，回來看（二度失去母愛的）小女兒，我的眼淚就熱滾滾的，從帽帶兩邊流下來了。

評說

讀者如果有類似的身份和處境，又或者能夠同情、想像，應該難免眼睛潤濕。

江漢曾為客[1]，相逢每醉還[2]。
浮雲一別後，流水十年間。
歡笑情如舊，蕭疏鬢已斑。
何因不歸去？淮上有秋山[3]！

（平——刪）

譯文

當年我們曾經在江漢之間作客，

每次會面都不醉無歸。

自從上次像浮雲一別，歲月如同流水，又已經過了十年之間！

大家會面歡笑，感情歡洽依舊，只是彼此都頭髮稀疏、兩鬢花斑，

為什麼不歸去！只因，在這裏，淮上，有清秀的秋山！

註釋

[1] 長江最大支流漢水，上游在秦嶺與大巴山之間的陝南谷地，即詩題所稱「梁州」（一作「梁川」），作者十年前生活於此。

[2] 友朋相處甚歡。

[3] 韋氏〈登樓〉詩：「坐厭淮南守，秋山紅樹多」。清沈德潛《唐詩別裁》卷十一云：「語意好，然淮上實無山也。」按淮河大平原確無丘陵。此句語意，頗有歧解：自問自答，一也（又：秋山可賞，一也；秋山阻行，二也）。二句一問，二也。（難道因有秋山而不歸？一也；既無秋山而仍不歸，其故何在？二也）「有」字或作「對」字。「鬢」或作「髮」。

評說

情意親切，尾聯則含蓄曲折，耐人尋味。

題解

德宗建中四年（783），韋應物離京赴任滁州刺史時寄懷朋友，並述近況，李儋元錫或以為二人，但其詩均佚，或以為李儋（負荷也，即今擔字）字元錫（錫，賜也，與「儋」字義通），照詩的語氣，特別首句，似是一人。韋此詩之可重可賞，均不在此。

去年花裏逢君別，今日花開又一年！
世事茫茫難自料，春愁黯黯獨成眠。
身多疾病歸田里，邑有流亡愧俸錢[1]。
聞道欲來相問訊，西樓望月幾回圓[2]。

（平——先）

譯文

去年春花盛放的時節，碰到你的離別；今日花開又已一年！

世事茫茫，難以自己預料；春天的愁緒，沉沉黯黯，獨自成眠。

身多疾病，歸回田里；主管的地方有流亡的民眾，作為負責的官吏，自愧俸錢！

聞說你要光臨問問近況，（我是何等歡欣，何等盼望呢！）我在西樓眺望期盼，已經幾度月圓！

註釋

[1] 歷代均盛讚此句為仁者之言。在人民無代議監督官吏的古代，也惟有靠讀聖賢書者的良心自覺了。

[2] 聞說你要來探望，可是等到今天，已經好幾個月了。

有離別懷思之情，有推心置腹之誠。仁人才士，此詩兼之。

4406 秋夜寄丘員外 [1]（五絕）

懷君屬秋夜 [2]，散步詠涼天。
空山松子落，幽人應未眠 [3]。

（平——先）

譯文

懷念您啊，正值這秋天的夜，

腳步閒散，吟詠着爽氣涼天。

此際——您那處也是吧——空山的松子又一顆掉下了，

隱遁幽居的您呀，大概還沒有睡眠！

註釋

[1] 丘丹，排行二十二，詩人丘為之弟，時在臨平山學道。

[2] 屬：適值、連繫着，音「足」。

[3] 我在這裏，很想念你。偶然，空山靜夜，松子跌落了，那聲音令我想起：你那邊呢？
你會聽到一樣的聲音嗎？你還未睡吧？道教有神仙食松樹果子之説，作者用此意象，
聯繫同一時間的兩個空間。

評說

意境幽玄，語言雋永。

獨憐幽草澗邊生 [2]，上有黃鸝深樹鳴 [3]。
春潮帶雨晚來急，野渡無人舟自橫 [4]。

（平——庚）

譯文

獨自愛憐那清幽的草，在澗水旁邊靜靜滋生。

上邊黃鸝在葉茂枝繁的深處叫鳴；

春天潮水帶着大雨，黃昏的流勢更急，

郊野渡口，沒有人迹，浮擺着的那條小船，任隨風浪擺布地縱橫。

註釋

[1] 滁州，在長江與淮河，巢湖與洪澤湖之間，作者時已罷刺史，閒居城西西澗。
[2] 澗水喧流，旁邊小草默默地生長；小草，人都不會留意，單獨作者卻憐愛它。
[3] 高高在上的，是黃鶯在樹叢裏叫。
[4] 黃昏的郊野，下雨，潮水急漲，渡頭卻寂靜無人，空讓那船橫在水邊。（宋代畫院，曾以末句為著名畫題。）

評說

　　平凡景物，一經組織點染，便成名篇，關鍵在開首「獨憐」兩字，令以下所有本來「無我」之境，都表現了作者的襟懷志節。

　　黃鸝鳴聲悅耳，居於高處，蔭於深樹；幽草則生於澗邊，流去、流來；潮長，潮消。整體看來平靜，它卻實在絕不平安，不知什麼時

候，還被人毫不留情地踐踏。

　　船，算是有可依的渡頭了，不過，船是用來永遠泊在岸邊的嗎？人有時歎息：欲濟無舟，此刻是有舟而無人來渡。——是太晚了？是雨橫風狂？抑或潮水太急、太漲？

　　在宦海浮沉，厭畏了波濤洶湧，此刻是置散投閒，這首詩的讀者，明白作者的心情嗎？會不會是無所寄託、無所比喻的「碧澗荒郊臨春雨」的圖卷？

45

（君虞 748 — 827）

李 益

　　祖籍隴西姑臧（即清以來的武威），前、後、南、北四個涼國皆
以此為都。安史亂起（755），壓境的強鄰吐蕃乘機自青海入侵，少
年李益隨家南徙洛陽。代宗大曆四年（769）中進士，被稱為「大曆
十才子」之一。長於五律。在不大亨通的官運之後，轉入軍中，詩風
隨生活歷練，變為深沉豪邁。德宗建中四年（783）又登拔萃科，任
侍御史，仍然浮沉於戎幕生涯。不過也避開了德、順、憲三帝之間、
永貞政變前後的中央政治風暴。風暴過後，他回朝為官，他的詩作也
就超於流連光景、慕道求仙，諸體兼工，尤其長於七絕，佳者直逼王
昌齡、李白。所作競為教坊取以為歌。

　　李益中進士後，婚表弟詩人盧綸的族妹。可惜感情不諧，他變得
疑妒萬端。後來蔣防的《霍小玉傳》就以他和一位名妓的戀愛糾紛，
寫成精彩動人的傳奇小說。

喜見外弟又言別 [1]（五律）

十年離亂後，長大一相逢。
問姓驚初見，稱名憶舊容。
別來滄海事 [2]，語罷暮天鐘。
明日巴陵道 [3]，秋山又幾重！

（平——冬）

譯文

十年的戰亂分離，彼此都長大了，竟又得再相逢！

詢問姓氏，驚以為陌生初見；

清楚了名字，就憶起了舊日熟悉的彼此顏容！

相別以來，滄海尋回許多變化世事，

似乎講不完的話舊，到告一段落，已經響起了暮鐘！

明天，你又要離別，踏上巴陵之道，

秋天的山，清楚地又相隔多重！

註釋

[1] 外弟：表弟。

[2] 滄海：古代傳說中的神仙自言長壽，屢次見到滄海化為桑田，有時桑田又化為滄海。
（見《神仙傳 · 麻姑》）大抵這類成語說法，多是燕齊（河北、山東濱海地帶）方士
由經歷與傳說誇大而成。萬千年來，黃河由此出渤海、黃海。不斷泛濫沖積、斷流、
改道，有時甚至奪淮而出東海，中國最大的黃淮平原，就是由此形成。於是也有「滄
海颺塵」、「滄海桑田」、「歷盡滄桑」等形容世事多變的成語。

[3] 巴陵：今湖南岳陽，在洞庭湖出長江處，《元和郡縣圖志 · 江南道三 · 岳州》：「昔
羿屠巴蛇於洞庭，其骨若陵，故曰巴陵。」

李　益

評說

　　頷聯極巧妙傳神而又自然親切。就如攝影高手，捕捉了一剎那間最生動的場面。起初可能不大在意地——請教「貴姓名」，先聽到一個姓氏的聲音，立即激起某種聯想，跟着響起名字，那聯想立即喚起記憶，於是眼前形象，由本似陌生而高速地熟悉起來——「你不就是某某嗎？」前後不過一剎那間，彼此的情懷就由平靜而激動了。

　　於是不斷敘舊，感歎家事國事天下事，事事多變，不覺日暮，而短短一覺之後，又須趕道巴陵，別易聚難，短暫一會又須離別，再復遠隔山河，此後又不知何時再見了！

　　「人生自是有情癡，此恨不關風與月」。（歐陽修〈玉樓春〉詞）親情、友情，皆可如此，不獨男女之愛為然，也因此，人間才有文學。

江 南 曲 （五 絕）

題解

本是樂府詩歌相和曲辭，李益仿此民歌之調成詩。

　　　　嫁得瞿塘賈，朝朝誤妾期。
　　　　早知潮有信，嫁與弄潮兒！

　　　　　　　　　　　　　　　（平——支）

譯文

嫁得了從江南到瞿塘做生意的大腹賈，

生意太好了，太忙了，總是應酬、應酬、誤了歸期，（讓我寂寞，讓我空虛……）

早知潮水有漲有落，比生意人更能守信，

當初不如嫁給自己鄉下滑浪弄潮的青年郎兒！

評說

閨怨。

待字閨中的，怨如意郎君還不早臨。嫁了而牛衣對泣的，怨丈夫不長進。「良人執戟明光裏（4901）的，本來不知愁的閨中少婦，見陌頭柳色而怨良人遠征（2005，2401）。良人不在無定河邊寄身鋒刃（6101），而在銀海錢山裏操奇計贏的，怨他不解溫柔、輕離重利（5102）。做了高官的貴婦，又怪丈夫少陪自己，多陪皇帝（6417）！

其實「不滿現實」是無分男女的普遍人性，不過在古代社會女子多數只能三步困於閨中，萬言都只是怨。怨而得到詩人（古代詩人也絕大多數是男子）代寫，寫而輕靈親切、淺白自然，而又精練深刻，洞達人性如這首的，就實在可貴了。

江南是魚米之鄉，四川是天府之國，兩地之間當然發展了有利可圖的貿易。出入四川，總要經過天險的長江三峽，當正在西蜀門戶的那個瞿塘峽尤其可怕。（參看李白〈長干行〉2403）回報率高，風險也大，古今中外，都是這個道理了。

道理不是不懂，做丈夫的也耐心而愛憐的解釋過好幾次了。是他不懂妻子的心，或者說：做妻子的也不能明白：為什麼男人總是「事

李　益

業為重」得那個樣子。一次又一次推搪了、忘記了、誤失了夫妻重聚的約會——包括早就承諾了的歸家日子，也不知道人家怎樣寂寞難堪、擔驚受怕！

於是，她怨恨了。或者，又撒嬌了。

他的話，講了總不算數。不必講話而一定準時的，只有江上的潮水，以及那些小伙子：他們依時出現、他們青春活潑、他們追求快樂、永不怕死！

唉，嫁的時候實在太小了，性情未定，認識也不清。到認清時，又一切已定。

苦悶、無奈。於是有了這首刻劃人性的小詩。短、淺，卻並不膚泛；流露了同情，卻沒有譴責。

4503　夜上受降城聞笛（七絕）

題解

中宗景龍二年（708），朔方道大總管張仁願為年來突厥又復入寇，乃於黃河河套區域築城三座，以原日胡人出發前祭禱之拂雲祠為中，與東西二城各距四百里，各標水源，號「受降城」，沿線烽火台一千八百餘所，互為呼應，自此突厥不得攻唐者甚久。仁願被封為韓國公，杜甫〈諸將〉：「韓公本意築三城，擬絕天驕拔漢旌」，即指此而言。

中唐吐蕃勢大張，吞河西走廊，西受降城遂為前衛。德宗建中元年（780），李益隨朔方節度使巡視，遂作此詩。

回樂烽前沙似雪 [1]，受降城外月如霜；
不知何處吹蘆管 [2]，一夜征人盡望鄉！

（平——陽）

譯文

回樂峰前，沙地如鋪滿了白雪；
受降城外，月光像灑落大地的寒霜。
不知什麼地方響起了蘆笛吹管，
一夜之間，離鄉征戍的戰士們，盡都悵然望向家鄉。

註釋

[1] 烽：烽火台。一作「峰」，釋者謂朔方節度使治所在靈州（靈武），南有回樂縣（皆
在今寧夏），但一則距西受降城五六百里之遙，即使其地真有此峰，取之為對亦屬牽
強。烽火台或高築如峰，或利用高丘建成，而以軍中熟悉地名為稱，亦未可知。（即
如晉室南遷之僑立州郡，英人之殖民美加澳紐以至香港，皆往往取故邑之名以稱新
地，此亦人之通情）。李益又有〈暮過回樂烽〉詩云：「烽火高飛百尺臺……昔時征
戰回應樂，今日從軍樂未回」，可作旁證。
[2] 蘆管：胡人捲蘆葉成管以吹，其後改良演進，即所謂「胡笳」，統屬笛類，故詩題又
稱「笛」。

評說

　　絕域荒涼，久戍思歸而不得——這是所有邊塞詩的共同題材，這
首詩卻寫得特別清新、空靈、簡潔。前半對偶工整而又自然，兩句寫
「色」，第三句一轉，聲入而心通，通天下征人與家鄉之心，於是由荒
漠蘆管而天下弦管，傳唱於後世。

李　益

46

（允言 748 ？ —789 ？）

盧 綸

　　允當的語言，是綸言錦句。他「屢考不第」的文章，可能未得有力者賞識。他被推為「大曆十才子」之一（甚至「第一」）的詩，卻實在多有勝處。

4601 送李端（五律）

　　　　故關衰草遍，離別正堪悲；
　　　　路出寒雲外，人歸暮雪時。
　　　　少孤為客早，多難識君遲！
　　　　掩泣空相向，風塵何所期？

　　　　　　　　　　　　　　　　　（平——支）

　　　　　　　　　　　　　　　　　　原韻譯唐詩新賞

譯文

古舊鄉間的草都衰黃了，這個時候離別，令人更感傷悲！
你踏上長長的路，延伸到寒冷的雲天之外，
我重返寂寞之家，回歸在暮雪之時，
父親早逝，我旅居在外很早，
多苦多難，認識您這位好朋友實在太遲！
大家茫然相看淚眼，
世事茫茫，人生勞擾，我們再見，不知到何日何期！

評說

被送者也是「大曆十才子」之一，見了這首全不用典，而辭情悲切（特別是五六兩句）的詩，恐怕也必掩淚相向，何時何處，能再期約了！

4602　晚次鄂州 [1]

雲開遠見漢陽城，猶是孤帆一日程。
估客晝眠知浪靜 [2]，舟人夜語覺潮生。
三湘愁鬢逢秋色 [3]，萬里歸心對月明。
舊業已隨征戰盡 [4]，更堪江上鼓鼙聲 [5]！

（平——庚）

譯文

雲霧散開，遠遠望見漢陽城，孤帆還要多走一日路程；

慣於評估財金風浪的商人，午睡方酣，可知浪靜；

從船夫夜晚談話，發覺潮水增生，

三湘秋色，映襯了中年憂患的鬢髮；

萬里思歸的心緒，對着照離人，也照故鄉的月明。

家鄉祖業已隨征戰而盡，那堪又聽到江上再有戰鼓之聲！

註釋

[1] 黃昏停泊在湖北武昌。
[2] 估客：評估商情的生意人。
[3] 三湘：湘水上中下游三段路程，或說是灕湘（廣西）瀟湘（湖南西南）蒸湘（衡陽一帶）三個湘水會合支流之處。
[4] 故鄉（今山西永濟）祖產。（參看 3503）
[5] 原註：至德二年（757）作，此年正月，安祿山弒子而亂未息。去冬永王璘起兵自立，潰死。此時鼓聲，就驚弓之鳥的詩人聽來，就觸目驚心了！

評說

人家晝眠夜語，詩人只盼急歸，但北地之舊業已殘，江南之戰火又起，茫茫天地，不知歸宿何處！

塞下曲（五絕，樂府）

其一

鷲翎金僕姑[1]，燕尾繡蝥弧[2]。
獨立揚新令，千營共一呼[3]。

（平——虞）

譯文

猛鷲的尾翎，造成著名的利箭金僕姑，
飄揚着燕尾軍旗繡上了蝥弧；
軒昂站立着將軍，發佈新的命令，
千營軍士，共聲同一高呼！

其二

林暗草驚風，將軍夜引弓；
平明尋白羽，沒在石稜中[4]！

（平——東）

譯文

樹林幽暗，叢草突然驚起一陣急風，
冒着黑夜，將軍立即搭箭開弓；

盧　綸

天一亮，找尋昨夜射出的白色羽箭，

原來已經深深插入了石頭的稜隙之中！

4605 其三

月黑雁飛高，單于夜遁逃[5]。
欲將輕騎逐，大雪滿弓刀。

（平——豪）

譯文

月亮昏昏黑黑，雁飛得很高很高，

單于乘夜遁走奔逃，

將軍準備帶領輕快騎兵追逐，

大雪紛紛落滿在弓、在刀！

4606 其四

野幕敞瓊筵，羌戎賀勞旋[6]。
醉和金甲舞，雷鼓動山川。

（平——先）

譯文

野外擺開了豐盛的酒筵，

友好的羌戎也來勞軍，慶祝凱旋；

帶了醉，仍然穿着金甲，一同歌舞，

如雷的鼓聲，震動山川！

註釋

[1] 以大雕長翎作羽的神箭「金僕姑」（《左傳》莊公十一年記，去年乘丘之役，魯君用此射敵，無名義已不可知，後人所解多穿鑿附會）。
[2] 其時軍旗方形，後端如燕尾。螯弧，春秋鄭君之旗（《左傳》隱公十一年）。
[3] 身佩神箭，領袖旗幟之下，元帥一人屹立，宣發新令，軍士齊聲呼應。
[4] 《史記·李廣列傳》載：他夜獵，見虎，即速射之。天明再看，原來是草中大石，而箭鏃已沒入石中。
[5] 單于：匈奴王稱號。
[6] 羌戎：西北胡族，歸附來賀，開筵於野外幕中。

評說

　　主帥號令之威，處變之敏，以及不畏寒冬而退敵之後，交賀凱旋之歡，歷歷如繪，可謂邊塞詩之佳品。

47

（東野 751 — 814）

孟 郊

金朝詩人兼評論家元好問（遺山）論詩絕句云：

> 東野窮愁死不休，高天厚地一詩囚
> 江山萬古潮陽筆，合在元龍百尺樓。

盛推韓愈詩的氣魄，而以窮愁局促貶評孟郊。不過，韓愈〈醉留東野〉詩卻極推重他這位年長十五年的最好朋友，說願意像雲隨着龍一般與他相伴，在名篇〈送孟東野序〉中，可見他善於寫詩而境遇阨塞。德宗貞元十二年（796）才中進士，已經四十六歲了！

遊子吟（五古）

> 慈母手中線，遊子身上衣。
> 臨行密密縫，意恐遲遲歸。
> 誰言寸草心，報得三春暉？

（平——微）

譯文

　　慈母手中的針線，經過她親愛而辛勤的手，變成了遊子身上的衣，

　　臨行密密的縫，意思是恐怕兒子衣破了無人縫補，

　　更因為多種原因而遲遲返歸！

　　誰說兒子好像寸感恩之心，

　　報答得三春暖陽的光輝！

評說

　　作者自註：「迎母溧上作」，行年五十，才出身作一小官，仕途失意，歷盡炎涼，更覺母愛可珍。此所謂「大孝終身慕父母」。

　　風雨炙寒，唯衣服可以遮體，而衣服是老母所縫，世道艱難，歸家不易，所以老眼昏花，仍然密密加縫，以耐損破。草心嫩芽，向陽而長，母愛如春日之暖，溫而不烈，無物能報。全詩無淚字，而動人情淚，千百年來，傳誦不衰，非《列女操》所能比擬。

孟　郊

48

(758 — 815)

權德輿

　　字載之（就是以「輿」載「德」之意）。一生應該算是滿載人生
的智慧與福氣。早達。曾任禮部侍郎，又做過太常博士。主持考試，
號稱得人，憲宗命之為相，據説能直諫，待人寬，詩文雅正。不過衡
塘退士只收他一首詩。

4801 ## 玉臺體（五絕）

題解

　　《楚辭・九思》:「登太乙兮玉臺」，註:「天帝所在，以玉為臺
也」，南朝徐陵在梁時，將歷代歌詠婦女閨情綺艷之作，即以所謂「宮
體詩」為主，編為《玉臺新詠》十卷。

　　權氏有仿此者十二首，描寫婦女生活與心情，此選其第十一。

　　　　　　　　　　　　　　　　　　　　　　　原韻譯唐詩新賞

昨夜裙帶解 [1]，今朝蟢子飛 [2]。
鉛華不可棄 [3]，莫是薰砧歸 [4]？

（平聲微韻）

譯文

昨夜，不知怎的，裙帶自動鬆解，

今朝，長腳小蜘蛛飛。（——都說是喜事的預兆吧？）

對了，對了，不可以了，化粧品不可以像這些日子般放下不要了。（不可以再因為郎君不在，就不裝扮了）

莫非是夫君要回來了？

註釋

[1] 古人以婦女裙帶自動鬆脫，為夫妻好合的預兆。
[2] 蟢子：長腳小蜘蛛，因名稱諧言「喜子」，所以被認為出現即吉。
[3] 鉛華：「鉛白」是敷面之粉，「華」即花飾。《詩經・伯兮》:「自伯之東，首如飛蓬；豈無膏沐？誰適為容」，即愛郎不在，無心妝扮之意，此處相反。
[4] 莫是：「不是……吧？」猜測疑問之語。薰砧，音「稿鍖」，古人斬薰草於砧上，所用者「鈇」（即「斧」），與「夫」諧意，所以用「薰砧」為「隱」（或「言隱」，即猜謎），謎底就是「夫」，因此當時也稱丈夫為「薰砧」。

評說

思夫。盼歸。令人由不忍厚非而羨慕深情的迷信吉兆。不知是喜是悲、留待讀者猜想的結果。……

情理之中的題材，意料之外的手法，把上述一切，融匯入二十個字：好一首描寫閨情的小詩。

49

（文昌 766 — 830 ？）

張　籍

　　讀韓愈著名詩（如〈石鼓歌〉）文（如〈送孟東野序〉），常常
提到好朋友張籍；讀朱慶餘以新嫁娘問夫的語氣探求一位可信可靠，
而且有同樣巧妙藝術工夫的朋友，他又是張籍（〈近試上張水部〉）。
這位一生主要是教學、寫作，一生貧病，中年以後幾近全盲的詩人，
刻劃社會，關懷民瘼的樂府與王建齊名，而且也不為利祿功名而放棄
自己的持守。《唐詩三百首》竟沒有收錄那首情深文至、極其有名的
〈節婦吟〉。

4901　節婦吟（卻聘）（七古）

　　　　君知妾有夫，贈妾雙明珠；
　　　　感君纏綿意，繫在紅羅襦[1]。
　　　　妾家高樓連苑起，良人執戟明光裏[2]。

原韻譯唐詩新賞

知君用心如日月，事夫誓擬共生死！
還君明珠雙淚垂：恨不相逢未嫁時！

（平——支）

譯文

您知道我有丈夫，還是送我一對明珠；

感謝你的纏綿情意，繫在（貼身的）紅色羅襦。

猛然省起：我已經有很不錯的家庭，高樓連苑而起，

丈夫也很有體面，年青有為，儀表出眾，是御林侍衛執戟在明光殿裏。

當然，我知道您用光明磊落如同日月；正如我既已嫁夫就誓同生死。

（思量再三，惟有毅然決斷——）奉還您所送的明珠，不禁雙眼垂淚：

（命運弄人！）恨不相逢在我未嫁之時！

註釋

[1] 一作「碧羅襦」。

[2] 漢明光殿在未央宮西，郎中、侍郎等官，本皆青年而執戟以衛宮禁，漢光武少時兩大志願，娶美麗表妹陰麗華之外，就是「仕宦當至執金吾」——「金吾」是辟邪之鳥，天子出行，侍衛長執金吾以作先導，一則必然家世良好，二則必然儀表出眾，三則接近最高權力，前途有望，以至御史大夫，司隸校尉等高職，亦執金吾，於是成了少男擇業少女擇夫的榮譽標的。

評說

這實在是一首纏綿悱惻的好詩，先看字面：一位已婚女士，婉拒求愛。

有情的人，邂逅於不當用情之時；理想的對象，出現在不適合的境地。情感上很想勇往直前；理智上，甚至另一種情感，又提醒自己不能不顧一切。遲疑、躊躇、壓抑、節制，於是或者潛伏，或者昇華，又完了一次歷程，並且不知道什麼時候，同樣的歷程又再循環興起。

人是所謂萬物之靈，於是多情、善感。人又是萬物之一，於是又與鳥獸蟲魚、花草樹木，以至浮沙碎石、破銅爛鐵，同樣地受制約於環境，被播弄於命運，無奈造物者何，不敵自然之力。

最不幸的是，人竟然知道：事情就是如此。

複雜而多變的人際關係，就是另外一種無奈。人與人之間，或有緣而無份，或有份而無情；或情盡而緣未了，或緣盡而情尚存……諸如此類，煩惱無邊，困擾無已。

發乎自然的又不止是情，而且是理。因為理性，於是有道德良知。靈慾矛盾，天人交戰，惆悵、痛苦，於是難以排遣，於是形之於詩篇，傳誦了千百年的詩篇。卻原來，詩篇所寫的，是另一種無奈與矛盾。

原來的詩題是：「上東平李司空師道」。平盧淄青節度使李師道，一位軍閥。要羅致作者到他麾下。當時唐室中央政府，官職有限，人浮於事，不少英才，就被吸引到各地軍閥幕下。各為其主，甚至助紂為虐，對抗中央，加重了局勢的艱危與動盪。從韓愈的名篇〈送董邵南序〉，就可以看到這個消息。

張籍不想做軍閥的豬腳爪。但是，對方到底表現出來是一番好意

嘛，不應該，不想（也不敢）無禮拒絕，於是，就以樂府詩的敘事手法，巧妙地說了一個動人的愛情故事。

軍閥，不一定就是現代電影渲染的老粗。何況，他手下也有文人，也懂得自《楚辭》以來，傳統詩詞的「比興寄託」。不過，憲宗元和十年（815），河陽軍糧被焚，宰相武元衡被刺，裴度被傷，主使人就是李師道。

4902　沒蕃故人 [1]（五律）

前年伐月支 [2]，城下沒全師。
蕃漢斷消息，死生長別離。
無人收廢帳，歸馬識殘旗。
欲祭疑君在，天涯哭此時。

（平——支）

譯文

前年（唐軍）征伐月支，城下覆沒了全師，
胡漢之間斷了消息，存者歿者永遠分離！
廢棄的營帳無人收拾，
倖存的歸馬，還認得殘破的軍旗，
想祭奠：又希望（並且懷疑）你仍舊存在，
只好搖望天涯痛哭，在這想念之時！

張　籍

[1] 在吐蕃失了蹤的舊朋友。蕃：古讀雙唇音，吐蕃，即西人所稱 Tibet。唐時據今青藏高原，經常與唐戰爭。

[2] 月支，一作「月氏」，讀作「肉支」，古西域國名，此處借指吐蕃。

評說

　　頸聯情景慘淡，末句真摯感人。

50

（退之 768 — 824）

韓　愈

古文大宗師。儒家衛道士。宋明理學先導人。佛老二家挑戰者。單是上述成就，韓愈已經不朽。何況，他也寫韻句，「以古文渾浩，溢而為詩」（金趙秉文〈與李孟英書〉），開了另外一派。

他生於李杜之後，敬佩兩位先賢，卻以自己的特長寫詩，遣詞造句好奇務闢，章法氣勢如賦似文，特別是最便於舒捲自如的七古。韓詩的勝處，文壇領袖們要到北宋仁宗之朝才充分認識。至於有人變詩而為宣教口訣，這是才情不逮、學術不精者之過，不是韓愈的責任。

自少孤貧奮鬥。三次考禮部的進士而不成功，登第後又三次考吏部的官職而失敗，經歷了德、順、憲三朝的政治風波，他的路，與好友柳宗元劉禹錫似乎不同，相同的是他們都有永不衰退的愛百姓、愛文化的熱。

在那個時代，他當然尊君，也寫過「天王聖明，臣罪當誅」的，千百年來人人都說的話（那八個字原意實在有點反諷）。可是，為了國家人民也即是王朝天子真正的幸福，他從不妥協地「攘斥佛老」，

因諫迎佛骨而批君主之逆鱗幾乎送死。「文起八代之衰，道濟天下之溺；忠犯人主之怒，而勇奪三軍之帥」，句句有史實支持，北宋大文豪蘇軾對這位前賢的由衷敬慕，不是假大空的話語。

他是屬於唐代以後整個中國的。他活了不止中葉那五十六七年。他不止「郡望河北昌黎」。生於河南鄧州。別字「退之」，一生都知「進退存亡而不失其正」，勇猛前進（「愈」）。

不明白何以《唐詩三百首》沒有他七律的代表作：〈左遷至藍關示侄孫湘〉。

5001 左遷至藍關示侄孫湘（七律）

題解

憲宗元和十四年（819），韓愈諫迎佛骨，忤君幾死，貶潮州，古人貴右賤左，降職就是「左遷」，途中愛女病死。經藍田關，侄孫韓湘（即〈祭十二郎文〉主角之子，民間所信八仙之一）來陪行。

> 一封朝奏九重天，夕貶潮陽路八千。
> 欲為聖明除弊事 [1]，肯將衰朽惜殘年？
> 雲橫秦嶺家何在 [2]，雪擁藍關馬不前。
> 知汝遠來應有意，好收吾骨瘴江邊 [3]！

（平——先）

譯文

早上一封諫迎佛骨的奏章，呈上了九重帝天；

黃昏就貶謫潮陽，里路八千！

要想為聖明天子除去敗人心敗民生的弊事，

你怎肯不清心直說、抗顏直諫，而愛惜自己衰朽的殘年？

（當然：此去前路不明，生死未卜）

眼前秦嶺雲橫，前瞻回望，都不知家鄉何在！

目下雪擁藍關：連馬也畏縮不前！

（辛苦、徬徨，當然難免；不過，我早就豁出去了！賢侄孫啊！──）

知道您遠來送別，真有深意，

好替我收拾骸骨，在遙遠南方的瘴江之邊！

註釋

[1] 韓愈認為佛教論心而捨離解脫，與儒學「人文化成」精神相反，又不事生產，寄食農工；不講人倫，妨害政教，君王信之，影響尤壞。詳見〈原道〉、〈論佛骨表〉、〈答孟簡書〉等文。

[2] 秦嶺橫亙陝南川北，隔斷長安與南方。

[3] 南方新開發，炎蒸瘴癘，北人視為畏途，貶此者往往自份必死。

評說

有非常人的勇毅，有正常人的悲哀，以繼承杜甫的沉鬱頓挫，表現了韓愈自己的流暢雄健。漏刊此首，是選本自己的損失。俞陛雲《詩境淺說》云：「義烈之氣，擲地有聲，唐賢集中，所絕無僅有也」。「志決身殲，百挫無悔；故末句謂瘴江收骨，絕無怨尤。高義英詞，可薄雲天而銘金石矣！」

昵昵兒女語，恩怨相爾汝 [2]。

（上──語）

劃然變軒昂，勇士赴敵場 [3]。
浮雲柳絮無根蒂，天地闊遠隨飛揚 [4]。
喧啾百鳥群，忽見孤鳳凰 [5]。
躋攀分寸不可上，失勢一落千丈強 [6]。
嗟予有兩耳，未省聽絲篁 [7]。
自聞穎師彈，起坐在一旁。
推手遽止之，濕衣淚滂滂 [8]！
穎乎爾誠能，無以冰炭置我腸 [9]！

（平──陽）

譯文

（琴音婉約溫和，細碎輕巧，像──）小兒女之間的昵昵細語，
怨怨恩恩，我我汝汝；
　　劃然彈撥變作軒昂，好像勇士奔赴敵場！
（再變又輕逸悠遠，好像──）
　　浮雲柳絮，沒有牽繫根蒂；天闊地遠，隨風飛揚。
　　天變而為百鳥成羣，在吱喳喧鬧中，忽然清亮明麗的聲音獨出，
好像出現了孤高的鳳凰！
　　琴音分寸躋攀，逐步難上而漸上，然後失勢一落千丈之強！
　　可歎的是，我也有兩耳，可惜一向不懂弦管絲篁。
　　自從聞到穎師彈奏，（就迷上了美妙琴音）起止都在一旁。

（感動到幾乎不能自制，）就突然推手請他停止，同時滂滂眼淚，沾濕衣裳！

穎師啊穎師！您真神奇！真有能力！

請不要再用琴音，像以冷冰熱炭，放置我腸！

註釋

[1] 天竺僧人，法號有「穎」字者，善琴，李賀有同題。
[2] 一起形容樂調纏綿婉轉，如少年男女情歌對答。
[3] 音律激昂。
[4] 飄逸。
[5] 和聲熱鬧中有主調突出。
[6] 抑揚變化幅度極大。
[7] 自問一向不懂音樂。
[8] 由吸引而感動。
[9] 以讚歎總結。

評說

以繪影而繪聲，可謂善於形容。

5003　山石 [1]（七古）

山石犖确行徑微 [2]，黃昏到寺蝙蝠飛。
升堂坐階新雨足，芭蕉葉大梔子肥 [3]。
僧言古壁佛畫好，以火來照所見稀。
鋪床拂席置羹飯，疏糲亦足飽我飢。
夜深靜臥百蟲絕 [4]，清月出嶺光入扉。
天明獨去無道路，出入高下窮煙霏。

山紅澗碧紛爛漫，時見松櫪皆十圍。
當流赤足踏澗石，水聲激激風吹衣。
人生如此自可樂，豈必局束為人鞿[5]？
嗟哉吾黨二三子，安得至老不更歸？

（平——微）

譯文

　　山石巉巉犖确，步行的小徑更加狹窄隱微，黃昏到了佛寺，到處蝙蝠亂飛。

　　登上殿堂，坐在石階，剛好下了好一頓新雨，水份充足，芭蕉葉大，梔子豐肥！

　　寺僧提起古壁佛畫好看，拿火來照果然是藝術珍希！

　　然後鋪床拂席，置備羹飯，雖然是糯米粗菜，也足以療饑！

　　夜深靜臥，種種蟲鳴都已止絕；明麗的月升上了山嶺，清光照入門扉。

　　天明獨自離去，還看不清道路，不斷地出入高下，窮盡了煙霧霞霏。

　　到晨光漸足，境界明朗，山紅、洞碧，繽紛爛漫。

　　時時見到的松櫪（櫟）高樹，都大到十圍！

　　於是赤足當着溪流，踏上澗石，水聲激激，涼風吹衣。

　　這樣的生命，自有可樂，何必要侷促為人的鞿？

　　唉！我們這班志同道合的好友，怎樣才可以長久享受這逍遙自由，到老也不再回歸！

[1] 以篇首二字為目,實非詩題。本篇旨在記遊。時在德宗貞元十七年(801)夏秋間,遊洛陽惠林寺。
[2] 犖確:坎坷險峻。
[3] 吸足水份。
[4] 蟲聲亦息。
[5] 山林之樂,勝於廟堂之苦。此亦一時之感。使命責任之感與逍遙自足之懷,相反而並存,真實人生,就是如此矛盾。

評說

用散文筆法記敘描寫,有自然暢健之美。元遺山〈論詩絕句三十首〉:

> 有情芍藥含春淚,無力薔薇臥曉枝。
> 拈出退之山石句,始知渠是女郎詩。

就是以秦觀恰似歌詞小令的詩句為比,稱韓詩之富有生命力,毫不扭捏作態。

5004　八月十五夜贈張功曹(七古)

題解

功曹,地方助理官吏,負責康樂文化禮儀事務。張署與韓愈俱任監察御史,直言時弊觸怒德宗,貶南方。順宗繼位(805)大赦,湖南觀察使楊憑阻之,二人候命郴州,處境困苦,心情惡劣。

纖雲四捲天無河[1]，清風吹空月舒波。
沙平水息聲影絕，一杯相屬君當歌[2]。

（平——歌）

君歌聲酸辭且苦，不能聽終淚如雨：

（上——虞）

洞庭連天九疑高[3]，蛟龍出沒猩鼯號[4]。
十生九死到官所，幽居默默如藏逃。
下床畏蛇食畏藥[5]，海氣濕蟄熏腥臊。
昨者州前槌大鼓，嗣皇繼聖登夔皋[6]。

（平——豪）

赦書一日行萬里，罪從大辟皆除死[7]。

（上——紙）

遷者追回流者還，滌瑕蕩垢清朝班。
州家申名使家抑[8]，坎軻祇得移荊蠻。
判司卑官不堪說[9]，未免捶楚塵埃間[10]。
同時輩流多上道，天路幽險難追攀。

（平——刪）

君歌且休聽我歌，我歌今與君殊科[11]。
一年明月今宵多，人生由命非由他[12]，
有酒不飲奈明何？

（平——歌）

譯文

纖雲被捲得四散，天上沒有了銀河，清風在空中吹拂，月光舒散

在水上的浪波，

　　沙灘平靜，潮汐平息，聲音影象似乎一切休止；我們賓主一杯相敬，請君高歌！

　　你的歌聲淒酸，詞語悲苦，不能聽完我就淚下如雨！（你的歌是這樣的！）

　　洞庭湖水接連青天，九疑山高湖中蛟龍出沒，山裏猩鼯叫號，

　　路上九死一生，到了貶官處所，幽居靜默，像是藏避躲逃。

　　下床怕蛇，飲食怕是毒藥，湖海濕氣，蟄蟲、熏熱以及腥臊！

　　昨日州衙前面槌動召集公告的大鼓，原來宣布新皇繼位，登用賢相好比（堯舜盛世的）夔、皋。

　　大赦天下的文書，一日頒行萬里，連大辟之罪都減為免死。

　　遷謫流放者都得蒙召還，洗滌瑕疵，蕩除污垢，清理朝班。

　　地方長官申報了得大赦者的名，而觀察使把名單壓下，這樣命途坎坷，只得移遷荊蠻！

　　判司是官卑而職苦，不堪多說，時時未免被笞杖，被體罰在塵埃之間。

　　同時流放的人，都已踏上回京之路，只是（我倆）天路幽險，難以追攀！

　　（你的歌完了）

　　您的歌，且停一下，聽我的歌，我的歌與你的不同科。

　　一年之中，明月今宵最圓滿光華，最盛、最多，（月尚且陰晴圓缺，不能無憾，何況其他？總之：——）

　　人生一切，決定於命運，而非其他！

　　有酒不飲，辜負了明月，（辜負了中秋）枉歎奈何！

韓　愚

[1] 風捲纖雲四散，晴空朗月，銀河不顯。

[2] 屬：音燭，連繫，引申為以酒相傾注。

[3] 九疑：今湖南南部，蒼梧山。自此以下至「難追攀」，設為張署之歌。

[4] 鼯，長尾，前後肢間有皮膜，能滑翔。號：陽平聲，即嚎。

[5] 恐食物中毒。

[6] 順宗繼德宗位。夔、皋陶，舜時賢臣，意指新皇所用新大臣。

[7] 大辟、斬首、大赦：大辟者免死，遷流者召回。

[8] 州家：地方長官，州刺史，申報大赦名單；使家：湖南觀察使楊憑，壓下名單。抑住他們回京之路。

[9] 判司：地方佐理小官吏統稱，時韓、張皆屬此類。

[10] 卑官有過，或長官不喜，即可笞杖，無尊嚴可言。

[11] 殊科：不同格調，此五句句句叶韻，即韓愈之歌。

[12] 他，音義同「佗」。

評說

　　開首，結尾均用歌韻，中間二十句分兩部分，皆二仄韻句開八平韻句，章法井然，聲情流暢。最後三語，人世萬般皆是命，中秋有月即須醉，寓沉痛於曠達，至是感人。結構亦富匠心。

5005　謁衡嶽廟遂宿嶽寺題門樓（七古）

題解

　　韓愈永貞元年（805）遇赦赴江陵，途經南嶽衡山，拜謁神廟，宿於佛寺，作此詩。

五嶽祭秩皆三公[1]，四方環鎮嵩當中。
火維地荒足妖怪，天假神柄專其雄[2]。
噴雲泄霧藏半腹，雖有絕頂誰能窮？
我來正逢秋雨節，陰氣晦昧無清風。
潛心默禱若有應，豈非正直能感通[3]？
須臾靜掃眾峰出，仰見突兀撐青空[4]。
紫蓋連延接天柱，石廩騰擲堆祝融。
森然魄動下馬拜，松柏一逕趨靈宮。
粉牆丹柱動光彩，鬼物圖畫填青紅。
升階傴僂薦脯酒，欲以菲薄明其衷[5]。
廟令老人識神意，睢盱偵伺能鞠躬[6]。
手持盃珓導我擲[7]，云此最吉餘難同。
竄逐蠻荒幸不死，衣食纔足甘長終。
侯王將相望久絕，神縱欲福難為功[8]。
夜投佛寺上高閣，星月掩映雲曈曨。
猿鳴鐘動不知曙，杲杲寒日生於東[9]。

（平──東）

譯文

　　祭祀五嶽的禮制秩序，等同三公，四方環護、鎮守，嵩嶽在當中。

　　（四大地維，南方屬火）地方廣大，妖怪眾多，上天就援給南嶽之神以權柄：統領專擅為一方之雄！

　　（這衡山啊，真崇高偉大：）山腰噴雲泄霧；半腹隱藏──當然絕頂在上，有誰能夠瞻仰盡窮？

這次我來，正直秋雨綿綿的季節，陰氣隱晦、暗昧，沒有清風，

於是我潛心默禱，好像有了回應——豈非正如經上所說：「神」，就是「正直而有感通」？

片刻之後，雲霧靜靜掃盡衡山之頂眾峰露出，抬頭見到高山突兀，撐着青空！

紫蓋峰連延接着天柱，石廩峰飛騰跳躑，堆起祝融。

我肅然起敬，魂悸魄動，並且下馬敬拜，沿着松柏，一路直趨靈宮。

只見南嶽尊神大殿，白粉牆、紅丹柱，華彩飛動，鬼神圖畫故事，彩繪青紅。

登上台階，鞠躬彎身奉上脯酒，想以菲薄的獻禮祭品，稍表誠衷。

那位掌廟的老人，據說通曉神意，他注目偵察，不斷地鞠躬。

手持着杯珓引導我擲，說這最吉祥，其餘難同。

（我自己想：）竄逐這蠻荒之地，僥倖不死，衣食尚好足夠，甘願在此長終。

至於王侯將相的奢望，久已斷絕；即使神願意賜福給我，恐怕都難以為功！

夜晚，投宿佛寺，走上高閣；星月掩映，雲霧朦朧。

猿猴鳴嘯，鐘聲響動，我都全不知道原來已經天亮；一覺醒來，高高的太陽已經生於東！

註釋

[1] 中國自古泛神信仰，山川皆有神靈，天子以三公之禮祭五嶽：泰（東）衡（南）華（西）恆（北）嵩（中）。

[2] 古人以為天圓地方，有天柱、地維以支撐維繫，又以五行與五方五色相配，南方屬赤、火。荒：廣，廣大濕熱而較遲開發之地，毒蟲惡疾自多，古人就以為妖怪持眾，所以天帝授權南嶽之神，為一方之長（即如當時人間的藩鎮，節度使）。

[3] 《左傳 · 莊公卅一年》:「神,聰明正直而壹者也」(能視能聽、有正義,不變改),所以能與人感通。

[4] 祈禱有應,南嶽七十二峰最高者:芙蓉、紫蓋、天柱、石廩、祝融五峰露出。

[5] 上階彎腰奉上乾肉與酒,作為薄薄的祭品,向神表現心意。《史記 · 封神書》:「自殽以東、名山五……春,以脯酒為歲祠」。

[6] 睢盱(音雖虛),注視;偵伺:探察、窺伺。能:音義同耐,慣性地不住鞠躬。(日本人一些禮俗,可以想見唐風。)

[7] 亦作杯校、杯玟。占卜用具,大抵起於燕齊沿海方術流行之地,用蚌殼擲下,視腹或背面向上而定吉凶取捨,其後廣及中華全地,亦變以木、竹,甚至玉石為之。

[8] 四句顯示韓愈對此類信仰的態度:不妄冀富貴,知命守義,敬鬼神而遠之。人自己的所信所守,強於山神的意願。

[9] 杲,音稿,日在樹頂,明亮。又一次光明冷然則來,又一天命運、希望、奮鬥的開始。

評說

　　韓愈對當時所謂南嶽之神,以至天下後世的心靈自白,立身宣言。

　　全詩三十二句,一韻到底。韓愈七古不轉韻者甚多,他所謂「氣盛言宣」,不只在文,也在於詩了。所以方東樹《昭味詹言》說:「意境詞句俱奇創。」

51

（樂天 772 — 846）

白居易

　　「浮雲不繫名居易，造化無為字樂天（「為」一作「違」），唐宣宗輓詩兩句，顯示了白居易晚年的若干表現和道家思想流行之下人們的價值觀，不過當初命名者的期望，是儒家的「君子居易以俟命（《禮記・中庸》），居易，就是「以仁存心」（《孟子・離婁下》），白居易所受的教育，從政前期的表現，以詩歌輔行教化的職志，都是典型儒家的，堅信「文章合為時而著，歌詩合為事而作」（〈與元九書〉），到自編詩集，仍然以「諷諭詩」為地位最高，所以自己題詩説：「一篇〈長恨〉有《風》情，十首〈秦吟〉近正聲」，《國風》二《雅》，正如在上述那篇寫給好朋友元稹的論文名篇所説，是他的，也是普世的文學典範，雖則當世最風行的，是為宣宗所詠：「童子解吟〈長恨曲〉，胡兒能唱〈琵琶篇〉」。

　　苦學成材的他，貞元十六年（800）進士，如常地做了一些修文、諫議之職。元和十年（815），宰相武元衡被暗殺，裴度亦傷，白居易首先上疏請查捕刺客，被包括宦官在內的陰謀集團攻擊為「越

職言事」，又批評他母親看花墜井，而自己竟作賞花，新井之詩，於是貶為江表刺史，王涯更論其不宜治郡，於是追詔更為江州司馬。

　　長安，真的「居大不易」，正如當年顧況之以他的名字取笑，不過原因非止「百物皆貴」，主要還是君主專制之下的必然官僚腐敗，一切宦官、朋黨、外戚……等禍，以至唐詩慣見的深宮怨、邊人怨……等等，都直接間接由此而生，白居易當然看得沒法像如今的人那樣明白，不過，官場的可怕，他現在是充分體會到了。可是，從小就為此而學，為此而存的他，又不能離開，於是，就如好幾十年前的「高人王右丞」（維）般：寄情佛教，亦官亦隱。

　　晚年官太子少傅，所以世稱「白傅」，與元稹並稱「元白」，與劉禹錫並稱「劉白」，致力以「新樂府詩」表現時世，以平易淺近的語言，達致社會教育效果，舊傳他作詩要「老嫗能解」，現代有高才飽學的人，謔笑是「老嫗作詩，欲使學士能解」，這是藝術的層次與功能問題了。

5101　長恨歌（七古）

題解

　　唐玄宗（明皇，685 — 762），青年得位，尊賢勤政，又因開國未久，貞觀餘蔭未衰，所以有開元（713 — 741）之治。跟着他就驕奢懈怠，又好大喜功，廣開邊釁；又偏信奸佞，疏遠忠良，更縱情聲色，連兒子壽王的美妻楊玉環（719 — 756），也使她先入道為女冠，改變身份自欺欺人，天寶四載（745）冊封貴妃，楊氏外家姊妹，憑之而富貴逼人，假兄楊國忠，更繼李林甫為相，奸佞接踵主政，國事大

壞。胡人安祿山素受寵信，至此（天寶十四載，即755年十一月）乘機反叛，玄宗初擬親征，楊氏恐太子監國害己，力阻之，次年六月，潼關破，國忠又以有親信在蜀，主張奔往，玄宗從之，十三日，倉皇離京西奔，至馬嵬坡，軍士爆發全國積怨，既殺國忠，更要求除去亂源。玄宗乃犧牲貴妃以存政權，於是縊死佛堂入蜀。太子乘機即位於靈武為肅宗，號召天下，賴郭子儀李光弼等努力，結回紇為助，卒之平定安史之亂，唐朝亦由此大衰。

憲宗元和元年（806），白居易任長安之西盩屋（音周，至今即改以為名）縣尉，與友人在仙遊寺感詠這件劃時代大悲劇，於是寫成本詩。友人陳鴻另撰〈長恨歌傳〉，用當世盛行的古文傳奇小說體裁，以表現事理為主，可說是較重描情寫景的本詩的姊妹篇。近世陳寅恪氏，以隋唐史名家而兼詩人，謂就當世公開共作題材為玄宗楊妃之愛，增入漢武帝李夫人情事為比，結合人天生死、形魂離合傳奇者，以白陳二作為始云。陳傳雖然篇幅亦甚長，仍宜錄載：

開元中，泰階平，[1]四海無事。玄宗在位歲久，倦於旰食宵衣，[2]政無大小，始委於右丞相，[3]稍深居遊宴，以聲色自娛。先是元獻皇后武淑妃皆有寵，相次即世。[4]宮中雖良家子千數，無可悅目者。上心忽忽不樂。時每歲十月，駕幸華清宮，內外命婦，熠燿景從，浴日餘波，賜以湯沐，春風靈液，澹蕩其間。上心油然，若有所遇，顧左右前後，粉色如土。詔高力士潛搜外宮，得弘農楊玄琰女於壽邸，[5]既笄矣。鬒髮膩理，纖穠中度，舉止閑冶，如漢武帝李夫人。[6]別疏湯泉，詔賜藻瑩，既出水，體弱力微，若不任羅綺。光彩煥發，轉動照人。上甚悅。進見之日，奏《霓裳羽衣曲》以導之；定情之夕，授金釵鈿合以固之。又命

戴步搖，垂金璫。明年，冊為貴妃，半后服用。緣是冶其容，敏其詞，婉變萬態，以中上意。上益嬖焉。時省風九州，[7] 泥金五嶽，[8] 驪山雪夜，上陽春朝，與上行同輦，止同室，宴專席，寢專房。雖有三夫人，九嬪，二十七世婦，八十一御妻，暨後宮才人，樂府妓女，使天子無顧盼意。自是六宮無復進幸者。非徒殊艷尤態致是，蓋才智明慧，善巧便佞，先意希旨，有不可形容者。叔父昆弟皆列位清貴，爵為通侯。姊妹封國夫人，富垺王宮，車服邸第，與大長公主[9]侔矣。而恩澤勢力，則又過之，出入禁門不問，京師長吏為之側目。故當時謠詠有云：「生女勿悲酸，生男勿喜歡。」又曰：「男不封侯女作妃，看女卻為門上楣。」其為人心羨慕如此。天寶末，兄國忠盜丞相位，愚弄國柄。及安祿山引兵嚮闕，以討楊氏為詞。潼關不守，翠華南幸，出咸陽，道次馬嵬亭。六軍徘徊，持戟不進。從官郎吏伏上馬前，請誅晁錯[10]以謝天下。國忠奉氂纓盤水，[11]死於道周。左右之意未快。上問之。當時敢言者，請以貴妃塞天下怨。上知不免，而不忍見其死，反袂掩面，使牽之而去。倉皇展轉，竟就死於尺組[12]之下。既而玄宗狩成都，[13]肅宗受禪靈武。明年大赦改元，大駕還都。尊玄宗為太上皇，就養南宮。自南宮遷於西內。時移事去，樂盡悲來。每至春之日，冬之夜，池蓮夏開，宮槐秋落。梨園弟子，玉琯發音，聞《霓裳羽衣》一聲，則天顏不怡，左右歔欷。三載一意，其念不衰。求之夢魂，杳不能得。適有道士自蜀來，知上心念楊妃如是，自言有李少君[14]之術。玄宗大喜，命致其神。方士乃竭其術以索之，不至。又能遊神馭氣，出天界，沒地府以求之，不

見。又旁求四虛上下，東極天海，跨蓬壺。見最高仙山，上多樓闕，西廂下有洞戶，東嚮，闔其門，署曰「玉妃太真院」。方士抽簪扣扉，有雙鬟童女，出應其門。方士造次未及言，而雙鬟復入。俄有碧衣侍女又至，詰其所從。方士因稱唐天子使者，且致其命。碧衣云：「玉妃方寢，請少待之。」於時雲海沈沈，洞天日曉，瓊戶重闔，悄然無聲。方士屏息斂足，拱手門下。久之，而碧衣延入，且曰：「玉妃出。」見一人冠金蓮，披紫綃，珮紅玉，曳鳳舄，左右侍者七八人，揖方士，問：「皇帝安否？」次問天寶十四載已還事。言訖，憫然。指碧衣取金釵鈿合，各折其半，授使者曰：「為我謝太上皇，謹獻是物，尋舊好也。」方士受辭與信，將行，色有不足。玉妃固徵其意。復前跪致詞：「請當時一事，不為他人聞者，驗於太上皇，不然，恐鈿合金釵，負新垣平[15]之詐也。」玉妃茫然退立，若有所思，徐而言曰：「昔天寶十載。侍輦避暑於驪山宮。秋七月，牽牛織女相見之夕，秦人風俗，是夜張錦繡，陳飲食，樹瓜華，焚香於庭，號為乞巧。宮掖間尤尚之。時夜殆半，休侍衛於東西廂，獨侍上。上憑肩而立，因仰天感牛女事，密相誓心，願世世為夫婦。言畢，執手各鳴咽。此獨君王知之耳。」因自悲曰：「由此一念，又不得居此。復墮下界，且結後緣。或為天，或為人，[16]決再相見，好合如舊。」因言：「太上皇亦不久人間，幸惟自安，無自苦耳。」使者還奏太上皇，皇心震悼，日日不豫。其年夏四月，南宮宴駕。元和元年冬十二月，太原白樂天自校書郎尉於盩厔。鴻與瑯琊王質夫家於是邑，暇日相攜遊仙遊寺，[17]話及此事，相與感歎。質夫舉酒於樂天前曰：「夫希代之事，[18]非遇出世之才潤色

之，則與時消沒，不聞於世。樂天深於詩，多於情者也。試為歌之。如何？」樂天因為長恨歌。意者不但感其事，亦欲懲尤物，窒亂階，[19] 垂於將來者也。歌既成，使鴻傳焉。世所不聞者，予非開元遺民，不得知。世所知者，有玄宗本紀在。今但傳〈長恨歌〉云爾。

長恨歌傳註釋

[1] 泰階平：古人以天上三臺各有兩星，等級如階，上為天子，中為公卿，下為士庶人，三階諧和，則天下太平。
[2] 旰，音幹，晚。晚方食，宵尚衣，言勤政。
[3] 李林甫。
[4] 即世：死。
[5] 壽王瑁之宅。
[6] 漢武帝時，李延年作歌譽其妹「傾國傾城」之美，帝乃納之，為李夫人。
[7] 巡察全國各地。
[8] 祭五嶽之神而修其像。
[9] 與玄宗姑母並比。
[10] 漢景帝因七國亂，誅晁錯以謝諸侯。
[11] 古罪臣戴白冠，氂牛尾為帽纓，手捧盤水，以求公平處決，上加寶劍，以備自刎。
[12] 縊死。
[13] 美化「奔蜀」為「巡狩」。
[14] 漢武帝方士，為君王招李夫人亡魂。
[15] 漢文帝時方士，以望氣之術欺君，敗露被誅，此處意謂釵鈿常見之物，恐不足以取信。
[16] 佛家六道輪迴之說，最高為天（眾神），次為人。
[17] 晏駕：宮車晚出，帝王死之婉轉講法。
[18] 希代：不常有。
[19] 以禍水美人為戒，止塞亂事上升。

　　白居易又有〈李夫人〉七古，寫漢武帝使方士招李夫人亡魂事，最後有句：「又不見泰陵（唐明皇）一掬淚，馬嵬坡下念楊妃，縱令妍姿艷質化為土，此恨長在無銷期！」即〈長恨歌〉未句點題之意。

（節 1-7：相愛之樂）
　　漢皇重色思傾國 [1]，御宇多年求不得 [2]。
　　楊家有女初長成，養在深閨人未識。
　　天生麗質難自棄，一朝選在君王側 [3]。
　　回眸一笑百媚生，六宮粉黛無顏色 [4]。

節次 1（職韻）

　　春寒賜浴華清池 [5]，溫泉水滑洗凝脂 [6]，
　　侍兒扶起嬌無力，始是新承恩澤時。

節次 2（支韻）

　　雲鬢花顏金步搖 [7]，芙蓉帳暖度春宵，
　　春宵苦短日高起，從此君王不早朝。

節次 3（蕭韻）

　　承歡侍宴無閒暇，春從春遊夜專夜。

節次 4（禡韻）

　　後宮佳麗三千人，三千寵愛在一身，
　　金屋妝成嬌侍夜 [8]，玉樓宴罷醉和春。

節次 5（真韻）

　　姊妹兄弟皆列土 [9]，可憐光彩生門戶 [10]。
　　遂令天下父母心，不重生男重生女。

節次 6（麌韻）

　　驪宮高處入青雲，仙樂風飄處處聞，

節次 7（文韻）

（節 8-11：分離之痛）
　　緩歌謾舞凝絲竹，盡日君王看不足。
　　漁陽鼙鼓動地來 [11]，驚破霓裳羽衣曲 [12]。

節次 8（屋韻）

九重城闕煙塵生 [13]，千乘萬騎西南行 [14]。

節次 9（庚韻）

翠華搖搖行復止 [15]，西出都門百餘里，
六軍不發無奈何，宛轉蛾眉馬前死 [16]。

節次 10（紙韻）

花鈿委地無人收，翠翹金雀玉搔頭 [17]。
君王掩面救不得，回看血淚相和流。

節次 11（尤韻）

黃埃散漫風蕭索，雲棧縈紆登劍閣 [18]，

（節 12-20：長憶之苦）

峨嵋山下少人行，旌旗無光日色薄。

節次 12（藥韻）

蜀江水碧蜀山青，聖主朝朝暮暮情；
行宮見月傷心色 [19]，夜雨聞鈴腸斷聲 [20]。

節次 13（青庚韻）

天旋地轉迴龍馭 [21]，到此躊躇不能去；
馬嵬坡下泥土中，不見玉顏空死處。

節次 14（御韻）

君臣相顧盡霑衣，東望都門信馬歸 [22]。

節次 15（微韻）

歸來池苑皆依舊，太液芙蓉未央柳。

節次 16（有宥韻）

芙蓉如面柳如眉，對此如何不淚垂 [23]。
春風桃李花開日，秋雨梧桐葉落時。

節次 17（支韻）

西宮南內多秋草 [24]，落葉滿階紅不掃；
梨園子弟白髮新 [25]，椒房阿監青娥老 [26]。

節次 18（皓韻）

夕殿螢飛思悄然，孤燈挑盡未成眠；
遲遲鍾鼓初長夜 [27]，耿耿星河欲曙天 [28]。

節次 19（先韻）

鴛鴦瓦冷霜華重，翡翠衾寒誰與共，
悠悠生死別經年，魂魄不曾來入夢。

節次 20（宋韻）

臨邛道士鴻都客 [29]，能以精誠致魂魄。

（節 21-31：重逢之夢）
為感君王輾轉思，遂教方士殷勤覓 [30]。

節次 21（陌韻）

排空馭氣奔如電，升天入地求之遍，
上窮碧落下黃泉 [31]，兩處茫茫皆不見。

節次 22（霰韻）

忽聞海上有仙山，山在虛無縹緲間 [32]。

節次 23（刪韻）

樓閣玲瓏五雲起 [33]，其中綽約多仙子 [34]。
中有一人字太真 [35]，雪膚花貌參差是。

節次 24（紙韻）

金闕西廂叩玉扃 [36] 轉教小玉報雙成 [37]。
聞道漢家天子使，九華帳裏夢魂驚 [38]。

節次 25（青庚韻）

攬衣推枕起徘徊，珠箔銀屏迤邐開；

雲鬢半偏新睡覺，花冠不整下堂來。

節次 26（灰韻）

風吹仙袂飄飄舉，猶似霓裳羽衣舞。
玉容寂寞淚闌干[39]，梨花一枝春帶雨。

節次 27（語韻）

含情凝睇謝君王[40]，一別音容兩渺茫；
昭陽殿裏恩愛絕[41]，蓬萊宮中日月長。

節次 28（陽韻）

回頭下望人寰處，不見長安見塵霧。
惟將舊物表深情，鈿合金釵寄將去[42]。

節次 29（御韻）

釵留一股合一扇，釵擘黃金合分鈿[43]。
但教心似金鈿堅，天上人間會相見[44]。

節次 30（霰韻）

臨別殷勤重寄詞，詞中有誓兩心知。
七月七日長生殿，夜半無人私語時；
在天願作比翼鳥[45]，在地願為連理枝[46]。
天長地久有時盡，此恨綿綿無盡期。

節次 31（支韻）

譯文

　　漢家天子重視美色（儘管口頭上也貴德），總想要找美色傾國（後來果然幾乎傾國），統治天下多年，還未求得。

　　楊家有女剛好長成，養女深閨，人們還未（廣泛）認識。

　　天生麗質，難以自己放棄，果然，一天就被選在君王之側。

回頭一笑，所有的媚態都產生，整個後宮的佳麗，都被她比了下去，顯得無有顏色。

在猶有餘寒的春天，君王賜浴在華清池，溫泉水又暖又滑，洗在她的肌膚美比凝脂。

被侍兒扶起的她，更顯得嬌慵無力，這正是剛開始承受君王恩澤之時！

（你看她：）雲般的鬢髮，花般的顏容，頭上插了金步搖，搖曳生姿更吸睛注目，與君王芙蓉帳裏共度春宵。

春宵苦於太短，太陽（不識趣地）高起，從此君王不再勤政，不上早朝！

陪主上歡樂、伴主上飲宴，她真忙得沒有閒暇，春天侍從、春天郊遊；晚上侍寢，專房過夜；

後宮佳麗雖說有三千人，三千人承受的君王寵愛，變了集聚一身！

她長居金屋，悉心打扮，保持嬌美，侍奉過夜，玉樓飲宴，醉倒享受的是永遠的春！

姊妹弟兄都分封列土，可羨可賀啊！熠熠光彩，生在這楊家門戶！

於是令到天下父母的心，不再看重生男，看重的是生女（——最重要是她這樣的超級美女！）

驪山之上，華清宮高入青雲，仙樂隨風飄送，處處聽聞。

輕緩的歌，妙曼的舞，管絃絲竹，凝聚結合，君王整天、整日，也看個不夠、聽個不足！

（就在這時，想不到——）從東北漁陽的戰鼓殺伐聲音，動地而來，驚破了（安樂優游的）《霓裳羽衣曲》！

首都的九重城闕，戰爭煙塵立即瀰漫產生，千乘萬騎，紛紛逃難向西南巴蜀而行，

皇上的翠華車駕，搖搖西行，忽然停止，這時西出長安都門，只不過百多里。

兵變！六軍抗命不肯繼續進發，君王也無可奈何，只好讓心愛的貴妃，馬前縊死！

她身上的花鈿棄委在地，無人檢收，還有那些翠翹、金雀、玉搔頭，

君王掩面也救她不得，回頭看望，禁不住血淚交流！

黃埃散漫，涼風蕭索，高入雲霄的棧道，曲折縈迴，登上劍閣；

峨眉山下，稀少人行，旌旗無光，日色寒薄；

蜀江之水碧綠，蜀山之色蒼青（像明山秀水永恒不變的，是）君王朝思暮想的深情！

在行宮見到月，是傷心的顏色；夜雨時聽到鈴是斷腸的音聲！

（然後，）時局大改變了，回轉了，君王的車馭，再經貴妃命終的傷心舊地，徘徊躕躇，不能不忍傷心離去。

馬嵬坡下，泥土之中，不見遺軀的花玉之顏，只是空留慘死之處！

君臣你看我、我看你，盡都垂淚沾衣，（無話、也無心策馬）只是東向望着首都大門，聽住馬匹慢慢順步而歸。

歸來長安，池沼、苑囿，都景觀依舊——太液池依舊灼灼芙蓉，未央宮依舊依依楊柳！

芙蓉，像她嬌艷的顏面，楊柳，像她彎彎而秀美的眉——睹物思人，又怎不淚垂？

尤其難過的是：每到春風（拂檻，）桃李花開之日，以及秋雨（敲窗），梧桐葉落之時。

西宮與南內，此刻都自然地荒蕪了，許多衰枯之草；紅楓飄落滿階，無人打掃；

當日的梨園子弟早已白髮新生，已往椒房管事青娥女官，也由少

而老。

黃昏，流螢繞飛空洞的殿堂，獨居的太上皇憂思悄然，孤燈挑盡，未得成眠；

鐘鼓遲遲，從未有過如此悠長之夜；星河耿耿，常開的眼總望着將亮未亮的天！

鴛鴦瓦冷，霜華濃重；孤寂老人翡翠衾寒，誰人與共？

生死之別已經悠悠經年，朝思暮想的貴妃魂魄不曾入夢！

這時，有位四川臨邛道士到京洛作客，據說能以精誠感應，招致魂魄；

感動於太上皇的輾轉苦思，就使這位方士殷勤尋覓。

他騰雲駕霧，飛奔如電，升天入地，處處都搜求周遍；

只可惜上極天宮，下探黃泉，兩處茫茫都不可見！

忽然聽說：海上有座仙山，山在虛無縹渺之間，

那裏，樓閣玲瓏，五色的祥瑞彩雲升起，其中許多綽約嬌美的仙子，

中間有位字號太真，雪膚花貌，似乎便是。

道士於是奔金闕、趨西廂、敲叩玉扃，央求宮女小玉，轉告侍婢雙成，

（太真仙子，她們的主人，被通知了）聞道是漢家天子的特使，九華帳裏的夢魂；於是一驚，

攬起衣服，推開衾枕，起身徘徊，珍簾、屏風，先後連延打開；

剛剛睡醒的她，雲鬢半偏，花冠不整，匆匆便走下堂來。

這時，微風吹起她的神仙衣袖，飄飄輕舉，還真似當年的霓裳羽衣之舞，

不過，此刻她的玉容是寂寞的，感傷的，珠淚斑闌，好像春天的梨花，帶着零雨。

她滿含情愛，定睛凝望，表示感謝痴念她的君王；彼此一別，陰陽阻隔，從此聲貌渺茫！

昭陽殿裏，種種人間恩愛，從此斷絕；不過，蓬萊宮中的神仙日月，正是地久天長！

天人遠隔，實在交通不易，如今回頭下望人世之處，就不見長安，只見塵霧！

此刻，只好將舊藏的紀念物品，表示深情，請將鈿盒、金釵，代我帶回去。

金釵這裏保留一股；鈿盒，保留一扇，奉寄皇上的是另一半的金釵與分鈿。

只要彼此情愛的心像金、鈿一般的堅，天上人間，總會相見！

臨別之際，她還殷勤鄭重，託道士寄達言詞，其中有個誓盟，是君王與太真兩心所知。

就是那年的七月七日（銀河雙星每年一會之夕），在長生殿裏、夜半無人，恩愛夫妻說悄悄話之時。

我倆說：「在天願做比翼雙飛的鳥；在地願做連根並蒂的花枝！」

只可惜：天人永隔，仙凡長別；綿綿此恨，沒有盡期！

註釋

[1] 借比唐玄宗。漢武帝寵李夫人，李兄延年曾歌其美，謂「北方有佳人，絕世而獨立，一顧傾人城，再顧傾人國，寧不知傾城與傾國，佳人難再得。」此處故用此典此詞，暗示終果傾城傾國。

[2] 御宇：統治天下。

[3] 奪媳醜事，陳《傳》明言而白《歌》隱諱：古人或有稱譽「養在深閨人未識」一語，得《春秋》「為尊者諱」之義；今君主專制時代已過，評價當又不同。

[4] 中文以「六」表上下四方整體，「六宮」整個後宮（下文「六軍」：天子全部軍隊）。

[5] 驪山溫泉。

[6] 肌膚白滑如脂之凝，語出《詩經‧碩人》。

[7] 金步搖：金釵連垂懸珠玉，行步則搖，以增美態。

[8] 漢武帝幼時謂姑母（長公主）：若得其女阿嬌為妻，當以金屋貯之。（即後來陳皇后。）

[9] 列同裂，上古分割領土以封侯，秦漢廢封建行郡縣，公侯無領地，但仍稱「列土」。

[10] 憐：可羨可愛。

[11] 玄宗寵信胡人安祿山，兼平盧、范陽、河東三節度使。天寶十四載（755），即在漁陽（今北京天津間）起兵反。鼙，軍中小鼓，繫以行軍。

[12] 本出西域，玄宗改編，貴妃舞之，宮中稱為喜樂盛事，此處用作對比。

[13] 九重：京都宮禁，重門疊戶。《楚辭·九辯》：「君之門以九重」。闕：宮門兩側瞭望樓台。

[14] 天寶十五載（756）六月十三日清晨，玄宗與貴妃，楊國忠等倉皇出京奔蜀。

[15] 翠華：天子旗飾。

[16] 宛轉：淒涼委屈狀。蛾眉，美女，蛾為「娥」假借字，語本《詩經·碩人》，後人或解「如蠶之眉」，未妥。

[17] 四物皆頭飾，隨主人之死而委地，借代實寫貴妃縊死慘狀。

[18] 出入西蜀所經高入雲霄懸崖峭壁所鑿棧道（岩間插木以作支架），劍閣，長安一帶入蜀必經，險谷如劍削，地高似閣樓，故名。此言逃亡之苦。

[19] 行宮，天子出行臨時住所。

[20] 入蜀行經斜谷，大雨十餘日，山谷棧道鈴聲回音相應，明皇苦念貴妃，採其聲為《雨霖鈴》曲以寄悲恨。

[21] 肅宗至德二載（757），形勢好轉，明皇回京。

[22] 信：順。無心策馬，惘惘然歸京。

[23] 太液池的芙蓉，未央宮的垂柳，宮苑依舊，佳人已杳，睹物思人，一切美麗的景象都有貴妃的影子。

[24] 玄宗既已被架空權力而為太上皇，初居「南內」──他所熟悉的興慶宮，因較易接觸外界，宦官李輔國假傳聖旨（實在可能也正是肅宗之意）遷之於「西內」太極宮。

[25] 玄宗善戲曲，曾建梨園以親授藝。當年子弟。如今又新添白髮。

[26] 椒房：后妃居室，以椒末混泥塗壁，以辟蟲臭而增香暖。阿監：宮中女官。昔日青春美女，此時亦垂垂老去，以上數句，寫玄宗喪侶、失權，身邊零落，加速衰老。

[27] 昔日苦短春宵，今時漫長秋夜。

[28] 徹夜難眠，（有人或說太上皇雖失勢，亦非無內侍，何至獨挑孤燈云云，此以史家務實現點，看詩人藝術構想，實不必。）

[29] 四川臨邛道士，旅居長安。鴻都：洛陽宮門，其內置學，地方及中央舉薦文學人才來相課試，（見《後漢書·靈帝紀》光和元年註，是年始置「鴻都門學生」。）此處意指道士號稱有學，能以精誠達致溝通靈界。

[30] 方，道術（如：「大方之家」），方士即道士。

[31] 道教稱「天」為「碧落」。

[32] 燕齊臨大海，故有蓬萊、方丈，瀛洲神山之說，縹渺虛無，既水天常境，唐人視之亦在真幻之間，此處作者亦未斷言其屬實或虛誑。

[33] 陽光折射，雲彩往往不同，古人遂有五色祥雲之說。

[34] 綽約，輕盈秀麗。

[35] 《莊子》以「真人」為得道者之稱，道教襲之，楊玉環為女道士脫離「壽王妃」身份，

以便侍玄宗，其法號即為「太真」：按玄宗兩妹入道，法號分別為「金仙」「玉真」，《本草綱目 · 金石部一》引道教領袖梁陶弘景說：「仙方名金曰太真」，則是兼而有之了。

[36] 扃，讀迴之高平調，從外面關閉的門。

[37] 小玉：吳王夫差之女。雙成：西王母能吹笙之侍女。此處借指太真侍女。

[38] 九華：帳簾，極多花卉裝飾。玄宗失眠，而太真安睡，此亦仙凡對比。

[39] 闌干：縱橫。始則喚醒，繼則徘徊，又由不整妝而出見，以至戚容垂淚，可見仙凡雖別，舊愛難忘。

[40] 凝睇：一面說，一面眼神凝定著：想著往事，也仿佛望著玄宗的影子。

[41] 昭陽，漢宮殿名，成帝時趙飛燕姊妹所居，引申指寵妃之宮。

[42] 鈿合：讓金花的首飾盒，分為兩扇以相合。將：攜帶。

[43] 釵是髮夾，兩股留其一，擘一以寄贈，鈿合兩扇，亦留一送一。

[44] 來生六道輪迴，或為「天」，或為「人」，則不在天下，便在人間，此情此心不變，則總會相見。

[45] 比：相並：比翼鳥。即鶼鰈，雌雄必雙飛。

[46] 理：條紋，引申為樹之枝葉。連理：兩樹的枝幹連合生長成一整體。

　　按陳鴻《傳》謂此誓在「驪山宮」，白詩則云「長生殿」，藝術取象，有時不必考信。沈祖棻指出：長生殿在華清宮，乃每年十月皇帝與大貴族避寒之所，非七月七日所到之地，即如入蜀至成都而止，峨嵋又在其南數百里，「峨嵋山下少人行」云云，取其典型而已。

〈長恨歌〉段節表

段次	節次	叶　韻				詞意
		平	上	去	入	
一、 相愛之樂	1				職	明皇重色，求美，得楊妃，總領全詩
	2	支				新歡
	3	蕭				因而倦政
	4			禡		固寵
	5	真				固寵
	6		麌			楊氏富貴，天下側目
	7	文				明皇楊妃，樂如神仙

〔接上表〕

段次	節次	叶 韻				詞意
		平	上	去	入	
二、分離之痛	8				屋	樂極不知悲生，安史變亂突起
	9	庚				出奔
	10		紙			馬嵬兵變
	11	尤				楊妃縊死
三、長憶之苦	12				藥	入蜀
	13	青庚				在蜀憶妃
	14			御		回程傷弔
	15	微				回京
	16		有宥			感舊
	17	支				睹物苦憶楊妃
	18			皓		明皇失權孤寂，晚景淒涼
	19	先				夜憶楊妃
	20			宋		淒寂久憶楊妃
四、重逢之夢	21				陌	道士招魂
	22			霰		楊妃之魂天地不見
	23	刪				海上仙山，疑幻疑真
	24		紙			太真仙子疑是楊妃
	25	青庚				訪候太真
	26	灰				太真出見
	27		語			果是楊妃，美麗如昔
	28	陽				太真懷舊
	29			御		信物寄情
	30			霰		情比金聖盼望相見
	31	支				再見不可知，舊愛不可忘 長恨綿綿，無窮無盡

評說

　　有英雄皇帝（從無上威榮變成無比孤悽），有美人（傾國傾城的，又加一些人間出浴與天上慵起）；有纏綿悱惻、生死不渝的愛情，有動亂、戰爭，逃亡，以及兼具懲罰與教育意義的、男女主角的下場，

讓人悲歎、同情、惋惜，而又有些報復性的快意⋯⋯古今暢銷小說、賣座戲劇的元素，這首詩應該都具備了。有方在盛年、名滿天下致力於詩歌普及化的大作家執筆，有另一位進士作家用當時流行的傳奇小說體裁為這首長詩作「傳」傳誦，是很有條件了。

開首七字，「漢皇重色思傾國」，奠定主題，由此衍成一百二十句，八百四十字，一氣貫注，舒捲自如，「悠揚綺旎，情至文生」（沈德潛《唐詩別裁》），「以易傳之事為絕妙之辭，有聲有情，可歌可泣，文人學士既歎為不可及，婦人女子亦喜聞而樂誦之，是以不脛而走，傳遍天下」（趙翼《甌北詩話》），兩則清代專家之論，大抵也是千秋定論了。

〈長恨歌〉以「事」為經，以「情」為緯，以「景物」為點染，希望表述一個政教之「理」──就是「漢皇」以至任何領袖都應引為鑑戒的：「重色」則「傾國」。

「生亦惑，死亦惑，尤物惑人忘不得！」（〈李夫人〉）可惜，說教歸說教，文藝的原動力和效果，都是「情」重於「理」，上述那詩的結語說得好：「人非木石皆有情，不如不遇傾城色！」且看白居易單憑傳說與想像，便把楊妃的美艷，與皇帝定情和愛戀的熱烈溫馨以及二人劫後陰陽阻隔相思之苦，心意之堅，寫得恐怕連他自己也陶醉！理學流行之世，有位寫《歲寒堂詩話》的張戒，大罵本詩「穢褻之語」、「殆可掩耳也」，恐怕是「其言若有憾焉」了。

張戒說〈長恨歌〉只是樂天「欲悔而不可追」的「少作」；其實，三十四、五歲，也絕不「少」了！不如說是精壯之年，想兼顧情理，而不免述事描情實在精彩，同情過於譏刺，就與許多漢人辭賦一般，「諷一勸百」了。且看詩中，着力刻劃苦憶楊妃，輕輕一筆帶過失權冷寂，然而，明皇對自己多年來怠政、殺子、誤國、所信非人⋯⋯有沒有發自良知的無限愧悔呢？這方面，白居易就不暇寫了，後來，在

〈與元九書〉中，他說：

「今僕之詩，人所愛者，悉不過雜律詩與〈長恨歌〉以下耳！時之所重，僕之所輕！」

「每被老元偷格律」的〈連昌宮辭〉不必說了，晚唐兩首同寫「馬嵬坡」的名詩：義山七律重情，譏四紀天子，以美女為玩物始，以愛妃為犧牲終（6411）：鄭畋七絕重理，讚玄宗明斷，重江山而輕美人，不失「聖明天子」之度（6501），如果他更看到後世循着他步跡而作的《梧桐雨》（元 ‧ 白樸）《長生殿》（清 ‧ 洪昇）等等名劇曲，他是會撫膺長歎呢？還是擊節讚賞？

5302　琵琶行（七古）

題解

白居易本詩自序說得很清楚——

元和十年（815，作〈長恨歌〉後十載，四十四歲），余左遷九江郡司馬。明年秋，送客湓浦口（廬山腳下，鄱陽湖出長江處），聞船中夜彈琵琶者，聽其音，錚錚然有京都聲。問其人，本長安倡女（藝妓），嘗學琵琶於穆、曹二善才（曲師之稱）。年長色衰，委身為賈人婦。遂命酒，使快彈數曲。曲罷憫然。自敘少小時歡樂事。今漂淪（飄零）憔悴，轉徙於江湖間，余出官（從長安貶出外郡）二年，恬然自安；感斯人言（由這女士的話），是夕始覺有遷謫意，因為長句（因此寫了這首長詩）歌以贈之，凡六百一十二言，「二」是傳寫之誤，實六一六字，八十八句，命曰〈琵琶行〉。

（一、節 1-5：江頭送客聞琵琶）
　　潯陽江頭夜送客[1]，楓葉荻花秋瑟瑟。
　　　　　　　　　　　　　　　　　　節次1（陌韻）

　　主人下馬客在船，舉酒欲飲無管絃。
　　醉不成歡慘將別，別時茫茫江浸月。
　　　　　　　　　　　　　　　　　　節次2（先韻）

　　忽聞水上琵琶聲，主人忘歸客不發。
　　　　　　　　　　　　　　　　　　節次3（屑月韻）

　　尋聲闇問彈者誰？琵琶聲停欲語遲。
　　　　　　　　　　　　　　　　　　節次4（支韻）

　　移船相近邀相見，添酒回燈重開宴。
　　千呼萬喚始出來，猶抱琵琶半遮面。
　　　　　　　　　　　　　　　　　　節次5（散韻）

（二、節 6-13：琵琶藝術極精工）
　　轉軸撥絃三兩聲[2]，未成曲調先有情。
　　　　　　　　　　　　　　　　　　節次6（庚韻）

　　絃絃掩抑聲聲思，似訴生平不得志；
　　低眉信手續續彈[3]，說盡心中無限事。
　　　　　　　　　　　　　　　　　　節次7（寘韻）

　　輕攏慢撚抹復挑[4]，初為霓裳後六么[5]。
　　　　　　　　　　　　　　　　　　節次8（蕭韻）

　　大絃嘈嘈如急雨，小絃切切如私語。
　　　　　　　　　　　　　　　　　　節次9（語韻）

　　嘈嘈切切錯雜彈，大珠小珠落玉盤。

間關鶯語花底滑，幽咽流泉水下灘[6]。

節次 10（寒韻）

水泉冷澀絃凝絕，凝絕不通聲漸歇。

節次 11（屑韻）

別有幽愁闇恨生，此時無聲勝有聲。
銀瓶乍破水漿迸，鐵騎突出刀鎗鳴。

節次 12（庚韻）

曲終收撥當心畫，四絃一聲如裂帛。
東船西舫悄無言，惟見江心秋月白。

節次 13（陌韻）

（三、節 14-16：琵琶女說傷心事）

沈吟放撥插絃中，整頓衣裳起斂容。

節次 14（東韻）

自言本是京城女，家在蝦蟆陵下住[7]。
十三學得琵琶成，名屬教坊第一部[8]，
曲罷常教善才服[9]，妝成每被秋娘妒[10]。
五陵年少爭纏頭[11]，一曲紅綃不知數。
細頭銀篦擊節碎[12]，血色羅裙翻酒污。
今年歡笑復明年，秋月春風等閒度！
弟走從軍阿姨死，暮去朝來顏色故[13]；
門前冷落車馬稀，老大嫁作商人婦。
商人重利輕別離，前月浮梁買茶去[14]，

節次 15（語遇御麌韻）

去來江口守空船，繞船明月江水寒。

夜深忽夢少年事，夢啼妝淚紅闌干[15]。

節次 16（先寒韻）

（四、節 17-19：遷謫自悲起共鳴）

我聞琵琶已歎息，又聞此語重唧唧，
同是天涯淪落人，相逢何必曾相識？

節次 17（職韻）

我從去年辭帝京，謫居臥病潯陽城。
潯陽地僻無音樂，終歲不聞絲竹聲。
住近湓江地低濕，[16] 黃蘆苦竹繞宅生。
其間旦暮聞何物？杜鵑啼血猿哀鳴。
春江花朝秋月夜，往往取酒還獨傾。
豈無山歌與村笛，嘔啞嘲哳難為聽。
今夜聞君琵琶語，如聽仙樂耳暫明。
莫辭更坐彈一曲，為君翻作琵琶行[17]。

節次 18（庚韻）

感我此言良久立，卻坐促絃絃轉急，
淒淒不似向前聲，滿座重聞皆掩泣。
座中泣下誰最多？江州司馬青衫濕[18]！

節次 19（緝韻）

譯文

一、江頭送客聞琵琶

潯陽江頭晚上送客，秋天了，楓葉、荻花，（清風涼氣）一片蕭瑟。

送行的主人下馬，人客已經在船，對飲悶酒，沒有音樂管絃。

彼此都有醉意，而心事未宣，鬱結未解，竟將離別，這時江水漲滿，好像浸着明月。

這時，水上忽然傳來琵琶聲音，（吸引得）主人忘了回歸，客人暫不出發。

尋到樂音來源，暗暗詢問彈者是誰？琵琶聲停了，回答者想說，又意態疑遲。

我們把船移近，邀請相見；添加酒水，移動燈燭，重新開宴，

千呼萬喚，（一再邀請那位高手）才出來，仍然抱着琵琶，半遮顏面。

二、琵琶藝術極精工

（一開首）轉軸撥弦，調校三兩下音聲，還未成完整曲調，就已經（有韻味、）有感情。

（跟着，）弦弦掩抑低徊，聲聲有情有思，好像傾訴平生許多苦悶抑鬱，不得順逐意志。

她低眉隨手繼續撥彈，（用琴音代替語言，）說盡了心中無限情事。

輕輕攏扣、慢慢捻撚，又抹又挑，初彈《霓裳》繼之以《六么》；

大絃嘈嘈，像（敲窗打葉的）急雨；小絃切切，像細訴心事的私己話語；

嘈嘈與切切，交錯相雜而彈，好似大珠小珠，紛紛滾落玉盤，

流暢清脆的聲音，像黃鶯語調在花底輕滑；幽咽低徊，又如流泉盤過溪澗碎石，迂曲下灘，百艱千難！

天冷水枯；流水澀緩，琴絃樂調似乎凝結、斷絕，凝絕不通，聲音短暫停歇。

這時，另有一種被拘禁、壓抑的怨愁慢慢滋生，（漸漸）沒有聲

音，感動得還勝過有音有聲……

忽然，銀瓶破了，水漿飛迸，鐵騎衝刺，刀鎗交鳴；

（在指密絃急，一曲趨向高潮終結之際，即時收起琴撥，當着中心一劃，四絃一聲，清晰響亮如裂絲帛。

船舫東西兩邊聽眾投入得靜悄無言，只見到江心秋月，一片清白！

三、琵琶女說傷心事

她沉吟歎息，一面放下撥片，插回絃線之中，整頓衣裳，坐起，莊重地收斂顏容。

自己訴說本是京城女，家在下馬陵（蝦蟆陵）居住，

十三歲就學成琵琶藝術，名列皇家學院教坊的第一部，

一曲彈罷，常常令頂級高手歎服；而且麗質天生，粧扮完成，往往引起那些社交圈的名媛嫉妒！

（公子哥兒就更瘋狂了，）五陵地區富貴子弟爭先奉獻厚禮，彈奏一曲，捧場的紅綃多不勝數！

貴重的首飾，雲箆鈿頭，用來擊打節拍，就碎了無數；血色羅裙常常被打翻了的美酒染污。

（無憂的歲月，無盡的風光，啊！）今年歡笑，明年喜樂，好日子似乎無盡無窮，秋月春風，就這樣等閒虛度！

（唉！好日子終之盡頭了！讀書不成的）弟弟從軍（又出不了頭，照顧自己多年的）阿姨死去；日日年年，什麼月貌花容，也不免顏色舊故！

來探訪、追逐的人少了歲月無情，只好將就，胡亂嫁作商人之婦！

唉！生意人最愛銀子，最不重視是情愛與別離！前個月又浮梁買茶，做生意去！

只留下孤清的我，坐守空船，去來江口，陪着的只有月光環繞，江水冰寒！

夜深了，寂寞凄涼，忽然又回憶起少年情事，不禁涕淚交流，弄得臉上脂粉斑駁闌干！

四、遷謫自悲起共鳴

我聽了琵琶，已經感動歎息；又聞得這話，更加哀戚地，唉唉唧唧！

彼此都是（捉弄於命運）淪落到天涯海角的人，相逢（便是有緣）何必要舊曾相識？

我從去年辭別帝京，謫居臥病在這潯陽城，

潯陽僻遠落後，沒有高雅音樂，終年聽不到絲竹之聲。

住的地方靠近溢江，低下潮濕，黃蘆苦竹繞着屋子亂生。

在這裏朝夕之間聽到什麼？只不過杜鵑啼血、猿猴哀鳴！

即使在難得的良辰好景：春秋佳日，月夕花晨，傾訴無人，只好取酒獨傾。

難道沒有山歌村笛？只不過嘔啞嘲哳，實在難聽！

今夜得聞您的琵琶妙曲，真像聽到神仙丹音樂，耳朵頓時清明！

請不要推辭了，多坐一會，再彈一曲，我為您寫首長詩〈琵琶行〉！

被我這番衷誠的話感動，她長久靜思、站立，退回坐下，扭緊了琴絃，彈得更急，

凄楚悲涼，不似剛才那種多姿多采（藝術表現，而是傾情相訴），滿座再聽，都禁不住掩泣。

座中淚下的誰人最多？就是我——貶來作江州司馬，卑職小官，青衫袍服，完全被淚水沾濕！

註釋

[1] 長江既過武漢，九江來匯，注入鄱陽湖，復出流入江淮平原而出海，江湖相接一段，
  稱為潯陽，行旅常經之處。

[2] 調校音調。

[3] 信手；順手，隨意揮灑。

[4] 攏：撫叩。撚：捻揉。抹：順撥。挑：反撥。皆琵琶指法。

[5] 皆樂曲名。《六么》，或云是《綠腰》，《錄要》之訛。

[6] 「水下灘」一作「冰下難」，狀聲音幽咽。

[7] 蝦蟆陵：長安東南曲江附近，或謂本漢董仲舒墓，敬者過而下馬，故曰「下馬陵」，
  後乃訛變云云。按各處地名，初多土俗，然後諧音雅化；此亦恐不例外。

[8] 教坊：唐代歌舞培訓所。

[9] 善才：曲師。

[10] 秋娘：當代歡場女子常名，「秋」又寓遲暮之意。

[11] 五陵：長安之北，漢代高、惠、景、武、昭五帝陵墓，附近為唐時豪貴之區。纏
  頭：歌舞藝人以錦纏頭，表演既畢，人客賞金亦曰纏頭，即下句「紅綃」。

[12] 當紅之時，以金鈿銀篦代替拍板，碎而不惜；酒濺羅裙，污而不顧。

[13] 歲月無情，色藝漸乏新奇吸引。

[14] 浮梁，今江西景德鎮，當時為茶葉集散地，飲器瓷具製作亦隨之而盛。

[15] 面上淚水縱橫，於是脂粉斑駁。

[16] 「江」一作「城」，地勢低，眾水聚如盆，故名。

[17] 將樂曲與彼此身世之感，演繹成七言長詩。

[18] 青衫，唐時吏員最低級（九品）者之官服顏色。

《琵琶行》段節表

段次	節次	叶 韻				詞意
		平	上	去	入	
一、 江頭送客 聞琵琶	1				陌	時節
	2	先				初時人物情景
	3			屑月		聞琵琶
	4	支				問彈者
	5			霽		苦邀始出

〔接上表〕

	6	庚			先聲不凡
	7			真	人器合一
	8	蕭			樂曲多樣
二、琵琶藝術極精工	9		語		風格多變
	10	寒			流暢清脆
	11			屑	由動而靜
	12	庚			由無聲而樂音再起
	13			陌	樂音停賞者陶醉未已
三、琵琶女說傷心事	14	東			琵琶女奏畢休息
	15		語遇御		敘述昔盛今衰景況
	16	先寒			訴說孤寂
四、遷謫自悲起共鳴	17			職	身世心情，大起同感
	18	庚			樂天自述貶後生涯
	19			緝	賓主互受感動，再彈琵琶，於是極感動而成此篇。

評說

就是「同情」兩個字。

樂音喚起人的同情，作者因同情而大為感動，琵琶女因同情而再奏一曲，於是作者更不能自已而作此長詩，千秋讀者，包括當代的「胡兒」，也因同情，而一次又一次融入、陶醉，樂天筆下的琵琶妙音與文學佳句。「即無全集，而（〈長恨〉、〈琵琶〉）二詩，已自不朽。」清人趙翼在《甌北詩話》的話，恐怕「不同情」的人很少吧？

「同是天涯淪落人，相逢何必曾相識」，懂華語而沒聽過，聽不懂這兩句話的人，也大概非常少了。才人失路，昔盛今衰，又有哪個人不青衫淚濕呢？

兩人自訴衷曲，一韻各十餘廿句；敘事描音，則轉韻頻繁，平仄相間，間用入聲，朗讀之如演奏琵琶，真所謂繪聲繪影。

離離原上草，一歲一枯榮。
野火燒不盡，春風吹又生。
遠芳侵古道，晴翠接荒城。
又送王孫去，萋萋滿別情[1]。

（平——庚）

譯文

繁茂、豐盛、原野上的草，

年年一次，秋冬枯萎了，春夏又再繁榮。

即使野火焚燒，也不會消滅淨盡，

春風一吹拂，又再遍地滋生。

遠處，草的芬芳，瀰漫着古舊的道路，

晴天，草的翠綠，連接着荒破的堡城。

在這裏，又送您，高貴的朋友由此遠別，

一片萋萋芳草，生生不息，就象徵了我們惜別之情！

註釋

[1]《楚辭 · 招隱士》：「王孫遊兮不歸，春草生兮萋萋」，王孫，王者之孫，借指貴介公子，亦以尊稱對方，舊日詩詞用此語者極多。

評說

句句寫草，又不只寫草，既顯示哲理「天地之大德（德：性能、作用）曰生」，又可表離別之思、盼歸之情，如草之「漸行漸遠還

生」，傳說樂天少時用為行卷，以此謁顧況而得始倨後恭之賞，或曰草指小人之滋蔓不盡云，均可備一說。

5304 自河南經亂、關內阻饑，兄弟離散、各在一處，因望月有感，聊書所懷，寄上浮梁大兄，於潛七兄，烏江十五兄，兼示符離及下邽弟妹（七律）

題解

德宗建中三年（782）淮西李希烈反，又涇原兵變，朱泚稱帝，汴、鄭皆陷，興元元年（784），關中蝗災，白氏兄弟避難離散。

> 時難年荒世業空，弟兄羈旅各西東。
> 田園寥落干戈後，骨肉流離道路中。
> 對影分為千里雁，辭根散作九秋蓬。
> 共看明月應垂淚，一夜鄉心五處同。

（平——東）

譯文

世亂、荒年、祖業蕩然一空，弟兄四散在外各自西東。
田園蕪廢在戰爭之後，骨肉流離在逃亡之中。
弟兄姊妹們多自形影相弔，像分飛千里的失群之雁，
整個家族連根拔起，像深秋飛散的蓬！

共看明月都不禁垂淚：一夜的鄉愁之心，五處皆同！

評說

真情實事，所以常言熟典，亦足感人，絕不流為庸調套語，反覺字字流出肺腑，充滿骨肉之情，手足之愛。

5105　問劉十九（五絕）

題解

白氏在江州時作，是邀友共酌的便箋。

> 綠螘新醅酒 [1]，紅泥小火爐。
> 晚來天欲雪，能飲一杯無？

（平——盧）

譯文

綠色液面上佈滿了小蟻般的泡沫——新釀的酒，
下面是紅泥燒就的小小的火爐。
傍晚了，看來就要下雪了，
飲飲酒罷！——您能來飲一杯無？

[1] 螘：即蟻，新酒未瀘（酤），浮渣如蟻。

評說

　　氣氛吸引，語調溫馨，現代售酒廣告似之，但非商業而出之於朋情，所以可貴。

5106　後宮詞（七絕）

　　　　淚濕羅中夢不成，夜深前殿按歌聲；
　　　　紅顏未老恩先斷，斜倚熏籠坐到明 [1]。

　　　　　　　　　　　　　　　　　　（平──庚）

譯文

　　眼淚沾濕了羅巾，想入睡逃進夢境，可是不成；

　　夜深了，（君王臨幸的、熱鬧的）前殿還在按着節拍，飄揚起歌聲；（可憐我們這班被冷落的一批啊！）

　　紅顏還未老去，皇恩先已斷絕，

　　惟有斜斜憑着熏籠（分一點溫暖），坐到天明！

註釋

[1] 熏籠：下有火爐，或燒香木，上罩疏孔之籠，香熱之氣散出，用以烘乾衣物，並改善室內環境。

評說

　　唐代名賢、不乏宮怨之詩，此首能佔一席位，又有〈上陽白髮人〉新樂府，〈請揀放後宮內人疏〉，等等，在遠遠還想不到質疑君主專制的合理性和後宮制度的人道性的唐代，能替不幸婦女呼冤，已經是難得。因此，本詩不夠含蓄蘊藉，反可說是一個優點了。

52

（夢得 772 — 842）

劉禹錫

　　《尚書 · 禹貢》末句：「禹錫玄圭，告厥成功」（大禹治水和劃分疆土成功，被賜以天青色的瑞玉），而他之所以成功，根據古代神話，是夢見神仙指點他，找得金簡秘笈，於是天下大勢，治水竅要，都掌握了云云。

　　「陸沉未必由洪水，誰為神州理舊疆」，每個世代都不乏有志青年，要安民定國。據研究是匈奴後裔，不過早已漢化而姓了劉的他，便是其中一位，他與「二十年來萬事同」的終生好友柳宗元，一同登第，（德宗貞元九年，793）一同做御史，一同加入王叔文集團，輔佐新即位的順宗改革，不夠半年，便因順宗病廢，憲宗登極（永貞政變，805）一同被貶遠州十年，又被召回，發覺冒起了許多政壇新貴，後來也浮而又沉，他就先後寫了首〈贈看花諸君子〉、〈重遊玄都觀〉等詩，足見生命力的強韌。晚年與白居易交厚。

蜀先主廟（五律）

天地英雄氣，千秋尚凜然。
勢分三足鼎，業復五銖錢 [1]。
得相能開國 [2]，生兒不象賢 [3]。
淒涼蜀故妓，來舞魏宮前 [4]。

（平——先）

譯文

充塞天地的英雄之氣，千秋萬世依舊令人凜然。

與魏、吳三分天下，勢如鼎足，我們共仰他的白手創業，

我們共尊他以興漢為志，恢復了武帝始鑄的五銖錢！

難能可貴的是：知人善任，推心置腹，得到千古賢相諸葛孔明為股肱之臣，助他開國；

無可如何的是：繼業無人，兒子阿斗，絕無領袖的才賢！

最淒涼是：（後主歸降、蜀漢敗滅）舊日宮中的歌妓，

照樣被送移魏宮，歌舞於新主之前！

註釋

[1] 五銖錢：漢代所鑄貨幣。

[2] 劉備有知人之明，又禮賢下士，三顧草廬，感動諸葛亮，君臣相得，從零開始，建立王朝，這是一個創業英雄，人力所能的最大成就。

[3] 生不生兒，兒子成不成材，都不由自主，劉禪（阿斗）昏庸懦弱，諸葛亮一死，便不能自立，以致亡國。象賢，效法賢人。「生兒不象賢」，是劉備以至古今中外所有英雄豪傑最大（而又無可如何）的悲哀！

[4] 劉禪降魏（264），蜀宮藝人亦被擄至洛陽，歌舞於太尉司馬昭及其前，而嬉笑自若，還留下「此間樂，不思蜀矣」的笑柄名句（也有可能是他忍辱自保的僅有才能）。

評說

　　劉禹錫裔自匈奴，卻自稱漢中山靖王之後；於是相同地宣稱血統的劉備，便算是先祖了。長慶二至四年（822 — 824）他任夔州（今四川奉節）刺史，有一次到白帝山拜謁劉備廟，作了這首有名的詩。

　　感慨深、藝術精，「得相……」一聯，尤其警闢，可見胸襟識見。

西塞山懷古（七律）

題解

　　西塞山在今湖北武昌東南五十公里左右大冶附近，這是三國時東吳的江防要塞，以鐵鎖橫江，又暗置鐵錐，以阻截、刺穿敵船。晉武帝太康元年（280），王濬（士治）以可容千人的樓船大艦，由益州（四川）成都出發，沿江東下。先以無人大筏先行，帶走鐵錐，再用船前飽灌油液之大火炬，燒熔鐵鏈，於是，直取吳都建業（金陵），孫皓出降，吳亡。

　　五百多年後（穆宗長慶四年，824），五十二歲的詩人劉禹錫自四川夔州移任和州（在今安徽），長期貶謫、宦海浮沉的他，循着當年王濬一戰功成名垂千古的路線，由蜀而吳，途經此地，感而賦詩。

> 王濬樓船下益州，金陵王氣黯然收 [1]。
> 千尋鐵鎖沉江底 [2]，一片降幡出石頭 [3]。
> 人世幾回傷往事，山形依舊枕寒流 [4]。

從今四海為家日 [5]，故壘蕭蕭蘆荻秋。

（平——尤）

譯文

王濬（攻略東吳的）樓船沿江直下，發自益州，

金陵的帝王之氣，黯然斂收！

原意是鎖江的千尋鐵鍊燒斷了，永沉水底，

一片（無奈而恥辱的）降幡，出現在吳京石頭！

人世多少回可傷的往事，

當日作為前哨要塞的西塞山，依舊形貌險峻，枕着寒流！

如今大唐一統，天下四海都是一家了，

再看這舊時的廢壘，只見蕭蕭蘆荻，搖曳在寂靜的秋！

註釋

[1] 王，去聲、音旺。
[2] 尋，八尺。
[3] 孫權時築城於石頭山楚金陵邑原址，以作建業近衛，均在今南京。
[4] 枕，去聲，音浸，有「山川無恙，靜閱人世滄桑」意。
[5] 天下定於李唐一家，南北統一。

評說

金陵懷古之作，中唐七律之篇，此詩向被推為冠冕。懷古、慨今、垂戒後世；寫景抒情詠史論事，冶於一爐，結構謹嚴，呼應有度，韻律悠揚。難怪《唐詩紀事》載：白居易說在這題材上，夢得已先探驪龍而得珠，自己和元稹等，都惟有擱筆了。

題解

　　劉禹錫任職和州兩年（824 — 826），作〈金陵五題〉，就五處歷史名蹟而憑弔歎詠，「烏衣巷」是南朝王、謝兩豪族世代聚居之處，以二家子弟時尚烏衣，故名。時間無情，昔是今非，此詩曾使作序的白居易「掉頭苦吟，歎賞良久」，處在「門第」與「進士」矛盾而形成「朋黨之爭」的當時社會，劉、白的感慨，更有現實意義。

朱雀橋邊野草花，烏衣巷口夕陽斜。
舊時王謝堂前燕，飛入尋常百姓家。

（平——麻）

譯文

　　朱雀橋邊的野草閒花，（不被認為國色天香，依然青春茁壯，同樣爭妍鬥麗）

　　烏衣巷口，夕陽依舊西斜（千古王朝興衰隆替，也是如此）

　　此地舊時王謝貴族堂前的燕子，

　　如今飛入了尋常百姓之家！

評說

　　橋、巷昔時貴盛，草、暮今已平凡，人間早已冷暖懸殊，但野草依然春到開花，燕子仍然飛來舊舍——理智上，當然知道不是舊時那

批，不過，觀感上、情意上，卻似乎是同一批燕子，做了古與今的聯繫，人與史的見證。平常的景物，樸素的言語，一經詩人組織點染，便成千百年來，萬口傳誦的懷古名篇。

5204 春詞（七絕）

新妝宜面下朱樓，深鎖春光一院愁。
行到中庭數花朵，蜻蜓飛上玉搔頭。

（平——尤）

譯文

化了新粧，非常襯托如花美貌，走下華麗高貴的紅樓，

深深庭院，鎖住了（外閒想當然耳的、院裏）春天的溫馨歡樂，其實整個院子，都是孤寂、無奈、憂愁。

走到了庭中，無聊地數算花朵，

蜻蜓飛上了玉簪上頭。

評說

唐人寫深宮玉樓的春閨之怨，傑作不少，此篇末句蜻蜓一點，真是神來之筆，搔頭花飾之耀眼疑真，蜻蜓以外，人與花朵之無奈無聊無自由、無生趣，一一盡在不言之中。

53

子厚 773 — 819

柳宗元

「厚福的兒子」，使「宗族從頭振興」。好幾代飽受政治打擊的柳家，把懇切的希望，透過名與字，寄託在這位聰穎不凡的獨子。可惜，離不開政治的，又是悲劇。

弱冠即中進士，德宗貞元九年（793）的他，加入了以太子為核心、以王叔文為主幹的新勢力，太子即位為順宗，改元永貞。他與劉禹錫等一班年青才俊，準備大開拳腳，改革朝政，怎知敵對勢力強固，最不幸是皇帝因急病而被他自己的太子逼宮，新皇帝（憲宗）一即位，王叔文集團便告瓦解，殺的殺，貶的貶，柳宗元便被流放到蠻荒的永州（今湖南寧陵），做沒有實際職權的司馬。這一切都發生在一年之內（805）。

永州十年，柳宗元惡化了健康，也深化了學問，醇化了文章。奉召回京，然後再貶到遠惡的柳州，做了兩年多可以辦一點事的刺史，他就在病死之前做出了成績，被邑民所感念、愛戴。在兩次貶謫之間，他主動請求「以柳易播」，幫助劉禹錫，表現了無人可及的朋友

風義。古文與另一知己韓愈齊名，後世並列為唐宋八大家之首。詩名雖不及文，也有勝處，特別是遣愁解憂的山水記遊之作，把一個徘徊於儒道佛之間的痛苦心靈，作了藝術的刻劃。

5301　登柳州城樓寄漳汀封連四州刺史（七律）

題解

順宗永貞元年（805）政治大風暴，柳宗元等以參加王叔文、王伾集團，被貶遠州，號八司馬，憲宗元和十年（815），又例召至京師而再貶至荒僻之地為刺史。柳宗元柳州、韓泰漳洲、韓曄汀州、陳諫封州、劉禹錫連州。柳氏六月到任所，登城樓遠眺，感不絕懷，遂作此詩。

> 城上高樓接大荒，海天愁思正茫茫；
> 驚風亂颭芙蓉水 [1]，密雨斜侵薜荔牆 [2]。
> 嶺樹重遮千里目，江流曲似九迴腸。
> 共來百粵文身地 [3]，猶自音書滯一鄉！
>
> （平──陽）

譯文

登上城樓高處，遠眺曠野大荒，

海般深廣、天般高遠的愁思；正是一片蒼茫；

驚悸的風，亂颭芙蓉塘水，

暴疾的雨，斜侵薜荔圍牆。

遠眺山嶺上的雜樹垂垂，遮擋了望鄉的千里之目，

俯瞰江河流水，迂曲彎折，就似九曲百折的愁腸！

我們（這些永貞事變難友）一同貶逐來到這百粵邊陲，斷髮紋身之地，還更是音書不達，滯在一鄉！

註釋

[1] 颭：風吹浪動。清水出芙蓉，本為美景，而破壞於暴疾之風，國家與個人之前景，恐亦似之。

[2] 薜荔，音弊例，植物，可食可藥。蔓附於牆，而密雨斜侵，欲其相離，詩人見此，恐亦不免聯想順宗與二王八司馬之境遇。

[3] 越本在今浙江，周時為新開發地區，斷髮文（紋）身，以利海邊生活，被中原視為落後。及文化繼續南移，五嶺以南，又稱「南越」，或「百越之地」，後又用本為發語詞之「粵」字，以與位於浙江之古越國相別。（再後兩廣之南，交趾以迄湄公河之地，又稱「越南」，其名稱之淵源流變如此。）

評說

沉痛哀傷，字字出於肺腑，成於血淚，讀之而泣者，正不只一時、不只四友。柳子七律，以至歷代貶謫之篇，此詩均稱冠冕。

5302 江雪（五絕）

千山鳥飛絕，萬徑人蹤滅。
孤舟簑笠翁，獨釣寒江雪。

（入——屑）

譯文

千重山嶺，飛鳥的影子都絕，
萬條路徑，人的腳踪都消滅。
江上只有條孤舟，戴着蓑笠的一個漁翁，
獨自釣着寒冷江水的——雪！

評說

極其寥廓、清高、孤獨，與七古〈漁翁〉為姊妹篇，皆用入韻，以保留入聲之語言讀之，神韻盡出。

元　稹

　　好朋友白居易的論文名篇〈與元九書〉，《西廂記》的藍本、好作品愛情小說《會真記》，好妻子去世的紀念〈悼亡詩〉，都讓元稹「人以文傳」；後二者其實同時也是「文以人傳」，因為他能與樂天齊名，自然也非凡庸作手。元、白、韓、孟，都是中唐名家；韓愈、孟郊走奇警之路，言人所未言，元白詩風則是明白坦易，言人人之所欲言（趙翼《甌北詩話》），所以更有社會功能與意義。元稹以新樂府享盛名，穆宗為太子時，就已經是他的熱心讀者。

　　「稹」「縝」同義，都是「細微謹密」之意，這位心思細密的鮮卑拓跋後裔，幼年是常見的異母之爭，成年後是唐代特烈的進士與門第朋黨之爭，漢、唐、明都甚的宦官與外廷之爭，以至一生的理智與情慾、公義與私利……種種矛盾、鬥爭，衝突，構成了他複雜的性格和評價。舊史說他個性鋒銳、見事風生，不欲碌碌自滯，終於登上相位；「努力向上爬」之心太盛，使他由一位關心民瘼，暴露不平的社會詩人，敢忤宦官的正義鬥士，變成逢迎權貴、排擊賢相、媚事宦官

的巧官。《會真記》（《鶯鶯傳》）寫他自己始亂終棄，還以重事業輕女色自喜自高，這也是他整個人性格的冰山一角了。

　　人當然是很不簡單；精於詞章、善於表達自己的文人，就更複雜了。在他納妾安氏的同時，他寫下傳誦千古的悼亡詩，憶念他應當其實也認真珍愛的、非常賢惠的元配：韋叢，字茂之。

5401-5403　**遣悲懷（七律，三首）**

題解

　　韋氏夫人是名門之後，父親、外曾祖父，都是顯赫之官，能在德宗貞元十八年（802）被選為婿，據說與才女薛濤也曾戀愛，也可見貧寒出身的元稹儀表才華的優越。嫁後非常賢淑，艱苦持家，七年中生了五個孩子，只存活一個女兒，自己廿七歲就病死了。長她四歲的丈夫當時是監察御史，請了大文豪韓愈寫墓誌銘。他自己也有悼亡之詩，情真語摯，潘岳之作，被他後來居上；後來同類作品，《唐詩三百首》選者孫洙，也認為無出其右。

5401　**其一**

　　謝公最小偏憐女 [1]，自嫁黔婁百事乖 [2]！
　　顧我無衣搜藎篋 [3]，泥他沽酒拔金釵 [4]。
　　野蔬充膳甘長藿 [5]，落葉添薪仰古槐 [6]。
　　今日俸錢過十萬 [7]，與君營奠復營齋 [8]。

（平——佳）

譯文

（她，我的亡妻，好像是）謝安最幼小最偏愛的嬌女，

自從嫁了我這黔婁般的貧士，什麼都不順、誤乖！

回頭看我沒有得體的衣服，就到處翻箱倒篋，

有時苦苦求她買酒，她就為典當換錢，而拔下頭上的金釵！

野菜做餐，我們長期捱豆筴藿葉，

柴薪不夠，時時抬頭仰望掉落枯枝敗葉的古槐，

今日我的俸錢超過十萬，（家境轉好了，生活豐裕了，可惜您享
受不到了！惟有──）

聊表心意吧，替你風光地辦好祭奠，辦好素齋！

註釋

[1] 韋氏賢美多才，為太子少保、卒贈左僕射之韋夏卿幼女，自幼愛憐，故以晉相謝安侄
　　女謝道韞為比。

[2] 黔婁：古代齊國清貧守道之士。元韋婚後七年，貧窮而諸事艱苦。夫以直言失官，妻
　　則屢生屢夭。

[3] 見我沒件像樣衣服，努力在破箱中找。

[4] 經不起我苦求窮乞，拔下金釵來換錢買酒。

[5] 吃的是野菜豆葉。

[6] 柴薪也買不夠，靠落葉來添補。

[7] 苦日子如今過去了，我高官厚祿了（可惜你已不在，不能分享了）。

[8] 只好把你的祭奠和齋飯，弄好一點，希望你能鑑領了。

　　第一首：感激下嫁、感激安貧、感激持家。

昔日戲言身後意，今朝都到眼前來！
衣裳已施行看盡[1]，針線猶存未忍開[2]。
尚想舊情憐婢僕[3]，也曾因夢送錢財[4]。
誠知此恨人人有，貧賤夫妻百事哀[5]！

（平——灰）

譯文

　　夫妻倆從前戲說過彼此身後的事，今朝都在現實生活中真正到來！

　　亡妻的衣裳捐施別人，已經差不多送盡，她生前用的針線還在保存，不忍打開。

　　仍然掛念着舊日情誼，愛憐婢僕，也曾因為夢境重現的困苦，送去通冥的錢財。

　　確實知道這種夫妻永別的痛傷，人人都有，只不過我們曾經共嘗貧賤，想起來真是百事可哀！

註釋

[1] 施，去聲，音試。你的衣裳，差不多盡數捐獻了（不忍睹物思人，也想幫幫和我們當年相似的窮親友）。
[2] 你用過、做過的針線織物，還在那裏，我不忍打開（不忍又一次浮現你那縫縫補補的苦日子）。
[3] 當年送嫁的婢僕，我對他們加倍憐恤。
[4] 夢中見到你還是那幾年受苦的樣子，醒過來就又多燒一些冥錢給你。
[5] 生離死別，人人不免；只是貧賤夫妻，就加倍哀傷。

第二首：生前由貴而貧，固然可哀，死後丈夫雖顯，不斷追懷，仍是可哀。

5403　其三

閒坐悲君亦自悲，百年多是幾多時[1]？
鄧攸無子尋知命[2]，潘岳悼亡猶費辭[3]！
同穴窅冥何所望[4]？他生緣會更難期[5]。
惟將終夜長開眼，報答平生未展眉[6]！

（平——支）

譯文

閒愁悶坐，為您而悲，也自傷自悲，即使百年真是完整一生，一生也只不過匆匆片時！（何況一生命運，還是往往多不如意！）

好像鄧攸（舍子存侄，結果）終生無兒，（你無比賢惠，而又屢生屢夭），一切惟有歸咎是命定。

好像潘岳，悼亡詩動人悽切，也其實於事無補，徒費文辭！

「生則同衾死則同穴」這夢想實現實在杳茫——不過除此之外，又更無盼望；

如果盼望他生有緣就能再會，那又更茫渺難期！

惟有將終夜長開的兩眼，報答平生憂愁莫展的雙眉！

註釋

[1] 人生，即使理想的、似乎完整的「百年」吧，又有多少時刻呢？（一切是虛空的虛空，都是捕風！）此句一作「百年都是幾多時」。

[2] 晉朝鄧攸（字伯道），戰亂逃亡，捨子保侄，結果終生無兒，時人歎為天道無知。難道一切都真是天命嗎？我也快「五十知天命」的日子了（你生了幾個男孩，都沒有了），到今還沒有繼承香燈的兒子。（到五十後，元積繼室裴氏，為他生一子。）

[3] 西晉潘岳，善於言情，妻子死了，他的悼亡詩再好，又有什麼用呢？能使死者活過來嗎？不是徒費筆墨嗎？（我知道如今我也寫詩，是沒用的了，可是，我能不寫嗎？）

[4] 將來我也死了，能和你同葬一穴嗎？

[5] 如果有來生，來生我們能再在一起嗎？（這些，恐怕都是空想、幻相！）

[6] 我只好終夜合不上眼，或者報答報答作嫁我以後七年，我累你吃苦、吃苦、又吃苦，未曾眉開眼笑過吧！

第三首：展望未來，一切渺茫，真實的唯有悲傷、思念。

遣悲懷總評說

　　三詩似斷而續，語言平易而懇摯感人，經之以「窮通」與「存歿」兩線對比，緯之以生平回憶，而亡妻之賢惠，自己的悼思，交織表現，即以「躁進」與「未能不二色」以疵其人，亦不能否認人性複雜，真摯處仍然賺人熱淚。

5404　行宮（五絕）

　　　　　　寥落古行宮，宮花寂寞紅。
　　　　　　白頭宮女在，閒坐說玄宗。

　　　　　　　　　　　　　　　　　　（平──東）

譯文

寂寥、冷落，古舊的、往日帝皇的臨時的行宮。

行宮的花朵照舊開，紅得寂寞，寂寞的紅。

不是沒人，有人。

只有她，頭早白了，什麼都看過了，聽過了。

悠閒無事，又一次聊起，說不完、說不盡的傳奇天子——大唐、明皇帝、玄宗！

評說

一起不勝古今盛衰之感。昔則天子留駐，臣僕如雲，今則唯有宮花寂寞，惟留老宮娥看守打掃。「白頭宮女話開元」，滄桑鑑戒，不言而喻。

內田泉之助《中國名詩註釋》舉日本詩人藤井竹外〈吉野三絕〉之一：

> 古陵松柏吼天颮，山寺尋春春寂寥；
> 眉雪老人時輟帚，落花深處說南朝！

明顯由元稹之作化出，並且青出於藍云云。

55

（浪仙、閬仙 779 — 843）

賈 島

「狂發愁如哭，愁來坐似禪」，朋友姚合的話，真可以概括他的性格。「十年磨一劍，霜刃未曾試，今日把示君：誰有不平事？」他自己的〈劍客〉詩，更可顯示內心那座火山，初赴名場，以瘋狂被逐，就痛感歧視，迫害，以「病蟬」自比：

> 病蟬飛不得，向我掌中行。
> 折翼猶能薄，酸吟尚極清。
> 露華疑在腹，塵點任侵睛。
> 黃鳥並烏鳥，俱懷害爾情！

因為「囊篋空甚」（《唐才子傳》），又希望遁入空門，少一點黃雀、烏鴉吧，於是出了家，法號「無本」，仍然苦吟不輟。穆宗長慶三年（823）某日，訪李凝幽居之處，作五律一首。

賈 島

松下問童子，言師採藥去。
只在此山中，雲深不知處。

（去——御）

譯文

（你師父呢？——）松林下面詢問童子，
（他）回答說：「採藥去了。」
肯定的是：只在這山之中；
只不過，雲霧幽深，誰也不知確實的去處！

評說

可能是三番四次的反覆問答，濃縮為簡練的二十個字。藏問於答，以簡勝繁，其淡如水，其味甚永。
一說是孫華所作。

56

（用晦 788？791？— 858？）

許　渾

文宗太和六年（832）進士，成年後居京口（今江蘇鎮江）丁卯
洞，著《丁卯》詩集，所以人稱「許丁卯」，一生專攻近體，作品常
與杜牧相混。

5601　秋日赴闕題潼關驛樓（五律）

紅葉晚蕭蕭，長亭酒一瓢。
殘雲歸太華[1]，疏雨過中條[2]。
樹色隨關迥[3]，河聲入海遙。
帝鄉明日到[4]，猶自夢漁樵[5]。

（平——蕭）

譯文

晚風吹拂，紅葉蕭蕭；長亭暫駐，濁酒一瓢。

殘碎的雲，飄歸崇山太華，零疏的雨，灑過峻嶺中條。

樹的容色，隨着關城而迴遠，河的聲音，漸向大海而漸遙。

皇帝都城明日到了，我還在夢裏想慕，隱逸的漁樵！

註釋

[1] 潼關西南，西嶽華山。華，去聲，讀如「話」。

[2] 中條山：華山東北約百公里，黃河在其間由縱流轉折入黃淮平原，橫流奔向大海。潼關，函谷皆在其間，自古秦與晉、鄭之間交通孔道。

[3] 迴：遠。

[4] 帝鄉：京城長安，即詩題之「闕」。

[5] 廟堂與山林，各有勝處，難以兩全，也難以取捨，正是此一矛盾，產生苦悶，乃有文學。

評說

晚清吳汝綸以「高華雄渾，丁卯壓卷之作」評之，主要在頸聯（五、六）兩句。

5602　早秋（五律）

遙夜泛清瑟[1]，西風生翠蘿。

殘螢棲玉露[2]，早雁拂金河[3]。

高樹曉還密，遠山晴更多。

淮南一葉下，自覺洞庭波[4]。

（平——歌）

譯文

漫長的夜，浮泛着樂音的清瑟，西風吹起翠碧的女蘿。

疲老的螢，棲息在晶瑩的露水，早飛的雁，拂過秋空的銀河。

高高的樹，在曉色中看來仍然濃密，

遠遠的山，因晴朗而顯得更多。（《淮南子》說：「一葉知秋」；淮南再下就是洞庭，

《楚辭、湘夫人》說：「洞庭波兮落葉下」）

淮南飄下了一葉，不遠的洞庭，自然泛起了秋波！

註釋

[1] 清越的瑟音，浮遊在長夜。文學意象，本陶潛《閑情賦》：「泛清瑟以自欣」。
[2] 螢蟲將蟄，仍然在白露中見到。
[3] 北雁開始南飛，早的幾批已經掠過天空的銀河。
[4] 《楚 · 九歌 · 湘夫人》：「嫋嫋兮秋風，洞庭波兮木葉下。」

評說

善於化用前人佳句秀景；自鑄新詞亦見工夫。

57
朱慶餘

　　「積善之家，必有餘慶」，《周易・坤文言》這句話，鞏固了中國的尚德傳統。是不是也因為這個理念太好了，「慶餘」這個別字，竟代替了「可久」的本名，成為唐敬宗寶曆二年（826）登第的這位越州（今浙江紹興）朱姓詩人為世熟知的稱號，至於生卒年代，就失考了。

5701　宮中詞（七絕）

　　　寂寂花時閉院門，美人相並立瓊軒；
　　　含情欲說宮中事，鸚鵡前頭不敢言。

（平──元）

譯文

春花盛開了，周圍卻是寧靜、孤寂，緊閉着院門，

美人相偎並立在瓊玉的廊軒；

幽怨滿懷，待要談訴宮中的事，

忽然看到那鸚鵡──那巧於學舌、傳話，而不懂世情、不知人間疾苦的東西──正在前頭，於是立即閉嘴，不敢多言！

評說

百花盛放之時，何以寂寂？院門何以關閉？比起劉禹錫〈春詞〉的承句：「深鎖春光一院愁」（5204），這裏更妙在暫不說破，只是繼續寫美人並肩站在雕欄玉砌的禁苑長廊之中。兩個或以上的女孩子碰頭，總有說不完的話，只是前頭那鸚鵡，會學舌效唇搬弄言語，造成的後果也可大可小──至於隔牆有耳，甚至此刻推心置腹的「姊妹」，也不知哪個時候會忽然成為敵人，那就憑他人甚至自己的慘痛經驗都終於知道，比鸚鵡可怕得多，在詩中也不必說出了。

5702　閨意（近試上張水部）（七絕）

洞房昨夜停紅燭，待曉堂前拜舅姑 [1]。
妝罷低聲問夫婿；畫眉深淺入時無？

（平──虞）

朱慶餘

譯文

昨夜，通宵燃着紅燭，

等待今朝破曉，（以正式成了禮的新娘職份）齊到堂前拜見舅姑。

妝扮好了，低聲問問夫婿：

我臉上畫眉的粗細深淺，還配合時尚有無？

註釋

[1] 舅姑：妻子稱丈夫的父母（「翁姑」），《儀禮 · 士昏禮》：「夙興，婦沐浴纚笄宵衣以俟見，質明，贊見婦於舅姑」（一早起來，新婦洗髮、洗身、束髮、插簪、穿起助祭之服，等待拜見，一到天明，佐禮人員便領她拜見公公婆婆。），按：本來「舅」是母的兄弟，「姑」是父的姊妹，學者林惠祥認為：許多民族古代都有「姑舅表婚」（Cross-cousin marriage）──就是：堂兄弟姊妹、姨表親，都不得結婚，而姑舅表親可以（甚至規定要）結婚，於是演變成家翁婆婆也用「舅姑」之稱，而根據《爾雅》，夫對岳父母也可以稱為「外舅」、「外姑」云云。（見商務版《文化人類學》，1934，1991 可以參考。）

評說

　　如果題目寫作「近試上張水部」（將近科舉考試，寫給水部郎中張籍），本詩題旨便有些眉目，不過，「猜詩謎」的趣味也就大減了。《詩三百篇》已經很多含蓄暗示、譬喻觸發──所謂「比興寄託」的技巧，後人更大加發展、運用，就變成詩詞的能藝了。

　　當然先要了解時代背景。唐朝科舉取士，並不像後來那樣要糊名保密，而詩文評價究竟主觀成份不免，所以試前「造勢」「提高知名度」，就成為必有之舉。通常士人攜備平時佳作謂之「行卷」，獻於名人、權貴；倘若得到推薦、揄揚，登科自然較易，這是當時普遍習尚，人人如此。（白居易獻詩顧況，被他先譏後賞的故事，也是一

例。）朱慶餘也「未能免俗」，不過，呈獻行卷以後，他還是人之常情地患得患失，忐忑不安，於是寫了這首全用比喻的詩。

問者高度隱晦而又巧妙暗示：「我的作品可以嗎？」答者又怎能粗陋拙直地答：「你很好，有機會」呢？也是大詩人的張籍，就奉酬了一首也是由美麗少女出場的七絕：

> 越女新妝出鏡心，自知明艷更沉吟。
> 齊紈未足時人貴，一曲菱歌敵萬金。

越，朱慶餘的故鄉；越女，就是人間絕色、傾國傾城的西施，十分人才，加上精心打扮，嬝娜娉婷地出現在鏡中央一看：這七個字，多像現代影視鏡頭，美人露面的手法！「鏡心」，一作「鏡新」，不只「新」字不很必要地重複，意象也差遠了！

美麗（正如藝術才華），是自覺的；長得好看這個事實，不要別人提醒。不過，她還是沉吟考慮，追求完美。

放心吧！你問我「入時無」嗎？照我看來，華美名貴的齊地絹紈，已經過時了，現在人們愛慕欣賞的，是清麗自然的江南採蓮之曲呢！

又要交代一下歷史背景了。魏晉南北朝，以門第用人，寒士多受壓抑，唐行科舉，清貧子弟開始可以憑才學（當然再加運氣）爬上社會階梯。利祿之途既別，一方面官場上形成「門第」與「進士」的「朋黨之爭」（就如現代「委任」與「直選」的對立），另一方面，進士多「青錢萬選之才」，越來越受重視，也是時代的趨勢，這一切，都涵蘊在兩句詩中了。

你看：藝術，多巧妙！文學，多有趣！

58

(792？—853？)

張　祜

　　另作「張祐」；因為字承吉，就知以「祜」（福氣）為宜。晚年南遷丹陽（今在江蘇），個性狷介狂放，浪跡四方，時受推薦，亦廣遭排忌，於是一生蹭蹬，以布衣終身。詩以描寫邊塞及刻劃內宮生活著名。

5801　何滿子（「宮詞」，五絕）

題解

　　「本是（胡裔？）樂工之名，又成為大曲之稱，亦作〈河滿子〉。《全唐詩話》載：武宗臨死，要才人（宮嬪名位）孟氏陪葬，孟才人歌唱此曲一句，便氣絕而殞。張祜乃作詩歎之：「偶因歌態詠嬌顰，傳唱宮中二十春；卻為一聲河滿子，下泉須弔舊才人。」

故國三千里，深宮二十年；
一聲何滿子，雙淚落君前！

（平──先）

譯文

（被逼永別）故鄉，三千多里；
（被逼幽處）深宮，二十多年；
（聽到了）一曲幽怨悲涼的《何滿子》，
兩行涕淚，禁不住灑落君前。

評說

離鄉別親、青春虛擲，無數宮女的抑鬱苦悶，濃縮在這首以四組數字滙成的短詩之中。杜牧極賞此詩，有「可憐故國三千里，虛唱歌詞滿六宮」之句酬之。

5802　贈內人 [1]（七絕）

禁門宮樹月痕過 [2]，媚眼惟看宿鷺窠 [3]。
斜拔玉釵燈影畔，剔開紅燄救飛蛾。

（平──歌）

張　祜　　　　　　　　　　　　　　　　513

譯文

　　禁城的大門，宮城的大樹，（靈巧而自由得多的）月亮痕跡，就此經過，

　　嬌媚的眼光，無緣注視那想望的人，惟有凝睇鷺鳥住宿的窠。

　　斜身拔出髮鬢玉釵，在燈影側畔，

　　剔開那可以焚身的烈焰，救出那無知而不幸的，（身世和際遇也像這批宮中女子的）飛蛾。

註釋

[1] 內人：禁宮之內的歌舞女。

[2] 過：平聲。

[3] 惟，一作「微」。鷺，一作「燕」，更有「雙飛」之意，更襯宮人孤淒之感。

評說

　　鳥兒可以自由飛翔，宿在自己的窠（音義同「窩」）；可是，作為宮中藝伎的她呢？她可以發慈心，救飛蛾；可是，當初被逼或自願進入宮禁的自己呢？

　　四句，像現代的鏡頭畫面跳接。無聲，不必解說，一切幽怨、控訴、悔恨，盡在其中。

集靈臺（七絕，二首）

題解

　　唐室以老子為祖而特尊道教，玄宗（看這後來的諡號便知）尤其崇信。道教拜祀多神，天寶六載，建長生殿，名曰集靈臺，以祈求賜福。

其一

　　日光斜照集靈臺，紅樹花迎曉露開，
　　昨夜上皇新授籙[1]，太真含笑入簾來[2]。

（平——灰）

譯文

　　日光斜斜照着長生殿的集靈臺，

　　紅花在樹上迎接晨早的露水而開；

　　如今的太上皇，當年的玄宗明皇帝，當年的昨夜，剛剛領受了「入道」的新符籙，

　　當年的太真妃子，含着如花笑靨，打開簾幕進了入來。

註釋

[1] 籙：道教的文憑、證書。唐朝君皇同時也是當時道教的護法，主持授籙。
[2] 太真：楊玉環本為玄宗子壽王之妃，玄宗愛而奪之，先令出家為女道士以改變身份，法號「太真」。「真人」的理念，本出道家莊子，道教襲用為稱。

評說

　　「日光」、「曉露」象徵什麼？「紅樹」是不是也「含笑」？「授籙」為什麼在「昨夜」？一切盡在不言中，歷代無教擊節讚賞的讀者，早已與作者會心微笑。

5804 ## 其二

　　　　虢國夫人承主恩 [1]，平明騎馬入宮門 [2]。
　　　　卻嫌脂粉污顏色，淡掃蛾眉朝至尊 [3]。

（平——元）

譯文

　　虢國夫人（楊貴妃的三姊）承受了主上的隆恩，

　　一清早就（不按常規，不守禮制，不步行而）騎馬，進入了宮門；

　　更（自負而恃寵，不粧不扮，）嫌脂粉污損了天生麗質，

　　只是淡淡掃抹彎彎的眉（就悠閒諳熟地，）朝見那位人間的至尊！

註釋

[1] 楊玉環為玄宗貴妃，其姊三人亦均有色而受封爵，長姊韓國夫人，八姊秦國夫人，而三姊虢國夫人尤美，甚得帝寵。

[2] 禁宮不是馳馬之地，平明亦非公事而私謁之時，倘非君主縱容，誰敢如此？

[3] 常人見客，嚴妝示敬；虢國夫人自恃美艷，常素面朝君。

楊家之驕寵任性，玄宗之自毀朝綱，都肇後來之禍。點到即止而不須說破，正是短詩妙處。

5805 題金陵渡（七絕）

金陵津渡小山樓，一宿行人自可愁。
潮落夜江斜月裏，兩三星火是瓜洲。

（平──尤）

譯文

金陵渡口，小山酒樓，

住宿了，也無眠地渡過長長一晚的旅客，自然滿心鬱悶，滿腹離愁。

夜還未央，落了的是湖水，映照着斜斜月色，

對岸兩三星火，便是將要去的，對岸的瓜州。

評說

全陵津渡，不必定在建康（南京），亦可在瓜洲對岸之鎮江。下半寧靜清美境界，古今稱絕。

59

（德新 ？—876）

李　頻

　　睦州（今浙江建德附近）人，是著名詩人姚合的愛徒兼賢婿，
宣宗大中八年（854）登第，也和當世絕大多數進士一樣：作官、作
詩，不過，「只將五字句，用破一生心」（《北夢瑣言》卷七），他是
很認真的。

5901　渡漢江（五絕）

嶺外音書絕，經冬復立春；
近鄉情更怯，不敢問來人。

（平——真）

譯文

南方，五嶺之外，音書斷絕，

（真遙遠啊！真長久了！）經過了冬天，又經過立春，

如今走近家鄉了，恐怕知道可能更壞的實際情況，心情就更是虛怯。

不敢詢問迎面而來的（一個又一個，從家鄉而來的）人！

評說

明白如話，三四兩句，道盡久別還鄉者既怕情況大改、又恐家人有事……等等喜中帶驚、憂疑不定之情。或以為當是宋之問在中宗神龍二年（706）自瀧州（今廣東羅定）貶所經漢水而逃歸洛陽時作。

60

（牧之 803 — 852）

杜 牧

　　獨神信仰者以上帝為人牧，古代中國以統治者為民牧。「禮義廉恥，國之四維」，「倉廩實則知禮節，衣食足則知榮辱」，這些滿有政治智慧的名言，就出於《管子·牧民篇》——總之，要牧養人民，就必須才德並備，文武兼資。

　　杜牧就是以此為家族精神培養出來的一位傑出人物，只是生於君昏國亂的晚唐之世。他是晉代開國名將兼《左傳》專家杜預之後，祖父是德、順、憲三朝名相、社會經濟史專家，《通典》編撰者杜佑。由這個傳統陶冶出來的杜牧，自少就好讀書，善論兵，特別留心於治亂興亡、財賦兵甲的大事。指陳利病，尤其富有膽略與見識，當代文學前賢他最佩服杜甫、韓愈。「杜詩韓集愁來讀，似倩麻姑癢處搔」（《讀杜韓集》），二十出頭，就寫了借古諷今，兼駢、散、韻文之長的〈阿房宮賦〉。

　　這篇歷代傾佩的名文，當時就已感動名人太學博士吳武陵，力薦這位被疵為「疏曠不拘細行」的大才子，於是登第。當時是文宗太和

二年（828）。

可惜此後的事業發展不如理想，做了十年幕府文書工作，百口之家，又要衣食維持，就像雄鷹困在小囚籠，苦悶之至。

於是就寄情聲色，在長官牛僧孺治下的、當代最繁榮的商業都市——揚州。他每每事後痛悔，而又不能自制，留下許多傷時世、悲蹉跎、真性情、高見識的詩篇，特別是七絕。

不屑只做文藝青年，而又只能以文藝傳世的他，抑鬱日深。半百之年，自撰墓誌銘，後來更焚燬平生之作，不久（岑仲勉説五十一，王達津説五十五），便離開他所關愛而又不能改善的時代、國家和社會。

好在有個外甥，二十年間保存了他大部分作品，所以有《樊川文集》行世。

6001　旅宿（五律）

> 旅館無良伴，凝情自悄然。
> 寒燈思舊事，斷雁警愁眠。
> 遠夢歸侵曉，家書到隔年。
> 滄江好煙月，門繫釣魚船。

（平——先）

譯文

投宿旅館，沒有良朋作伴；凝神沉思，更覺憂傷寂寞、悄然。

對着寒燈，思量舊事，聽到長空孤雁的唳叫，驚醒了帶愁的孤枕

獨眠！

鄉關遙遠，夢裏歸時已是侵曉；家書抵達，時間已是隔年！

蒼蒼江水，茫茫海浪，煙月風光正好，

門外繫着（可止可行，可出可處的）釣魚船！

評說

抒一己之鄉愁，羨他人之逍遙隱居。

6002 將赴吳興登樂遊原 [1] （七絕）

清時有味是無能，閒愛孤雲靜愛僧 [2]。

欲把一麾江海去 [3]，樂遊原上望昭陵 [4]。

（平——蒸）

譯文

清平時世，而能寄情山水，過閒適有味的生活，可見自己無用、無能！

清閒，喜歡天上的閒雲；寧靜，喜歡虛靜的高僧。

我將要帶着旌旗，出守接近江海的湖州去。

離開京都了，我登上樂遊原高地，遠遠瞻望太宗皇帝，長眠所在的昭陵。

註釋

[1] 宣宗大中二年（848）四十七歲的杜牧請求外調，出為湖州刺史，赴任前登長安南郊高處樂遊原抒悶。

[2] 時世清明，能愛孤雲之閒而且獨，僧人之靜而且空，有此生活品味，正因自己無能。投閒置散，所以能有餘暇。這當然是反話。

[3] 麾：指揮旗。意思是由中央外派到地方。湖州在太湖邊，故稱「江海」。

[4] 昭陵：太宗之墓。在長安西北，今醴泉縣。開國雄主已去，貞觀之治何時可復？

評說

發牢騷、抒感慨、盼雄主、望中興，這就是詩人的心事。

6003 寄揚州韓綽判官 [1]（七絕）

青山隱隱水迢迢，秋盡江南草未凋。
二十四橋明月夜 [2]，玉人何處教吹簫 [3]？

（平——蕭）

譯文

青山朦朧隱約，綠水遠逝迢迢，

江南秋盡了，草木還未謝凋。

（你們那邊哪）二十四橋明月之夜，

（我的好朋友啊：）你還在什麼地方教美女吹簫？

註釋

[1] 文宗太和七至九年（833 — 835）杜牧在揚州淮南節度使府任推官、轉掌書記，韓綽任判官（節度使助理），二人交情頗好，其後綽死，牧有詩哭之。
[2] 二十四橋，宋沈括《夢溪筆談》認為是二十四座橋，且各舉其名，按南宋姜夔〈揚州慢〉詞語氣則是一橋，《揚州畫舫錄》謂即吳家磚橋，又名紅藥橋。與姜詞合。
[3] 調侃韓綽何處教歌舞伎女吹簫。

評說

　　懷念舊朋的詩，問候近來生活如何，卻說得如此風趣，可見才情，也可證牧之在揚州時的生活。

6004-6005　　贈別 [1]（七絕，二首）

6004　　其一

　　娉娉嫋嫋十三餘 [2]，豆蔻梢頭二月初 [3]。
　　春風十里揚州路，捲上珠簾總不如 [4]。

　　　　　　　　　　　　　　　　　　（平——魚）

譯文

娉婷、裊娜，十三歲有餘，像梢頭荳蔻，含苞欲放在二月之初；
春風吹在十里揚州的路，
捲上珠簾，笑臉迎人的群雌眾女，總也不如！

多情卻似總無情，惟覺樽前笑不成。
蠟燭有心還惜別，替人垂淚到天明。

（平——庚）

譯文

不懷疑一向真的多情，

（是勉強抑制？是刻意偽裝？）為什麼總表現得淡漠無情？

只是酒杯之前想勉強歡笑，却總不能成！

惟有蠟燭真的不愧有心：懂得惜別，

替人垂涕灑淚，直到天明！

註釋

[1] 文宗太和九年（835），杜牧調升回長安為監察御史，留別所愛之妓。長官牛僧孺一
　　向使部卒為平民跟蹤保護，至此以歷來密報示牧，並加規勸，牧終身感之。
[2] 輕柔嬌美，十三歲多一點。
[3] 像二月初將未開的豆蔻花。（後即稱少女此齡為「豆蔻年華」）
[4] 整條揚州繁華街，捲上珠簾，招徠人客的，沒有一個及得上。

評說

　　戀妓之情，雖不深不專，而亦多亦摯，以高才表之，又成傳誦
之句。

遣懷（七絕）

落魄江湖載酒行[1]，楚腰纖細掌中輕[2]。
十年一覺揚州夢[3]，贏得青樓薄倖名[4]。

（平——庚）

譯文

失意廟堂，江湖浪迹，帶着酒，隨意出行；

江南美女，著名的纖麗苗條，迷人的舞態靈輕。

十載揚州，彷彿一場春夢，

醒來一事無成、一無所有，只贏得揮霍青春，寡情薄倖的聲名！

註釋

[1] 落魄：失業失意，頹唐潦倒。江湖：對「廟堂」而言，遠離權力中心。

[2] 楚靈王愛細腰女子，後宮多人因而餓死，得寵於漢成帝的趙飛燕，嬌小纖輕，能作掌上之舞。兩語借指揚州，妓女美麗苗條。按唐人本以壯健豐盈為美，既至江南，又入晚唐，風尚或異。

[3] 十年：武宗會昌二年（842）四月出任黃州刺史，作此詩，回首前塵，十載之前（文宗太和七至九年〔833—835〕卅一至卅三歲）在揚州縱情聲色，恍如一夢。

[4] 青樓：本富貴人家華宅，其後妓院仿之成風，漸轉以朱樓，紅樓為尚，而青樓遂成風塵女子之所。薄倖：不負責任、無真情愛。

評說

用七絕寫成的、傳誦千年的《懺悔錄》。

6007　秋夕（七絕）

　　銀燭秋光冷畫屏 [1]，輕羅小扇撲流螢 [2]。
　　天階夜色涼如水，臥看牽牛織女星 [3]。

（平——青）

譯文

　　銀白的燭，秋涼的夜，冷冷的畫屏；

　　拿着輕小羅扇，撲打飛閃閃的流螢；

　　天上銀漢映照着大地台階，夜色清涼如水，

　　躺臥着仰頭觀看（年年一會，情愛永恒的）牽牛織女雙星！

註釋

[1] 富貴而淒冷。
[2] 螢逐光追熱而終於自毀，人何嘗不如此？
[3] 人羨神仙，天上神仙也不是每位都常有自由。

評說

　　也是宮詞、閨怨之類，輕靈倩麗，詞淺意深，一說是王建之作。

泊秦淮 [1]（七絕）

煙籠寒水月籠沙 [2]，夜泊秦淮近酒家。

商女不知亡國恨，隔江猶唱後庭花 [3]。

（平──麻）

譯文

　　煙霧籠罩着寒涼的水，月色籠罩着沙，

　　晚上，船停泊在秦淮，近着酒家；

　　把歌聲──以至其他──都只當作商品的女郎，不真懂什麼是（六朝如夢的）亡國之恨，

　　隔着江的一邊，依然高唱陳後主的名曲：《玉樹後庭花》！

註釋

[1] 金陵（建業、建康）六朝故都，到唐代仍然繁華，秦淮河流貫市中以入長江，河口渡頭，附近向為金粉笙歌之地。

[2] 夜色迷茫神秘，室外寒涼冷靜以襯酒家之內的熱烈喧鬧。近泊，所以目睹耳聞，真切對比。

[3] 商女：以歌舞（甚至自己）為商品的婦女。當年陳後主叔寶所撰的《玉樹後庭花》一曲，是南朝奢靡生活的反映，可以説是亡國之音，可歎現在那些歌女，並不知道（或者懶得理會），還在大唱特唱呢！

評說

　　暮鼓晨鐘，詠史戲時，所以沈德潛《唐詩別裁》批為「絕唱」！

繁華事散逐香塵，流水無情草自春 [2]。
日暮東風怨啼鳥，落花猶似墜樓人 [3]。

（平——真）

譯文

似錦繁花，終之隨風散落，化作香塵，

流水毫不動情地帶着落花漂離，而無人憐惜歌詠的萋萋小草，卻依然生意盎然，享受一個翠綠的春。

黃昏了，東風傳來聲聲啼鳥，

悲泣、哀怨、悼念那飄零的花朵，

恍似當年石崇金谷園中，那位以殉情自盡，控訴命運的墜樓美人！

註釋

[1] 西晉首席鉅富石崇，營別墅於洛陽西北金谷澗，又名梓澤，極盡豪奢，常招名流盛會，詩酒助興。有妾綠珠極美，專政者趙王司馬倫之親信孫秀索之不得，於是假傳詔旨逮捕石崇。甲士到門，石崇正在樓上飲宴，對她說：「我今為你而獲罪」，綠珠感懷身世，就跳樓而殉。

[2] 人間一切榮辱是非，盛衰興廢，大自然無動於衷，金谷園廢墟的河繼續流，花照樣開。

[3] 但就有心人聽來看來日暮東風下的小鳥啼聲，還帶着幽怨；片片飛花，更像貌美而命薄的，不想再淪為犧牲品、玩弄物的，自盡的美人。

評說

重觀歷史上驚心動魄的一幕，反思命運裏難以索解的問題。

杜　牧

　　勝敗兵家事不期 [2]，包羞忍恥是男兒 [3]；
　　江東子弟多才俊 [4]，捲土重來未可知！

（平——支）

譯文

　　勝敗是兵家常事，沒有人可以準確預期，

　　失敗的羞恥，包得起、忍得住，才是能屈能伸的男兒；

　　（項羽就是輸不起、敗不得，其實，）

　　江東子弟多的是英才豪俊，

　　（那裏蹉跌，就那裏翻身，）捲土重來，最後的勝負還未可知！

註釋

[1] 亭，地方上小鎮集。《漢書 · 百官公卿表》：「十里一亭」。（劉邦就初為「亭長」）今安徽巢湖之東，長江南岸近江蘇邊界，和縣東北有烏江鎮。項羽兵敗垓下，自刎於此。

[2] 期，預計。

[3] 真正的勇敢堅強，是忍辱負重、挫而復起，奮鬥下去。

[4] 烏江亭一過大江，東岸便是石臼湖到太湖以至長江口一帶地區，稱為「江東」。歷史上又「江左」、「江右」等似乎相反的稱呼，其實是同一地區，視乎從哪個方向看彎曲的長江下游。當初貴族子弟項羽隨叔父項梁起兵於此，志大氣高，既號「霸王」而又限於「西楚」，急於「富貴還鄉」，認為否則便是「衣錦夜行」。所以一旦大敗，便認為「無面目見江東父老」。輸不起，於是自殺。

評說

　　項羽之敗，當然原因不只一端。（例如：沒有統一天下的宏圖氣魄；用人唯「項」，錯過了原本在手下的韓信；不能納諫，氣死范增；

獎賞有功、卻連官印也弄敝才肯給予；缺乏虛心耐性做基本工夫，學書學劍稍成即捨；殘忍好殺、火焚咸陽、失盡人心……等等，所以終於敗在市井氣質、賭徒性格，卻又知人善任、豁達大度的劉邦之手。）這些，短短的絕句當然不能盡包，杜牧也當然洞悉，這裏只就「捲土重來（當然包括「檢討不足」）一點立論，便成千古名言，鼓勵了無數敗者。

6011　赤壁 [1]（七絕）

折戟沉沙鐵未消，自將磨洗認前朝 [2]。
東風不與周郎便 [3]，銅雀春深鎖二喬 [4]！

（平——蕭）

譯文

折斷的戟，（——當時的生死搏鬥何等慘烈！）

沉埋在岸灘的沙裏，（一切是非成敗，轉眼就沙淘浪洗！）只有那些頑鐵，還未完全鏽蝕、亡消，

自己拿來磨洗，認出了（鑄造年代的字迹，顯示了）年朝，

假使不是天氣給予周郎方便，

（結果就是寫歷史相反的魏勝吳敗）

曹操預先為她們而建造的，把春天封閉在鳥籠之內的銅雀臺，就鎖禁那天香國色的二喬！

[1] 武宗會昌二年（842），杜牧任黃州刺史，當地亦有赤壁，與建安十三年（208）孫劉聯軍大戰曹操之湖北嘉魚者不同。杜牧藉同名之地以詠史，《李義山集》亦載此詩。

[2] 想像古戰場猶有當年慘烈搏鬥的武器殘留。磨洗銹蝕，仍然可見前朝鑄造的字樣。

[3] 周瑜用黃蓋詐降之計，火攻曹操龐大艦隊，蔓延至岸上營壘，於是大勝，關鍵在適值東南風發，吹向北岸。向來釋此者多謂詩句說赤壁之勝乃由天幸，其實天文地理，亦主帥所當識，杜牧原意未必不包此理。

[4] 赤壁戰後兩年（210），曹操建屋頂上有大銅雀之宮室以貯姬妾。二喬：江東絕色之喬家姊妹，大喬嫁當時吳主孫策（權之兄），小喬嫁周瑜。當年孫吳若敗，二喬亦必被俘而歸曹。（如官渡戰後，袁紹美媳甄氏也就歸於曹丕），這種具體的、浪漫的描述方式，引起的感歎、想像，當然不是概念化的「國破家亡帝業消」之類庸劣語句所能比擬，如果只說「可惜東吳亡國了」，意思、平仄仍然都合，但更不是文學了。

評說

——

「可憐赤壁爭雄渡，唯有蓑翁坐釣魚（〈齊安郡晚秋〉）。三國故事固然熱鬧，詠寫者亦何止千百？不是牧之高才，此詩怎得傳誦千古？不是兼資文武，自負知兵而又抑鬱不遇，怎捨隱約流露「時無英雄，遂使豎子成名」之意？

6012　題桃花夫人廟 [1]**（七絕）**

　　細腰宮裏露桃新 [2]，脈脈無言幾度春。
　　至竟息亡緣底事 [3]，可憐金谷墮樓人 [4]。

（平——真）

譯文

　　喜好細腰而宮中已多餓死的楚王，最近的戰利品息夫人，像帶露桃花般嬌美鮮新；

　　歸楚之後，生兒子，過生活，只不過堅持閉口不言，又過了不知多少個沉默的春；

　　畢竟息國早就亡了。為什麼呢？一位當時無能為力而又不能置身事外的，極可愛而又極可憐的女人，能做什麼呢？——不過，

　　最可惜而也最可憐念的，是後來那位在金谷園裏，最關鍵時刻做出最終極抉擇的那位墮樓的佳人！

註釋

[1] 《左傳·莊十四年》（前680）載：息國夫人極美，稱桃花夫人。楚文王聞之，滅息而奪夫人，其後亦生兩子，但一直閉口無語。王維〈息夫人〉：「莫以今時寵，能忘舊日恩；看花滿眼淚，不共楚王言。」
[2] 楚靈王好細腰，楚宮（以至所有專制帝王的宮）都是荒淫之地，如今又添了帶露桃花般的新鮮貨色。
[3] 息國畢竟亡了，為了什麼呢？
[4] 想起墮樓自盡的綠珠，（寧願一時的劇痛，免了長期的屈辱）真是可憐啊！

評說

　　兩位同樣不幸的美人，不同的選擇，杜牧有沒有抑揚？對她們的同情，是否並不一樣？

清明時節雨紛紛，路上行人欲斷魂。
借問酒家何處有？牧童遙指杏花村。

（平——元）

譯文

清明時節，陰雨紛紛；路上行人（似乎各自重重心事），落魄傷魂！

（想小休，想解悶，想借酒避逃，於是——）借問酒家什麼地方才有？

那位（可羨地稚幼的）牧童，遠遠指着杏花村！

評說

絕詩寥寥四句，二十字或稍多，最重要是取材選景，經營位置，言有盡而意不盡，或者雖似說盡，其實留待無限餘地，給天下後世陸續有來的讀者參加再創作。當然，能到這境界的，即使大匠妙手，也要機緣巧遇，偶得於心靈神會之際了。

清明趕路，則或祭死，或營生；生死之無常，親故之傷念，名利之虛幻，自然更上心頭。此所以「斷魂」，遣愁無方，乃思覓酒，又得牧童遙指，「杏帘在望」，於是戛然而止。

此詩也是無一僻字，無一典故，寫得從容自在而情景交融，耐人深思。千百年來傳誦不衰，有時還改編為小詞短曲。人人上口的程度，不遜於李白〈靜夜思〉（2421）而藝術高下，相去遠了。

61

（嵩伯 803？ — 879？）

陳 陶

　　江北人，應試不第，晚年自號「三教布衣」。其生平事蹟與作品，常與稍後南唐之另一江西陳陶（894？ — 968？）相混，二人均隱洪州（南昌）西山。

6101　隴西行（七絕）

題解

　　隴西，今甘肅寧夏黃河以西一帶，歷來為漢胡戰爭之地，〈隴西行〉本樂府《相和歌》舊題，多詠邊塞。

　　　誓掃匈奴不顧身，五千貂錦[1]喪胡塵！
　　　可憐無定河邊骨[2]，猶是春閨夢裏人！

　　　　　　　　　　　　　　　　　（平——真）

陳　陶　　　　　　　　　　　　　　　　　　　　　　535

譯文

誓要掃滅入侵的匈奴，勇士們奮不顧身，

五千穿着貂錦戰衣的軍將，喪命在胡地烟塵！

可憐啊！可憐啊！荒漠無定河邊的枯骨，

還是春閨少婦夢裏，總有一天回家圍聚的良人！

註釋

[1] 貂錦：既禦寒、又威武的戰衣，借代高級軍人，將領尚且盡喪胡塵，則萬千兵卒，慘況可知。

[2] 無定河；一説黃河支流，在今內蒙陝北之間；一説即山西經內蒙入河北之桑乾、永定、蘆溝河，其實不必確指何處，總之接近沙漠，挾沙而流，深淺方向無定者即有此名。古來塞之地，時為大戰殺戮之場。

評說

　　一起雄猛威壯，似乎凌厲無前；二句中間一轉，變而為傷悼、空虛。相較之下，許渾〈塞下曲〉「朝來有鄉信，猶自寄寒衣」，就稍委婉了。王世貞《藝苑巵言》惋惜此兩句筋骨畢露，沈德潛《唐詩別裁》說此是晚唐風格與盛唐王之渙、王昌齡不同處。其實此處直露也別有傳神之處。三四兩句，震人心弦，道出人類千古之無奈、傷悲，已經無分華夷敵我。單此一首邊塞絕調，已令作者不朽。唐人反戰佳篇，文則李華〈弔古戰場〉，短篇詩作，此為壓卷。

62

崔　塗

字禮山。人生不斷進德修業之途（塗），就如登尚禮之山吧（所謂「從善如登，從惡如崩」）。生卒不詳，江南人。僖宗光啟四年（888）進士，窮愁羈旅，化為離怨之詩，往往感人。

6201　除夜有感（五律）

迢遞三巴路，羈危萬里身。
亂山殘雪夜，孤獨異鄉人。
漸與骨肉遠，轉於僮僕親。
那堪正飄泊，明日歲華新。

（平——真）

譯文

好遙遠啊！三巴的道路，
好孤獨啊！羈旅、憂危、離家萬里之身！
亂山叢中，殘雪寒夜，孤燭獨照，一個異鄉之人！
近親骨肉，漸漸疏離、遠隔；身邊僮僕，轉覺相好相親。
那堪忍受呢？飄零、落泊，明日又是歲月、年華，再度更新！

註釋

[1] 迢遞：遙遠。三巴：四川東部巴東，巴西，巴郡。

評說

此人此夕，真感真詩。

63

（飛卿 798 — 824 生 866 — 870 卒）

溫庭筠

　　連生卒之年都多「歧」説，本名為「岐」的他，可能仍然覺得不枉此生：因為愛才者可能惋惜他不免歧途，而他依舊以《舊唐書》描述他的「能逐弦吹之音，為側艷之詞」自喜。論晚唐詩，論「花間」詞，「溫飛卿」都是必提的名字：

　　他的名字，構成於「才高」、「貌醜」、「縱情」、「孤傲」，種種交織而又互為因果的表現，酒色放蕩而又以捷才（押官韻作律賦常不起草，八叉手而八韻成，故號「溫八叉」）。為人作考卷槍手而牟利，又好諷權貴，終生未中進士，詔令説他「徒負不羈之才，罕有適時之用」（宣宗大中十三年，859），於是以失意文士，終其一生。

晨起動征鐸 [2]，客行悲故鄉。
雞聲茅店月，人跡板橋霜 [3]。
槲葉落山路，枳花明驛牆 [4]。
因思杜陵夢，鳧雁滿回塘 [5]。

（平——陽）

譯文

清早起來，上路的鈴鐸已經搖動，

我這遠行的旅客，又悽惻地想起故鄉。

此刻：雞啼，茅店仍然照着破曉的月，

人的足迹，已經印在板橋上面的寒霜。

槲葉散落在山路，

枳花鮮麗地映現在驛店的泥牆，

因之又想起晚上長安杜陵的夢，

自得其樂的鵝鵝鴨鴨，已經滿在池塘！

註釋

[1] 宣宗大中末年（859）作者經此，即長安藍田東南與漢水西北之間。
[2] 車馬啟行鈴聲已響。
[3] 並列六物，無動詞、形容詞，而山區早色，淒冷如見。聞雞而起，殘月在空；板橋尚霜，已有行跡，荒村趕路，何只是我？
[4] 肅殺景象猶存，而春日氣息已至。
[5] 旅舍夢回，鵝鴨已滿故鄉之塘，伴侶多，處境樂，可謂人不如禽了。

評說

道路之苦，羈旅之愁，歷歷如繪。

6302 蘇武廟（七律）

蘇武魂消漢使前[1]，古祠高樹兩茫然[2]。
雲邊雁斷胡天月，隴上羊歸塞草煙。
迴日樓臺非甲帳[3]，去時冠劍是丁年[4]。
茂陵不見封侯印[5]，空向秋波哭逝川[6]。

（平——先）

譯文

當日蘇武心魂激動，在來接他回國的漢使之前，

（千載之後的今天）我來憑弔他廟宇的古祠、高樹。（……古今、成敗、是非、得失……）一切都兩兩茫然！

（十九個春秋的守節、堅貞，真是可詫可敬啊！）雲天晚望，胡邦的月缺而又圓，雁書卻未嘗能通；薄暮羊歸，塞草衰而又綠，返國之望卻也無期！

（忽然，漢使來了！真的返家了！）

回來祭謁，先帝的樓台已非當年主上的甲帳，離開之際：衣冠佩劍，自己猶是丁壯之年！

到茂陵朝見先王，已經見不到酬功封侯的寶印，空自向滔滔江水，感泣時光消逝，恰似河川！

溫庭筠

541

[1] 漢武帝天漢元年（前 100）蘇武出使匈奴，被拘不歸，流放北海（今西伯利亞貝加爾湖）牧羊十九年，堅持守節，至昭帝時，漢使詐稱上林獵得雁足帛書，知蘇武尚在，於是匈奴放其回國。此詩，即以乍見漢使、心情激動之情景發端。

[2] 千載之後今日所見，古廟、高樹，一切如真似幻，都歸歷史。

[3] 回漢之時已是昭帝始元六年（前 81），赴武帝園廟祭告。甲帳、武帝時多設珍寶帷帳，乙以自居，甲以祀神，此指漢武已死，樓臺甲帳，都物在人非。

[4] 丁年：壯丁的年歲。蘇武奉使時，年方四十，歸時鬚髮盡白。五六兩句向稱名對。

[5] 茂陵：漢武帝葬處，在長安西。蘇武歸為「典屬國」，掌管藩屬各邦事務，宣帝時（前73 — 前 49），封爵關內侯，食邑三百戶。

[6] 年華早已入生命的秋（甚至冬）天了。逝水無情，蘇武哭也枉然了。

評說

　　表揚志節，感慨命運，描情切，寫景美，聲律諧，屬對工，不愧名作。

6303　過陳琳墓（七律）

題解

　　陳琳，建安七子之一，長於章表書記等文體。官渡戰前，曾為袁紹寫討曹操檄。曹操勝後，對他仍然重用。墓在今江蘇邳縣，溫飛卿浪遊江淮時作。

　　　　曾於青史見遺文 [1]，今日飄蓬過此墳 [2]。
　　　　詞客有靈應識我 [3]，霸才無主始憐君 [4]。

石麟埋沒藏春草 [5]，銅雀荒涼對暮雲 [6]。

莫怪臨風倍惆悵，欲將書劍學從軍 [7]！

（平——文）

譯文

曾經在青史，見過您鴻雅的遺文，

今日我身世飄零似轉蓬，經過您這座墳。

大作家啊！您在天之靈，應當識我，

我至今遇不到你所遇到而賞識您的，曹操這樣的霸才，作為東道之主，真的羨慕您，我們的陳君！

（不過，）眼前所見，石麒麟已經埋沒，藏於春草；

銅雀台，您的梟雄故主曹孟德的功業象徵也都荒涼破落，空對暮雲。

（亂世文章不值錢，天上石麟又如何？英雄割據終已矣，創業垂統又如何？一切真是虛空的虛空！）

不要怪我臨風遙想，倍加惆悵——曾經想過又想、想帶着經綸滿腹，隨身寶劍去圖霸從軍！

註釋

[1] 昔日：我見你。

[2] 如今：你見我。

[3] 彼此都是能文之士，應該精神契通，當世沒有知音，我不在乎；你應該一定有認識我的眼光（紀昀評「應」字極傲兀）。

[4] 我遇不到好像曹操那樣有眼光、有氣度的霸才做我的主人，我真的要羨慕你了。（憐：愛惜，如「滅燭憐光滿」、「我見猶憐」，不可解為「憐憫」）按此句解者紛如，或謂「袁紹非霸才，不堪為主」（沈德潛）或謂「霸才指曹操」（方回），或謂「曹操

不能謂無主，霸才應指溫氏自己」（紀昀）或謂「霸才指陳琳」（施蟄存），其實陳琳書記、溫卿文士焉得許為霸才？但句法迂迴，故有誤解。

[5] 當前實景。又梁陳首席文士徐陵方數歲，僧寶誌摩其頂曰：「此天上石麒麟也！」此名意指：一代不凡才士，亦不免與草木同腐。

[6] 一代梟雄，也已歸於歷史。銅雀台，見杜牧〈赤壁〉詩註。

[7] 文人無用，但文章自有千古；霸主都是軍人，但軍人又有多少可以建功立業？想到這些，自然不禁臨風惆悵。

評說

　　一首真正不凡的詩，作於一位自傷不遇、自命不凡的人。詩的賞音，卻向來不乏。

6304　瑤瑟怨（七絕）

冰簟銀床夢不成 [1]，碧天如水夜雲輕 [2]。
雁聲遠過瀟湘去 [3]，十二樓中月自明 [4]。

（平——庚）

譯文

冰般涼爽的簟，銀般富麗的床，可是（睡總不寧）夢總不成；
碧藍如水的天空，夜晚的雲浮在上面，又淡又輕。
帶着鳴聲的雁，橫過天空，向着南面瀟湘飛去，
留着神仙居處的十二樓，帶着空虛、寂寞，
照着的月色，空自繼續如此亮麗、光明！

註釋

[1] 華貴而冷的閨中，無法入睡。簟竹席，讀如忝。

[2] 無眠之夜，仰首所見。

[3] 衡陽更南，便是湘水上游與支流瀟水，人不能往而雁可以至，可惜聞聲已遠，欲託之傳信而已無從。

[4] 十二樓：傳說神人所住。意指：閨閣雖似仙居，而難眠、無夢、含愁莫訴，只是「明月不知離恨苦，斜光到曉穿朱戶」（晏殊〈蝶戀花〉詞）。「轉朱閣，低綺戶，照無眠」（蘇軾〈水調歌頭〉詞）。令人更加惆悵（惟有強彈瑤瑟，以自遣自解）！

評說

雖然難有新意，而空靈雅麗，不愧《花間》冠冕。

溫庭筠

64

(義山 812？ — 858/863？)

李商隱

　　商人宜見利思義，隱者每棲林在山。不過晚唐玉溪生不商不隱，只是習文習政，而又不幸蒙上「不義」惡名，潦倒半生。

　　他從小以宗室自豪，可惜沒有得到什麼認同或者資助，「四海無可歸之地，九族無可倚之親」（〈祭裴氏姊文〉），惟有靠自己苦學能文，並且找到靠山。靠人，特別是異性，愛自己。

　　靠山很早便找到。他十七歲在洛陽謁見令狐楚開始，這位政、學、文三壇大老，便像子侄般愛護他、表揚他，教他駢文，幫助他考了三次進士試（833，835，837），最後才成功。楚子綯與他也友好。

　　愛情也很早便找到。幾次應試之間，他曾到玉陽山學道（教），與女道士（著名的是宋華陽）戀上。之前之後，大概還有若干宗，有些可能記錄在他許多首朦朧詩裏。

　　他中進士後不久，令狐楚死。次年，年未而立的義山，在再沒有忠告之下，做了個影響終生的決定：應王茂元聘入幕，並且做了女婿。當時令狐家族屬牛僧孺黨，而王屬李德裕黨，分別代表門第與進

士兩大勢力，爭奪權位，互不相容，於是義山便被視為「背恩躁進」的無行文人，可哀地跌入了「朋黨之爭」的夾縫，在考中才得官的博學宏辭科，也不知如何地失敗了。

武宗繼位（841），輪到李黨當權，於是義山中試得官，不幸母親病死。守喪三年之後，又因武宗死、牛黨復位，義山也就只好奔走浮沉於外州了。入仕以來最高的官位——太學教職，還是要懇求屢次拒絕見他的令狐綯，才勉強得到。

愛妻王氏病死於宣宗大中五年（851），此後又離京往四川梓州就幕職，更多病消沉，於是刻意事佛，最後病死在鄭州老家，大概是「錦瑟無端五十絃」的歲數上下吧。

愛情多波折，事業常挫抑，心情苦悶而又難可明說，於是發之於詞藻、聲律、典故都極其講究而情思迷離、語言恍惚的詩篇。他本就精擅四六駢文、檢閱書冊、左右鱗次、像水獺鋪陳許多魚在自己四邊來享用（「獺祭魚」），用豐富的典故來比喻（或者掩蓋）要說的情思，實在是他的能藝了！當時與溫庭筠、段成式齊名，因為都排行十六，所以號「三十六體」，又影響宋初詩壇，有「西崑」之目，就是以「西方崑崙之玉」，比擬所尚的華詞麗句，而以義山為宗。元遺山《論詩絕句》說得好：

> 望帝春心託杜鵑，佳人錦瑟怨華年。
> 詩家總愛西崑好，獨恨無人作鄭箋！

前一半是義山名句，後半以鄭玄箋註《詩經》為比，指出一個晚唐以來的事實，就是：愛義山詩者甚多，雖然很少人真正知道他說什麼。

本以高難飽[1]，徒勞恨費聲。
五更疏欲斷[2]，一樹碧無情[3]。
薄宦梗猶泛[4]，故園蕪已平[5]。
煩君最相警，我亦舉家清。

（平──庚）

譯文

本來就因為高──處境高，鳴聲高，心意高……
所以難得一飽──吃得飽，高名享得飽……
所以，徒然勞苦了！生命充滿了憾恨、浪費了音聲！
倦了、累了、到五更了。聲音漸疏，差不多要斷絕了。
容身的大樹，依然碧碧綠綠，冷然、超然，不動感情。
我，一個小小的官，像桃梗般隨波逐流，宦海浮泛；
回望故園嗎？早已蕪落，早已蕩平！
蟬啊！多謝你，喚我醒！使我警！
我也是全家一窮二白，兩袖清清！

註釋

[1] 蟬棲高處（自己才高心高，難以滿足）。
[2] 蟬聲漸稀（自己訴苦也很久了）。
[3] 大樹無動於衷，青青如故（環境對我毫不憐憫）。
[4]《戰國策 · 齊策》寓言：河水大漲，泥塑偶像與桃梗雕像互為對方而悲：前者溶化，
　　後者漂流（做個小官，四方奔走）。
[5] 家業蕩然，無可憑依。

評說

窮文士的悲歌，宜與初唐駱賓王〈在獄詠蟬〉並讀。

6402 風雨（五律）

淒涼寶劍篇[1]，羈泊欲窮年。
黃葉仍風雨[2]，青樓自管絃[3]。
新知遭薄俗[4]，舊好隔良緣[5]。
心斷新豐酒，消愁又幾千[6]。

（平——先）

譯文

「雖復沉埋無所用，猶能夜夜氣沖天」——好一個郭震〈寶劍篇〉，

　我也寫得出，但又怎樣？能像他一樣見賞於武后（君王）嗎？還
不是一樣羈泊窮年？

　葉，黃了，枯了，還要經風歷雨；人家青樓權貴，還自絲竹
管絃！

　新認識的，大抵風俗澆薄吧，變成厚交真不容易，

　舊日的相好，奈何時乖地隔，總是聚首無緣！

　馬周新豐失意飲酒，最後幸得太宗賞識，這種奇遇我早絕望了！

　我只有飲、飲、飲！管他酒費幾千！

註釋

[1] 郭震上〈寶劍篇〉於武后，有「雖復沉埋無所用，猶能夜夜氣沖天」句，似義山心情。
[2] 自哀身世。
[3] 羨人歡樂。
[4] 新朋友交不到。
[5] 舊相好見不到。
[6] 馬周遊長安，遭新豐旅店薄待，於是命酒一斗八升獨酌，後得唐太宗賞識任官。（自己已經對此絕望，唯有痛飲了）

評說

不遇者的哀辭。

6403　錦瑟 [1]（七律）

錦瑟無端五十絃 [2]，一絃一柱思華年 [3]。
莊生曉夢迷蝴蝶 [4]，望帝春心託杜鵑 [5]。
滄海月明珠有淚 [6]，藍田日暖玉生煙 [7]。
此情可待成追憶，只是當時已惘然！

（平——先）

譯文

真難理解，錦瑟為什麼偏偏五十根絃，

每一根絃、每一支柱，都令我想起人生如夢，似水華年！

莊生所說：白日睡夢：化為蝴蝶；

西蜀望帝企望新生的心意，寄託於化為杜鵑。

海上月明，映照着鮫人的珠淚，

藍田日暖，蘊藏的美玉產發雲烟！

此情此恨，可待成為永遠的追憶，

只是當時已是無限惆悵，只有惘然！

註釋

[1] 先秦子書，每以開首二三字為篇名，此仿其例；向來說是等於「無題」，因為心事不得不言而又不能明言，亦難以寥寥數語概括，是以有此。但文彩燦爛之「錦」，聲音諧美之「瑟」，豈非亦是義山其詩其人之寫照？舊編義山詩集以此開卷；張采田《玉谿生編年會箋》繫此作於逝世之年。亦為全集壓卷，古今公推為代表之作。

[2]《史記・封禪書》記武帝下公卿商議樂政，有人說：太帝（一說太昊氏）使素女鼓瑟，甚悲，太帝受不住，就把五十絃的瑟破半而成廿五絃（大概是縮窄音域，減低激動力量）。

[3] 絃的兩端有柱，絃有五十，自己不是快要五十了嗎？生命的盡頭，看來不遠了，柱有一百，百歲光陰又如何？也不是同有盡境？

[4] 人生百歲，不過如夢，就如《莊子・齊物論》：人的白日夢，化為蝴蝶，醒來又還是一個人，究竟是誰變為誰呢？（舊註或因此解此詩「悼亡」，於是強說莊子此典「旁射」云云，實不可從。）或說此句重在早年依令狐楚，十載前塵，一夢難再。

[5] 西蜀古有杜宇稱王，號「望帝」，其後失國於治水有功之相，乃死而化為杜鵑，啼聲哀切，此句痛悔平生事業無成，乃誤於朋黨政治，但此又非自己抉擇之過，總之悲苦之情，一如杜宇，或說此句寫晚依柳仲郢於西川。

[6] 南海鮫人（儒艮，俗稱美人魚）望月而淚化為珠。崖州有採珠之女，又稱「珠崖」。李德裕相國有功，而與牛僧孺黨爭激烈，卒貶此（848）而死（849），義山曾依李德裕黨鄭亞。或謂義山痛高才淪喪，若滄海遺珠，於是哀己哀人，乃有此句。

[7] 長安藍田山中產玉。《荀子・勸學》謂「玉在山而草木潤，淵生珠而崖不枯」，自有雲煙之氣，產於日照之下。鄭亞死後，義山重入長安，求助令狐綯，不果。此句羨令狐綯等近天子而長才大用，己則可望而不可即，惟有帳惘。以上四句，概括一生仕宦，依人而無所成事，身如蓬轉，痛苦惆悵。

評說

「一篇錦瑟解人難」，自來異說甚多，或謂戀令狐之婢，或謂悼愛妻之亡，或謂傷唐室之衰，或謂年近五十，悵望前塵，老大無成，不勝悲惋。通觀全首，應以末說為近。

李商隱

昨夜星辰昨夜風 [1]，畫樓西畔桂堂東 [2]。
身無彩鳳雙飛翼 [3]，心有靈犀一點通 [4]。
隔座送鈎春酒暖 [5]，分曹射覆蠟燈紅 [6]。
嗟余聽鼓應官去 [7]，走馬蘭台類轉蓬 [8]。

（平──東）

譯文

昨夜的星辰，昨夜的風，

相見相親，共歡共樂，在畫樓西畔，桂堂之東。

我們身上沒有彩鳳雙飛之翼，心中卻有犀角白紋那靈異的一點相通。

聚會時隔座送鈎，罰飲春酒，多麼熱鬧，多麼溫暖。

分組猜謎遊戲，蠟燈通紅。

可歎我要聽鼓報到，應官職而上班，

在政府文案史籍機構走馬奔波，忙亂而不由自主，像風中轉蓬。

註釋

[1] 昨宵的宴樂真好。
[2] 地方真美。
[3] 我們處境遠隔，不能飛到對方身邊。
[4] 我們心意相連，就像那犀角如線的白紋，兩頭相通。
[5] 昨晚，大家玩得真快樂：有藏鈎掌中，傳送競猜，猜中喝酒的遊戲。
[6] 有覆藏着東西競猜，揭曉時蠟燈一照，中與不中都大笑哄堂。
[7] 唉，可惜我又要聽着更鼓，卯時（今清晨五至七時）上班，應付應付一下官職了。
[8] 在秘書省轉來轉去，身不由己，真像風中飛轉、水上漂浮的蓬草呀！

評說

　　或說是妓席之詩，或說是戀舊之作，或說以男女之情，比臣之慕君，也是莫衷一是，只賞其色麗音和，情致纏綿可也。

6405　無題（七律）

　　　　相見時難別亦難，東風無力百花殘 [1]。
　　　　春蠶到死絲方盡，蠟炬成灰淚始乾 [2]。
　　　　曉鏡但愁雲鬢改，夜吟應覺月光寒 [3]。
　　　　蓬山此去無多路，青鳥殷勤為探看 [4]。

（平——寒）

譯文

要相見，很難；離別，也很難，

東風沒有足夠的力量照拂，百花凋殘！

春蠶到死，吐出來自縛的絲方才淨盡，

蠟炬化成了灰，蠟淚方才流乾！（情絲、眼淚，也是如此！）

早晨照鏡，只愁雲鬢由密而疏，自黑而白地改，

晚上吟詠，應當覺到月亮淒寒。

蓬萊仙境，現在已經距離沒有多少道路，

傳書的青鳥殷勤，為我向你探看！

[1] 環境，我們難以見面；感情，我們難以分離，總之，無力護蔭，我怨天，更怨自己──（起）。

[2] 蠶，一生都要吐包裹自己的絲（就讓情絲纏牽我倆，永遠不棄不離）；燭，點着就流下蠟淚，直到變成灰燼。（就讓我們燃燒自己，照亮對方，生熱發光到最後的日子）──（承）。

[3] 早晨照鏡，會擔心相思易老嗎？晚上吟詩，會覺得月光寒冷嗎？我們都要保重啊。──（轉）。

[4] 好在，像蓬萊仙境，你處身的地方（一解：我工作的皇家藏書之處），不算遙遠呀；信使，西王母的青鳥，達意傳情，要多些差派！（看，平聲）──（合）。

評說

有人亦解為比興寄託的政治詩，就以純粹戀愛詩而論，情深語摯，詞美音諧，頷聯「蠶、燭」二句，以常見之物，喻不變之情，震人心絃，可謂千古名句。

6406　無題（七律）

颯颯東風細雨來，芙蓉塘外有輕雷。
金蟾齧鎖燒香入 [1]，玉虎牽絲汲井回 [2]。
賈氏窺簾韓掾少 [3]，宓妃留枕魏王才 [4]。
春心莫共花爭發 [5]；一寸相思一寸灰 [6]。

（平──灰）

譯文

颯颯東風，把細雨吹來，芙蓉塘外傳到了隱隱輕雷；

金蟾齧着門鎖，燒香仍然可以沁入，

飾着玉虎的轆轤，牽着絲繩，也舍把井水汲回，

賈氏少女窺簾，愛悅韓壽的英姿年少，

宓妃留枕以贈陳思王曹植，愛多高才，

春心不要與花爭相茁長萌發；

一寸相思，化為一寸爐灰！

註釋

[1] 大門有金蟾齧鎖為飾，雖堅閉而香煙可入（我的靈魂就像輕煙，任何門鎖都阻擋不了）。

[2] 深井有玉石虎飾轆轤，轉動井繩汲上飲水（我的相思就如不絕的水，汨汨而出）。

[3] 賈充以韓壽為掾（音「院」，副官），又有晉武帝所賜外國異香。賈女自窗簾空格中見壽年少俊美，悅而竊香贈之。（《世説新語 · 溺惑》）

[4] 宓（伏）妃。舊傳伏羲之女，溺死而為洛水之神。魏王：魏東阿王、陳思王曹植。曹操官渡破袁紹，奪其美媳甄氏以婚曹丕，舊傳曹植亦愛甄，甄後為曹丕郭后害死。曹植渡洛水，甄魂出而見之，並贈以枕，植遂作〈感甄賦〉，丕子魏明帝改之為〈洛神賦〉云。兩句表示男俊秀而才高，女多情而貌美。

[5] 春心與花發，皆自然生機，莫之能阻、勸止，即表示不可制止。

[6] 明知情火自焚，但又不能自禁，二句即如「春蠶到死絲方盡，蠟炬成灰淚始乾」。無比深情，而又無比堅決，千秋讀者，感動何限！

評說

有說此詩詠政治之失意與執着，不如以詩論詩，表白愛情，何等熱烈、堅決！

6407　無題（七律）

來是空言去絕蹤 [1]，月斜樓上五更鐘 [2]。

夢為遠別啼難喚 [3]，書被催成墨未濃 [4]。

蠟照半籠金翡翠 [5]，麝薰微度繡芙蓉 [6]。

劉郎已恨蓬山遠 [7]，更隔蓬山一萬重 [8]！

（平——冬）

譯文

來，是實現不了的空言；去，真的絕了影踪！

等待、等待，直到殘月斜掛高樓，傳來了五更曉鐘！

夢中也是遠去的離別，啼哭也難以叫喚；

書信趕急寫就，墨汁也未磨濃！

搖曳的燭光，半籠罩着華帳的金翡翠，

衾枕的麝薰香氣，微微沁透，飄渡向繡枕上的芙蓉，

昔日劉郎，已經抱憾蓬萊仙山遙遠，

如今我們離距，更比蓬山阻隔了一萬多重！

註釋

[1] 説過要來，但見不到你的影踪。

[2] 直等到天明，我，直到五更。

[3] 夢中，也與你遠別。啼哭，也不能喚回。

[4] 驚醒後就草草磨墨匆匆寫信，墨色淡淡的，像我心情的黯淡。

[5] 蠟燭的殘光，半罩着裝飾了金翡翠鳥的帷帳。

[6] 麝香的芬芳，輕輕透過繡有芙蓉的衾枕。（在華麗而冷寂的閨中，你寂寞嗎？）

[7] 昔日劉晨上山採藥，艷遇成了半載情緣，後來再去，（一解：漢武帝劉徹，想覓蓬萊神山，）就遠而難及。

[8] 現在我和你，見面之難，就比蓬山更遠了！

評說

　　或說此詩是向令狐綯陳情。應該還是義山經驗中的男女戀情，較為可信。

無題（七律）

　　　重幃深下莫愁堂 [1]，臥後清宵細細長。
　　　神女生涯原是夢 [2]，小姑居處本無郎。
　　　風波不信菱枝弱 [3]，月露誰教桂葉香 [4]。
　　　直道相思了無益，未妨惆悵是清狂 [5]！

（平——陽）

譯文

重重幃幕，深深垂下伊人獨睡的莫愁堂，

臥後醒來，清宵仍然出靜、孤獨、纖細、漫長！

巫山神女，歡會楚王，原先不過是夢！

白水橋邊，小姑居處，本來沒有情郎！

猛烈風波，不信菱枝這般柔弱，

是月光？是露水？誰教桂葉飄香！

直率一點說吧：相思，一點好處都沒有！不過——

為愛而愛，不為什麼而愛，是「清」；

放縱地愛，盡情地愛，是「狂」，

無限低徊、無盡惆悵，就讓我清狂！

[1] 莫愁：泛指少婦。(參見沈佺期〈獨不見〉0502 詩註)。

[2] 神女：文學描述中曾與楚襄王會於巫山，化為朝雲暮雨。唐人常用，借表在情愛漩渦中的女子。

[3] 菱枝柔弱，想不到風波竟是相侵。

[4] 是誰使桂葉飄香——是月光？是露水？

[5] 相思？當然知道一點好處也沒有；不過，情愛，是不暇計算、不由自主的，就讓我自尋煩惱，就讓我任性地、轟轟烈烈地愛一次吧！

評說

　　無題七律愛情詩中，這首最似借寓自己滿腹才華，滿心忠貞，渴望明主賢君，卻總是被懷疑、排擠、打擊，箋註者馮浩說：「沉淪悲憤，一字一淚」。

6409　籌筆驛 [1]（**七律**）

猿鳥猶疑畏簡書 [2]，風雲常為護儲胥 [3]。
徒令上將揮神筆 [4]，終見降王走傳車 [5]。
管樂有才原不忝 [6]，關張無命欲何如 [7]？
他年錦里經祠廟 [8]，梁父吟成恨有餘 [9]！

（平——魚）

譯文

　　靈動的猿猴，高翔的飛鳥，至今仍然好像敬畏森嚴的軍令簡書，這一帶風雲屯集，就成為經常守護駐軍的藩籬儲胥。

（不過，一切都是命運——或者說：天意；）

徒然要使最高主帥揮動戰略的神筆，

最後，也只無助無奈地見到，投降的劉禪後主，被押送離開，在經過這裏的傳郵的車！

好像管仲、樂毅般的籌第領導才能──孔明的自我期許──原本一點都並不落空、辱忝；

只可惜前線作戰的虎將──關羽、張飛等等──都無命可效，又可以何如？

前幾年曾到成都，經過諸葛祠廟，

重覆把武侯生前喜歡諷詠的梁父吟一再念誦，

敬仰、同情、失落、惆悵，種種憾恨，無盡有餘！

註釋

[1] 籌筆驛在蜀北劍閣東北廣元附近，再過即為陝南漢中。舊傳諸葛亮出師曾駐此處，作策劃（「籌」）、文書（「筆」）之臨時官署與居所（「驛」）。宣宗大中九、十年間（855－856），義山隨東川節度使柳仲郢回京經此。

[2] 靈動的猿（一作魚）猴、高飛的禽鳥，在這裏都似乎恐怕森嚴軍令，乖乖不敢亂動。

[3] 隨意吹拂的風，逍遙舒捲的雲，在這裏都好像充當了欄柵、壁壘。（儲胥：軍中藩籬。）開首兩句表示武侯才智能威物，誠德可感神。使人凜然復見風烈。

[4] 武侯神妙的指揮，有什麼用？

[5] 後主變成投降的俘虜，照坐甲傳的驛車經過這裏，有什麼辦法？（徒令、空見兩詞，足見人力奮鬥的不得不為，而天命主宰之不能服。）

[6] 雖然歸於失敗，武侯如他早年的自我期許：有管仲、樂毅之才，這是毫無疑問的。

[7] 只是實際作戰的將才零落，五虎將關羽、張飛（以下），都一時謝世，有什麼辦法呢？

[8] 前幾年（大中五年，851）曾到成都（「錦里」解參2836等杜詩），經過武侯的祠廟。

[9] 彷彿聽到他未出山前，喜歡諷詠的《梁父吟》（樂府殯歌，慨歎人死葬於泰山之下小丘梁父），一切都虛空，無有，如杜甫〈登樓〉（2836）所謂：「可憐後主還祠廟，日暮聊為《梁父吟》」，〈蜀相〉（2838）所謂：「出師未捷身先死，長使英雄淚滿襟！」

評說

憑弔古蹟，表揚諸葛，沉鬱頓挫，不在詩聖之下。

紫泉宮殿鎖煙霞[1]，欲取蕪城作帝家[2]。
玉璽不緣歸日角[3]，錦帆應是到天涯[4]。
於今腐草無螢火[5]，終古垂楊有暮鴉[6]。
地下若逢陳後主，豈宜重問後庭花[7]！

（平——麻）

譯文

流經紫泉的大興宮殿，深鎖煙霞，

煬帝要取揚州蕪城，改作帝家。

如果不是政權玉璽，卒之歸屬日角龍廷的真命天子，

龍舟錦帆，應該可能到了海角天涯！

到如金：腐草已經沒有螢火，

運河堤岸的楊柳自古依然，到如今憑弔社稷興亡，只有黃昏樹上的啼鴉！

煬帝的地下游魂，如果再碰到（他曾經得意洋洋地嘲侮的）陳後主，

豈還適宜再問：（他所取代的昏君名作：亡國之音的）《玉樹後庭花》？

註釋

[1] 長安北有紫淵，唐避高祖諱改為紫泉，代指隋都大興，位於此處，而煬帝廢置不用。在位十四年，居長安不及一載。

[2] 蕪城：江都（揚州），煬帝喜其繁華而近江南，大建離宮，欲徙都於此。

[3] 政權（玉璽，皇帝御印）如果不是歸於李淵（唐高祖）。傳說他「日角龍廷」——額
　　廣方而高，帝王之相。

[4] 煬帝乘華麗龍舟循運河遊江都，以錦為帆。（參看〈隋宮〉七絕6418。）浪費民力，
　　於是天命棄之。

[5] 煬帝為便夜遊，求螢火蟲無數放之，光遍岩谷。《禮記‧月令》：「腐草化螢」——螢
　　卵附草而孵，古人觀察不精，遂以為化生。

[6] 煬帝廣植楊柳於運河堤邊，謂楊柳亦姓楊。今堤柳仍在，只楊隋已亡，惟有暮鴉為
　　伴，垂覆轍之範於後世。

[7] 煬帝在江都，仿佛見前朝亡國之君陳後主及張麗華，請舞《玉樹後庭花》曲，後主譏
　　煬帝亦是昏君云云，然後消失。

評說

　　詠史之作，而以景寓情，化情以理，歸結驕奢淫佚亡國之戒，以
警當世。末聯尤見辛辣，至對偶之巧，聲律之諧，尤為傑出。

6411　馬嵬（七律）

海外徒聞更九州[1]，他生未卜此生休。
空聞虎旅傳宵柝[2]，無復雞人報曉籌[3]。
此日六軍同駐馬[4]，當時七夕笑牽牛[5]。
如何四紀為天子[6]，不及盧家有莫愁[7]！

（平——尤）

譯文

徒然聞說：中華海外，更有九州；

他生如何，不知道；只知道，此生肯定已休！

空自聞到猛虎般的軍旅傳來更鼓擊柝，

不再有皇宮的絳幘雞人，奏報晨曉的時籌。

這日，禁衛軍兵，同時止步駐馬（威脅譁變，逼死楊妃）；

（比照起）當時七夕恩愛的夜會，天子和貴妃還滿有幸福地嘲笑；那萬古還只能每年一會的，天上的雙星，織女牽牛！

（神仙不屑解嘲，我們不禁要問：）

是怎麼回事呢？做了四十多年天子，都保衛不了自己的女人，像那民間少婦，盧家莫愁！

註釋

[1] 古陰陽方士有「大九州」之説，相信赤縣神州（中國）之外，另有人類世界。

[2] 虎旅：像虎般威武的軍隊。宵柝：晚上打更之聲。柝，音託。

[3] 雞人：宮中報時司晨之官，穿雄雞般的衣冠。（參籌：數算之具。）

[4] 即〈長恨歌〉（5101）「六軍不發無奈何」意。

[5] 即〈長恨歌〉末段「七月七日長生殿」意。

[6] 歲星十二年一周天，稱為一紀，玄宗在位（712 — 756）四十五年，接近四紀。

[7] 盧莫愁，藉指平常人家的少婦。（參 0502，6408）

評說

比起鄭畋〈馬嵬坡〉（6501）七絕肯定玄宗在馬嵬的毅然割捨，犧牲「小愛」的紅顏知己，以保全「大愛」的王業江山；比起白居易〈長恨歌〉（5101）本想諷喻君王不可「重色傾國」，漸轉為惋惜絕代美人之死，主角男女愛情之堅，李義山這首七律，直責玄宗為君四十餘年，竟不能如一介平民之力保妻子。可謂別開生面，甚至大快人心（——男性和君王利益至上論者，例外。）在當時來說，更要多一點卓識與勇氣。當然，連承歡侍宴，共枕同衾的愛妃都不能保，更何況「流血成海水」的邊庭，火熱水深的千村萬戶呢？尾聯沒有明說此意，

但也不妨作此引申，推想。

　　史載：祿山亂起，玄宗本擬親征，留太子監國，楊家權貴大懼，使貴妃以死勸止云云。假使當時貴妃明大義、識大體，許多人（包括她自己）的命運與聲譽，都可能改變——不過，對那個時代，一個絕頂美麗、有才藝和迎合權勢的小聰明，但是不多讀書，沒大見識智慧的女子，人們又能苛求什麼呢？

6412　樂遊原[1]**（五絕）**

　　　　向晚意不適，驅車登古原。
　　　　夕陽無限好，只是近黃昏[2]。

　　　　　　　　　　　　　　　　　　（平——元）

譯文

傍晚，情緒低落，極不舒適，

驅車登上（城南高地）古老的郊原；

夕陽景色無限美好，

可惜是，此刻正是，接近黃昏——完全黑暗之前的黃昏！

註釋

[1] 樂遊原：長安東南高地，俯瞰全城。上巳，重陽，人多來遊。秦為宜春苑，漢宣帝時為樂遊廟。

[2] 「只是」，人或謂即唐時口語「正是」，與傳統以「可惜」為解者不同。其實消沉、掙扎，皆出人性，也是義山下半生遭際的自然反應。三句表晚晴之佳，末句惜其黃昏之近，這反是絕句正法，不必強求立異，使三四兩句同解。

李商隱

樸素自然之句，哀樂中年之情，此所以下半十字，早成中文口語。宋代許顗《彥周詩話》還用它反過來概括義山之詩，絢爛，神秘，而終是末世王朝的氣象呢！

6413　夜雨寄北（七絕）

題解

此詩舊選一作「寄內」，寫給妻子，所以語淺情濃。時在大中二年（848）秋遊巴蜀。但亦有考訂謂是三年後在柳仲郢幕時作，王氏已歿。北，長安。

> 君問歸期未有期，巴山夜雨漲秋池。
> 何當共剪西窗燭，卻話巴山夜雨時。

（平——支）

譯文

你問我回歸的日子，（惆悵地，我只能說：）——還沒有定期，此刻，巴蜀山區，連綿的雨，漲滿了秋夜的池。

什麼時候，我們可以（再在自己窗下通夜暢談，）共剪西窗之下的蠟燭，

那時就可以回憶，可以細訴，此刻，我是怎樣地思念你，在這巴山夜雨之時！

評說

他鄉秋夜，大雨如注，欲歸未得，落寞惆悵之情，油然而起，此際展誦所親者存問之函，實是無比溫馨親切！三句一轉寄望不久重聚，共憶此際相思之苦、接信之慰，與覆信之狀，虛實交織，情景相生，較之老杜「何時倚虛幌，雙照淚痕乾」（2826），又覺另有境界。

6414　寄令狐郎中（七絕）

題解

義山受令狐楚栽培之恩，後來卻因婚於李黨而被視為背義不忠。牛黨令狐綯身為繼起的門第之長，顯達之官，對這位文才出眾，老父愛重，後來做了敵黨之婿，卻又仕宦蹭蹬的少年舊友，在公在私，自然愛恨交纏，時遠時近。武宗會昌四年（844），令狐任郎中；次年，義山病依家人於洛陽，令狐來信問候，義山以詩答之。

> 嵩雲秦樹久離居 [1]，雙鯉迢迢一紙書 [2]。
> 休問梁園舊賓客 [3]，茂陵秋雨病相如 [4]。

> （平——魚）

譯文

我在這裏，洛陽，仰望着嵩山之雲，

你在那邊，長安，觀看秦中的樹——許久了，我們遠離、別居！

千里迢迢，收到了你寄來的——如古人詠唱：藏在雙鯉腹中的一紙摯友之書。

唉，多謝您——但請不要——慰問我這個當年府上的舊賓客，
此刻我就像昔日潦倒京師、臥病茂陵的司馬相如。

註釋

---

[1] 嵩雲，洛陽之雲，飄泊無根，自己的處境。秦樹，長安所植，根固花榮，對方的發展。（我們曾經很接近，如今，離開久了）

[2] 古樂府詩〈飲馬長城窟行〉：「客從遠方來，遺（餽）我雙鯉魚。呼童烹鯉魚，中有尺素書」。（感謝你，這麼遠，這麼忙，寄信給我）

[3] 漢景帝親弟梁孝王建國於大梁（今開封），廣大豪奢，文士雲集，枚乘、司馬相如皆為賓客。此指自己曾在令狐楚幕下。（你問起我這個尊翁的舊部屬）

[4] 司馬相如晚年病休茂陵，其地即後來武帝陵墓處。（哎，我正在病呢！）

評說

多謝問候，追敘舊誼、表達感激，並且可能不失身份尊嚴地懇求汲引幫助。種種意念，凝練含蓄在二十八字之中，而又情文並茂，既得七絕之體，又得舊朋之體。

6415　嫦娥 [1]（七絕）

雲母屏風燭影深 [2]，長河漸落曉星沉 [3]。
嫦娥應悔偷靈藥，碧海青天夜夜心 [4]。

（平——侵）

原韻譯唐詩新賞

譯文

雲母屏風，映照着燭影沉深，

銀河漸漸西落，晨星漸漸隱沉。（又一個無比寂寥的長夜了！）

嫦娥啊！應當無限追悔，當初偷吃了不死的靈藥，

（奔留到廣寒月殿，永別了熟悉而熱鬧的人間）

無休無止地遙望青天碧海，

永懷着夜夜痛傷的心！

註釋

[1] 后羿獲西王母贈不死之藥，妻嫦娥先竊食之，奔月成仙而永居其上。
[2] 富貴而荒涼，長夜漫漫。
[3] 晨星漸寥，銀河亦隱，天明仍未入睡。
[4] 無盡的空間時間，永遠的惆悵寂寞。

評說

是怨惜舊情人（特別是女道士）往日捨我嫁入豪門，而如今孤寂？是悼亡之詩？是自憐高攀王氏以至舊朋離散？是自矜仙才而捲入塵世政治，於是進退失據？都有可能。都沒有足夠證據。永遠是「詩無達詁」，卻無礙於這首含蓄婉麗的詩，傳誦下去。

宣室求賢訪逐臣 [2]，賈生才調更無倫。
可憐夜半虛前席，不問蒼生問鬼神！

（平——真）

譯文

有道的漢文帝虛心求賢，在未央宮已經放逐的賢臣，
到底還是賈誼的年青超卓，無可比倫。

只可惜是：讓君王聽得入神，不自覺身體前傾的話題，並非休戚
關乎國計的蒼生，是虛無荒誕、怎樣「萬壽無疆」的鬼神！

註釋

[1] 賈誼：年少才高，漢文帝賞識拔擢，為元老所忌，貶長沙。中間一度回京，文帝因祭
祀完畢而問以鬼神生死，靈魂身後之事，終於未能返回權力中心，便已抑鬱而死，參
見劉長卿詩（2903）註釋。
[2] 宣室，未央宮前殿正室，帝王個別接見大臣處。

評說

「漢文有道恩猶薄」（劉長卿），可能是形格勢禁，可能是君王的
器識所限，賈誼的國計民生大策，沒有機會及身而展，何況遠不如文
帝的晚唐君主，和才華境遇有如賈誼、恐怕收場亦差不多的自己呢！

為有雲屏無限嬌 [2]，鳳城寒盡怕春宵 [3]。
無端嫁得金龜婿 [4]，辜負香衾事早朝 [5]。

（平——蕭）

譯文

只因為有了這貴重的雲母屏風，

只因為有了這位絕世艷嬌；

京城寒盡了，寒冷不盡的是孤寂的青宵！

神差鬼使竟嫁了個官高祿厚，事繁責重的、配着金龜的夫婿，

（總是忙、忙、忙，總是分身不暇，無暇分身，）辜負了衾枕（和愛侶）的溫馨香暖，

去參加那陪伴君王「治國平天下」的早朝！

註釋

[1] 用首句二字為題，以代「閨怨」。
[2] 嫁入富貴人家（「雲母屏風」象徵），嬌美無限。
[3] 京城生活原來寂寞如此。
[4] 夫婿是三品以上，有資格佩戴金龜的高官。（「唉，當初為何要嫁給他呢？這麼多選擇。」）
[5] 不陪我，要陪皇帝呢！

評說

刻劃少婦又想丈夫威榮，又要丈夫多愛自己、陪自己的普遍、自

然而又矛盾心理。「無端」二字極傳神。與王昌齡「忽見陌頭楊柳色」
（2005）比較，似乎次句稍早表露了訊息。

6418 **隋宮（七絕）**

乘興南遊不戒嚴，九重誰省諫書函[1]？
春風舉國裁宮錦，半作障泥半作帆[2]！

（平──咸）

譯文

　　乘着意興，往南巡遊，管什麼「憂勤惕厲」？懶理他「警戒森
嚴」！

　　「以天下奉一人」，一人高居九重天上，有誰省覽臣下不怕死而
呈上的、山積的書函？

　　春風吹拂，舉國上下，裁製御用的織錦，（都用於舟車遊覽了：）

　　一半做馬鞍下面的障泥，一半做河運的船帆！

註釋

[1] 古代帝皇高高在上，與臣民層層阻隔，故有「君門九重」之語。煬帝極驕奢昏暴，諫
　　阻遊玩之大臣多人被斬。
[2] 車輪障泥，如今汽車之沙板。

評說

　　與七律同題（6410）比較，可見二體組織剪裁之異。

瑤池阿母綺窗開 [1]，黃竹歌聲動地哀 [2]。
八駿日行三萬里 [3]，穆王何事不重來 [4]？

（平——灰）

譯文

瑤池西王母的綺窗，為周穆王而啟開；

為死於風雪的黎民而作的周穆王《黃竹歌》，悲天動地的悲哀！

君王的八駿馬，據說日行三萬里，

穆王啊！穆王！為什麼一別永別、不再臨來？

註釋

[1] 古小說《穆天子傳》：西王母在崑崙瑤池，宴待到訪的周穆王（公元前 947 — 928 在位）臨別依依，共訂後會之約，本詩即以綺窗開啟，盼王之再來開始。

[2] 穆王路經黃竹，遇北風雨雪，民多凍死，遂作《黃竹歌》三章以哀之。

[3] 穆王有八駿馬：絕地、翻羽、奔宵、起影、踰輝、超光、騰霧、挾翼，（《拾遺記》）此類名字，自然是後人擬作，不外表示快速。

[4] 魏晉以來，信方士煉丹服食以求長生縱慾者不少，帝王尤甚，結果多死於中毒。唐崇道教，道士亦多以此取媚君王而與佛教爭，自憲宗以下，穆、敬、武、宣，皆以此死。李商隱耳聞目睹，遂作詩多首以諷詠其愚妄。即如本篇描寫：穆王既享王母之桃宴，而亦不得不死；既已死去，王母竟亦不知；黃竹哀歌，天上亦似不聞，或聞而無動於衷，則神仙、長生等等虛妄荒唐，便已不言自喻，清紀昀評末二句云：「盡言盡意矣，而以詰問之詞吞吐出之，故盡而不盡。」此所以為名製。

評說

精煉含蓄，發人深省，而輕靈婉約，意趣無窮。

65

(824？825？ — 882？883？886？)

鄭 畋

　　「畋」是「田獵」，字「台（怡）文」，是以此文化活動為怡。不過，生在晚唐，以文學入政的他，可以怡樂入詩的事恐怕就不多了。他在武宗會昌二年（842）及第，可見高才早達，善制詔誥，僖宗昭宗朝兩次入相，參與抗黃巢，病卒。

6501　馬嵬坡（七絕）

　　　玄宗回馬楊妃死 [1]，雲雨難忘日月新 [2]。
　　　終是聖明天子事，景陽宮井又何人 [3]！

（平——真）

譯文

　　玄宗皇帝回馬還京，最悲哀的是楊妃已死，

雲雨恩情難以忘懷；離別日月已經更新。

到底是聖明天子，當機立斷的本事——拿得起、放得下。

試想想：換過是別人，國也亡了，愛妃也保不住了，像那個窩囊昏昧的陳後主，慌作一團，景陽宮井就是一切的結局，那是一個怎樣不堪的國家領導人！

註釋

[1] 天寶十五載（756）六月十三日，玄宗避安史之亂奔蜀，次日至馬嵬驛，被逼縊殺楊貴妃以止軍隊譁變，七月，太子即位靈武為肅宗，尊玄宗為太上皇，唐祚延續。

[2] 雲雨：男女歡情。宋玉〈高唐賦〉，述楚王遊雲夢高唐，與巫山神女會，臨別，神女自謂「朝為行雲，暮為行雨。」

[3] 隋開皇九年（589），正月二十日，韓擒虎入建康，陳後主與張麗華孔貴嬪匿景陽宮井，被俘獲，次日，殺張貴妃，後主遣送長安，陳亡。

評說

相似的寵女色、荒國政：結果鴛鴦異地，昔樂今悲。不同的危機處理：一個是當機立斷，毅然割捨，保存王業；一個是笨拙藏躲，結果是江山與美人都保不了。從對比中，可見玄宗終是聖明天子——這是作者的看法。

首句概括史事，次句交代人情，三句一轉從大行動中見到大智慧，末句以陳亡為對比，解釋結論。——鄭畋身在本朝而為宰相，一向又寫慣了堂皇冠冕的詔誥文章，如此下筆，當然可以理解。

馬嵬片刻的事，此後文史永遠的話題。不同性別與性格，不同品性與處境的人，對此自有不同的觀感。至少，本書之內，白居易（〈長恨歌〉5101）、李商隱（〈馬嵬〉6411）和鄭畋，就下筆有異。專制君王而英雄老去，絕世美人而身不由己。碰上劃時代的大戰亂，難免就構成悲劇，也孕育了無數詩篇。

66

（端己 836 — 910）

韋 莊

一位「莊」以「端己」，努力與機緣當上了前蜀丞相；一位論述唐宋詞所必提的主要作家。

京兆杜陵世家大族。一說詩人韋應物也是先祖。可惜破落而且適逢衰世的晚唐，他生活窮苦飄泊，「數米而炊，秤薪而爨」，四十五歲（880）應試京城，碰上黃巢攻破長安，目擊種種慘狀，稍後（883）在洛陽寫成了可比杜甫詩篇、一千六百多字的〈秦婦吟〉，有「內庫燒為錦繡灰，天街踏盡公卿骨」的警句，他也因此被稱為「秦婦吟秀才」。不過他自己後來不想多提，加以時世紛亂，許多寶貴的東西都散失了——包括這首長詩。直到近代，才發現於敦煌寫本。中間隱沒，超過千年了！

他其後浪迹江南，到五十六歲仍然失意北回，五十九歲中進士，六十六歲仕蜀，才華為王建（不是詩人那位）所重，到七十二歲，唐亡，王建據蜀稱帝，他做了宰相，三年後去世。長久而曲折的生平閱歷，匯成了許多文學篇章。

題解

　　臺城、金陵，東吳的建業，六朝（東晉、宋、齊、梁、陳）的建
康，就是後來的南京，詩題別作〈金陵圖〉。

　　　　江雨霏霏江草齊，六朝如夢鳥空啼。
　　　　無情最是臺城柳，依舊煙籠十里堤。

　　　　　　　　　　　　　　　　　　　　　（平——齊）

譯文

江上細雨霏霏，江邊的草，遠望一片平齊，
六朝，都過去了，像一場場立即變為噩夢的美夢，
留下的只有似乎憑弔而空自費力的鳥啼。
最冷然不動盛衰之情的，是故都金陵的垂柳，
年年春日，依舊如夢如烟，籠罩在十里長堤！

評說

　　意境空靈，文字精煉，聲韻諧婉，歷代同一題材的詩詞，這首七
絕，似乎最多人熟悉、喜愛。

67

（致堯 841？ — 914？）

韓　偓

「偓」字除「仙人之名」以外無別解，小名「冬郎」，生逢晚唐衰亂危亡之世的他，對自己前途，也更少選擇。「致堯」這個別字，也只代表一個幻夢。他自少才華已露，父親聯襟的大詩人李商隱，已經讚他「雛鳳清於老鳳聲」（〈寄韓冬郎兼呈畏之員外〉），《香奩集》中，許多艷情之作。到中年飽經憂患，晚歲避亂入閩，依割據者王審知以終，他的詩就往往鋪寫亂離、傷懷故國了。可惜詩句俗滑者不少，意雅語醇、格高語健者未多，自然影響了詩作的流傳與評價。

6701　**已涼（七絕）**

　　碧闌干外繡簾垂，猩色屏風畫折枝[1]。
　　八尺龍鬚方錦褥[2]，已涼天氣未寒時。

（平——支）

576　　　　　　　　　　　　　　　　　　　　　原韻譯唐詩新賞

譯文

碧綠闌干，繡簾飄垂；
猩紅屏風上畫着花卉折枝。
八尺平方的龍鬚席和錦褥，
（——好寂寞的寬敞啊！好空虛的華麗啊！）
天氣清涼了！唉，還未到清涼之時！

註釋

[1] 猩色：血紅。
[2] 龍鬚：草名，用以織蓆。

評說

像現代攝錄鏡頭，步步探掃佳人的閨閣。人不露面、情不寫出，只有早已變成日常口語的末句，與讀者無窮的猜想。

68

張　泌

　　字子澄，生卒不詳，淮南人，曾仕南唐李後主，為內史舍人。曾上書論政，徐鉉稱他「調高才逸」，不過生逢季世，又遇只懂詩詞的昏弱之主，也沒有這麼文學以外的作為了！

6801　寄人（七絕）

題解

　　這是以詩代束的寄情思，或引述徐釚《詞苑叢談》，說作者初與鄰女相好，作〈江神子〉詞：「浣花溪上見卿卿，眼波明，黛眉輕，高綰綠雲、低簇小蜻蜓。好是問他知得麼？和笑道：莫多情！」後來經年不見，夢中見到她，於是寄以絕句一首云云。

別夢依依到謝家 [1]，小廊回合曲闌斜。
多情只有春庭月，猶為離人照落花。

（平——麻）

譯文

別後夢境依稀，又到了舊愛之家，

還是那回廊，還是那曲闌斜斜。

（可惜，實際是一切都疏離了，遠別了，）

多情的只有庭中的春月，

仍然為離別的人，照着落花！

註釋

[1] 依依：隱約，恍惚。謝家：所戀女性之家。或說用東晉才女謝道韞代表對方。

評說

前半說夢，後半夢醒。情思迷茫，耐人尋味。

69

（彥之 846 — 904）

杜荀鶴

　　號九華山人，相傳是杜牧之妾懷孕嫁杜筠後所生。後人或以此為妄說。不論真相是否值得考究，杜荀鶴自己絕無責任。他只是在晚唐衰世，勉盡文士的責任，遠承漢儒解《詩經》傳統，近宗杜甫、白居易，「言論關時務，篇章見國風」（〈秋日山中〉），以貫徹「詩旨未能忘救物」（〈自敘〉）的信念。當然，要普及地反映現實，痛切地抨擊黑暗，他的詩就不免被有些人疵為「鄙俚近俗」了。

6901　春宮怨（五律）

題解

　　杜氏自編《唐風集》和後人評價，都以此為壓卷，宋人詩話亦有謂為周樸所作者。

早被蟬娟誤，欲妝臨鏡慵[1]。
承恩不在貌，教妾若為容？
風暖鳥聲碎，日高花影重。
年年越溪女，相憶采芙蓉[2]。

（平——冬）

譯文

長得太美麗了！早就誤了自己，

朝朝徒勞地化粧，對着鏡，不禁疲倦、懶慵！

得到皇恩寵幸，原來主要不在於樣貌，教為妾為侍的我，怎樣打扮姿容？

春天暖暖，鳥聲碎碎，

太陽高高，花影重重——多年前，

當日我們一班（天真爛漫的）越溪少女，

（如今天各一方，命運殊別）只有空相憶念，當日共采芙蓉！

註釋

[1] 蟬娟：美貌。慵：意態懶倦。
[2] 西施起於越溪。此處指絕世佳人與她「飛上枝頭作鳳凰」之前的民間同伴，不斷互相
　　追憶：她們羨妒她的際遇，她懷想大家當年的天真，自由、活潑。

杜荀鶴

評說

「艷色天下重」，「天生麗質難自棄」，美貌，得人寵愛，或者妒忌，惹人爭奪甚至侵害，自己也容易驕滿而疏忽他事，一切所謂「紅顏薄命／禍水／天妒」；都由此起。富貴而封閉的深宮之中，人際關係之複雜、機緣際遇之離奇，勾心鬥角之慘酷，更不是外間所能知悉與比擬。即如杜牧名作〈阿房宮賦〉所描寫：「一肌一容，盡態極妍，曼立遠視、而望幸焉」，一次又一次「雷霆乍驚，宮車過也；轆轆遠聽，杳不知其所之也」，「有不得見者，三十六年」，深宮怨女，如此者比比皆是，處境如此。命運如此，彼此都美麗，美麗又有什麼用呢？化不化妝，又有什麼關係呢？

春花如錦，直到中午還是無聊的人，就更寂寞了；細碎鳥啼，沒法嚶鳴求友，甚至「鸚鵡前頭不敢言」（5701）的宮女們，就更苦悶了……

70

金昌緒

　　除姓名和「餘杭人」外，似乎什麼生平資料也沒有。不要緊。只要有好作品，只要二十個字的好詩，就「不假良史之辭，不託飛馳之勢」，而「聲名自傳於後」。

7001　春怨（五絕）

　　　　打起黃鶯兒，莫教枝上啼：
　　　　啼時驚妾夢，不得到遼西[1]。

　　　　　　　　　　　　　　　　（平——齊）

譯文

打起那黃鶯兒，

不要讓他在枝上叫叫啼啼；

啼叫時候，驚醒了我的魂夢，

不能在魂夢中到達（我長久牽腸掛肚的丈夫征戍所在的）遼西！

註釋

[1] 遼西之地，唐與高句麗常有戰爭。參看 0501，2002「黃龍」「龍城」註。

評說

透過輕巧自然的手法，捕捉了思婦戀念征夫的癡憨語態，刻劃了古今中外相同的人情。就只一首，就這二十個字，讓幾乎什麼其他資料都沒有的這位餘杭詩人，名留千古。

71

西鄙人

　　西北邊地（「鄙」）上不知名的人士。不知名，也不要緊。天下後世都因這些詩歌而知道：文學的心靈，同樣在遼闊的大西北躍動，所用的文字，同樣表情述志，敘景描情於黃河兩岸，大江南北。

7101　哥舒歌（五絕）

題解

邊民對哥舒翰的英雄頌。

> 北斗七星高[1]，哥舒夜帶刀[2]。
> 至今窺牧馬，不敢過臨洮[3]。
>
> 　　　　　　　　（平——豪）

譯文

晚上，北斗七星，掛得高高，

晚上，大帥哥舒翰，巡視邊防，帶着大刀；

到今，西方北方的侵略者，儘管窺伺時機，南下牧馬，

被將軍的餘威鎮住，不敢闖過臨洮！

註釋

[1] 北斗七星：天樞、天璇、天璣、天權、玉衡、開陽、搖光，連成長柄酒杓之形，又稱
「璇璣（前四星方形斗魁）玉衡（後三星直線斗柄）」，即大熊星座，其中天璇、天樞
連成直線，延長五倍，即得北極星位置。夜空極亮，可作行旅方向指標，古人又用初
昏時斗柄方向以定季節，東春南夏西秋北冬。所以有「典範高懸、眾生仰望」之意。

[2] 哥舒；唐時西北突厥種突騎施族一個部落之姓。唐朝盛時，採以夷制夷政策，以功名
利祿羈縻漢化胡人，以應付經常寇邊的胡族，哥舒翰就是一個最顯赫的例子。哥舒翰
是酋長之子，豪俠勇武，喜讀書，多謀略，從部將升為隴右節度使，平定諸部落，屢
敗吐蕃，使遠遁而不敢侵擾，封涼國公、平西郡王，兼安西節度使。從長安以西沿河
西走廊、到陽關邊境，萬千里間，安定繁榮，所以時人歌功頌德。可惜英雄老去，收
場並不光采。唐玄宗養虎遺患，玩火自焚，安史之亂一起，不久兇燄燒到長安外圍的
潼關。哥舒翰帶兵堅守，怎知妒忌他的楊國忠極力催迫出戰，中伏大敗，十五萬大軍
只餘八千，又被部將脅降，最後被安祿山之子慶緒所殺（參 2811）。

[3] 臨洮，西北邊疆重鎮。

評說

失敗了的英雄，仍然是英雄，戰爭英雄的形象，凝聚在他的隨身
武器，那把七星寶刀。

閃閃的，是北斗七星，在天空高高；

地上威榮，是那把寶刀！

寶刀七星，光閃稜稜；

胡人侵略的馬，不敢越過臨洮！

按：施蟄存《唐詩百話》謂《太平廣記》卷 495 引溫庭筠《乾饌子》載〈西鄙人歌〉，三四句作「吐蕃都殺卻，更築兩重壕」，恐是民歌原貌，文人飾以和平字句，乃成今貌。

72
無名氏

　　不要說姓名，連什麼地方人氏，都不知道了。也不要緊。即使宇宙之內，沒有真正的「不朽」吧。有德、功、言，就長久堅立，這就夠了，沒有德、功，連言語也不留，同腐於草木，什麼姓名、里邑，又有什麼意義？

7201　**雜詩（七絕）**

　　　近寒食雨草萋萋，著麥苗風柳映隄。
　　　等是有家歸未得，杜鵑休向耳邊啼！

　　　　　　　　　　　　　　　　　　　（平——齊）

譯文

寒食時節近了！春雨連綿，春草萋萋；

春風吹着麥田，綠柳掩映着江堤，

我們都是有家而回歸未得，

杜鵑啊！杜鵑！休要再向耳邊這樣哀啼！

評說

「人情同於懷土兮，豈窮達而異心」（王粲〈登樓賦〉），在安土重遷、而又不得不遊宦求官，或者謀利忍離的人來說，家未可歸，而暮春時節，恍似「不如歸去」的杜鵑呼喚，又不斷在耳邊響起，確是令人惆悵。這位作者雖然連名字也不為人知，單就一首，單就三四兩句，已足千古了！

薛　濤

　　字洪度，長安人，自幼隨父因官寓蜀，八歲能詩，父死，寡母養之，韋皋為節度使，大賞其美貌高才，使入幕府侍酒賦詩，遂入樂籍。曾奏薦為秘書省校書郎，雖然未果（大概當時也絕少人有此胸襟、勇氣開例），但時人已稱之為「女校書」，歷事十一位鎮使，白居易、劉禹錫、李德裕、杜牧等，均有交往酬唱，與元稹更有戀情，機警敏捷談笑風生，又擅書法，王建曾寄詩云：

> 萬里橋邊女校書，枇杷花裏閉門居。
> 掃眉才子於今少，管領春風總不如。

　　晚年居成都浣花溪吟詩樓，着女冠服，並自製深紅小詩箋，人號「薛濤箋」。

平臨雲鳥八窗秋，壯壓西川四十州。
諸將莫貪羌族馬，最高層處見邊頭 [2]。

（平——尤）

譯文

　　好一座籌邊樓！齊平，有時並且高臨，天空的雲，飛翔的鳥，又有八面大窗，天朗氣爽，好一個秋！

　　當日建築此樓，高瞻遠矚；在此運籌決勝，可戰可和，鎮住西川邊防四十多州！

　　列位繼武前賢，守土有責的將軍啊！不要只貪商品貿易，又不能公平服眾；有了糾紛，又不能合宜平息！

　　且上高樓，俯瞰、遠眺：邊境前線，就在前頭！

註釋

[1] 籌邊樓：唐文宗太和四年（830），李德裕任劍南西川節度使，建此以作面對吐蕃、南詔之軍事研究所，局勢亦較安定，兩年後，裕離任，邊患又起，薛濤作此寄慨，時已年老。
[2] 吐蕃羌族馬良，漢人每在貿易中欺之，致貽對方口實而興兵入侵，以至邊防緊張，唐土日蹙。

薛　濤

評說

　　且看開首一個「平」字，次句一個「壯」字，便將樓宇之高，名臣謀國之忠，詩人今昔之感，生動透出，氣象萬千。「羞將筵上曲，唱與隴頭兒」（〈罰赴邊有懷上韋令公〉），誰甘心只做一個美而有才的姬妾？只要給予栽培、歷練，誰說才女只懂寫情情愛愛？「濤」，「洪度」，她沒有辜負了自己的名字。

74
杜秋娘

　　女性生在古代中國，真是不幸。才女更是另外一種不幸。能詩而生在重詩的唐代，又被一位同姓而異性的大詩人，用詩記述，就是不幸中的大幸了。

　　根據杜牧的〈杜秋娘詩序〉，她名秋，金陵人，鎮海節度使李錡妾，錡叛敗死，她沒籍入宮，幸得憲宗寵愛。穆宗繼位，命她為太子保姆，後來太子獲罪廢削，她放歸故鄉，窮老以終。善歌《金縷衣》曲。

7401　金縷衣（樂府七絕）

題解

　　金縷衣，或解是華貴舞衣，或解是飾終護屍之金縷玉衣。總之老去死後，一切已無意義，不如珍惜眼前。一說是無名氏之作。

勸君莫惜金縷衣，勸君惜取少年時；
花開堪折直須折，莫待無花空折枝！

（平聲、微支韻）

譯文

勸您：不要顧惜那華貴而連繫了喪葬死亡的金縷玉衣，
勸您：不要浪費那燦爛而很快就消逝的少壯年時；
鮮花盛放，堪可攀折就要攀折，
不要等到花都凋零了，落盡了，才去摘折空枝！

評說

明白如話，深入人心，早已變成日常語言的一部分，至於解作
「人世無常及時行樂」，抑或「少壯不努力、老大徒傷悲」，就看各人
的處境與感受了。

作者簡介

　　陳耀南（1941 —），幼離生身者，賴日後父母長養。在港半世紀。

　　學歷：振華小學，德明初中，知行高中，崇基中文系，羅師特一制，中大學士，港大碩、博。

　　經歷：英華教師、副校長，理工高級講師，港大教授。

　　日本京大人文研，台灣中興、中正教授。

　　移民悉尼退休，創南洲國學社，聚徒講學。常受邀任校際、社團、傳媒文教節目主持。

　　著作：除本書《原韻譯唐詩新賞》外，已刊書籍五十餘種：

　　＊ 文化學術：《典籍英華》、《文哲漫談》、《魏源研究》、《學術與心術》、《中國文化引論與篇章》、《從自力到他力》、《中國文化對談錄》（正、續、插圖本）、《孝道 · 心》、《中華三教與基督福音》、《以心為心共傾心》、《「先入為主」與「先入，為主」》、《蒙恩學道獻心聲》；陳耀南讀孔子、老子、孫子、杜詩（各一冊，共四種）、《論

語導讀與註釋》、《自力與他力》、《信仰的拔河》、《傳道書與中國思想》、《王者智慧 —— 箴言新析與儒道教勉》、《宗教比較》（儒、道、佛三章，居全書之半）。

＊ 語文研究：《應用文概說》、《漢語邏輯學》、《中國語文通論》、《輕談淺說》、《書面中文本質應用》、《巧聯萃賞》、《福音對聯三百首》。

＊ 文學評論：《清代駢文通義》、《文鏡與文心》、《文心雕龍論集》、《古文今讀》（正、續）、《中學生文學精讀 · 古文》、《詩聯與朗誦》、《唐宋八大家》。

＊ 詩：《東瀛詩草》。

＊ 雜文：《不報文科》、《以古為鑑》、《刮目相看記》、《碧海長城》、《有物無物》、《情是何物》、《放筆莊諧雅俗間》、《命運與文化》、《中國人的溝通藝術》、《鴻爪雪泥袋鼠邦》、《晨光清景》；《六情百記》、《敝帚珍留五十年》。

＊ 歷史圖照：《平生道路九羊腸》，《讀書教學祀神思》。

原韻譯唐詩新賞

陳耀南 著

責任編輯　黃杰華
裝幀設計　吳丹娜
排　　版　陳美連
印　　務　劉漢舉

出版
中華書局（香港）有限公司
香港北角英皇道四九九號北角工業大廈一樓 B
電話：（852）2137 2338　傳真：（852）2713 8202
電子郵件：info@chunghwabook.com.hk
網址：http://www.chunghwabook.com.hk

發行
香港聯合書刊物流有限公司
香港新界荃灣德士古道 220-248 號
荃灣工業中心 16 樓
電話：（852）2150 2100　傳真：（852）2407 3062
電子郵件：info@suplogistics.com.hk

印刷
美雅印刷製本有限公司
香港觀塘榮業街六號海濱工業大廈四樓 A 室

版次
2021 年 7 月初版
©2021 中華書局（香港）有限公司

規格
16 開（220mm×150mm）

ISBN
978-988-8759-48-4